**HEYNE<**

# LIZZY DENT

## Ein Wein für zwei

Roman

Aus dem Englischen
von Pauline Kurbasik

WILHELM HEYNE VERLAG
MÜNCHEN

Die Originalausgabe *The Summer Job*
erschien erstmals 2021 bei Viking,
an imprint of Penguin Books Ltd, London.

Sollte diese Publikation Links auf Webseiten Dritter enthalten,
so übernehmen wir für deren Inhalte keine Haftung,
da wir uns diese nicht zu eigen machen, sondern lediglich
auf deren Stand zum Zeitpunkt der Erstveröffentlichung verweisen.

Penguin Random House Verlagsgruppe FSC® N001967

Deutsche Erstausgabe 05/2022
Copyright © 2021 Rebecca Denton
Copyright © 2022 der deutschsprachigen Ausgabe
by Wilhelm Heyne Verlag, München,
in der Penguin Random House Verlagsgruppe GmbH,
Neumarkter Str. 28, 81673 München
Redaktion: Lisa Scheiber
Printed in Germany
Umschlaggestaltung: zero-media.net
unter Verwendung von FinePic®, München
Satz: Leingärtner, Nabburg
Druck und Bindung: GGP Media GmbH, Pößneck
ISBN: 978-3-453-42567-5

www.heyne.de

*Dieses Buch ist dem
gesamten Manson-Clan gewidmet.
Voller Dankbarkeit, Liebe
und einem kleinen Gläschen Whisky.*

*Meiner Cousine Rachael Johns,
der Autorin, die mich zum Schreiben motiviert hat
und mich auch weiterhin jeden Tag inspiriert.*

# 1

*Mai*

»Biste wegen 'ner Hochzeit hier?«, fragt der Fahrer und hat seinen fröhlichen Blick auf mich gerichtet und nicht auf die schmale Straße, die wir entlangrasen.

»Nein, nein«, entgegne ich, und mir schmerzen langsam die Finger, weil ich mich so fest an meinen Sitz klammern muss. Er ist mindestens siebzig Jahre alt.

»Na ja, bist auch nicht für 'ne Hochzeit angezogen«, stimmt er zu.

Ich blicke auf mein Shirt, und kurz ist mein Selbstbewusstsein größer als meine Angst. Aber nur kurz. Ich hatte ein weißes Seidenshirt – um sechzig Prozent reduziert – bei *TK Maxx* gekauft, aber nach einigen Stunden auf Reisen fiel mir ein, dass weiße Seidenoberteile nur etwas für Reiche oder Menschen sind, die gern Wäsche waschen. Wenn ich Kleidung kaufe, achte ich nur darauf, dass die Sachen gebügelt aussehen, wenn ich sie aus dem Trockner hole.

Das Auto nimmt eine scharfe Kurve, die einspurige Straße wird immer schmaler, der Wald lichtet sich und wir fahren durch ein einfaches Eisentor, das an zwei alten Steinsäulen hängt. Weite Grünflächen erstrecken sich auf dem bergigen Gelände und in der Zufahrt recken gewaltige Bäume ihre Äste in den Himmel und formen eine Allee mit einem schiefen Blätterdach. Im Nebel wirkt alles sepiafarben.

Vor mir erhebt sich das Gebäude, das eher wie ein kleines Schloss wirkt. Ein Mutterschiff aus grauen und sandfarbenen Steinen, mit spitzen Türmen, die die Seiten flankieren, und einer riesigen Treppe, die von der kreisförmigen Auffahrt zum Eingang führt. Es ist viel prunkvoller, als ich es mir vorgestellt hatte, aber seltsam trostlos. Ich schreibe direkt eine Nachricht an Tim.

**Ich bin in einer scheiß Gothic Novel.**

Mein Ton gefällt mir. Witzig, frech, geheimnisvoll. Ich denke darüber nach, ihn anzurufen und mehr zu erzählen, aber ich bin mir nicht sicher, ob er die Anspielung verstehen würde. Tim ist nicht sonderlich belesen.

Die Autoreifen schliddern und katapultieren mich zurück in das Rennauto. Wir haben uns festgefahren, die Räder drehen im Matsch durch und der Fahrer lässt den Motor aufheulen. Er schaltet und wir werden nach vorne geschleudert.

»An der Rückseite führt ein kleiner Weg zu den Ställen und Cottages. Dahinter liegt ein kleiner Parkplatz«, sage ich und schaue noch mal die Anweisungen auf meinem Handy an.

»Personaleingang?«, fragt er und hat eine Augenbraue hochgezogen.

»Yup«, sage ich und nicke, dann starre ich wehmütig aus dem Fenster.

Die Rückseite des Hauses ist ebenso prunkvoll, aber hübscher als die Vorderseite. Hinter einem kiesbedeckten Hof und einem Rosengarten fällt das Grundstück sanft ab; unten rauscht ein Fluss, den ich hören, aber nicht sehen kann. Die Ställe befinden sich etwa hundert Meter neben dem Haus, und das Auto hält zwischen ihnen und drei kleinen steinernen Cottages. Ich blicke zurück zum Gebäude, das fast von einem kleinen Eichenhain verdeckt wird.

Beim größten der drei Cottages steigt in hübschen Wölkchen Rauch aus einem gedrungenen Schornstein und an der Tür hängt ein kleines schieferfarbenes und silbernes Schild, das ich gerade erst entdecke. *Nur für Personal.*

»Wir sind da«, sage ich, steige aus und drücke dem Fahrer zweihundert schottische Pfund in die Hand, versuche, nicht zusammenzuzucken, als ich mich von meinem letzten Rest Geld verabschiede. »Vielen Dank für die Fahrt. Wer hätte gedacht, dass man es in weniger als anderthalb Stunden aus Inverness an die Westküste schafft? Das muss ein Weltrekord sein.«

Er sieht übertrieben stolz aus.

Auf dem Parkplatz stehen etwa ein Dutzend Autos, ein weißer Van, einige Wagen mit Allradantrieb, mehrere große schwarze, teuer wirkende SUVs und ein paar Golfcarts – aber immer noch kein Mensch weit und breit in Sicht. In der Ferne bellt ein Hund, das Echo wabert bedrohlich um das Haus.

Ich spüre, wie sich meine Angst aufbläht. Das war es. Das Ende des Wegs, ganz wortwörtlich und wahrscheinlich das Verrückteste, das ich getan habe, seitdem ich mal dieses doofe Theaterstück im Londoner West End verlassen habe. Kurz bevor ich meine erste Zeile Text sprechen sollte.

»Ich hoffe, dir gefällt es in Schottland, Mädel«, sagt der Fahrer, dann braust er mit quietschenden Reifen davon.

Ich klopfe einige Male an die Holztür. Obwohl der Frühling schon vorangeschritten ist, ist es kälter, als ich gedacht hatte, und mein dünner Trenchcoat taugt nichts bei diesem Wetter.

Mein Telefon piepst, es ist Tim.

**Wie meinst du das :/**

Ich kichere. Er ist so berechenbar.

Noch immer ist niemand zu sehen. Ich verschränke die Arme, um mich vor dem eisigen Wind zu schützen, dabei blicke ich mich im Innenhof nach Anzeichen für menschliches Leben um. Ich höre, wie die Pferde auf dem heubedeckten Steinboden im Stall scharren, und rieche feuchte Erde. Ich lehne mich nach vorne, um durch das winzige Fenster des letzten Cottages zu schauen, und ein kleines Bewegungslicht geht an und blendet mich.

»Heather?«

Diese Stimme hinter mir lässt mich zusammenzucken – sie klingt tief und hat einen starken, aber sanften schottischen Akzent. Ich schirme die Augen mit einer Hand ab und versuche, den Mann zu erkennen, der hinter einem weißen Van hervorkommt. Er ist groß, trägt eine weiße Schürze unter einem dunklen, offenen Mantel, der im Wind flattert, seine dunkle Mütze hat er sich tief ins Gesicht gezogen. *Groß, geheimnisvoll, kann ein Ei pochieren.* Ich bin direkt hin und weg.

»Hallo! Ja, das bin ich«, erkläre ich und salutiere ihm wie ein General, meine Nerven verwandeln mich anscheinend in den Idioten aus einer Komödie.

»Du musst jetzt gleich anfangen«, sagt er nervös und stellt den Kragen seines Mantels auf.

»Jetzt direkt?«, antworte ich, weil ich mich nach einer heißen Tasse Tee und einer Dusche sehne.

»Unser Notfallersatz ist beim Pinkeln in den Fluss Ayr gestürzt«, verkündet jemand mit einem vornehmen englischen Akzent, während ein viel älterer, kleiner Mann in Anzug und mit einem vorgewölbten Bauch ankommt, der einen dieser schicken Hotelgepäckwagen hinter sich herzieht. Das Licht fällt auf sein gerötetes Gesicht, das faltenzerfurcht und dennoch fröhlich aussieht. »Im Krankenhaus wegen Unterkühlung.«

»Beim Wasserlassen ins Wasser gefallen«, kichere ich – ich kann mich nicht zurückhalten –, und er grinst mich schelmisch an.

»Ich heiße William. Aber alle hier nennen mich Bill. Und das ist James, der dich im Namen der ganzen Küche willkommen heißt«, spricht er weiter und blickt auf meine Tasche. »Für dich brauche ich den Wagen nicht. Du reist mit wenig Gepäck. Dafür bin ich sehr dankbar. Du hättest sehen sollen, wie die Leute bepackt waren, die gestern Abend angekommen sind – der arme Nachtportier musste ein Dutzend Mal die Treppe hoch- und runterlaufen. *Und* er hat ein kaputtes Bein.«

»Ich habe nicht gern mehr dabei, als ich allein tragen kann«, entgegne ich lächelnd.

»Ich hoffe aber, du hast Gummistiefel eingepackt«, sagt er und blickt auf meine Schuhe.

»Nein. Ich muss mir welche besorgen. Und einen Mantel. Hat niemand Schottland Bescheid gesagt, dass schon Mai ist?«, frage ich und umklammere meine Arme.

»Nordwind. Der ist kalt, auch im Sommer«, sagt Bill und steckt den Schlüssel ins Schloss des Cottages. Dann gibt es einen lauten *Rumms*, als er die alte Tür aufzieht. Aber anstatt mich hineinzuschieben, stellt er nur meinen Koffer ab und zieht die Tür wieder zu. »In diesem kalten Wind könnte man keinen Pinot anbauen, oder?«

Ich gerate ins Stocken, muss rasch etwas antworten: »Ja, dafür muss es wärmer sein. Außer, wenn es Frost gibt. Frost braucht man manchmal.« Er starrt mich so unverhohlen an, dass ich weiterquatsche. »Für die Trauben, denn die brauchen manchmal Frost. Damit der Wein, äh, besser wird.«

»Du musst gleich heute Abend anfangen«, wiederholt James und unterbricht mein Gestammel. Er blickt angespannt zum Haupthaus, als hätte er eine Pfanne mit heißem Fett auf dem Herd stehen lassen.

In mir steigt Panik auf. Was Besseres als »Ich bin noch nicht passend angezogen« fällt mir nicht ein. Ich dachte, ich würde irgendwie eingearbeitet? Könnte mir einen dieser Filme mit dem Titel *Willkommen im Unternehmen* anschauen. Stunden damit verbringen, meinen E-Mail-Account einzurichten? Den Küchendirektor kennenlernen? Ein Willkommensgetränk einnehmen?

»Die Kleine gefällt mir«, gluckst Bill wieder.

»Wir haben eine Uniform für dich.« James schaut mich mit gerunzelter Stirn an, dann wendet er sich abrupt ab, um weiter zu grübeln.

Bill lächelt mich entschuldigend an. »Es tut mir leid, das ist alles sehr holterdiepolter. Aber ich bin mir sicher, dass du es gut machen wirst – mit deinen unglaublichen Referenzen. Komm, tu nicht so schüchtern – ich habe dich eingestellt, hast du das vergessen? Ich habe deinen Lebenslauf gesehen.«

»Ach so, natürlich. Gut, dann legen wir los«, sage ich so selbstbewusst wie möglich. Ich muss meinen Lebenslauf weder vor James noch vor irgendwem sonst diskutieren.

Bill springt in das nächste Golfcart und dreht den Zündschlüssel. James lächelt mich ungeduldig an und macht eine Kopfbewegung zum Beifahrersitz.

»Hoppla«, sage ich, als er auf die kleine Ladefläche springt und sich festhält.

»James ist nur so hibbelig, weil er das Menü mit dir besprechen muss, und zwar so bald wie möglich«, flüstert Bill.

Ich muss aufpassen, was ich sage. Muss das neue Mädchen spielen. Ich hatte schon so viele Jobs, *das* kann ich gut.

Wir fahren bei der Küche vor, und als die schwere, moderne Tür aufgestoßen wird, ergießen sich Licht und Lärm auf den Hof – plötzlich ist alles lebendig.

Die Küche summt vor Energie. Drei Köche in Weiß bereiten sich auf die Abendschicht vor. Unmengen kleiner Frühkartoffeln werden geschrubbt und ein weiterer Koch hat ein großes Tuch winziger Kräuter vor sich, die er peinlich genau mit etwas aussortiert, das an eine Pinzette erinnert. Rhythmisch rattern

Messer auf Holz, Pfannen schlagen auf Granit, und meine Blockabsätze klappern über den Steinboden.

»Hi, Chef«, sagt der mit dem jugendlichsten Aussehen. Er ist voller Blutspritzer und hält ein absurd großes Schlachtermesser in der Hand. James nickt dem jungen Kerl anerkennend zu, der errötet und schüchtern zurücklächelt. Das ist niedlich, und James wird mir sympathisch.

Der Duft nach Zitronenschale und voller, dunkler Schokolade steigt mir in die Nase, als wir an der Nachtischtheke vorbeigehen. Dann brennen mir die Augen wegen aufgeschnittener Zwiebeln, als wir uns ducken und durch eine niedrige Tür zum Vorbereitungsbereich gehen. Dort befinden sich noch zwei Reihen Arbeitsplatten aus rostfreiem Edelstahl sowie große Backöfen und noch eine ernst dreinblickende junge Köchin, die ihr dunkles Haar in ein Haarnetz gesteckt hat, sich über einen riesigen Topf beugt und sorgfältig in etwas rührt, das wie eine riesige Pfanne voller winziger Hummer aussieht.

»O mein Gott, Baby-Hummer«, flüstere ich fassungslos, Bill ist währenddessen durch die Schwingtür im Restaurant verschwunden. Ich erhasche einen Blick auf einen dunklen, mit Kerzen erleuchteten Raum mit Akzenten aus Dunkelrot und Schottenmuster.

»Kaiserhummer, drei Minuten, fünfzehn Sekunden. Unter Rühren zum Kochen bringen«, sagt die junge Frau zu sich selbst und stellt einen kleinen Timer an. *Kaiserhummer.* Ich erröte wegen meiner Blödheit und atme tief ein. *Ich fliege hier innerhalb von fünf Minuten auf, wenn ich nicht den Mund halte.*

»Heather?«, ruft James mir aus dem Servicebereich zu, wo er vollgeschriebene Papierbögen sortiert.

»Hey. Du wirst bestimmt Jamie genannt, oder?«

»Nein, tatsächlich James«, erklärt er kurz angebunden und blickt dann zu Boden. »Bist du bereit?«

»Klaro«, antworte ich und setze ein geschäftiges und selbstbewusstes Gesicht auf.

Er wedelt mit einem Stück Papier vor mir herum. »Wir haben passende Weine für die Langusten und den heiß geräucherten Lachs, aber nicht für die Rote Bete und den eingelegten Kohl. Wir brauchen außerdem noch ein *Pairing* für die Rinderschulter. Ich würde dazu einen Cabernet anbieten, aber wir müssen für die Balance noch das Frühlingsgemüse und den Rübenschaum mit einbeziehen. Was meinst du?«

James legt das Papier hin, blickt mich an, und zum ersten Mal sehe ich sein ganzes Gesicht im Licht. Er sieht definitiv gut aus, wenn man auf unaufdringliche Attraktivität mit vollen Lippen, Stirnfältchen und ein seit einer Woche nicht rasiertes Gesicht steht – und das ist bei mir definitiv der Fall. Dunkles Haar, kastanienbraune Augen, Wangen, die von der Wärme in der Küche gerötet sind. Und außerdem trägt er auch diese gestärkte weiße Kochbekleidung. Ich bemühe mich, nicht zu starren.

Okay, aber ich starre definitiv.

Immer noch.

»Heather?«

Ich reiße mich aus meiner Benommenheit und konzentriere mich wieder auf meine Aufgabe.

»Hast du eine Ahnung, welcher Wein dazu passen könnte?«

»Was bietet ihr normalerweise dazu an?«, frage ich und hoffe, mich damit durchzumogeln.

»Das Menü ändert sich ständig, passend zu den Jahreszeiten, deswegen ist das leider ein neues Gericht. Normalerweise müssen wir alle paar Tage etwas neu *pairen*. Wie gesagt, zur Rinderschulter empfehlen wir häufig Cabernet, aber ich denke, die Rübe …«

»*Das Menü ändert sich ständig?*« Ich schlucke.

James atmet tief ein. »Sorry. Ich weiß, das ist ganz schön viel auf einmal. Vor jeder Schicht setzen wir uns hin und besprechen die passenden Weine für das Degustationsmenü. Der Sommelier und ich. Dann lasse ich es vom Küchendirektor absegnen.«

»Wie? Ich dachte, du wärst der Küchendirektor?«

»Nein«, sagt er und lächelt schüchtern. »Russell Brooks ist unser neuer Küchendirektor, er wirft heute Abend einen Blick auf alles. Deswegen muss es beim ersten Versuch richtig sein«, sagt er irgendwie entschuldigend.

»Russell Brooks.« Ich lächele. »Das hört sich wie ein Elektrogerät an.«

Mein Witz hängt kurz in der Luft, bevor er zerplatzt.

»Er hat zwei Michelin-Sterne«, erklärt James mit weit aufgerissenen Augen.

»O ja«, sage ich schnell.

Zwei Michelin-Sterne? Das ergibt keinen Sinn. Ich dachte, die wären hier im Mittelalter stecken geblieben. Ich blicke mich in der Küche um, und mir wird klar, dass die ganze Ausstattung eher gehoben wirkt. »Natürlich weiß ich, wer er ist. Jeder kennt Russell Brook.«

»Brooks«, korrigiert er mich.

»Ja«, ich nicke schnell. »Zwei Michelin-Sterne.«

»Möchtest du dich ein wenig umschauen? Ich kann dir dreißig Minuten geben, und dann müssen wir etwas haben, das wir ihm vorzeigen können.« Er reicht mir das Menü.

Ich betrachte James' Gesicht kurz. Ich weiß nicht, ob er mich verzweifelt um Hilfe bittet oder ob er sauer ist, dass ich ihm noch nicht helfe. Eins ist klar: Er wartet darauf, dass ich die Kontrolle übernehme, und bis jetzt habe ich versucht, das Unausweichliche nach hinten zu schieben. Jetzt muss ich in den sauren Apfel beißen.

»Wo ist die Weinkarte? Und der Wein? Ich muss den Keller sehen und vielleicht einige Weine probieren«, sage ich und greife nach der Speisekarte. Verdammt, ist das kompliziert! Hier ist alles verdammt vornehm. Was zum Teufel ist Speck aus Meeresalgen? »Was sollte ich noch einmal *pairen*?«

»Das Perlhuhn, den Krebs, die Rote Bete, die fermentierte Gerste und die Rinderschulter«, antwortet James, und die geschwollene Ader an seinem Hals schrumpft ein wenig. »Die neue Weinkarte ist hier«, sagt er und gibt mir einen großen schwarzen Lederordner. »Und der Keller ist dahinten, wo du reingekommen bist, und an den Steintreppen vorbei beim Kühlraum. Soll ich ihn dir zeigen?«

»Brauchst du nicht. Ich bin in einer halben Stunde wieder da«, sage ich, nicke bestimmt und entscheide, dass ich in der Ruhe des Weinkellers am sichersten meine Panikattacke bekommen kann. *Neue Weinkarte?*

»Eine Sekunde. Anis?«, ruft er zu der Babyhummer-Siederin, die wegen der Unterbrechung die Stirn runzelt. Sie schüttet vorsichtig dunkelgrünes Öl in einen Mixer und ist dabei so behutsam und ernst, als würde sie jemanden am offenen Herzen operieren. »Wenn du mit der Dillemulsion fertig bist, mach bitte eine Verkostungsplatte für Heather«, befiehlt James.

»Ja, Chef.« Mürrisch läuft sie zum Kühlschrank.

Dann nickt James und lächelt fast, während er zurück zum Kühlschrank geht. Ich entspanne mich kurz, bis mir wieder einfällt, dass die Uhr tickt und ich sehr wenig Zeit habe.

Schnell durchquere ich den Vorbereitungsbereich und steige die wundervoll romantische Steintreppe in den Keller hinab. Ich taste nach einem Lichtschalter, während ein verdammter Sensor anspringt, doch dieses Mal wird alles in ein warmes Gelb getaucht. Meine Augen gewöhnen sich daran, und ich staune kurz über diesen Raum.

Der Keller breitet sich in der Dunkelheit aus, hier unten gibt es jedoch nicht nur Wein. Riesige Käselaibe liegen gestapelt in modernen Stahlregalen und große Schinken- und Speckkeulen hängen an Edelstahlhaken von der Decke. Und dahinter noch mehr Käse. Gott, ich liebe Käse.

Aber ich habe keine Zeit zu verlieren. Ich nehme mein Handy zur Hand und lege die ellenlange Weinkarte und das Menü vor mir ins Regal. Scheiße! Das war ganz sicher nicht die Weinkarte, die ich von der Homepage ausgedruckt habe. Auf der, die ich mir im Cottage in die Tasche gestopft habe, standen etwa ein Dutzend Rot- und Weißweine, in verschiedenen Abstufungen von günstig bis weniger günstig.

Der Plan bis jetzt – wenn man überhaupt von einem Plan sprechen kann – war ein Crashkurs mit meiner brandneuen Ausgabe von *Wein für Neulinge* und Sir Google als Tutor später am Abend. Oberflächliches Wissen. Das zum Bluffen reicht. Gerade genug, um mich einen Sommer lang in einem abgeranzten Laden mitten im Nirgendwo durchzumogeln. Leider war dieses olle Drecksloch nicht aufgetaucht, und stattdessen befinde ich mich in einem edlen Boutique-Hotel mit gehobener Küche. Man bräuchte eine erstklassige Sommelière, um diese brandneue, zwanzig Seiten lange Weinkarte zu entziffern. Und die bin ich natürlich nicht.

Es ist Zeit, um Hilfe zu rufen.

Es ist Zeit, die *echte* Heather anzurufen.

# 2

*Zwei Wochen zuvor*

»Hast du jetzt alles gepackt?«, fragte ich und schüttelte den Kopf, während ich mich in ihrem Schlafzimmer nach Dingen umschaute, die ich mir in ihrer Abwesenheit ›ausleihen‹ könnte. Ich erspähte ihre Spangenpumps, die unter einem Stuhl hervorschauten, und ihr Glätteisen – für's Erste. Dann sah ich die Bikinis, die auf dem Bett drapiert waren. Wie fancy war dieses schottische Hotel wohl?

Heather war schon seit der Grundschule meine allerbeste Freundin – sie war kurz nach dem Tod ihrer Mutter in unsere Heimatstadt Plymouth gezogen. Ich konnte gleich erkennen, wie viel Angst sie hatte, sie zerrte an ihren Locken und drehte sie sich um den Finger, hatte den Blick fest auf den Boden gerichtet. Das mit ihrer Mum verbreitete sich auf dem Spielplatz wie ein Lauffeuer. Ich wusste direkt: Dieses Mädchen braucht mich.

Ich ging zu ihr. »Du brauchst keine Angst haben. Ich zeig dir alles. Ich heiße Elizabeth Finch und ich bin schon sechs.«

»Finch? Also wie der Fink?«, flüsterte sie als Antwort. »Ich habe einen Stift, auf dem sind ganz viele kleine Vögel. Willst du den haben?«

»Klaro.« Ich staunte über die bunten kleinen Bilder und den schnabelförmigen Radierer. Ich hatte noch nie einen besonderen Stift gehabt.

»Jetzt gehört er dir. Wollen wir Freunde sein?«

»Sicher, aber dafür brauchst du noch viel mehr Stifte«, antwortete ich und grinste sie an. Aber natürlich ging es mir nie um die Stifte.

Von diesem Tag an waren wir unzertrennlich. Ich, ihre entschlossene Beschützerin, und Heather, der liebenswürdigste Mensch in meinem Leben, der mich unterstützt hat wie niemand sonst.

Daran hat sich nicht viel geändert. Es waren bloß fünfundzwanzig Jahre vergangen, und sie hatte eine Wohnung in London, schicke Klamotten, teures Make-up und ein festes Einkommen. Und, weil sie in die Fußstapfen ihres Vaters getreten war, war sie nun eine der vielversprechendsten jungen Weinexpertinnen im Land. Heather war ihren Weg gegangen. Ich fühlte mich immer noch wie das Kind, das keinen coolen Stift hatte.

Sie hockte auf der Bettkante, atmete tief ein, dann blickte sie mich nervös an. »Birdy, es ist etwas Krasses passiert. Es geht mir gut. Alles ist gut. Eigentlich sogar großartig.«

»Oh-kay, das hört sich *aufregend* an«, antwortete ich und spürte ein leichtes Kribbeln in meinem Inneren, weil ich Drama witterte. Ich hockte auf dem Rand ihres Schminktisches und wappnete mich. »Glück für dich: Ich bin nun ganz offiziell arbeitslos und habe deswegen *viel* Zeit für *viel* Drama. Also schieß los, ich bin bereit.«

»Nix mit Drama«, entgegnete sie und runzelte verletzt die Stirn.

»Shit! Sorry, ich wollte nicht unsensibel sein. Tut mir leid. Was ist los?«

»Ich glaube, ich habe mich in Cristian verliebt«, sagte sie und verzog den Mund zu einem nervösen Lächeln.

»Oh«, antwortete ich und versuchte, fröhlich zu klingen, während mir ganz mulmig wurde.

»Ich weiß, ich weiß.« Sie wurde rot und grinste, und ich wollte etwas kaputt machen. *Doch nicht diesen Cristian, den zugekoksten Schuhtypen.*

»Echt?«, fragte ich und bereitete mich seelisch auf die Unterhaltung vor. »Den Schuster?«

»Den Schuh-Designer – Cristian, ja«, sagte sie und seufzte. »Egal, ich werde auf jeden Fall den Sommer mit ihm in Rom verbringen, um herauszufinden, ob das mit uns etwas werden könnte.«

*Deswegen also die Bikinis.*

»Er wird sich von seiner Freundin trennen«, sagte sie rasch. Um mich zu beruhigen, vermute ich. Und dann atmete sie tief ein. »Birdy, ich glaube, ich könnte … Ich meine, ich glaube, *wir* sind ineinander verliebt. Ich glaube, so sieht es aus.«

»Oh-kay«, antwortete ich und drehte mich um, um Heathers Bambus-und-Keramik-Paddlebrush zu inspizieren, damit ich sie nicht anschauen musste. Ich fuhr mit den Fingern über die Borsten und nahm mir vor, mein struppiges Haarchaos häufiger ordentlich glatt zu föhnen. »Und was ist mit dem Job? Du wirst ihn nicht wegen Cristian sausen lassen, oder?«

Ich wusste die Antwort bereits. Das war ihre Achillesferse. Heather wollte Liebe. Wenn sie sie bloß witterte, war sie nicht mehr zu halten. Allein in den vergangenen zwei Jahren gab es Vile Kyle, den achtundvierzigjährigen Haustiertherapeuten, der sie ›kleines Kätzchen‹ nannte; Kahlil, den Bäckermeister, der im Schlafzimmer keinen hochbekam und Heather erklärte, das läge an ihr; Woke Warren, den Feministen mit dem meisten Sex-Appeal weltweit; und nun Cristian. Cristian mit einer Freundin, von der er sich anscheinend trennen wollte, und einer innigen und stabilen Beziehung – zu harten Drogen. Ich bin keine Psychologin, aber der frühe Verlust der Mutter und kurz darauf des Vaters musste irgendeinen Einfluss auf ihr verzweifeltes Liebesbedürfnis haben.

Das war total frustrierend, denn falls jemand einen *megaguten* Lebenspartner verdient hatte, dann Heather. Sie war ein *megaguter* Mensch.

20

»Das war sowieso nicht mein *Traumjob*.«

»Wie meinst du das? Du wolltest doch genau dorthin. Du hast eine Ewigkeit darauf gewartet, dass dir ein Job angeboten wird. Warum willst du das nun sausen lassen?«

»Es war nur ein Sommerjob«, zischte sie.

*Unterstütze sie, Elizabeth Finch.*

»Ach so, na dann«, antwortete ich und nickte.

»Und ich habe ihn nur deswegen angenommen, weil ich dachte, ich müsste irgendwann im Leben mal nach Schottland, weil ich ja halbe Schottin bin. Bei dem Ding handelt es sich um ein heruntergekommenes Hotel mitten im Nirgendwo. Aber es liegt in der Nähe von Skye und ich wollte mir die Insel anschauen. Du weißt, dass ich immer schon einmal nach Skye wollte. Meine Mum wurde dort geboren.«

»Ich weiß, ich weiß«, sage ich rasch.

»Wie dem auch sei, dieses Etablissement hat miese Bewertungen auf Tripadvisor. Ganz ehrlich, die brauchen keine Sommelière, sondern ein völlig neues Konzept. Aber, Birdy, ich muss herausfinden, ob das mit Cristian etwas taugt. Würdest du dir die echte, wahre Liebe entgehen lassen?«, fragte sie mich mit ihren großen Kulleraugen.

Versteht mich nicht falsch, ich mag ein gutes Happy End, aber das gab es mit Cristian nicht. *Ugh*. Ich konnte den Gedanken an ein weiteres nichtsnutziges Arschloch nicht ertragen, das sich in ihrem guten Herzen einnistete. Aber das konnte ich ihr nicht sagen. Ich hatte in bitteren Lektionen gelernt, dass Vorträge halten und mich einmischen bei Heather nicht halfen, wenn es um die liebe *Liebe* ging.

Meine Aufgabe als Heathers beste Freundin bestand darin, sie zu unterstützen, trotz all meiner Vorbehalte.

»*Wenn* du das willst, dann nimm den Schuster. Verlieb dich!«, seufzte ich.

»Ach, sei still. Du verarschst mich.«

»Nein, das tue ich nicht. Es kommt nur alles sehr plötzlich«, sagte ich. *Unterstütze sie, Elizabeth Finch.* Ich blickte ihr in die Augen. »Wenn du das *willst*, dann freue ich mich für dich.«

»Du freust dich für mich?«

»Muss ich das?«

»Nein. Aber es würde helfen.«

»Klar bin ich ein wenig besorgt, aber das ist unter diesen Umständen ganz normal. Aber ich freue mich für dich, wenn es dich wirklich glücklich macht«, sagte ich. Das alles gefiel mir nicht, ganz und gar nicht, und ich fand es furchtbar, dass ich ihr das nicht sagen konnte.

»Ich hatte nur das Gefühl, ich müsste der Sache mit Cristian eine Chance geben. Ich weiß, du hältst ihn für einen Schönwettermann, aber er ist eigentlich total sensibel. Der Sex ist magisch. Wir sind dermaßen miteinander verbunden und ich habe mit ihm echt ganz schöne Abenteuer im Bett erlebt. Wenn wir Liebe machen …«

»Bah, sag bitte nicht ›Liebe machen‹, davon bekomm ich Ausschlag.«

»*Lieeeeeebe* machen?«, sagte sie ganz sexy.

»Ja, ja, reicht jetzt«, unterbrach ich sie. »Okay, Italien. Viel Kaffee und Kohlenhydrate. Darf ich wenigstens mal vorbeikommen?«

»Aber klar doch! Also, wenn ich mich ein wenig eingelebt habe«, sagte sie kleinlaut. »Danke, Birdy, ich bin total erleichtert, dass ich es dir erzählen konnte.«

»Hast du es *denen* schon gesagt? Dem Hotel?« Ich seufzte und richtete mich darauf ein, drei bis vier Monate zu warten, bis die ganze Sache in Flammen aufging und alle verbrannte, natürlich auch Cristians arme Freundin. Ich wäre da, um die Scherben aufzusammeln, klar, das war ich nämlich immer.

»Nein. Das werde ich nicht. Ich kann mich der Sache nicht stellen.«

Sie versuchte, das Gespräch abzubrechen, und ich hielt kurz inne. Das passte nicht zu Heather. Sie war normalerweise total professionell. Vorhin hatten bei mir schon die Alarmglocken geläutet, nun dröhnte der Fliegeralarm.

»Heather, sei nicht albern. Du musst denen Bescheid sagen«, erklärte ich ungläubig. »Denk dir eine Entschuldigung aus.«

»Ich kann nicht lügen. Ich muss mich schon mit genug anderem herumschlagen.« Ihre Stimme klang gepresst und hoch, und ich merkte, wie ich mich aufrichtete, als ich sie zur Vernunft bringen wollte.

»Erzähl ihnen einfach, du hättest einen Unfall gehabt. Oder Ebola. Oder du wurdest mit einem Messer angegriffen, weil man dich mit jemandem verwechselt hat. In letzter Zeit wird andauernd jemand mit einem Messer angegriffen.«

»Das ist nicht witzig«, erklärte sie nachdrücklich.

»Erzähl doch, du wärst vor einem Internetcafé in Benidorm in die Rippen gestochen worden«, sagte ich, weil ich in Fahrt war.

»Wie bitte?«

»Da würde niemand von einer Ausrede ausgehen. Das ist gut. Vertrau mir. Du bist in Benidorm mit dem Messer angegriffen worden. Heißt es in oder im Benidorm?«

»Warum wurde ich mit einem Messer angegriffen? Das hört sich an, als hätte ich etwas mit Drogen zu tun.«

»War ein Zufall.«

»Warum war ich in Benidorm?«

»Um dich weiterzubilden.«

»Worin?«

»In spanischem Wein natürlich.«

»Spanischer Wein. Hmmm. Nein. Aber Sherry ginge. Würde so etwas nicht in der Zeitung stehen?«

»Nein. Es wird ständig irgendwer mit einem Messer ange-griffen.«

»Du musst aufhören, diese Schundblätter zu lesen.«

»Das ist ein Überbleibsel meiner schrottigen Kindheit«, sagte ich. Und bevor sie protestieren und sagen konnte, dass ich aber kein Schrott sei, witzelte ich: »Egal, vertrau mir einfach. Nie-mand wird spanische Lokalzeitungen durchforsten, um heraus-zufinden, ob ein feines englisches Mädchen mit einem Messer angegriffen wurde.«

»Haben sie den Typen geschnappt?«

»Nein.«

»Also ist er damit davongekommen?«

»Also, ich meine, die Polizei sucht natürlich noch nach ihm.«

»Puh, da bin ich ja beruhigt.«

Kurze Stille, dann brachen wir beide in Gelächter aus.

»Du solltest es ihnen wirklich sagen, Heather«, erklärte ich, als wir uns wieder beruhigt hatten.

»Das ist für die nicht so schlimm. Es ist nur eine Sommer-vertretung, und sie werden mich umgehend ersetzen können. Paris im Herbst, da will ich als Nächstes hin. Das hier war nichts. Also fast nichts. Ich werde sie wahrscheinlich nie wieder sehen oder mit ihnen sprechen müssen …«

Ich konnte nicht zulassen, dass sie das tat. »Wie wäre es, wenn ich sie für dich anrufe? Ich sage nicht, dass du mit dem Messer angegriffen wurdest. Ich denke mir etwas Passendes aus, okay?«

»Würdest du das wirklich tun?«, fragte sie und riss aufrichtig erleichtert die Augen auf.

»Das ist kein Problem.« Es war nicht das erste Mal, dass ich etwas für Heather erledigte, wovor sie Angst hatte.

»Okay«, sagte sie und entspannte sich sichtbar. Das konnte ich ganz einfach für sie erledigen – meinen Teil der Miete zahlte ich hingegen nicht ebenso mühelos. »Ich glaube, ich sollte wirklich nicht riskieren, dass sich das auf meinem Tätigkeitsnachweis wiederfindet«, fügte sie hinzu.

Ich erschauderte, wenn ich an meine ›Karriere‹ dachte, die ein Trümmerhaufen war. Diese ›Karriere‹, die zum Großteil aus Jobs ohne Zukunft bestand, von denen der letzte der beste gewesen war – etwas mit ›Digitale Medien‹ in der Jobbeschreibung –, wo ich mich, um ehrlich zu sein, hineingemogelt hatte, weil ich unnützes Wissen über Influencer bei Instagram habe. Als die anderen von meiner Ahnungslosigkeit Wind bekamen, wurde ich gefeuert. Davor hatte ich mich ein paarmal in der Schauspielerei versucht, aber ich konnte die anderen Schauspieler nicht ausstehen; dann gab es den Job im Buchgeschäft, der mir wirklich gefiel, bei dem ich aber auch entlassen wurde; die Wirtschaftsprüfungsgesellschaft, schrecklich; etliche Phasen der Arbeitslosigkeit und zwei Sommer, in denen ich auf Teneriffa in einer Bar arbeitete, das hatte Heather für mich arrangiert. »Nur zur Überbrückung, bis du weißt, was du als Nächstes machen möchtest. Bis du deine Berufung findest«, hatte sie gesagt.

Aber inzwischen bin ich einunddreißig und dieser geheimnisvollen *Berufung* keinen Schritt näher.

»Ich werde mir eine gute Entschuldigung für dich ausdenken, die deinen Ruf wahrt, okay? Aber du wirst dich bedeckt halten müssen. Du kannst nicht einen Job absagen und dich dann für alle im Internet sichtbar an der Riviera sonnen.«

»Cristian möchte auch, dass ich mich bedeckt halte, also ist das kein Problem.«

*Natürlich will er das*, dachte ich und fand ihn gleich noch ätzender.

»Ich kümmere mich drum«, sagte ich.

»Danke, Birdy.« Sie atmete tief aus, und es herrschte kurz

Stille. »Ich wünsche mir wirklich, ich könnte es mir leisten, dich einfach weiter hier wohnen zu lassen, aber du weißt, dass ich die Wohnung untervermieten muss. Du hast dir eine Bleibe gesucht, oder? Du musst nicht zu deinen Eltern zurück?«

»Mach dir keine Sorgen, ich frag mal bei meinem Cousin in Tooting nach«, sagte ich. Ich brachte es nicht über's Herz, ihr zu sagen, dass er schon abgelehnt hatte.

»Dein Metzgercousin?«

»Ja.«

»Aber der hasst dich.«

»Nein, *ich* hasse ihn. Das wird schon irgendwie gehen. Ich lass mir etwas einfallen. Du kennst mich doch. Keinen Stress«, erklärte ich.

Sie runzelte die Stirn.

»Heather, entspann dich. Sobald du weg bist, werde ich mich bei ganz vielen Stellen bewerben und etwas anderes finden, bei dem man nicht vor dem Computer sitzt. Etwas Praktisches. Etwas, das ich mit meinen Händen mache vielleicht«, sagte ich und versuchte, so positiv wie möglich zu klingen. »Ich wünschte, ich hätte so eine große Leidenschaft für etwas wie du.«

»Du wirst jemanden finden, Birdy.«

»Ich meine damit nicht Leidenschaft für einen *Typen* – ich meine für einen Beruf. Dieses Weinding. Und – falls du es vergessen hast – irgendwie bin ich wieder mit Tim zusammen.«

»Birdy«, sagte sie und runzelte die Stirn. »Du kannst es nicht mit jemandem ernst meinen, den du im Nachtbus kennengelernt hast.«

Ich stockte kurz. Ich wusste, wie Tim war, und hatte mich trotzdem dafür entschieden, mit ihm abzuhängen. Heather hingegen hatte eine völlig falsche Meinung von Cristian, das war der Unterschied.

»Ich verschließe nicht die Augen vor Tims wahrer Persönlichkeit«, erklärte ich nachdrücklich. »Aber ich schließe im Bett die Augen, sonst könnte ich nicht an Jason Momoa denken.«

»Ich will nur, dass du glücklich bist. Er würde dich nicht mal übergangsweise bei sich wohnen lassen. *Und* er ist Versicherungsvertreter.«

»Versicherungsdetektiv«, korrigierte ich sie. »Nicht jeder ist scharf auf die große italienische Liebesgeschichte, Heather. Du vergisst eins: Ich wurde einmal von einem Typen verlassen, der in einer Shopping-Mall als Weihnachtsmann gearbeitet hat. Ich muss nehmen, was ich kriegen kann«, witzelte ich und wollte das Gespräch schnell wieder auf sie richten, um von meinen Unzulänglichkeiten abzulenken.

»Liebes«, setzte sie an, und ich wusste, dass nun ein Vortrag darüber kam, wie wunderbar ich bin und warum ich es nicht selbst erkennen könnte. Doch dann seufzte sie, und ich fühlte mich noch schlechter.

Ich legte die Bürste neben mich – plötzlich wollte ich keine in die Länge gezogene Verabschiedung mehr. »Hey, hör zu, Heather, du musst dich beeilen.«

»Oh, da hast du recht. Das heißt, dass wir uns verabschieden müssen«, sagte sie, stand auf und umarmte mich. »Aber, Birdy, ich kann mich nicht amüsieren, wenn ich weiß, dass du unglücklich bist.«

»Es geht mir gut. Wirklich, ich habe dadurch die Gelegenheit, mein Buch *Wie man sich bei fast allem aus der Verantwortung stiehlt* zu schreiben, von dem ich schon so viel geredet habe.«

»Nur du kannst ein Selbsthilfebuch schreiben, in dem es um nichts geht«, erklärte sie stolz. Ich versuchte, das leichte Zucken zu ignorieren, das ihr Witz in meiner Brust verursachte.

»Nicht wahr?«

Wir lächelten nicht mehr, weil wir traurig über den bevorstehenden Abschied waren, dann umarmte Heather mich fest.

»Sagst du mir Bescheid, wenn du da angerufen hast? Könntest du das heute machen?«

»Mach ich.«

»Danke. Und sag mir auch Bescheid, wo du unterkommst, ja? Ich werde schlaflose Nächte haben, wenn ich weiß, dass du wieder zurück in dieses furchtbare Haus musst. Ich meine es ernst, Birdy, deine Eltern …«

»Ja, mach ich, mach ich«, unterbrach ich sie schnell. Ich wollte jetzt nicht über meine Eltern sprechen. Wir hatten diese Unterhaltung schon eine Million Mal geführt, und es änderte nichts daran, dass sie schon immer komplett scheiße waren.

»Oh, gut«, sagte sie, ließ sich wieder aufs Bett fallen und atmete erleichtert aus. Ich spürte einen Stich im Herzen. Ich wusste: Ein Teil von mir wollte einfach nicht, dass es jemals mit ihr und einem Mann ernst wurde, weil das bedeutete, ich würde sie ein klein wenig verlieren. Heather und ich waren vielleicht wie Familie füreinander, aber mit jedem vorübergehenden Jahr spürte ich, dass sie sich ein neues, ganz eigenes Leben erfand, während ich immer noch ziellos unterwegs war und hoffte, dass mir die Antworten auf Lebens- und Liebesfragen irgendwann in den Schoß fallen würden.

Ich unterdrückte die Tränen, die in mir aufstiegen.

Plötzlich setzte sie sich auf.

»Ach, eine Sache habe ich noch vergessen. Heute Abend ist im Ritz diese piekfeine Abendveranstaltung, zu der ich eingeladen bin. Mein Name steht auf der Gästeliste – mach es einfach so wie immer und sag, dass du ich bist. Niemand wird Fragen stellen. Und es gibt Wein umsonst. Und viele hübsche Kellner.«

»Was ist der Anlass?«

»Die *British Wine Awards*. Ehrlich, du musst nur irgendwie

reinkommen. Es gibt kein Galadinner oder so. Geh einfach! Ich lasse dir das Trapezkleid und die Spangenpumps da, okay? Glaub ja nicht, ich hätte nicht gesehen, dass du ein Auge auf sie geworfen hast!«

Ich grinste. »Klar, warum nicht? Stehst du mit plus eins drauf?«

»Ja, aber du nimmst auf keinen Fall Tim mit.«

# 3

*Mai*

Die Zeit ist um. Ich bin so weit.

Ich sitze am Rand der Bar und warte auf James und den berühmten Russell, vor mir liegen meine Notizen, die ich bei meinem Notfalltelefonat mit Heather hingekritzelt habe. Sie hat sich gefreut, dass ich bei meinem Cousin untergekommen bin, und ihre Freude wurde noch größer, als ich ihr erklärte, ich bräuchte Hilfe dabei, Wein für eine Dinnerparty auszusuchen, die er schmeißen würde.

»Dass es mal dazu kommen würde«, hatte sie gequietscht. »O Gott, wo soll ich anfangen?«

*Großer Fehler*, hatte ich gedacht und mir geschworen, sie nie wieder anzurufen – zumindest nicht, um über etwas zu reden, was ich vermeintlich in London mache, während sie nicht da ist. Ich kann nicht mit mehr als einer Lüge jonglieren. Und ich will Heather definitiv nicht mehr anlügen als unbedingt nötig.

Aus ihr sprudelten zahlreiche Vorschläge heraus, die ich schnell mit der Weinkarte abglich, dann sagte ich ihr ganz freundlich, ich müsse jetzt gehen, weil der Weinladen gleich schließt.

Ich dachte, der Anruf hätte meine Angst irgendwie verringert, aber als Bill wie ein Springteufel hinter der Bar hervorschnellt, schrecke ich zusammen. Er hält eine Flasche Rotwein in der einen, eine Spirituose in der anderen Hand, und seine Wangen sind geröteter, als sie es draußen waren. Ich frage mich, ob er sich zu einer Geschmacksprobe hat hinreißen lassen. Und dann frage ich mich, wie ich ihm zu verstehen geben kann, dass ich es weiß.

»Biste fertig?«, fragt er.

»Fast. Ich bin in die Küche gegangen, um es James zu zeigen, aber Anis meinte, ich solle hier auf den Chef warten«, sage ich und starre sehnsüchtig auf die Whiskyflasche in Bills Hand und frage mich, ob sich hier alle nach der Arbeit betrinken. Dieser ganze Alk und diese ganzen jungen Kellner, die nur für eine Saison hier sind. In Loch Dorn muss es viel Sex geben.

»Den findest du gut, oder?«, fragt Bill, und ich nicke nachdrücklich, bis ich merke, dass er nicht den Whisky in seiner rechten, sondern den Wein in seiner linken Hand meint. »Das ist ein sehr, sehr alter Châteauneuf-du-Pape.«

»Ooohh«, antworte ich. »Darf ich mal schauen?«

»Natürlich«, sagt er und reicht mir vorsichtig die Flasche, das Etikett zeigt nach oben.

»Verdammt, der ist ja älter als ich«, plappere ich wie eine fröhliche Ahnungslose. »Ähm, ich meine natürlich: vorzüglicher Jahrgang …« Ich spreche nicht weiter.

»Nicht unser ältester«, antwortet er stolz, als er den Whisky wieder vor die Spiegelwand hinter der Bar stellt. »Du kannst Weinverkostungen anbieten, weißt du. Red einfach mit Russell, wenn er mal da ist. *Du* bist die Sommelière. Er wird es okay finden.«

»James meinte, es gebe eine Uniform?«, sage ich und erhasche einen Blick auf mich im Spiegel, als Bill eine Gin-Flasche verschiebt. Mein neuer schicker, fransiger Bob à la Heather hat sich in eine Frisurkatastrophe verwandelt, und ich weiß, dass ich langsam anfange zu müffeln. »Ich würde mich gerne frisch machen.«

»Oh, wie unhöflich von mir.« Bill dreht sich um und schmeißt dabei einen Brandy-Ballon von der polierten Theke. Ich warte auf das Klirren, aber nichts, und er greift nach unten und hebt das Glas vom Boden hinter der Bar auf. »Gummimatten«, erklärt er grinsend. »Wenn Russell mit dir fertig ist, bringe ich dich zurück, und du kannst dich auf der Personaltoilette frisch machen.«

Ich atme tief ein. Ich habe alles im Griff, klar.

»Und was ist mit der Musik?«, frage ich ihn.

»Ganz traditionell. Leiern und Harfen und so was in der Art.«

»Gott sei Dank keine Dudelsäcke.«

»Magst du die nicht?«

»Mag die überhaupt irgendwer? Ich glaube nicht. Ein Dudelsack war noch nie Headliner beim Glastonbury, nicht wahr?«

Er lacht und blickt ängstlich zur Tür. Wir warten beide auf den berühmten Russell. Ich vermute, Bill ist nervös, weil er unbedingt seine neue Mitarbeiterin vorstellen will, und ich setze mich ein wenig aufrechter hin, weil ich ihn stolz machen will.

»Du bist nicht so, wie ich mir dich vorgestellt habe«, sagt er ruhig. »Und du siehst ganz anders aus, als auf deinem Facebook-Bild.« Mir bleibt das Herz stehen. Ich hatte mir dieselbe Frisur wie Heather schneiden lassen, ihre Schönheit und Eleganz konnte ich leider nicht beim Friseur dazukaufen.

»Ich bin sehr fotogen. Das erschwert mir das Online-Dating«, antworte ich Bill und versuche, nicht zu eingeschnappt zu sein. »Männer sind immer enttäuscht, wenn sie mich in echt sehen – weil meine Bilder so gut sind.«

»Das meinte ich nicht. Du hast eine Katze als Profilbild.«

Kurz bin ich verwirrt, dann erinnere ich mich wieder an den Tipp, den ich Heather gegeben hatte. *Nimm ein Profilbild, auf dem du nicht zu erkennen bist.*

»O ja«, sage ich und meine Gedanken rasen. »Ich liebe Katzen total.«

*Teil nicht zu viel auf Social Media. Stell deine Freundesliste auf »privat«. Du musst den Großteil des Sommers offline sein.* Ein Katzenbild ist okay. Ich kann drei Monate lang so tun, als fände ich Katzen toll.

Ich drehe mich auf meinem Barhocker mit Ledersitz und betrachte den Speisesaal. Frisches weißes Leinen liegt auf großen, rechteckigen Tischen und hängt über Stühlen, wo der Stoff am Rücken zu Schleifen gerafft ist. Es ist ein wenig kitschig, aber auch total niedlich.

Auf jedem Tisch steht eine kleine Kerze auf einem kurzen silbernen Kerzenhalter, an dem unten eine Schleife mit Schottenkaromuster befestigt ist. Die mächtigen Vorhänge sind mit passenden karierten Raffhaltern befestigt. Die Wände sind in dunklem Bordeauxrot gestrichen, oben an der Wand sind einige Mauersteine freigelegt. Außerdem entdecke ich Bilder in Goldrahmen von Männern in Schottenkaros, mit Spaniels und Waffen. In dem Raum hängt ein Hauch von Zigarrenrauch in der Luft, und ich kann mir in dieser Atmosphäre nur rundliche Männer um die siebzig vorstellen, die Brandy trinken und auf alte Karten blicken.

»Das hier ist der einzige Raum, der noch nicht renoviert wurde«, erklärt Bill.

»Renoviert?«, frage ich verwirrt.

»Oh, du hast den Rest wahrscheinlich noch nicht gesehen! Wir haben alles schon verschönert, nur diesen Speisesaal noch nicht. Sie fangen nächste Woche hier an, deswegen werden wir einige Wochen lang etwas weniger Gäste haben, während ein neuer Teppich verlegt und dem Raum ein neuer Anstrich verpasst wird. Die Gäste werden nur im Barbereich empfangen, das Menü wird abgespeckt. Und dann, ab der ersten Juniwoche, eröffnet alles wieder in neuem Glanz. Sommer, neues Hotel, neues Restaurant. Dann geht's richtig los!«

»Oh«, sage ich. Ein neuer Küchendirektor, eine neue Weinkarte *und* Renovierungsarbeiten?

»Siehst du diesen alten Kerl?«, fragt Bill und zeigt auf ein Gemälde in einem Goldrahmen. »Das ist der Urgroßvater des aktuellen Besitzers des Anwesens, Michael MacDonald.«

»Erzähl mir nix!«, sage ich und grinse Bill an, der gerade ein Weinglas poliert.

»Doch, wirklich. Gemeinsam mit Duke, seinem treuen Jagd-hund. Ich frage mich, was er zu den ganzen Veränderungen hier sagen würde.«

Die Küche ist offen und nimmt die halbe Rückwand ein, gleich neben der Bar. Wenn ich drüber nachdenke, ist es tat-sächlich seltsam, einen derart traditionellen Ort so modern zu gestalten. Von fast dem gesamten Speisesaal aus kann man den Servicebereich sehen, mit Edelstahllampen und der rusti-kalen Eichenverkleidung. James steht dort, trägt nun eins die-ser schwarzen Kochbandanas zum Zuknoten und kostet mit einem Teelöffelende etwas aus einem kleinen silbernen Krug. Bei ihm sieht das Probieren wie eine sehr ernste Angelegen-heit aus.

Er lächelt, als die Türflügel auffliegen und ein riesiger Berg Männlichkeit reingewalzt kommt. Er trägt einen taubenblauen Tweedanzug mit Weste, ein leuchtend gelbes Taschentuch ragt aus seiner Brusttasche. Er hat verwuschelte dunkle Locken, und seine Augen sind dunkel und strahlend zugleich. Ein Super-model vierzig plus, wie aus einer Werbeanzeige für Luxusuhren in *GQ*; der Mann, der aus der mit Eichenholz ausgekleideten Kabine eines alten Segelbootes steigt, dessen Hemd weit auf-geknöpft ist und der die Arme nach einer gesichtslosen Frau in einem goldenen Bikini ausstreckt.

»Hallo, Heather. Willkommen«, säuselt er mit seinem nicht näher einzuordnenden britischen Akzent, seine Stimme gleicht dem gebrannten Karamell auf einem Vanilleeis. Er wirft eine Ausgabe von *The Scotsman* neben mir auf die Bar.

»James!«, ruft er und blickt mir dabei mit leicht geschürzten Lippen direkt ins Gesicht. Er ist zwar furchtbar gut aussehend, aber ich finde seinen Style total abtörnend – die arme Frau, die ihn geheiratet hat, muss sich ihr Leben lang den Intimbereich waxen, Sit-ups machen und sich – im schlimmsten Fall – einer Vaginalstraffung unterziehen. Es dauert weniger als einen Sekundenbruchteil, bis die Türflügel wieder aufgestoßen werden und James reinkommt; er hat den Kopf gesenkt und liest seine Notizen durch. Er ist viel mehr mein Typ. Wenn an Russell alles hart und poliert wirkt, ist an James alles weich und leicht. Sein Haar zum Beispiel, das nach Shampoo und nicht nach teurem Haargel riecht. Er sieht gut aus, aber nicht auf eine einschüchternde Art und Weise, und er rasiert sich auch sehr wahrscheinlich nicht die Eier.

»Willkommen in unserem kleinen Restaurant«, spricht Russell weiter und schiebt seinen Ärmel nach oben, um auf seine riesige silberne Uhr zu schauen. »Wir haben nur fünfundvierzig Minuten, bis es losgeht, und ich sehe, dass du dich von der Reise noch frisch machen musst, stimmt's?«

»Ja, das wäre gut …«, antworte ich und klemme mir die Hände unter die Achseln, damit der Gestank bleibt, wo er ist.

»Gut, dann lass uns schnell die Karte durchgehen«, sagt er und nickt.

Ich nicke auch und blicke kurz zu James, der auf seinem Daumennagel herumkaut. Ich sage lautlos *Alles ist in Ordnung* zu ihm, doch er sieht verwirrt aus, und ich will mich daran erinnern, das nicht noch einmal zu machen.

Ich drehe meinen Hocker in Russells Richtung und nehme meine Notizen raus. Ich atme tief ein, dann erinnere ich mich an die Theater-AG in der neunten Klasse, spreche sehr laut und deutlich und baue noch ein klein wenig Claire Foy von *The Crown* ein, um autoritärer zu wirken.

»Es ist im Grunde unmöglich, den perfekten Wein zu einem Essen auszuwählen, ohne die Schätze aus deinem Keller einmal probiert zu haben«, erkläre ich.

»Du hast natürlich völlig recht«, sagt Russell und nickt zustimmend.

»Und außerdem habe ich auch noch kein Gericht gekostet, also rate ich bestenfalls ins Blaue hinein.«

»Du musst das nicht weiter ausführen, Heather«, sagt Russell und berührt mich am Arm. »Ich freue mich einfach, dass du hier bei uns bist und dass Bill nicht mehr die Weine aussucht.«

Bill verdreht die Augen und stellt einen Espresso vor Russell ab, der ihn in einem Zug herunterstürzt und mit einem zustimmenden Nicken in Bills Richtung schiebt.

»Für das Perlhuhn habe ich mich – wie du siehst – nicht für den üblichen Pinot Grigio entschieden. Ich bin davon ausgegangen«, ich halte inne und blicke über die Schulter zu James, »dass der Sellerie nicht geröstet ist …«

»Ja, darauf habe ich im endgültigen Menü hingewiesen«, antwortet James ruhig, während Russell die Lippen in seine Richtung schürzt.

»Großartig! Nun, dann würde ich definitiv den deutschen Riesling vorschlagen. Den trockenen. Und für die Rinderschulter widerspreche ich wegen des Cabernets – zu schwer, mit dem ganzen Mousse und Gedöns. Ich denke, der argentinische Pinot wird das Gericht perfekt ergänzen und«, ich schaue kurz auf meine Notizen, »und das Herzhafte mit einer Himbeernote abrunden.«

»Gut, gut«, Russell nickt, runzelt die Stirn, und ein Lächeln breitet sich auf seinem glatten Gesicht aus. »Und der Krebs?«

*Scheiße, ich habe den Krebs vergessen.*

»Na, da gibt es doch nur einen Wein, der infrage kommt, oder?«, improvisiere ich. »Einen Merlot?«

Russells Stirnfurchen vertiefen sich, und er blickt zu James, dessen Mund ein wenig offen steht. Stille hängt in der Luft, die vom Scheppern eines Topfes unterbrochen wird, der auf den Küchenboden fällt.

Hinter mir fängt Bill an zu kichern, und dann, einen Augenblick später, beginnt Russell zu lachen und ich falle mit einem tiefen Gackern ein, behalte dabei alle im Auge, um den richtigen Augenblick abzupassen, wann ich mit dem Lachen aufhören kann.

»Spaß!«, sage ich und berühre Russell an der Hand. Ich schwöre mir, nie wieder zu raten.

»Sie meint den Chardonnay«, erklärt Bill nachdrücklich und wedelt mit dem erhobenen Zeigefinger vor mir, während er rot anläuft. »Oh, das ist so lustig. Einen Merlot. Donnerlittchen, fast wäre ich darauf reingefallen.«

»Tut mir leid«, sage ich. »Ich wollte nur nicht, dass euch langweilig wird.«

»Grandiose Arbeit, Heather«, sagt Russell und beendet damit die Unterhaltung.

»Ach, so clever ist das auch nicht«, antworte ich und werde rot. »Wir improvisieren ja gerade alle, nicht wahr?«

»Unsinn«, erwidert er und berührt mich wieder am Arm, doch dieses Mal drückt er ihn auch leicht. »Du bist eine der jüngsten, vielversprechendsten Sommelières des Landes.«

Ich unterbreche ihn: »*Ich* habe wirklich Glück gehabt. Dass ich bei einem Koch mit diesem unglaublichen Ruf arbeiten darf, ist wirklich ein wahr gewordener Traum.«

Ich sehe, dass Russell von mir gemocht werden will. *Respektiert* werden will. Angehimmelt werden will. Und was ist das Großartigste, das man mit einem zutiefst unsicheren und narzisstischen Mann machen kann? Ihn in diesem Glauben lassen, dann kommt man mit fast allem durch.

»Ich habe eine Bitte für den heutigen Abend«, sage ich mit leicht zitternder Stimme. »Ich würde gerne die Beobachterin spielen, damit ich lernen kann, wie ihr hier arbeitet.«

Russell blickt mich an, neigt den Kopf und streicht sich mit dem Finger über das Kinn, bevor er sein Einstecktuch richtet.

»Ich vermute, das ist sinnvoll. Natürlich musst du einspringen, wenn ein Gast einen Sonderwunsch hat. Aber ja, gute Idee.«

»Ich denke, das wäre am besten«, sage ich nur und lächele Russell an, während mich Erleichterung durchströmt. Ich beginne, an meinem Kragen herumzunesteln. Mein Manöver ist total durchschaubar, und ich finde es selbst furchtbar, dass ich es gemacht habe, aber ich bin im Überlebensmodus, deswegen greife ich nach jedem Strohhalm.

»Vielleicht, Bill, könnten wir Heather zeigen, wo sie das Personal über die Weine briefen kann, während James und ich die neuen Gerichte zusammenstellen, und dann kann Heather sich frisch machen?«, fragt er ganz konkret.

»Klar«, antwortet Bill, wischt sich die Hände an seiner schwarzen Schürze ab und macht eine Kopfbewegung zu einer Tür am Ende der Bar. »Würdest du mir folgen, Heather?«

»Danke, Russell«, murmele ich, während ich mich an ihm vorbeiquetsche und mir ein beißender Geruch nach Sandelholz und Pfeffer in die Nase steigt. So viel Cologne, ich muss fast kotzen – obwohl gerade ich mich nicht über Gestank beschweren sollte.

Ich grinse Bill verlegen an, und wir gehen zur Bar.

»Erklär mir, wie du dieses verdammte Dessert anrichten willst. Dann können wir über dieses scheiß Steinbutt-Gericht sprechen«, sagt Russell zu James, und seine Stimme hört sich viel weniger beruhigend an als die, mit der er mit mir gesprochen hat.

»Gott, der ist aber vornehm. Ich wette, der hat eine Sommer-
*und* eine Winterdecke«, flüstere ich Bill zu, während ich noch
einmal zu James schaue, der lebhaft erklärt, warum die Schoko-
ladenhülle um die Ganache unbedingt halbkugelförmig sein
muss. James schlägt sie wenig feierlich mit einem Teelöffel auf
und Russell runzelt die Stirn. Dann erscheint Anis mit dem
Probenteller, den ich schon vor fünfundvierzig Minuten hätte
bekommen sollen.

Ich wende mich wieder an Bill, als er die Tür zum Personalraum öffnet.

»Wo ist Irene?«

»Du wirst sie wahrscheinlich morgen sehen. Sie meinte übrigens, du wärst absolut hinreißend bei den *Wine Awards* gewesen. Was für ein Zufall, dass ihr euch da getroffen habt!«, fügt er
hinzu.

»Ja. Ein wundervoller Zufall«, antworte ich. Und dann, als
mir klar wird, dass ich wahrscheinlich von allem etwas einge-
schüchterter wirken sollte, füge ich noch hinzu: »Hier wird für
mich gerade echt ein Traum wahr.«

# 4

*Zwei Wochen zuvor*

»Heather Jones«, verkündete ich selbstbewusst, als Tim und ich an der Rezeption des Ritz ankamen. »Wir kommen zu den *British Wine Awards*.«

Der Türsteher fuhr mit einem Finger die Gästeliste entlang, und ich beobachtete, wie er Heathers Namen durchstrich.

Ich trug Heathers schwarzes Trapezkleid, was passte, aber nur, weil es eins dieser Kleider war, unter denen man eine Bierkiste schmuggeln konnte. Heather trug das Kleid immer mit einer pinken Schärpe, was ich auch versucht habe, doch damit sah ich aus wie *zwei* Müllbeutel aus Seidenorganza anstatt einem. Tim hatte schwarze Jeans und einen samtenen Blazer an, den er von seinem besten Saufkumpel Damon – oder ›Damo‹, wie er genannt wurde – ausgeliehen hatte. Er sah tatsächlich ziemlich elegant aus.

»Willkommen, Miss Jones. Und dürfte ich auch um Ihren Namen bitten, Sir? Entschuldigen Sie bitte, aber hier steht nur ›plus eins‹. Er schaute kurz zu mir, weil Heather das ›Um Antwort wird gebeten‹ ignoriert hatte.

»Ich heiße Tim«, sagte Tim und übertrieb es ein wenig mit einem total vornehmen Akzent, reckte das Kinn nach vorn und schürzte die Lippen ein wenig.

Der Mann nickte und schrieb den Namen dort auf, wo ich es nicht sehen konnte. »Und Ihr Nachname?«

»Ähm«, Tim blickte zu mir, und ich hob warnend eine Augenbraue. »McTimothy.«

»Tim McTimothy«, wiederholte der Mann aufmerksam, sein souveränes Auftreten triumphierte über seinen gesunden Menschenverstand. »Sehr gut.«

Und wir waren drin, hatten die VIP-Pässe um den Hals hängen und stellten uns an der Bar mit den Gratis-Getränken und den winzigen veganen Canapés an.

Der Ballsaal des Ritz' war viel langweiliger, als ich ihn mir vorgestellt hatte: groß, aber er fühlte sich eher leer an, mit einer nur leicht protzigen Gipsdecke. Die Gäste unterschieden sich von denen, die ich normalerweise bei Heathers Arbeitsevents traf – der Eröffnung einer schicken Rooftop-Bar oder eines hippen Underground-Restaurants –, die Menschen hier waren spießig und altmodisch.

Perfekt! Tim und ich mochten nichts lieber als Quatsch mit Fremden zu reden: Am besten war es, wenn wir sie davon überzeugen konnten, dass wir jemand anderes waren. Und sogar noch besser, wenn ich es schaffte, überzeugend jemand Schicken oder Berühmten zu spielen, oder auch nur jemanden, der sein Leben besser im Griff hatte als ich. Das letzte Mal, als wir abends unterwegs waren, haben wir eine Veranstaltung der *British Film Industry* besucht, auf der Tim mit einer dunklen Sonnenbrille in der Ecke saß und ich den ganzen Abend lang junge Schauspieler auf ihn aufmerksam machte, um zu sehen, ob jemand anbeißen würde: »*Oh, mein Gott, das ist Jim Reeves. Der Regisseur. Kennst du den nicht? Oh, der ist überaus erfolgreich. Und so talentiert. Nein, online findet man nichts über ihn. Er hält sein Privatleben streng geheim. Ich kann einfach nicht glauben, dass er hier ist.*«

»Los jetzt, ich will mich in die Massen stürzen«, Tim zwinkerte mir zu, und ich grinste. »Zusammen? Oder allein und wir berichten uns später?«

»Allein und später berichten.«

Nicht mal eine Stunde später waren wir beide lächerlich betrunken und giggelten in einer Ecke über die Leute, die wir getroffen hatten.

»Ich habe mich über Land Rover, Hyper-Dekantieren, die

Länge von Merinowollfasern und schnödes Joggen unterhalten. Ich habe sogar versucht, bei einer Unterhaltung über Kricket mitzumischen.« Das betonte ich besonders, weil Tim ein Fußball-Enthusiast ist. »Und jemand namens Bert musste sich entschuldigen, weil er den Seewetterbericht für morgen sehen wollte. Etwas in mir ist gestorben und in eine Hölle à la Buckinghamshire gekommen.«

»Ich hatte nur eine Unterhaltung über Bäume«, erklärte Tim. Dann rülpste er.

»Komm schon, wir sollten die Gewinnerweine mal genauer unter die Lupe nehmen. Deswegen sind wir hier.«

In der Mitte des Ballsaals stand ein riesiger runder Tisch mit ungefähr fünfzig Weinen, an denen verschiedene goldene, silberne und bronzefarbene Auszeichnungen klebten; und in der Mitte thronte ein alter Tafelaufsatz aus Weingläsern und Efeu, der ungefähr sechs Meter weit in die Höhe ragte. Es war atemberaubend.

»Wer hätte denn gedacht, dass Engländer Wein herstellen … Das ist so, als würde man mal einen stilvollen Australier kennenlernen«, sagte Tim, als er eins der Gläser nahm, das zum Probieren dastand, und sich selbst so großzügig einschenkte, dass es fast schon überschwappte.

»Hey, mach mal ein bisschen halblang, mein Freund«, sagte ich.

»Das ist für umme«, antwortete er und stürzte die Hälfte in einem Zug runter.

»Sav Blanc«, erklärte ich und nahm eine Flasche mit einem sehr modern aussehenden schwarzen Etikett und dem Umriss der Grafschaft Kent in die Hand. »Sav Blanc finde ich gut, und der hier hat sogar einen Preis bekommen. Schau mal. Silber!«

Ich schenkte mir eine bescheidenere Menge ein, aber es

wurde langsam schwer, den Flaschenhals in die richtige Richtung zu halten.

»Er hat ein wenig Katzenurin in der Nase; ich weiß, das ist der letzte Schrei, aber mit vier Katern daheim bekomme ich das nicht runter«, erklärte eine Frauenstimme neben mir. Die Dame trug einen ausgestellten türkisen Hosenanzug, der in elegant nur von jemandem wie Alexa Chung designt werden konnte.

»Katzenurin?«, fragte ich.

»Ja, genau«, antwortete die Frau und sah überrascht aus. »Das ist eine Degustationsnotiz?«

»Ach ja, natürlich! Katzenurin. Ganz vorzüglich«, antwortete ich und versuchte, nicht in mein Glas zu kichern, das plötzlich tatsächlich ganz schön nach Katzenurin roch. Tim brüllte vor Lachen, und die Frau runzelte die Stirn und entfernte sich einige Schritte von uns. Wie zum Teufel schaffte Heather es, sich in diesen Kreisen zu bewegen? Das würde ich nie wirklich verstehen.

»Okay, ich weiß nicht, ob ich noch viel mehr vertrage«, sagte ich und blickte Tim mit einem geschlossenen Auge an, damit ich ihn nicht doppelt sah. »Ich bin hacke, Tim. Und ich will eine große Pizza mit gefülltem Rand und extra Salami. Und Chili. Und ein Bier.«

»Darauf stoße ich an«, entgegnete er, »aber zuerst muss ich mal aufs Scheißhaus.«

»Kannst du nicht wenigstens ›Toilette‹ sagen? Wir sind im Ritz, verdammte Scheiße«, rief ich, als er in die falsche Richtung lief.

»Heather Jones?«, ertönte eine Stimme hinter mir. »Ist das nicht eine wundervolle Überraschung! Ich wusste nicht, dass Sie hier sein würden, aber natürlich, wie könnte es anders sein! Und dann habe ich Ihren Namen auf der Gästeliste gesehen.«

Ich blinzelte kurz, dann blickte ich von ihrem warmen Lächeln zu ihrer fließenden senfgelben Bluse und dann zu ihrem VIP-Pass.

»Ich bin Irene Reid, meine Liebe. Bill muss mich bei Ihrem Vorstellungsgespräch erwähnt haben«, sagte sie strahlend, ihr weißes Haar wallte über ihre Schultern und ihre Arme waren ausgestreckt wie bei einer Marmorskulptur der Jungfrau Maria. »Ich freue mich so sehr, dass Sie zu uns kommen.«

»Ahh, Irene«, sagte ich, nickte und lächelte. *Wer zum Teufel war diese Frau?*

»Ja, genau«, strahlte sie. »Oh, das ist einfach wunderbar. Und, wissen Sie, Russell ist hier auch irgendwo. Zumindest meinte er, dass er kommen würde, aber ich habe ihn noch nicht gesehen.«

*Bill, Russell, Irene. Wer zum Teufel war diese Lady und wie konnte ich mich schnell vom Acker machen?* Und dann, als ich ihren sanften schottischen Akzent erkannte, schnappte ich nach Luft. »Irene!«

»Ja, Liebes«, sagte sie und lachte jetzt.

*Oh Shit!*

Ich hatte den Anruf noch nicht getätigt. Diesen sehr wichtigen Anruf, um dem schottischen Hotel mitzuteilen, dass Heather den Job in Schottland sausen lassen würde. Den Anruf, den ich am gleichen Tag hätte erledigen müssen. Und jetzt stand Heathers zukünftige Chefin vor mir und zog mich an sich, um mich fest zu umarmen. Weil sie dachte, *ich* wäre Heather. Natürlich dachte sie das. Der Name stand auf dem Schild, das mir um den Hals hing.

Ich wartete kurz, bis es nicht mehr unhöflich war, mich aus der Umarmung zu lösen.

»Hi, Irene«, sagte ich. *Könnte ich das Missverständnis erklären?* Ich versuchte, ein wenig Zeit zu schinden, während sich mein betrunkenes Gehirn bemühte, sich etwas auszudenken. »Haben

Sie den Gewinner der Silbermedaille probiert? Der ist wirklich gut. Viel Katzenurin in der Nase.«

»Nein, nein, aber vielen Dank für die Empfehlung.« Sie zwinkerte mir zu, als ich gerade Tim auf dem Rückweg vom stillen Örtchen entdeckte. Ich wusste, dass er dieser Situation nicht würde widerstehen können – ein köstliches Missverständnis, immer wieder gut für Lacher beim vierten Pint Ale mit Damo. Ich wollte abhauen, aber Irene schenkte sich ein Glas ein, und ich wollte verhindern, dass Heather unhöflich wirkte, weil sie so plötzlich verschwand.

»Hallo, Madam«, sagte Tim, als er zu uns kam. »Mein Name lautet Tim McTimothy. Wie Sie auf meinem Namensschild lesen können.«

Ich kicherte, schnaubte und beobachtete das Schreckensszenario, ohne etwas dagegen unternehmen zu können.

»Irene Reid. Ich bin die Geschäftsführerin von Loch Dorn, und wir freuen uns so sehr, dass Heather für uns arbeiten wird. Auch wenn es nur einen Sommer lang ist.«

Es dauerte einen Augenblick. Tim neigte den Kopf, verwirrt, und als ich ganz unauffällig und langsam den Kopf schüttelte, fiel der Groschen.

»Oh. Verstehe. Heathers neue Chefin, stimmt's?«, sagte er und lachte schroff. Er streckte eine Hand aus, um sich auf dem Tisch abzustützen, und ich wünschte mir, ich wäre nah genug, um dasselbe zu machen. »Ist das ein krass abgefahrener Zufall.«

Ich brach in schrilles Gelächter aus.

»Ja, das ist ganz wunderbar. Und es ist auch schön, Sie kennenzulernen, Tim. Ist das der Sauvignon?«, fragte Irene, als er das letzte Drittel seines Glases in einem Zug runterstürzte.

»Ähm, Irene?« Alles drehte sich, als ich versuchte, ihr auf Augenhöhe entgegenzutreten.

»Ja?«, antwortete sie und nahm nur einen winzigen Schluck

von ihrem eigenen Getränk. »Ach, ist das nicht wunderbar? Es ist so toll, das Gesicht zu dem Namen zu sehen, von dem ich so viel gehört habe. Bill war außer sich vor Freude, und wir sind überaus glücklich, dass Sie zu uns stoßen werden. Wir werden einen wundervollen Sommer haben! Ihnen wird es dort gefallen. Es ist wundervoll. Ich könnte ewig schwärmen. Aber was wollten Sie sagen?«

Ich blickte ihr direkt in ihre liebenswürdigen, aufgeregten Augen und wollte nicht die Enttäuschung und die Herablassung sehen, wenn sie erfuhr, wer ich wirklich war. Ich spürte das Prickeln des Alkohols in meinen Adern. Dieser Blick, diese aufrichtige Freude, mich zu treffen – oder eher Heather –, dieser Blick war mitreißend. Ich konnte nicht widerstehen. Ich kam nicht dagegen an, mich in diesem Gefühl zu suhlen, zumindest einen Abend lang. Ich würde es morgen wiedergutmachen, irgendwie.

»Ich erinnere mich gerade nicht mehr, hatten wir schon eine Unterkunft für mich organisiert?«

»Ja, natürlich. Ein großes Zimmer in einem tollen kleinen Cottage steht all unseren Angestellten zur Verfügung. Bill hat das doch bestimmt mit Ihnen besprochen, oder nicht?«

»Ach doch, natürlich hat er das«, sagte ich und zeigte auf mein Glas. »Ich sollte besser mal langsam machen mit dem Katzenurin. Als Nächstes vergesse ich noch, wo Schottland liegt.«

Irene lachte herzlich, und bevor ich wusste, wie mir geschah, erklärte ich meine Begeisterung darüber, nach Loch Dorn zu kommen, während sie mir wundervolle Geschichten über Ausritte, frische Luft und riesige Hummer erzählte.

Nach ungefähr dreißig Minuten ging sie schließlich. »Ich komm später noch einmal zurück und verabschiede mich – schleichen Sie sich nicht weg«, verlangte sie.

Ich drehte mich zu Tim, und die Aufregung verwandelte sich in panisches Lachen. »Was zum Teufel soll ich jetzt machen? Ich sollte diesen Job absagen, für Heather. Ich hätte das heute machen müssen!«

»Das war absolut großartig.«

»Schon, aber was soll ich jetzt tun?«

»Ach, du solltest es einfach durchziehen«, sagte er, legte den Arm um mich und zog mich an sich.

»Sei nicht albern«, entgegnete ich, löste mich von ihm und war über die Zärtlichkeitsbekundung irritiert, die immer nach so viel Alkohol folgte, aber nie in nüchternem Zustand.

»Warum denn nicht? Du kannst nicht zu deinen Eltern zurück. Du meintest, du sprichst nicht einmal mehr mit denen.«

»Und bei dir kann ich auch nicht bleiben.«

»Wenn ich genug Platz hätte …«

»Würdest du das trotzdem nicht zulassen«, sagte ich, und bevor Tim protestieren konnte, fügte ich hinzu: »Ist schon okay, macht nichts.«

»Birdy, das ist nur ein Aushilfsjob. Das schaffst du problemlos. Du hast doch selbst gesagt, dass Heather ihn nicht wollte. Sie wollte nicht einmal dort anrufen, verdammt noch mal.«

»Das stimmt.«

»Das Logis ist *frei*, Kost wahrscheinlich auch. Auf jeden Fall bekommst du Wein und Whisky umsonst. Schottland, der Sommer – sonst hast du doch eh nichts vor, oder?«

Ich dachte kurz darüber nach, dann fühlte es sich auf seltsame Weise plausibel an. *Heather meinte, es sei nichts Besonderes. Im Grunde ein alter Pub, ein Familienbetrieb mitten im Nirgendwo. Ich habe schon einige Male in Bars und als Kellnerin gearbeitet. Ich bin da nicht völlig unfähig. Es wäre toll, mir ein bisschen Schottland anzuschauen …*

»Wenn du das nicht machst, dann mache ich es!« Bei diesen Worten machte Tim eine ausladende Geste mit den Armen und kippte dabei eine Flasche Wein um, die wiederum die sorgfältig gestapelten, mit Efeu zusammengehaltenen Champagnergläser umschmiss. Ein kurzer Augenblick der Spannung, dann zersprang eins nach dem anderen, als sie auf den Tisch knallten – ihre großen, scharfen Scherben landeten neben uns auf dem Teppich.

Im Saal wurde es still.

Neben mir schnappte jemand nach Luft. »Gütiger Gott, das ist erlesenes Kristall.«

»Und das ist ein erlesener Idiot«, sagte ich und trat einen Schritt zurück, als würde ich Tim nicht kennen. Ich sah, dass Irene vom anderen Ende des Raumes zu mir blickte, versuchte, beschämt auszusehen, versuchte, mit einem Blick auszudrücken, dass ich zwar mit Tim zusammen war, sein Benehmen aber keineswegs gutheißen konnte. In dem Moment, als die Kellner zu uns gestürmt kamen, um aufzuräumen, schnappte ich mir Tim, und wir hauten ab.

# 5

## *Mai*

Ich wäre lieber tot als so müde. Das Restaurant ist voll, die Schicht ist halb vorbei und ich scharwenzel um die Bar herum und sehe fleißig aus, aber jeder Schritt verursacht einen stechenden Schmerz in meinen Fußballen. Die Uniform, die in Heathers Größe bereitgelegt wurde, war mir zwei Nummern zu klein, aber ich quetschte mich lieber in den langweiligen Bleistiftrock und die weiße Bluse, als das zu erklären. Ich trage eine lange schwarze Leinenschürze, die mit breiten braunen Lederriemen gebunden wird und gut den Wulst am Rockbund kaschiert, mich aber an einem normalen Gang hindert. Der doofe Rock ist so eng, dass ich eher wie ein Achtzigerjahre-Fernsehroboter schlurfe, als zu gehen.

Beim Personal, das ich so kurz wie möglich eingewiesen habe, handelt es sich um fünf ernste junge Dinger, die alle schon gestiefelt und gespornt auf ihren Einsatz warten.

»Nun, ihr seid alle schon länger hier und wisst deswegen mehr als ich«, sagte ich und machte nicht viel mehr, als ihnen zu schmeicheln, damit sie nicht bemerkten, dass ich keine große Ahnung hatte, was ich da erzählte. »Heute Abend werde ich von euch lernen.«

Eine Rothaarige mit Kindergesicht und Stupsnase blickte mich mit der Art endloser Bewunderung an, die normalerweise für Popstars reserviert ist. Sie erklärte mir, ihr Name sei Roxanne, aber ihre Freunde würden sie Roxy nennen, und es sprudelte aus ihr heraus, dass sie Sommelière werden wolle und mir gern helfen würde, wo sie nur könne. Ich wollte Roxy fest umarmen, weil es sie gab.

Ich sehe sie gerade, sie trägt ein Tablett mit zwei Gläsern mit – wie ich gelernt habe – Bellinis. Champagner mit ein wenig püriertem Pfirsich für 18 Pfund pro Glas. Ihr leuchtend rotes Haar ist zu einem festen Zopf gebunden.

Die offene Küche erlaubt mir einen direkten Blick auf Anis und – viel interessanter – James, der immer verdrießlicher und verschwitzter aussieht, je länger er arbeitet.

»James kocht eigentlich nicht sonderlich viel«, sage ich zu Bill, der hinter der Bar Gläser poliert, während ich James dabei beobachte, wie er den Patissier zusammenfaltet.

»Nun, er stellt sicher, dass alles so ist, wie Russell es haben möchte. Er ist so etwas wie der Dirigent des Orchesters. Und Russell gehört das Orchester«, sagt Bill mit einem schüchternen Lächeln und poliert noch ein Glas. »Aber das weißt du alles. Was rede ich da – ich erkläre *dir*, wie ein Restaurant funktioniert?«

»Ha, genau«, murmele ich und schicke Heather schnell eine Nachricht, um mich zu bedanken: *Vielen Dank für den Weintipp für das schicke Essen, ich berichte später, wie er angekommen ist.*

Mir tut echt alles weh und ich bin saumüde, und obwohl diese Scharade erst wenige Stunden andauert – und ich sie noch drei Monate lang aufrechterhalten muss –, fühle ich mich dazu jetzt schon zu erschöpft.

»Bill«, sage ich und lehne mich zu ihm, während ein sehr großer niederländischer Kellner mit zwei Tellern an mir vorbeischreitet, auf denen etwas liegt, das wie überproportionierte Hähnchenschenkel aussieht. »Wann machen wir normalerweise zu?«

»Zu?«

»Den Laden hier zu.«

»Ah, verstehe«, sagt er und blickt auf seine Uhr. »Es ist Viertel vor neun, ich vermute mal, in drei oder vier Stunden?«

Ich liege auf dem Boden des Personalraumes, habe den linken Fuß an die Wand gelehnt, kreise mit dem Knöchel meines rechten Fußes und wimmere wie ein lahmer Hund. Dieser lächerlich enge Bleistiftrock ist mir über die Hüften gerutscht, und ich habe die cremefarbene Polyesterbluse herausgezogen, in der ich wie eine Wurst in der Pelle aussehe, und sie weit genug aufgeknöpft, damit ein wenig kühle Luft an meine Haut kommt. Diese Uniform ist viel weniger fancy als das Restaurant, daran ist nicht zu rütteln. Ich gähne und reibe mir die Augen, es ist mir egal, ob ich mir schwarzen Eyeliner übers Gesicht schmiere. An diesem Tag habe ich alles erlebt: eisige Kälte bis hin zu sengender Hitze. Jede einzelne meiner Körperzellen ist zerstört.

Ich denke trotzdem, ich habe mich ganz passabel geschlagen. Fast alle Gäste haben das Degustationsmenü mit Weinbegleitung bestellt, deswegen musste ich wenig aus dem Stegreif entscheiden – und außerdem standen auf der Weinkarte unter jeder Sorte einige Beschreibungen, dann konnte ich bluffen, wenn ich musste. Aber ich habe schnell herausgefunden: Die meisten Menschen wollen einfach nur, dass man ihnen eine Entscheidung abnimmt.

»Ich weiß nicht, wie Sie dazu stehen, aber mein Motto lautet: Einfach ist am besten«, hatte ich einem nervösen Mann zugeflüstert, der wegen der Preisliste kurz vorm Herzinfarkt stand – und erteilte ihm somit die Erlaubnis, einen schönen günstigen Napa Valley Pinot auszuwählen.

»Welcher Mann würde seiner Begleitung nicht den Jahrgangschampagner bestellen?«, fragte ich laut einen älteren Herren, der grinste, zu seiner lächelnden Frau blickte, die Weinkarte zuklappte und antwortete: »Nun, jetzt habe ich keine andere Wahl mehr, oder?«

»Ich nehme das Perlhuhn mit einem Glas Weißwein«, hatte

ein sehr selbstbewusster amerikanischer Tourist gesagt. »Welchen würden Sie empfehlen?«

»Oje, ich hasse es, Weine zu empfehlen«, hatte ich gewitzelt und war panisch die Karte durchgegangen.

Er kicherte. »Dann haben Sie sich wohl den falschen Beruf ausgesucht.«

»*Durchaus*«, antwortete ich schnell, als ich mich plötzlich an Heathers Beschwerde erinnerte, dass die Amerikaner immer nur schnöden Chardonnay trinken.

»Nehmen Sie den Chardonnay«, sagte ich nachdrücklich.

»Oh, ich liebe Chardonnay«, erklärte seine Partnerin mit diesem perfekten texanischen Akzent. »Kann ich bitte einen Eiswürfel ins Glas bekommen?«

»Ja. Ja, das können Sie«, erklärte ich und ging triumphierend zurück zu Bill.

»Irgendwie glauben sie einfach alles, was ich sage«, platzte ich heraus. »Ich bin wie der Donald Trump des Weins.«

»Nun, du hast recht, die anspruchsvolle Kundschaft vom Claridge's war noch nicht da«, sagte Bill. »Sie brauchen ein wenig Führung.«

»Durchaus«, sagte ich erneut und verharrte kurz bei dem Wort. Ich bin nun ein Mensch, der ›durchaus‹ sagt, wie mir scheint.

Anschließend stand ich hauptsächlich herum und sah sehr fleißig und wichtig aus – wozu viel dem jungen Personal zunicken gehörte – und beobachtete, wie sie elegant den Wein einschenkten, anmutig servierten und rasch abdeckten. Ich stellte mir außerdem einige Proben von Bill rein, »aus Recherchegründen«.

Als ich an die Decke des Personalraums starre und auf Bill warte, der die Bar aufräumt und mir mein Bett zeigen soll, wundere ich mich darüber, dass ich tatsächlich hier bin, in

Schottland, und dass ich es wirklich gewagt habe. In meinem rauschartigen Zustand fange ich ganz allein an zu kichern.

»Hi, Heather.« James schaut verwirrt aus, als er mich in diesem Zustand am Boden liegen sieht. Kein Wunder – ich sehe völlig verboten aus. Ich ziehe meinen Rock runter und richte meine Bluse, aber ich kann mich nicht hinsetzen, das schaffe ich einfach nicht mehr.

»Ich bin seit Ibiza im August 2014 nicht mehr so erschöpft gewesen. Nein. Das ist gelogen. Seit der Nacht, in der ich einen vierundzwanzigstündigen Nicolas-Cage-Filmemarathon veranstaltet habe. Und seltsamerweise hatte ich damit noch nicht mal annähernd die Oberfläche seines Backkatalogs angekratzt. Er ist äußerst produktiv. Ich frage mich, wie viel Lebenszeit es mich kosten würde, mir jeden seiner Filme anzusehen. *Con Air* war lang. Er macht nicht viele Filme unter zwei Stunden. Ich werde das mal googeln. Ach, egal eigentlich, meine Finger sind zu müde.«

*Warum rede ich immer noch?*

James lacht tatsächlich aus vollem Herzen – mir egal, ob er mit mir oder über mich lacht –, dann zieht er sein schwarzes Bandana aus und knöpft seine Kochjacke auf. Darunter trägt er ein weißes T-Shirt, alles ist schmutzig. Er seufzt, und ich habe das Gefühl, dass ihm eine zentnerschwere Last von den Schultern genommen wurde.

»Ich bin froh, dass du eine eher entspannte erste Schicht hattest«, sagt er gähnend. Will der mich verarschen? Er geht zu seinem Spind und lässt die Tür offen stehen, damit ich ihn nicht sehe, obwohl er sich da keine Sorgen machen muss. Ich bin viel zu müde, um hinüberzulinsen.

»Ja, alles total easy«, antworte ich.

Schließlich, ungefähr drei Sekunden später, überkommt mich nun doch das Bedürfnis, einen Blick auf ihn zu werfen, aber

James hat sich schon ein schwarzes T-Shirt angezogen. Seine Schultern hängen nach vorn, während er kurz auf sein Telefon schaut. Dann beugt er sich runter, um seine Tasche aufzuheben, und streckt mir dabei quasi den Hintern ins Gesicht. Der schon ziemlich gut aussieht. Er hat keinen dieser winzigen Hintern, die in Skinny-Jeans verschwinden, sondern einen guten, runden, anständigen Hintern.

Ich schimpfe mit mir, konzentriere mich wieder auf mein Handy und warte darauf, dass er die Tür seines Spindes schließt, bevor ich den Kopf vollständig in seine Richtung drehe. In den nächsten drei Monaten werde ich mit niemandem so eng zusammenarbeiten wie mit James und meine Beziehung mit ihm darf nicht auf seinem sehr hübschen Hintern basieren. Ich muss ihn voll und ganz auf meine Seite bekommen. Wenn jemand meine Unzulänglichkeit bemerkt, dann er.

»Wie lange arbeitest du denn schon hier, James?«, frage ich und unterdrücke ein Gähnen. »Sorry, langer Tag. Im Morgengrauen war ich noch am Bahnhof in Pancras. Armes Morgengrauen, jedem graut es davor.«

Er kichert schon wieder, obwohl der Witz total unlustig ist. Sein Lachen ist niedlich – warm und von Herzen. »Ja, verstehe«, sagt er und schmeißt seine schmutzige Arbeitskleidung in einen Wäschekorb neben der Tür. »Ich arbeite schon seit Ewigkeiten hier.« Er lässt sich in den Stuhl mir gegenüber fallen und wischt sich mit einem weißen Handtuch übers Gesicht. Sein Haar fällt ihm ins Gesicht, es ist widerspenstig, vom Bandana zerdrückt und feucht vom Schweiß.

»Wirklich?«

»Ich habe nur einmal einen kurzen Abstecher nach Dunvegan gemacht.«

»Dunvegan?«

»Ja, kennst du das nicht? Dunvegan auf Skye.«

»Ach so, doch klar.« Ich will mir später einmal eine Karte von dem Bereich anschauen. »Also bist du von der Westküste?«

»Ja«, sagt er knapp, schmeißt auch das weiße Handtuch in den Wäschekorb und wirft den Kopf in den Nacken, damit die Haare nicht mehr in seinen Augen hängen. »Sorry, ich mach dir hier keine gute Willkommensparty. Ich hatte heute auch einen langen Tag. Russell hat … etwas gebraucht.«

Er hält inne und schüttelt den Kopf. Es ist ganz klar, dass er über seinen Boss motzen wollte – etwas, das ich sehr gut verstehen kann. Niemand in der Geschichte der Menschheit hat mehr über seine Chefs gemeckert als ich. Ich bin die Königin des Meckerns sozusagen. Fast jeder Boss, den ich jemals hatte, hatte Macken in so ziemlich jedem Bereich, und so talentiert Russell sein mag, wirkt er auch wie ein ganz klassisches Arschloch.

James greift sich an den Nacken, und ich bewundere seine leicht trainierten Arme; er muss sich jetzt nur noch durchs Haar fahren, dann werde ich mich total in ihn verknallen.

»Man muss sich in deinem Job um vieles kümmern«, sage ich.

»Das stimmt«, erklärt er und steht auf. »Brauchst du Hilfe?« Er streckt mir den Arm entgegen.

»Danke«, sage ich und merke, wie ich erröte, weil er mich hochzieht und ich schnell meine Klamotten richten muss, als ich stehe. Meine Fußballen brennen bestialisch, und nichts kann den seltsamen Geruch überdecken, den meine Achseln verströmen. »Sorry, James, ich bin komplett hinüber. Ich würde gern behaupten, dass ich normalerweise anders bin, aber das wäre gelogen.«

Er lacht. »Du siehst gut aus.«

Mit diesem sanften schottischen Akzent und dem unaufdringlichen Selbstbewusstsein ist *Du siehst gut aus* so ziemlich das beste Kompliment, das ich jemals bekommen habe. Ich merke, dass meine Wangen vor Freude brennen.

Bill kommt mit einer offenen Champagnerflasche in der einen und einer Flasche Rotwein in der anderen Hand hereingeplatzt. Er torkelt ein wenig, als er nach seinem Mantel greift, und stellt unbeholfen den Wein ab. »O gütiger Gott, komm, wir fahren nach Hause, hopp hopp. Du musst fahren, James; ich kann kaum noch stehen. Hab gehört, wie dieses Paar an Tisch neun, das goldene Hochzeit feiert, meinte, sie würden noch nackt baden gehen, falls jemand mal lachen möchte.« Er rülpst, dann schaut er zu mir und sieht, dass ich lache. »Berufsrisiko.«

James nimmt Bill den Rotwein aus der Hand. »Den hättest du nicht mitnehmen sollen, Bill.«

»Der ist schon tagelang offen«, sagt Bill mit einem breiten Grinsen.

Als ich in meinen Blazer schlüpfe, merke ich, dass James mich anschaut. Ich blicke zu ihm, während wir darauf warten, dass Bill sich umzieht, und ich frage mich, ob er noch etwas zu sagen hat. Ich warte einen Augenblick, und mir wird klar, dass dem nicht so ist.

»Ich würde dazu nicht Nein sagen«, erkläre ich und mache eine Kopfbewegung zu der Flasche in seiner Hand.

»Sicher.« Sein Blick ist auf den Wein gerichtet, dann schaut er langsam zu mir auf und blickt mir in die Augen. »Hast du Hunger?«

Irgendwie höre ich die Worte nicht, weil ich nur seine Augen sehe. Es gibt eine Verbindung zwischen uns, das ist eindeutig.

Diese Erkenntnis schockiert mich so sehr, dass ich fast einen Satz zurück mache, dann reiße ich mich von diesem unsichtbaren, fragilen Band los. Ich komme wieder zu Atem. Er blickt zur Decke und dann zu Boden, und mir fällt ein, dass ich ihm antworten sollte.

»Oh, sicher, ja«, entgegne ich und versuche mich zu entspannen, während mein Herz wie wild in der Brust hämmert.

»Ich bin am Verhungern«, sagt Bill und schließt selbstvergessen den Reißverschluss seines grauen Hoodies.

James hat schon seine Jacke angezogen und hält die Tür auf, als ich noch dabei bin, mich zu sammeln.

Ich folge ihnen, meine Füße schmerzen, während wir nach draußen zum Cart gehen und James auf den Fahrersitz springt und den Schlüssel ins Schloss steckt.

»Steig vorne ein, Bill. Ich geh nach hinten«, erkläre ich.

»O Gott sei Dank«, sagt er und lässt sich auf den Sitz neben James fallen, dann klopft er ihm auf die Schulter. »Noch ein brillanter Tag, alter Junge. Wahnsinn. Du machst das wirklich toll.«

»Du solltest ein wenig schlafen«, antwortet James.

Die Fahrt zum Cottage dauert nicht lange, doch ich habe genug Zeit, um meine zerstreuten Gedanken ein wenig zu ordnen. Diese Situation, in der ich mich hier befinde – dass ich so tue, als wäre ich meine beste Freundin in einem ganz und gar nicht komplett runtergekommenen Hotel –, ist bereits brenzlig. Aber es ist machbar, solange ich hart arbeite, zu allen nett bin und irgendwie bis zum Ende des Sommers durchhalte. Was ich mir nicht erlauben kann: mich zu verlieben. *Reiß dich am Riemen, Birdy!*

Eine Schwärmerei würde mich nur ablenken, und ich muss mich konzentrieren. Heute Abend muss mein Crash-Kurs beginnen. Ich muss mich über eine Million Weine informieren.

Wir fahren am Cottage vor, das Bewegungslicht springt an, und während James mit dem Schlüssel herumfummelt, hat Bill sich gesammelt.

»Ich zeige dir dein Zimmer, dann kannst du zumindest duschen«, sagt er, hält sich die Nase zu und hustet.

»Halt die Klappe«, sage ich lachend. »Du stinkst schlimmer als ich.«

»Das bezweifele ich nicht«, antwortet er, als die Tür aufgeht. Er nimmt meinen Koffer und schaltet das Licht im Flur an. »Dein Zimmer ist da hinten, zweite Tür rechts. Ist alles fertig. Ich wohne auf der ersten Etage, erste Tür; und James ist ganz hinten und hat ein eigenes Bad, der Arsch. Ich bin ungefähr zwanzig Jahre älter als er, aber so läuft Vetternwirtschaft eben.«

An seinen Zwischentönen höre ich raus, dass er es nicht völlig scherzhaft meint. Ich blicke mir kurz über die Schulter, während wir über den engen Flur gehen, und James steht immer noch am Rücheneingang, mit dem Wein in der Hand. Seine Augenbrauen sind so zerzaust wie immer, und er sieht so aus, als würde er weiterreden wollen.

»Und, ähm, was machst du jetzt?«, frage ich ihn.

»Gruyère auf Sauerteig«, antwortet er, obwohl das Trällern in seiner Stimme es eher wie eine Frage klingen lässt.

»Was?«

»Käsetoast«, ruft Bill aus der Küche.

»O Mann, ja, bitte«, antworte ich grinsend und sehe gerade noch, wie James' Augen aufleuchten, als ich mich wegdrehe.

Das Badezimmer ist klein, aber sauber, und nachdem ich bemerkt habe, dass ich meine Kosmetiktasche auf einer öffentlichen Toilette in Inverness vergessen habe, wühle ich in den Schränken und borge mir die am neusten wirkende Zahnbürste, die ich finden kann, das letzte Fitzelchen eines Gesichts-Waschgels und reichlich Duschgel namens Power Clean Big Guy Wash oder so.

Ich ziehe mich im Badezimmer um, weil ich nun zum ersten Mal im Leben mit Männern zusammenwohne. Ich schlüpfe in meine Pyjamahose aus Flanell und ein olles weißes T-Shirt und lasse mir das Haar offen über die Schultern fallen. Ich mag, wie leicht es sich anfühlt. Ich könnte mich definitiv daran gewöhnen, es kürzer zu tragen. Weil ich weiß, dass ich bald schlafen gehen kann, fühle ich mich etwas weniger gestresst und bin plötzlich sehr hungrig. Ich nehme mein Telefon zur Hand, und mir wird klar, dass ich seit meiner Nachricht an Heather vor etlichen Stunden nicht mehr draufgeschaut habe. Es ist Viertel nach zwölf.

Ich habe keine Nachrichten. Natürlich nicht. Tim wird sich betrunken in einem Radius von einer Meile um sein Büro aufhalten. Vielleicht hat er schon seinen Anzug ausgezogen und ist in den Fluss gesprungen oder hat angefangen, mit seinen ebenso betrunkenen Kumpels am Taxistand Fußballlieder zu singen. Ich frage mich, ob er seinen Freunden erzählt hat, was ich mache. Ich frage mich, ob er mich überhaupt vermisst. Ich frage mich, ob ich ihn vermisse, und ich denke kurz, dass es doch schön wäre, sich nach seinem Liebhaber am anderen Ende des Landes zu sehnen. Aber das tue ich nicht. Ich sehne mich definitiv nicht nach Tim.

Ich stecke mir das Telefon wieder in die Tasche und öffne die Badezimmertür. Ich höre Bill und James im Gemeinschaftswohnzimmer und der Duft nach getoastetem Brot und Käse zieht durch den Flur. Ich bin ausgehungert und nehme gern die Gesellschaft des betrunkenen Bills und des schüchternen James in Kauf, wenn dafür eine Gratismahlzeit für mich rausspringt.

»Hi«, sage ich nur, als ich reingehe. Jetzt bin ich es, die ein wenig schüchtern ist, was bei mir nicht oft vorkommt, aber der betrunkene Bill sieht dermaßen seltsam entzückt aus, mich zu sehen, und James lächelt mich etwas weniger verkrampft an. Es wäre besser, wenn er nicht lächeln würde. Es ist ein sehr, sehr schönes Lächeln.

Das Wohnzimmer ist relativ groß. Es gibt eine kleine Einbauküche am hinteren Ende, die ganz eindeutig seit den Acht-

zigern nicht mehr renoviert wurde – viel Furnier und Kunst-
stoff –, auf eine Generation ausgerichtet, die es nicht mehr
gibt. Winzige Schubladen für Kräuter, ein Boden aus Terrakot-
tafliesen und selbst bemalte Griffe mit Blumenmuster. Es gibt
außerdem noch eine Mikrowelle in Spülmaschinengröße. Vor
mir befindet sich ein großes Ledersofa im Chesterfield-Stil,
zwei Sessel stehen um einen Couchtisch, und ein riesiger Flachbildfernseher hängt an einer Wand. An der Wand ganz hinten
ist eine Pinnwand aus Kork angebracht, an der etwas hängt, das
wie ein Dienstplan aussieht, daneben ein paar Fotos von Menschen, die ich nicht erkenne, und ein Flyer für etwas mit dem
Namen *The Wine Society Highland Fling*.

»Was ist das?«, frage ich, gehe rüber und nehme den Flyer
von der Wand. »*Highland Fling*? Klingt lustig. Oder – um ehrlich
zu sein – hört sich wie ein Swinger Club an.«

Bill lacht schallend, als er drei kleine Weinkelche aus dem
Regal nimmt und uns Rotwein einschenkt. »Das ist das Glastonbury der Westküstengastronomie.«

»Ooh, Haggis-all-you-can-eat und Ecstasy als Beilage?«

»Und Regen«, sagt James, und ich kichere, hauptsächlich vor
lauter Schreck, weil er fast einen Witz gemacht hat.

»Wo ist der Champagner?«, frage ich. »Wenn der noch da ist,
hätte ich Lust auf was Prickelndes.«

Authentischer könnte ich nicht über Wein reden. Ich liebe Pri-
ckelwasser. Ich liebe dieses vornehme Gefühl, wenn ich es trinke.
Ich liebe Sekt und Prosecco und Champagner bei Hochzeiten.
Ich liebe es mit meinem ganzen betrunkenen, koketten Herzen.

»Ich habe gerade erst von Champagner und Gruyère gehört.« James taucht hinter dem Tresen auf. Er ist nun entspannt
und sieht noch hübscher aus, und ich bin überrascht, dass er
eine Lesebrille trägt, die er schleunigst abnimmt. »Das scheint
wohl eine gute Kombi zu sein?«

»Schon gut, Nerd, ich bin nicht im Dienst«, sage ich und lächele ihn an, und er erwidert mein Lächeln und bückt sich, um den Ofen in Augenschein zu nehmen.

»Komm schon, James, du willst doch auch nicht immer über Molekularschaum aus Schweinesperma sprechen. Hier, allerdings leider in einem Kelch, tut mir leid«, sagt Bill und zieht den silbernen Flaschenverschluss heraus.

»Genau«, sage ich und klettere auf den Hocker neben Bill, während James das Tablett mit Käsetoasts aus dem Ofen zieht. »Verdammt, das riecht unglaublich. Was hast du da draufgelegt?«

»Gruyère, Senf – alles, was schmeckt«, erklärt er, zuckt die Schultern und wird ein ganz klein wenig rot.

»Kochen ist ein Mysterium für mich«, sage ich. »Ich habe einmal versucht, Bœuf Bourguignon mit Schwein und Limo nachzubauen.«

»Das hat nicht im Entferntesten etwas miteinander zu tun«, erklärt James. »Aber Schwein und Coke passen erstaunlich gut zueinander. Aber nichts davon ist Bœuf Bourguignon.«

»Du musst warten, bis es sich etwas abgekühlt hat«, sagt Bill, hält sich aber selbst nicht daran und hebt ein Stück Brot an der Kruste hoch. »Ich hoffe, du verstehst mich nicht falsch, Heather, aber du bist ganz anders als die anderen Sommeliers. Wegen deines Lebenslaufs hätte ich vermutet – na ja ...« Er spricht nicht weiter.

Ich will nicht darüber nachdenken, worauf Bill damit hinauswill, deswegen nehme ich noch einen Schluck meines Champagners, die Blasen tanzen auf meiner Zunge. Er schmeckt schwer und fast schon bitter, verglichen mit den Proseccos, die ich im Winter im Pub um die Ecke getrunken habe, die praktischerweise vom Fass kamen.

Bill blickt zu James. »Findest du nicht auch, James?«

»Was meinst du damit?«, antworte ich gespielt entrüstet, als ich selbst nach einer Scheibe greife. Sie ist gerade genug abgekühlt, um reinzubeißen und … diese nussige Süß-Salzigkeit, die meine Zunge umspielt, trifft mich völlig unvorbereitet, ich schnappe nach Luft. »Verdammte Axt, das ist besser als …«

»Sex, genau, deswegen gebe ich mich damit nicht mehr ab«, sagt Bill und nickt zustimmend.

»Ich wollte sagen, es ist besser als ein Käse-Schinken-Toast.« James lacht, als würde ich einen Witz machen, Bill auch.

»Siehst du, das meine ich. Du bist witzig, Weinmenschen sind nie witzig«, sagt er.

»Entschuldige bitte?«, sage ich und lache, weil es unmöglich ist, wegen etwas beleidigt zu sein, das eigentlich nicht gegen mich gerichtet ist. Ich nehme einen großen Schluck von meinem Champagner, den ich gerade eben schmecken kann, dank der käsigen Masse, die meine Mundschleimhäute bedeckt. Und, mein Gott, ist das gut.

»Ich weiß nicht. Du bist ganz offensichtlich kein Foodie. Und du siehst aus, als würdest du in einem Plattenladen arbeiten.«

»Bill«, bittet James ernst, »sag so etwas nicht.«

»Was ist denn schlimm daran, in einem Plattenladen zu arbeiten?«, frage ich James provozierend. Ich weiß, dass er nur nett sein wollte, aber es ist eine so gute Gelegenheit, ihn verlegen zu machen und zu sehen, ob ich ihn noch mal zum Erröten bringen kann.

Ich erzähle ihm nicht, dass ich nach der Schule im örtlichen HMV gearbeitet habe, kurz bevor er Pleite gemacht hat. Meine gesamte Plattensammlung hatte ich dem Personalrabatt des Ausverkaufs vor der Schließung zu verdanken. Meine Sammlung war riesig und vielseitig und vielleicht war ich auf nichts anderes stolzer. Leider hatte ich sie komplett an einen Hochzeits-DJ aus Hull verkauft, um 2015 meine Kreditkartenrechnung zahlen zu können. Nun besitze ich mehr oder weniger nichts mehr davon.

»Sorry, ich habe das nicht abwertend gemeint. Es ist nur so, dass die meisten Weingelehrten so vornehm sind, weißt du. Es ist so teuer, dieses Wissen anzuhäufen, und …« Bill hält inne, grinst und beißt sich auf die Lippe, dann blickt er verlegen zu Boden. »Mir wird gerade klar, dass ich in ein riesiges Fettnäpfchen gesprungen bin und nicht mehr rauskomme. Verzeih mir.«

Er neigt den Kopf, tut verlegen, und ich kichere und schenke mir noch mal nach.

»Ist schon okay. Ich weiß, dass ich nicht die Heather bin, die du erwartet hast. Alle vermuten, dass ich viel gebildeter bin, aber letztes Endes bin ich nur ein Wermutbruder, der für seine Leidenschaft bezahlt wird.«

Als Bill schon wieder gluckst, bin ich plötzlich ein wenig angefressen. Selbst, wenn ich nur jemanden *spiele*, der so kultiviert ist wie Heather, bin ich nicht überzeugend. Ich blicke zu meinem Glas und habe plötzlich das Verlangen zu schlafen. James muss spüren, dass ich verletzt bin, weil er mir das Brett mit den Käsetoasts zuschiebt.

»Nimm noch einen«, sagt er und dreht sich um, um sich die Hände im Waschbecken zu waschen.

»Aber echt, ich meine das ernst«, sagt Bill, wie ein Terrier, der sich festgebissen hat. »Denk mal an Manuel mit seinem Nadelstreifenanzug und seinem hochnäsigen französischen Akzent …«

»War es ein hochnäsiger französischer Akzent oder ein ganz normaler, den du hochnäsig fandest?«, frage ich und necke ihn.

»Was?«

»Weil *er* bei der einen Möglichkeit das Arschloch wäre und *du* bei der anderen.« Ich nehme noch einen Schluck Wein, lege den Kopf in den Nacken und gefalle mir gerade selbst gut.

»Hör nicht auf Bill, er ist betrunken …«, sagt James und wirft ihm einen strengen Blick zu.

»Schau mal, Heather, Liebes, ich meine doch nur«, spricht Bill weiter und ignoriert James, »dass ich jetzt schon gemerkt habe, dass du zum Brüllen komisch bist – ganz im Gegenteil zu all den anderen.« Er haut mir auf den Rücken und rutscht dabei fast von seinem Hocker. »Ich kann mir nur nicht vorstellen, dass du bei *Masters of Wine* gelernt hast – die sind normalerweise immer sehr etepetete. Findest du nicht, James?«

James schaut mich an, und weil ich mir ein bisschen Mut angetrunken habe, kann ich seinem Blick standhalten.

»Ich glaube, du bringst uns etwas frischen Wind«, sagt James, dann blickt er nach unten und wischt die Klinge eines Kochmessers mit einem Geschirrtuch mit Schottenkaro ab. Er dreht die Klinge in seiner Hand, betrachtet sie, und das Licht bricht sich in ihr, dann rollt er eine große Messertasche auf und steckt es in die Mitte. Diese Messertasche hat etwas unbestreitbar Heißes und Sexy-Gefährliches an sich, obwohl ich gerade erst *Dexter* im Zug gebingt habe. James hält inne und blickt kurz zu mir, bevor er die Messertasche wieder in die Schublade steckt.

*Etwas frischen Wind.*

Man hat mir in meinem Leben schon viele Namen gegeben, aber frischer Wind ist neu. Meine Mum hat mich *ungestüm* genannt. Mein Vater *kleine Aufmerksamkeitsheischerin.* Meine erste Mitbewohnerin, eine verklemmte Ziege, die in einer Personalabteilung arbeitete, nannte mich *verlogene, diebische kleine Mistkuh,* weil sie dachte, ich hätte ihren Make-up-Stift von MAC geklaut. (Ich hatte ihn mir ausgeliehen und ihn verloren, deswegen hatte ich ihn eigentlich nicht geklaut, aber egal, sie konnte nicht gewusst haben, dass ich es war.) Ich wurde schon so oft als *verdammte Verliererin* bezeichnet, das fühlte sich schon ganz normal an. Für Heather war ich immer *wunderbar*, aber ihr hatte ich mich auch immer von meiner besten Seite gezeigt.

Ich blicke zu James, und mein Herz schlägt wie verrückt.

Wir greifen beide nach dem Champagner. Er hat die Flasche zuerst in der Hand, und ich berühre absichtlich-unabsichtlich seine Finger. Ich kann mir nicht helfen. Sogar ich kann die Signale nicht falsch verstanden haben. Außerdem bin ich diese neue spannende Sommelière, und jeder weiß, dass das *Neue* achtzig Prozent der Anziehungskraft ausmacht. Natürlich bin ich in diesem Szenario attraktiv, oder?

Ich versuche, den Gedanken aus meinem Kopf zu verdrängen, und es ist mir plötzlich peinlich.

»Sorry«, sage ich, fühle mich plötzlich ein wenig albern und ziehe meine Finger weg. »Schenk du ein.«

Endlich rutscht Bill von seinem Hocker, stützt sich mit der freien Hand ab, sagt James Tschüss und schlägt mir wieder sanft auf den Rücken. Er rülpst, schielt, als er den Kopf schüttelt und sein Weinglas umstößt, das auf den Boden fällt.

»Das ist mein Stichwort«, sagt er, bückt sich, um es aufzuheben, und hält sich an der Bar fest, bevor er nach vorne kippt. »Gute Nacht, ihr Lieben. Ich bin am Arsch!«

Ich unterdrücke ein Grinsen.

James schenkt mir nach, steht kurz auf und schaut auf sein Glas. Er nimmt es hoch und stellt es ab. Dann stemmt er eine Hand in die Hüfte, und mir wird klar: Er findet es komisch, dass wir allein in unserer Küche sind. Neue Mitbewohner. Erst seit wenigen Stunden Kollegen. Erwachsene, die wissen, was sie tun. Die sexuelle Spannung steigt. Oder ist das nur bei mir so?

»Ich sollte auch ins Bett gehen. Ich muss morgen arbeiten«, erklärt er. »Tut mir leid, dass ich dich allein lasse.«

»Das musst du nicht erklären«, entgegne ich ein wenig enttäuscht, aber auch erleichtert. »Ich bin so müde, ich könnte hier auf dem Küchentresen einschlafen.«

»Oh, aber dein Zimmer ist doch gleich um die Ecke?«, sagt er mit gerunzelter Stirn.

»Ich werde natürlich nicht hier schlafen, James.«

»Natürlich nicht«, sagt er und schüttelt den Kopf. »Hey, ähm, es tut mir leid, dass ich bei deiner Ankunft ein wenig kurz angebunden war.«

»Ist schon in Ordnung; das ist ja bestimmt schon acht Stunden her. Ich bin darüber hinweg.«

»Es ist nur so, dass sich alles verändert. Und Russell ist neu, und sein Menü ist neu, und ich will keine Fehler machen, und ich habe mir Sorgen gemacht, dass du …«

»Der Aufgabe nicht gewachsen bist?«

»Nein, dass *wir* nicht genug Zeit für die Einarbeitung haben würden.« Er hält einen Moment inne, dann schaut er kurz zu Boden. Er reibt sich beide Augen mit den Handflächen und versucht, ein herzhaftes Gähnen zu unterdrücken. »Ich meine nur – es geht wirklich ums Ganze, weil wir gerade das neue Menü und den neuen Look einführen. Es wird alles wieder ruhiger werden.«

Ich will ihn beruhigen, dass ich es nicht vermasseln werde, und verspreche mir felsenfest, heute Abend noch etwas über Wein zu lernen.

»Es ist definitiv alles neu«, sage ich, und mir wird plötzlich ganz schummrig wegen meiner Erschöpfung und drei Gläsern hastig heruntergestürztem Champagner. »Aber mach dir keine Sorgen. Wir werden es nicht vermasseln.«

Ich wollte ihn umarmen. Er erinnert mich an einen Baum. Einen schönen, großen, stabilen Baum.

*Ab auf dein Zimmer, Birdy.*

# 6

»Wie läuft's?«, frage ich gähnend und kreise mit den Schultern, um die Verspannungen zu lösen.

Das ist das Problem an zehn Stunden durchgehendem Schlaf: Die Totenstarre setzt ein. So viel zum Thema Weinwissen vertiefen; ich konnte kaum noch das Wort ›Wein‹ bei Google eingeben, weil ich so erschöpft war.

»Entschuldige, ich meine, hi, Irene, wie geht es Ihnen? Es ist schön, Sie wiederzusehen.«

Ich grinse, denn wenn ich eins gelernt habe, dann: Sicheres Auftreten ist alles.

Irene mag ein wenig älter sein als die meisten anderen Angestellten, aber sie hat die Ausstrahlung eines französischen Supermodels. Sie sieht heute noch glamouröser aus als bei den *Wine Awards*. Ihr wildes weißes Haar ist zu einem Zopf gebunden, aber ihr Make-up ist makellos. Sie trägt einen langen petrolblauen Kimono über einem strahlend weißen Shirt und eine weite flaschengrüne Hose. Ich sehe ihre Schuhe nicht, aber ich höre sie auf dem Kiespfad vor dem Cottage klackern.

»Und dich erst, Liebes, wollen wir uns nicht duzen? Es tut mir leid, dass ich dich gestern nicht willkommen heißen konnte, aber leider musste der Schweinestall mal ganz gründlich ausgemistet werden.«

Ich zucke zusammen, versuche, mir diese elegante, majestätische Dame knietief in Schweinekacke vorzustellen.

»Alles in Ordnung, ich habe danach gebadet.« Sie lächelt. »Wollen wir rausgehen, ja? Es ist so ein schöner Tag.«

Das Thermometer zeigt zehn Grad an, und obwohl ich mich

an diesem Morgen für einen lässigeren Look entschieden habe –
ein graues Sweatshirt und Jeans –, ist das immer noch absolut
unangebracht für dieses Wetter.

»Ich hatte so ein Glück, dass ich dich in London kennenlernen durfte. Was für ein wunderbarer Zufall. Und vielleicht hätten wir uns einfach verpasst, wenn wir nicht diese schrecklichen
Namensschilder hätten tragen müssen.«

»Ja, das war, ähm, ein toller Abend. Tim hat es so leid um
diese antiken Gläser getan.« *Als er die Story später am Abend Damo
erzählt hatte, war es schon ein ganzer Champagnerturm.*

Irene lächelt mich an und nickt wie eine liebevolle Tante. Mit
diesem Lächeln sagt sie: *Ich konnte ihn ganz und gar nicht leiden, aber
das würde ich dir nie sagen.*

Ich beeile mich, weil sie trotz ihrer Absätze ein ordentliches
Tempo vorgibt. Sie ist eine dieser Frauen, die sich problemlos in
Stilettos fortbewegen, die darin nahezu schweben. Ich bin dankbar, dass ich meine Laufschuhe trage, meine Füße sind ange-
schwollen und werden auf keinen Fall vor meiner nächsten Schicht
wieder abschwellen – und die ist schon in knapp zwei Stunden.

»Wir freuen uns sehr, dass du bei uns arbeitest«, spricht Irene
weiter. »Ich habe Russell gesagt, wie hinreißend du bist. Du
wirst hier reinpassen, da bin ich mir sicher.«

»Danke. Ich freue mich sehr, hier sein zu dürfen.« Ich will
einen Witz darüber machen, dass ich überall sonst nicht genommen wurde, aber ich weiß nicht, wie weit ich es mit *Heather,
die Rebellin* treiben kann.

»Ich würde dir gern unser kleines Anwesen zeigen«, erklärt
sie. »Ich weiß, dass du ohnehin schon viel läufst, weil du ständig
von der Küche in den Keller musst, aber ich dachte, ich mache
einmal eine kleine Führung mit dir, dann kannst du dich besser
orientieren. Bill meint, dass du von den Renovierungsarbeiten
nichts wusstest?«

»Genau, ja. Das war eine Überraschung.«

Wir gehen zur Rückseite des Hauses, aber anstatt die Küche zu betreten, führt sie mich weiter zu einer großen Glastür, die von zwei riesigen Topfpflanzen eingerahmt ist.

»Das ist der Gästeausgang, aber er wird nicht sonderlich häufig verwendet. Nur Wanderer oder Gäste, die reiten gehen, nutzen ihn. Wir möchten, dass sich das ganze Kommen und Gehen vor dem Haus abspielt, wo die Autos leichter an- und abfahren können.«

Sie öffnet die Tür und bedeutet mir, dass ich vorangehen soll.

Ich schnappe nach Luft. Es ist *atemberaubend*.

Graue Fliesen führen zu Glastüren, die das, was sonst ein dunkler kleiner Flur gewesen wäre, luftig und hell erscheinen lassen. Neben der Tür stehen Vasen voller frischer Blumen – zahlreiche großzügige Sträuße aus hellrosa Pfingstrosen, meine Lieblingsblumen.

»Es ist wunderschön«, sage ich ehrlich.

Wir gehen zu den Glastüren, die in den alten, geschnitzten Holztürrahmen hängen und offen stehen. Zwei riesige Treppen führen nach unten zur Auffahrt. Ich erinnere mich daran, dass ich sie bei meiner Ankunft gesehen habe, aber bei näherer Betrachtung erkenne ich den wunderschönen Stein, aus dem sie bestehen.

Im Eingangsbereich befindet sich rechts eine offene, opulente Sitzecke – gemütliche, bunt zusammengewürfelte Sofas, Ledersessel und edel aussehende Kissen –, darüber hängen versilberte Geweihe. Das alles ist so neu, dass ich noch die Farbe riechen kann. Und es ist extrem schick. »Die Bibliothek«, sagt Irene, obwohl die Bücher wohl zu einem Kunstprojekt gehören, weil sie in einer riesigen Spirale an die Wand geklebt sind.

»Wenn du siehst, dass ein Gast sich eins herausnehmen will: Halte ihn davon ab! Dieses Ding hat uns fast zwanzigtausend

Pfund gekostet. Kannst du dir das vorstellen? Verweise einfach auf unsere kostenlosen iPads, auf die man sich jedes beliebige Buch herunterladen kann. Natürlich wird das berechnet.«

»Wie modern«, sage ich. Machen Boutique-Hotels jetzt so etwas? Denn das hier verströmt gar nicht den Charme eines Refugiums auf dem Land. Ich hatte einige alte Monopoly- und Scrabble-Spiele in einem Regal neben Literaturklassikern und Büchern von Dan Brown erwartet. Es ist nicht gerade gemütlich hier drinnen.

»Das ganze Haus wurde von *Pardington's of London* umgestaltet«, sagt Irene, als könnte sie meine Gedanken lesen. »Russell hat sich von ihnen sein Restaurant in Edinburgh einrichten lassen – das, wofür er letztes Jahr den zweiten Stern bekommen hat –, deswegen hoffen wir, dass wir dadurch andere Gäste ins Hotel locken. Nur das Restaurant muss noch aufgehübscht werden, aber das hast du gestern Abend bestimmt schon gesehen.

»Das hier ist unglaublich elegant.«

»Das hat uns auf jeden Fall ins einundzwanzigste Jahrhundert katapultiert. Du hättest es vorher mal sehen sollen. Es war durchaus gemütlich und idyllisch, aber das Dach der Bibliothek war undicht, alles war feucht. Wir konnten nicht mehr viel für die Zimmer verlangen, weil sie in solch einem schlechten Zustand waren. Es war ein Wahnsinnsprojekt zu einem Wahnsinnspreis. Hoffen wir, dass es erfolgreich wird«, sagt sie und klatscht in Richtung Decke – anscheinend, um das Licht einzuschalten, was schließlich auch funktioniert. Dieses Haus würde sehr gut nach Shoreditch passen. Da wäre es nur für Mitglieder eines elitären Clubs und viel zu teuer. Aber es würde gut dahin passen.

Heather hat ganz viel von diesen privaten Clubhäusern erzählt, die sie besucht hat. Babadook House hier oder Hexleybarns-verdammte-Wucherimmobilie dort, mit diesen schrecklichen Werbefritzen und Bankern, die herumstehen und vergleichen, wer den Längsten hat, einen kräftigen Bordeaux in der einen und einen baldigen Geschäftsdeal in der anderen Hand. *Obere-Mittelklasse-Arschlöcher* hat sie sie immer genannt, obwohl Heather zwischen ihnen gar nicht aufgefallen wäre – im Gegensatz zu mir. Das hatte sie von ihrem Dad. Er war bei ihrer Geburt schon älter – achtundfünfzig, um genau zu sein – und ein angesehener Weinhändler. Heather hatte sein Selbstvertrauen und seine Leidenschaft geerbt – und natürlich auch sein Geld. Keine Unmengen, aber genug. Ein kleiner Teil von mir war immer neidisch, als sie zur Uni ging, mit einer monatlichen ›Unterstützung‹, während ich zwei Scheißjobs hatte, um mich irgendwie über Wasser zu halten. Aber, was man Heather lassen muss: Sie hat mir ungefähr eine Million Getränkerunden ausgegeben, deswegen konnte ich ihr verzeihen.

In den Ecken der Bibliothek sitzt ein Gast: ein älterer Mann in hellbraunen Lederschuhen, *ohne* Socken, und mit einem leuchtend blauen Polohemd.

»Guten Morgen, Matthew«, trällert Irene, in einer perfekten Mischung aus flirty und professionell. »Haben Sie alles, was Sie brauchen?«

»Ja, Irene«, antwortet er, legt seine Zeitung zusammen und lächelt mich an. Seine eisblauen Augen und das goldene Haar erinnern eher an einen Bösewicht aus einem James-Bond-Film als an einen Gentleman. Halb erwarte ich einen russischen Akzent.

»Unsere neue Sommelière aus dem fernen London«, erklärt Irene und macht eine Kopfbewegung in meine Richtung. »Sie können sie in den nächsten Tagen einmal auf die Probe stellen.«

»Da freue ich mich schon drauf«, entgegnet er, lehnt sich in seinem Stuhl zurück, hebt den Fuß und legt ihn sich aufs Knie. Klassische Machtgeste.

»Da lassen Sie sich besser was Besonderes einfallen, Sir«, erwidere ich ganz automatisch im Flirt-Modus.

»Also, jetzt freue ich mich *wirklich* darauf«, sagt er und verschränkt die Arme.

Irene dreht sich zu mir, schüttelt ganz leicht den Kopf und führt mich zur Rezeption am anderen Ende des Raumes, wo sie flüstert: »Mr. Hunt ist der Präsident der *Highland Wine Society*. Aber ein Wort der Warnung: Er ist ein Stammgast *und* er ist furchtbar, wenn er betrunken ist. Er würde es mit einem Pferd treiben, wenn er genug Single Malt intus hat. Um ehrlich zu sein: Letztes Jahr hätte er das fast gemacht.«

Ich bin ein wenig schockiert, aber Irene schüttelt nur den Kopf, als hätte sie so etwas schon hundert Mal gesehen.

»Ich muss während deiner Zeit hier bei uns auch auf dich achtgeben und nun weißt du, wie Mr. Hunt ist, und bist besser dazu in der Lage, vernünftig mit ihm umzugehen. Besonders als Frau. Frauen in der Gastronomie müssen füreinander da sein.«

Irene lächelt mich so liebevoll an, ich bin mir sicher, dass sie meinen Kopf tätscheln wird. Doch dann spricht sie einfach weiter über Geschäftliches.

»Du wirst für das nächste Treffen der Society am Ende des Sommers mit James den Wein und das Menü kuratieren. Wir brauchen einige Ideen im Laufe der nächsten Tage, damit wir die Bestellungen in Auftrag geben können. Das letzte Motto lautete *Traube, Liebe, Hoffnung*. Bill hatte etliche günstige Weine ausgewählt, die alle außergewöhnlich waren, und einige Weine, die außergewöhnlich sein sollten und sehr mau waren.«

»Hört sich cool an«, sage ich und versuche, die Panik in meiner Stimme zu verbergen.

»Mein Schätzchen, das ist das Royal Ascot der Weinbranche.«

Ich versuche, selbstbewusst auszusehen, und nicke ernst.

»Es kommen über hundert Menschen von der ganzen Westküste und von weiter her. Es ist mehr als nur ein Wein-Event, es
ist zu einem der wichtigsten Ereignisse der Gastronomie hier
an der Westküste geworden. Es kommen nicht nur miefige alte
Weinbrüder, sondern auch die wichtigsten Käufer, Erzeuger
und Produzenten. Der Dresscode ist Smoking und Abendkleid,
eine Band spielt, Tanzen und Whisky bis zum Morgengrauen.
Diese Veranstaltung ist der ganze Stolz von Loch Dorn. Und
mit der Renovierung, Russell und dir, Heather, am Ruder hoffen wir, dass es das beste Event aller Zeiten wird.«

»Okay. Verstanden.«

Trotz der in mir aufsteigenden Angst bemerke ich meine
Verwirrung, dass Heather diesen Job nicht wollte. War ihr klar,
wie sehr alle auf sie zählten? Und nun, wo sie alle auf *mich* zählen, befinden wir uns in einer Tragödie, die gerade ihren Lauf
nimmt.

Irene dreht sich um und hebt den Arm, um mir den Rezep-
tions-Barbereich zu zeigen, in dem vereinzelt Stühle stehen und
sich eine Tür befindet, die auf eine kleine Terrasse führt. »Es ist
noch ein wenig kalt, um draußen zu essen«, erklärt sie. Schon
wieder ist das Interieur umwerfend – mehr Leder, poliertes
Messing und satte Farben. Am hinteren Ende des Raums befindet sich eine Tür zum Restaurant und – hinter der Bar – eine
Tür zur Küche.

»Also, im Bibliothekszimmer können sich die Gäste entspannen und Kaffee und Tee genießen und mehr oder weniger
alles, was sie essen oder trinken wollen, verzehren – wir lassen
die Musik sehr leise laufen, alles soll absolut entspannt sein;
aber hier, in unserem Bar- und Rezeptionsbereich, sind wir etwas gewagter – ein besseres Wort dafür fällt mir nicht ein. Die
Bar ist vierundzwanzig Stunden geöffnet, klar, aber es steht
nicht immer jemand dahinter – deswegen muss man klingeln,

wenn man um drei Uhr früh einen Brandy möchte. Wahrscheinlich. Ab und zu kann man den Gästen vorschlagen, noch einen Whisky am Kamin zu trinken. Ah, und hier ist Bill.«

Ich bin überrascht, dass er nach dem Trinkgelage gestern Abend so lebendig aussieht. Er grinst mich an und hebt ein Glas, in das er gerade etwas aus einem Cocktail-Shaker füllen wollte. Eine Kerze an der Bar verströmt einen wundervollen Duft – frisch und sauber mit einer Lakriznote.

»Lass dich nicht von Irene bemuttern«, sagt er.

»Lass dir von William keinen Drink einschenken«, kontert Irene, ich spüre jedoch, dass sich die beiden mögen. Ich nehme mir die Ratschläge zu Herzen, und wir führen unsere Tour fort.

»Ich zeige dir jetzt ein paar Gästezimmer in der oberen Etage. Es ist nicht sonderlich wichtig, dass du sie siehst, weil es keinen Grund für dich geben sollte, dich auf der ersten Etage aufzuhalten.«

Was schade ist, weil – verdammt noch mal! – die Zimmer sind unglaublich. Als wir die erste freie Suite betreten, sticht mir direkt die Badewanne aus Eisen mit den verschnörkelten Füßen ins Auge, die gleich neben einem großen Fenster mit Blick auf einen blühenden Apfelbaum steht. Es ist wunderschön.

Das Bett ist riesig, mit frischem Leinen bezogen und mit tiefblauen und goldenen Kissen bestückt. Ich sehe keinen Flachbildfernseher – stattdessen eine Kommode aus Kirschbaumholz, einen großen Spiegel mit Goldrahmen und einen mit dunkelblauem Samt bezogenen Zweisitzer.

»So leben die da oben, nicht wahr?«, sage ich und verliere mich im Augenblick.

»Ja, kann man so sagen«, erklärt Irene und öffnet die Balkontüren, um das Zimmer zu lüften. »Du hättest dieses Zimmer vor drei Wochen sehen sollen. Es war dröge. Diese Leinenvorhänge gefallen mir ausgesprochen gut.«

Während wir wieder nach unten gehen, beschließt sie unsere Tour mit einem kleinen Vortrag darüber, wie sich das Personal von Loch Dorn würdig und niveauvoll verhält und die gesellschaftlichen Traditionen aufrechterhält, die zurückreichen bis ins … Aber ich habe Probleme damit, mich zu konzentrieren, weil mich Mr. Hunt, zu dem sich inzwischen seine völlig genervt aussehende Frau gesellt hat, von der Bar aus mustert. *Arme Mrs. Hunt.* Sein Schuhabsatz verpasst die Fußstütze und er rutscht nach vorne, schmeißt fast die Blumen um – genau in dem Moment, als sich ein indisches Paar an uns vorbeiquetscht; sie haben rosige Wangen und sehen ganz verlegen aus.

»Sie machen Flitterwochen«, unterbricht Irene ihren Monolog kurz, um mich zu informieren.

Ich fühle mich wie in einer Episode von *Love Highland.*

Ich konzentriere mich wieder auf Irene, die mir predigt, dass Loch Dorn Estate in einem Land nach dem Goldstandard strebt, das stolz auf seine herzliche Gastfreundschaft ist, und man sich besonders anstrengt, um sicherzugehen, dass jedes Bedürfnis des Gastes erfüllt wird. Sie verwendet Wörter wie *zufrieden, erfüllt* und *immer wiederkehrende Gäste,* und bald finde ich es schwer, ernst zu bleiben.

»Und wie passt *Russell* in das Ganze?«, frage ich und versuche, die Fassung zu wahren.

»Er sollte bei der Modernisierung helfen«, antwortet sie.

»Das hat er wohl geschafft«, antworte ich, während Irene klatscht und damit das Licht wieder einschaltet.

»Er ist nicht jeden Tag hier. Er hat andere Restaurants, deswegen ist er sehr beschäftigt«, setzt sie zu einer Erklärung an, als wäre das ein gut bekanntes Drehbuch. »Aber er wird seine persönliche Version der absoluten Perfektion erwarten – die sehr schwer vorherzusehen und deswegen auch schwer zu erfüllen ist, aber wir müssen sie erfüllen! Dieses Hotel wurde durch und mit seinem Namen verändert; der Besitzer hat keine Kosten und Mühen gescheut, das Personal hat sich enorm reingehängt. Wir müssen eine Periode der Veränderung einläuten. Wir müssen das schaffen! Uns dahinterklemmen!«

Ich bezweifele, dass sie dahintersteht, trotz dieser positiven Ansprache. Es erinnert mich daran, wie Heather einmal versucht hat, das Beste aus meinem angekohlten Braten zu machen.

»Ich habe mich nur gefragt, warum Russell gestern Abend nicht in der Küche war.«

Irene schürzt leicht die Lippen. »Nun, James kümmert sich ums Tagesgeschäft, Russell ist als Visionär hier, der sich um Ergebnisse kümmert, und wir unterstützen diese Vision und stellen sie nicht infrage. Und in diesem Sinne: Jetzt solltest du dich für deine Mittagsschicht fertig machen.«

»Verstanden«, nicke ich.

»Übrigens, hatte Bill dir erzählt, dass es morgens, mittags und abends eine Mahlzeit für die Angestellten gibt? Du kannst sie im Speisesaal einnehmen, wenn er leer ist, oder sonst im Personalraum.«

»Oh, das ist toll.« Ich hatte das vermutet, Bill hatte es aber nicht gesagt, deswegen hatte ich mich mit dem Gedanken angefreundet, mich durch die Mülleimer wühlen zu müssen.

»Und noch eins, meine Süße«, sagt Irene und legt mir die Hände auf die Wangen – sie zeigt mir so mühelos ihre Zuneigung, und ich will sie stolz machen. »Dieser junge Mann, dein Freund, den ich bei den *Wine Awards* kennengelernt habe? Wird er dich diesen Sommer besuchen kommen?«

»O nein. Ich meine, zwischen uns ist es nicht so ernst, dass man sich am Wochenende besucht«, erkläre ich schnell.

»Nun«, sagt sie und lässt erleichtert seufzend die Hände sinken, »das sind in der Tat gute Nachrichten.«

# 7

Ich habe einen großen Fehler begangen.

In einem Moment der Stille vor dem Mittagessen starre ich in die Dunkelheit des Spinds, auf dem in ordentlicher Schrift *Heather* geschrieben steht. Ich bin nicht in der Stimmung, mir zu vergeben. Es ist klar, dass – ganz im Gegensatz zu dem, was Heather gesagt hat – dieses Restaurant keineswegs eine heruntergekommene Klitsche ist. Und dass dieser *Job* eben keineswegs unwichtig ist.

*Was zum Teufel hast du erwartet?*

*Du hast in deinem Leben schon etliche Dummheiten gemacht, Birdy Finch, aber das hier stellt alles in den Schatten.*

*Du wirst das vermasseln, und Heather wird sauer sein. Sie hat sich darauf verlassen, dass du sie da rauspaukst – und ihr Ruf unbeschadet bleibt –, und stattdessen wirst du es total vermasseln.*

*Was zum Teufel hast du da gemacht?*

Ich habe einen großen Fehler begangen.

Als ich mich dazu entschieden habe hierherzukommen, habe ich mich darauf verlassen, dass Heather und ich irgendwann aneinandergekuschelt am Kamin an diesem winzigen Tisch bei *Dog und Duck* sitzen und kichern, während ich von meinem sommerlichen Fehltritt als falsche Sommelière in diesem heruntergekommenen *Ye Olde Hotel* erzählte. Doch plötzlich fühlt es sich nicht mehr so an, als würde es dazu kommen.

Heather und ich haben uns nur einmal richtig zerstritten. In diesem unheilvollen, schrecklichen Sommer. Sie war gerade mit einem Job in Bordeaux in irgendeinem schicken Château fertig, und ich arbeitete am Ticketschalter eines Stand-up-Clubs in

Soho. In diesem Jahr hatte Heather einen Erfolg nach dem anderen gefeiert. Es fühlte sich so an, als hätte ich Ballons, Wimpelgirlanden und Prosecco in Höhe einer Monatsmiete gekauft, um immer wieder neue Beförderungen oder ihr neustes Weindiplom zu feiern. Natürlich war ich stolz auf sie, aber ich *musste* ihre Cheerleaderin sein. Es gab sonst niemanden. Und manchmal war das anstrengend.

Ich hatte in unserer Küche noch nicht den letzten Glückwunsch-Luftballon entsorgt, der bereits schrumpelig an der Wand hing und auf dem nur noch KWUN zu lesen war.

Ich starrte darauf, während ich die Gasabrechnung in der Hand hielt. Deswegen hatte ich ihr Zimmer untervermietet.

Leider hat Comedy-Courtney, einundzwanzig, aus Margate, einige von Heathers Kleidungsstücken geklaut, Heathers Espressokanne verkokelt und nach einer Nacht mit viel Jägermeister in ihr Bett gepinkelt.

Heather war nicht sauer wegen des Bettes oder der fehlenden Klamotten; sie war sauer, dass ich es vor ihr verheimlichen wollte. Aber anstatt zuzugeben, dass ich pleite war, und mich zu entschuldigen, kochten Verlegenheit und Wut in mir über, und ich brüllte sie an.

»Du weißt nicht, wie das ist, komplett pleite zu sein! Ich habe kein Sicherheitsnetz, Mann! Du hast dein Erbe und du kannst im Sommer nach Frankreich düsen und dich mit deinem Weinzeug weiterbilden, genau wie Daddy, ohne dich zu verschulden, und dir einen professionellen Haarschnitt von jemandem namens Ashley machen lassen!«

»Ich hätte lieber eine Familie als ein Erbe.«

»Ich hätte lieber ein Erbe als meine Familie. Familien sind eben nicht alles.«

Drei Monate eisiger Stille folgten, dann tauchte ich mit einer neuen Espressokanne und einer halben Flasche Whisky auf.

»Ich habe auf Facebook gesehen, dass du bei Masters of Wine angenommen wurdest«, nuschelte ich. »Ich habe das allen in der Northern Line erzählt. Dann war da diese Krankenschwester auf dem Nachhauseweg von der Arbeit, die so aussah, als würde sie einen Drink brauchen. Und dann kam noch dieser Baubühnenmann namens Raf zu uns, und bevor ich wusste, wie mir geschah, war ich im *Burnt Oak*.«

»Ich bin immer noch böse«, sagte sie und nahm mir den Whisky aus der Hand.

»Ich weiß«, antwortete ich, während sie meine freie Hand nahm und mich nach drinnen zerrte.

»Und ich habe mir schon eine neue Espressokanne gekauft.«

»Heather, es tut mir echt leid.«

»Das weiß ich. Aber«, sie atmete tief ein, »bitte versuch einfach, dein Leben auf die Kette zu kriegen.«

»Ich versuch's«, nickte ich. »Wann wirst du von mir die Nase voll haben?«

»Wahrscheinlich nie, du Lurch.«

Aber nun, wo ich in ihren Spind starre, frage ich mich: War es das? Habe ich unsere Freundschaft zerstört?

Wie werde ich mich – oder eher Heather – in einem Restaurant beweisen, dessen Küchendirektor einen verdammten Michelin-Stern hat? Ich kann nur vermuten, sie wusste nicht, dass dieses Hotel für viel Geld komplett aufpoliert wurde. Sie kann es einfach nicht gewusst haben – sonst hätte sie mich angelogen. Und Heather lügt mich nicht an.

Ich frage mich, ob ich abhauen soll. Aber ich weiß nicht, wie ich das anstellen soll – denn es wäre ja so, als würde Heather diese Stelle verlassen. Die andere Möglichkeit wäre, Bill oder Irene die ganze Wahrheit zu sagen und *dann* abzuhauen. Aber auch das würde Heather mit in den Schlamassel reiten. Und dann stelle ich mir Irenes Gesicht vor, das Gefühl ihrer Hände auf meinen Wangen und diesen Blick voller Stolz und Entschlossenheit. Ich muss mir etwas anderes ausdenken.

»Hallo du«, sagt eine bekannte Stimme.

»Hallo«, sage ich zu Bill, der aus dem nahe gelegenen Badezimmer kommt.

»Russell wird das Mittagessen überwachen«, erklärt Bill und stößt seinen Spind auf.

»Ach?«, antworte ich mit einem Stirnrunzeln.

»Du musst nicht nervös sein. Du wirst das gut machen. Ich kenne ihn schon seit Jahren. Hunde, die bellen, beißen nicht. Der Mann trinkt doch eh nur Scotch, er wird schon nicht bemerken, falls dir etwas misslingt.« Bill kichert, doch ich erstarre.

»Bill, ich, ähm, hatte noch nicht einmal fünf Minuten Zeit, um mir die Karte anzuschauen.«

»Niemand erwartet, dass du sie bereits auswendig kennst«, sagt er und glättet sein dünner werdendes Haar um die Ohren.

Ich nicke und entscheide, dass ich mich verdächtig machen könnte, falls ich weiter protestiere.

Ich gehe zurück in den Speisesaal, und Bill folgt mir. Heute Mittag gibt es anscheinend nur drei Reservierungen und heute Abend fünf. Doch Bill erzählt mir, dass sich die Gäste mittags selten für das Degustationsmenü entscheiden, also wird es mich nicht wie erhofft mit seiner festgelegten Weinbegleitung retten können.

»Kommen manchmal Gäste spontan vorbei?«, frage ich und starre sehnsüchtig aus dem Fenster auf die endlosen Wiesen und Wälder in der Ferne.

»Vielleicht später im Sommer«, antwortet Bill. »Aber nach der Renovierung rechnen wir zumindest einige Wochen lang mit vielen Reservierungen. Wir sind für die ersten Freitag- und Samstagabende bereits ausgebucht.«

»Fantastisch«, sage ich, während ich tief einatme und mir die Weinkarte schnappe.

Es ist nicht leichter geworden, sie zu entziffern. Ich überfliege alle Weine, die sich bekannt anhören, mit Ausnahme der wenigen Flaschen, die ich mit Heathers Hilfe gestern Abend passend zum Essen ausgesucht habe. Ich muss schnell denken.

*Was weiß ich überhaupt über Wein?*

Von meinem kurzen Ausflug in die Gastronomie als Kellnerin weiß ich, dass man ein Menü mit Champagner oder Prosecco beginnt. Zumindest im Allgemeinen. Oder vielleicht mit einem Cocktail. Aber ich frage mich, ob ich – als Sommelière – nicht dafür sorgen sollte, dass die Leute Wein trinken?

Ich weiß, dass Weißwein häufig zur Vorspeise serviert wird, anschließend wechselt man zu Rotwein, wenn man Fleisch bestellt hat. Vielleicht bleibt man aber bei Weißwein, wenn man Fisch oder Hähnchen als Hauptgericht hat. Aber ich weiß auch, dass das alles viel komplizierter ist. Heather konnte beispielsweise an einem Glas riechen und *Noten* bestimmen, wie zum Beispiel von Butter (höh?), Pfirsichblüten und geriebener Zitronenschale. Nicht nur Zitrone – *geriebene Zitronenschale*, um genau zu sein. Ich muss irgendwo in meinem Gehirn etwas von Heathers Expertise gespeichert haben.

Also ja, ich kann mich an kleine Schnipsel erinnern, aber an nichts Brauchbares – wie zum Beispiel, was das für ein Wein war, der nach geriebener Zitronenschale schmeckte. Hätte ich doch besser aufgepasst! Dieses ganze Wissen, das ich für Unsinn gehalten habe, ist auf einmal lebenswichtig.

Aber drei Tische? Kann das wirklich so schwer sein?

In der offenen Küche kosten James und Anis mit zwei winzigen Teelöffeln eine Soße aus einem silbernen Kännchen. Ich beobachte, wie sie sich zufrieden angrinsen. Als Anis nicht mehr zu sehen ist, blickt James auf und schaut mich an. Sein Lächeln ist entwaffnend. Schüchtern, aber warm, mit einem kleinen Grübchen in der rechten Wange.

Ich winke übereifrig in seine Richtung. *Übertrieben, Birdy, über-trieben.*

Er sagt lautlos »Viel Glück« zu mir, und meine leichte Angst weicht ihrer erbarmungsloseren Schwester. Ich schlucke und versuche mich zu konzentrieren, aber ich weiß nicht, worauf. Warum hat mir niemand gesagt, was ich machen soll? Ist das so, wenn man wirklich erfahren in etwas ist – dann sagt einem niemand mehr, was man machen soll?

Irene kommt durch die Schwenktür und stellt einen Teller mit klarer Suppe auf den Tresen. Sie nickt Bill zu, der ihr eine saubere Stoffserviette reicht, in die das Besteck gewickelt ist.

»Das ist für Russell. Er isst an der Bar, während er alles im Blick behält.«

Ich sehe bestimmt nervös aus, weil ihr Gesicht plötzlich ganz sanft wird.

»Du wirst das gut machen«, sagt sie und legt mir beruhigend eine Hand auf den Arm. »Bill sagt, du bist eine echte Expertin.«

Ich schlucke und blicke zu Bill, der unterstützend nickt. Nein, ich werde diesen unglaublich liebenswürdigen Menschen keinen – haha! – reinen Wein einschenken. Nicht jetzt.

Eine Kellnerin kommt auf mich zu, auch sie hat ein offenes, warmes Gesicht.

»Hi, ich heiße Bir…«, setze ich an. *Fuck!* »Ich meine, ähm, ich heiße Heather. Mein Name ist Heather.«

»Ich bin Roxy.« Sie strahlt mich an und spricht mit einem ganz leichten Akzent. Sie scheint meinen Fauxpas nicht bemerkt zu haben. »Haben wir uns nicht gestern Abend gesehen?«

»O Mist, ja natürlich«, murmele ich. »Ich hatte Zug-Lag oder so.«

»Alles okay mit dir? Du siehst ein bisschen fiebrig aus«, flüstert sie sanft.

Im selben Augenblick stehen zwei Paare in der Tür, die die

siebzig bestimmt schon überschritten haben. Beide Männer ziehen ihre Tellermützen aus, als sie eintreten, und weisen den Ladys den Weg. Irene geht schnellen Schrittes zu ihnen, um sie zu begrüßen, streckt die Arme aus und hat ein breites Lächeln im Gesicht.

»Betty, Thomas, Shammi und … Govid, nicht wahr? Ich wünsche Ihnen allen einen wundervollen Tag«, sagt sie warmherzig und zeigt auf den für vier Leute gedeckten Tisch am großen Erkerfenster. Roxy geht zu ihr und hilft ihr dabei, die Jacken und Schals an der Garderobe aufzuhängen. Sie bewegt sich lautlos wie eine Katze.

»Los«, sagt Bill und winkt mich zum Tisch.

»Wie, los?«, frage ich, und mein Herz schlägt wie verrückt. »O ja, richtig.« Ich drehe mich um und gehe zum Tisch.

»Warte!«, sagt er, und ich drehe mich um und sehe, dass er mir vier Speisekarten und die Weinkarte reicht.

»O Scheiße«, sage ich leider laut, während mich meine Beine zum Tisch bringen. Irene strahlt mich an, als wir vorbeigehen, und dann kreuzen sich Russells und mein Blick, als er in der Küchentür erscheint, um seinen Überwachungsposten an der Bar einzunehmen. Er ist etwa drei Meter von mir entfernt, und ich spüre seine Anwesenheit wie einen Scheinwerfer. Ich drehe den Kopf wieder zu den Gästen am Tisch, die mich erwartungsvoll anlächeln. Alle Blicke sind auf mich gerichtet.

»Wer möchte denn einen Wein?«, platze ich heraus.

Russells Blick brennt auf meinem Rücken, während die vier Pensionäre fast synchron die Köpfe schief legen.

»Dürften wir die Karte einmal sehen?«, fragt der stattliche, der meines Wissens Thomas heißt.

»Sicher«, sage ich und reiche ihm die Speisekarte.

»Das ist die Karte für das *Mittagsmenü*«, sagt Betty mit ihren blutrot geschminkten Lippen, während sie mit einem langen, runzeligen Finger mit einem sehr eleganten, mit durchsichtigem Nagellack lackierten Nagel auf das in Gold eingestanzte Wort *SPEISEKARTE* auf der Vorderseite zeigt.

»Stimmt«, nicke ich und krame mich durch die schweren Mappen in meinen Armen, bevor ich ihr die Weinkarte reiche. »Wie gut, dass hier irgendwer aufpasst. Möchten Sie hier arbeiten?«

Sie lächelt angespannt und reicht Thomas die Karte, der sie aufklappt und sich gleichzeitig die Brille auf die Nase schiebt.

»Normalerweise bestellen wir mittags das Drei-Gänge-Menü. Welche Weine werden dazu angeboten?«, fragt er.

»Ähm, definitiv Rot- und Weißwein«, entgegne ich selbstbewusst, dann füge ich schnell hinzu: »Es sei denn, Sie möchten Champagner? Der ist ja, wie ich vermute, auch weiß. Also technisch zumindest. Ich meine, wen interessiert's; die Wirkung ist ja gleich – stimmt's?«

*O Gott, halt den Mund, Birdy.*

Die zweite Lady am Tisch horcht beim Wort Champagner auf, und gerade, als ich denke, ich habe einen guten Zugang zu den Gästen gefunden, lehnt die dröge Betty meinen Vorschlag mit einem kühlen »Keinen Champagner, vielen Dank« ab.

»Wir würden nur gerne wissen, welche Weine heute auf der Menükarte stehen«, wiederholt Thomas.

»Bitte haben Sie etwas Nachsicht mit mir. Es tut mir leid, ich bin neu hier«, erkläre ich, während meine Wangen zu glühen beginnen.

»Oh, selbstverständlich«, sagt Betty sanft.

Ich eile zurück zur Bar und kann mich nicht erinnern, ob ich über die Weine zum Mittagsmenü informiert sein müsste oder nicht, und ich mache das, was alle inkompetenten Experten machen, wenn sie ertappt werden: Ich gebe den anderen die Schuld.

»Warum hat mich niemand über die Weinempfehlungen zum Mittagsmenü informiert?« Ich sage es laut und direkt zu Bill und ignoriere den Blick von Russell, der ihm gegenübersitzt.

»Oh, tut mir leid. Meine Schuld«, erklärt Bill. »Voilà.«

Er greift über die Bar und holt ein Blatt Papier hinter der Kasse hervor und reicht es mir.

»Das hätte vorne in der Weinkarte liegen sollen«, sagt er und zeigt auf eine leere Klarsichthülle, die innen im Einband befestigt ist.

»Oh, danke schön.«

»Bitte sorge dafür, dass Heather über alles informiert wird, ja?«, sagt Russell zu Bill und schüttelt den Kopf.

»Mache ich«, antwortet er und sieht ein wenig entgeistert aus.

»Sorry, das hat mich ein wenig nervös gemacht«, flüstere ich ihm zu und hoffe, dass Russell es nicht hört.

Ich eile zum Tisch zurück, während Roxy mit einer Flasche Sprudelwasser ankommt, still und diskret, wie eine Maus. Sie hat einen Arm elegant ausgestreckt und füllt jedes kleine Wasserglas, dann stellt sie die Flasche zurück auf einen Seitentisch abseits der Gäste.

»Hier sind die Weine zum heutigen Menü«, sage ich.

Thomas unterbricht mich direkt. »Betty nimmt den Lachs und ich den Hirsch. Wir nehmen beide die Suppe. Das Dessert wählen wir anschließend aus.«

»Oh, das ist großartig«, sage ich und krame in meiner Schürze nach Block und Stift. Ich war nicht davon ausgegangen, dass ich die Essensbestellung aufnehmen sollte. Ich blicke mich über die Schulter nach Roxy um, doch sie ist nicht im Speisesaal. Ich *muss* an Stift und Papier denken. Ich wiederhole es im Kopf: *Lachs, Hirsch und zwei Suppen*, dann schaue ich nervös zu dem anderen Paar. Wie soll ich mir das alles merken?

»Wir nehmen beide den Hirsch und die Rote Bete als Vorspeise«, sagt der andere Herr mit einem höflichen Lächeln. *Zweimal Rote Bete, zwei Suppen, Lachs, dreimal Hirsch. Das kann ich mir merken.*

»Was würden Sie uns denn empfehlen?«, fragt Thomas unverblümt. Ich blicke konsterniert auf die Karte, und mir wird klar, dass dort für das Mittagsmenü etwa ein Dutzend Weine aufgeführt sind. Ich könnte raten, oder? Oder ich könnte …

»Ähm, eine Flasche oder zwei?«

Betty lächelt höhnisch.

»Ich meine, Sie haben Fisch bestellt und die beiden Fleisch, deswegen …«

Thomas schnalzt laut und missbilligend mit der Zunge. »Wo ist Irene?«

»Ähm, sie ist …«, stammele ich. »Ähm.«

Ich blicke mich um und entdecke Bill, der gleich spürt, dass ich in Not bin, und zu mir eilt, um mich zu retten.

»Hallo, Thomas, wie geht es den Kindern?«, fragt er mit einer Stimme, die ich bei ihm noch nicht gehört habe. Sie klingt so zuckersüß, dass es mir kalt den Rücken runterläuft.

»Gut, Bill. Gut«, antwortet Thomas.

»Wie kann ich helfen?«

»Also, bislang hat die neue Sommelière einen Rot- oder einen Weißwein, zwei Flaschen Wein und eine Flasche Champagner empfohlen. Ich hatte mir von einer neuen Sommelière etwas detailliertere Informationen erhofft.«

Ich runzele die Stirn, als würde ich ihm zustimmen, dass ich Schrott war.

»Verstehe«, antwortet Bill mit einem aufmunternden Lächeln. »Es tut mir wirklich leid, aber es ist ihre erste Schicht hier, deswegen kennt sie sich noch nicht sonderlich gut aus. Unsere Heather hat früher bei Wolseley gearbeitet, wissen Sie.«

Thomas blickt mich argwöhnisch an, aber die anderen drei sagen wie aus einem Mund »Ahhh«.

»Habe ich wirklich«, erkläre ich schnell.

»Warum gehst du nicht und kümmerst dich um Tisch drei, und ich übernehme diesen Tisch«, sagt Bill.

Ich zische ab und zittere tatsächlich, als ich die sichere Bar erreiche, jedoch gleich bemerke, dass die Gäste an Tisch drei ihre Hände gehoben haben und in meine Richtung winken. Ich suche nach Roxy, die von der Garderobe zurückgekehrt ist und mir ermutigend zunickt. Ich bin gefragt, ich muss dorthin gehen. Ich lecke mir über die trockenen Lippen und schlucke einige Male.

»Hallo, was kann ich für Sie tun?«, frage ich die beiden reizenden Damen, von denen eine es mit einem nach Mandarinen oder Orangen riechenden Parfum dermaßen übertrieben hat, dass ich einen kleinen Schritt zurücktreten muss.

»Bill meinte, Sie wären eine sehr gute Sommelière«, sagt eine der beiden. »Wir sind so beeindruckt. Sie sind aus dem fernen London in unser kleines Lokal gekommen.«

»Ohh«, ich erröte. *O Scheiße.*

»Wir haben uns gefragt, ob der Picpoul etwas taugt? Margaret hat heute Geburtstag, und wir wollten uns ein wenig … nun, Sie wissen schon.«

Margaret berührt die Hand ihrer Freundin. Sie kichern beide, mein Herzschlag beruhigt sich, und ich spüre, wie alles leichter wird. Alte Freundinnen. Alte Freundinnen, die gemeinsam etwas trinken wollen. Alte beste Freundinnen. Und alles, was diese reizenden Ladys von mir wissen wollen: Ist der Wein gut oder nicht? Da kann ich ganz leicht so tun, als hätte ich Ahnung.

»Ja, der ist super«, antworte ich. »Es gibt doch nichts Schöneres, als sich mit der besten Freundin eine Flasche Wein zu teilen, oder?«

»Das stimmt, Liebes«, nickt Margaret.

Als ich zum Weinkühlschrank hinter der Bar gehe, drehe ich mich noch einmal um und schaue Margaret an. Sie lächelt ihre Freundin begeistert an, wie alte Freundinnen das machen. Alte Freundinnen wie Heather und ich. Ich bekomme wieder Schuldgefühle, als ich an sie denke.

»Das vorhin tut mir leid«, flüstert Bill, als ich zur Bar humpele. »Ich hätte dir die Karte geben müssen.«

»Ach, alles gut, Schwamm drüber«, sage ich und blicke auf. »Ich brauche eine Flasche, äh, Pick Pool.«

»Picpoul?«, korrigiert er mich und spricht es französisch aus.

»Sorry, ja«, sage ich. »Mein Lampenfieber. Du kennst das.«

»Warum begleite ich dich nicht den Rest des Tages und arbeite dich ein wenig ein?«, fragt Bill. »Es war etwas unfair, dich einfach so ins kalte Wasser zu werfen. Du hattest gar keine Zeit, dich mit irgendetwas vertraut zu machen.«

»Danke«, sage ich leise und will ihn umarmen. Heute Abend werde ich gleich nach der Arbeit auf mein Zimmer gehen und mir einen Plan zurechtlegen.

»Und wir können nicht zulassen, dass du unseren Ruf ruinierst«, sagt er und lächelt, während er eine lange, dunkelgrüne Flasche aus dem Kühlschrank holt. »Ich habe dich schließlich eingestellt.«

»Ja«, sage ich, dann zwinge ich mich zu einem breiten, frechen Lachen. »Was hast du dir dabei bloß gedacht?«

# 8

»Beeil dich«, sagt James, der an der offenen Vordertür wartet.

»Fünf Minuten«, keuche ich, schaue auf meinem Handy nach der Uhrzeit – 7.04 Uhr morgens – und kümmere mich nicht um die drei verpassten Anrufe von Tim. Ich war noch wach gewesen, als er es probiert hat, aber das Handy hatte um ein Uhr, Viertel nach eins und zwei Uhr in der Früh geklingelt, und das konnte nur eins bedeuten: Er war völlig betrunken, hatte vergessen, dass ich in Schottland war, und wollte vögeln.

Dennoch genoss ich das Gefühl, dass mich jemand begehrte.

»Es tut mir leid – ich bin einfach kaputt.«

Bill hatte Wort gehalten und die Zügel in die Hand genommen, während ich ihn begleitete, um zu sehen, *wie hier gearbeitet wird*. Doch das alles war wie im Nebel an mir vorbeigezogen; ich glaube nicht, dass ich mir etwas gemerkt habe.

Danach war ich – mal wieder – viel zu müde, um die Weinkarte durchzuarbeiten oder eins der Weinbücher auszupacken, die ich mitgebracht hatte. Stattdessen googelte ich »Zehn Dinge, die du garantiert noch nicht über Wein wusstest«, und dann durchstöberte ich Heathers inzwischen privates Instagram-Profil mit demselben Katzen-Profilbild wie ihr Facebook-Account. Sie hatte nichts gepostet, seitdem sie in Italien war, und ich fühlte mich total schuldig, als ich durch die ganzen Bilder meiner lieben Freundin scrollte.

Dann habe ich wach gelegen, ich konnte nicht schlafen und habe versucht, meine Optionen durchzugehen. Wenn ich ohne ein umfassendes Geständnis abhaue, würde das bedeuten, dass Heather einfach so einen Job hinschmeißt. (Also eigentlich *hatte*

89

Heather das ja auch getan, aber trotzdem … ›Sie‹ war jetzt hier, deswegen war diese Option vom Tisch.) Aber wenn ich mich *mit* Geständnis verdünnisierte, würde es sie auch in einem schlechten Licht dastehen lassen. Falls ich abhauen würde, dann als Heather, aber mit einer wasserdichten Entschuldigung. Ein Todesfall in der Familie wäre eine Option. Aber wen könnte ich sterben lassen? Bei ihr gab es niemanden mehr. Nein, ich musste mir etwas anderes ausdenken. Etwas, das ihren Ruf nicht beschädigte.

Ich blicke auf und sehe James, der mich vom anderen Ende des Flurs anschaut.

Uff! Es musste eine andere Möglichkeit geben.

»Wir sind spät dran«, erklärt James, schüttelt den Kopf und reicht mir eine große Scheibe mit ordentlich gebuttertem Toast und eine Tasse Tee.

»O Gott, danke«, antworte ich, stürze den lauwarmen Tee in einem Zug runter und stopfe mir den Toast in den Mund, während ich mir mit zitternden Fingern den Reißverschluss des Hoodies zuziehe.

Ich kaue auf dem Toast, bekomme ihn kaum runter. Mir ist ein bisschen schlecht. Ich bin kein bisschen bereit.

Wir gehen im Morgengrauen »auf Nahrungssuche« in der Natur – etwas, von dem ich nicht wusste, ob ich es schaffe, nach nur drei Stunden Schlaf voller Träume von wütenden alten Ladys, die Weinreben und Korken verbrennen. Aber Irene dachte, diese Aktion würde mir den Geist des Restaurants näherbringen – und dass James und ich uns dabei besser kennenlernen könnten.

»Ihr zwei müsst ein eingespieltes Team sein«, hatte sie gesagt.

»Verstehe.« Ich hatte genickt. Ich wollte unbedingt so enthusiastisch wie möglich wirken.

»Aber es sollte bei einem Team im kollegialen Sinne bleiben«, sagte sie.

»Verstanden«, antwortete ich. Irene gefiel mir.

Ich frage mich, ob es in diesem abgelegenen Hotel ein wenig so ist, wie auf einem Kreuzfahrtschiff zu arbeiten, wo eine Beziehung unter Angestellten eine *echt* schlechte Idee war – für den Fall, dass man sich wieder trennte. Man konnte sich nicht aus dem Weg gehen.

Aber um mich muss sich Irene keine Sorgen machen. Ich bin keine, die bei der Arbeit etwas mit Kollegen anfängt. Also eigentlich bin ich gar nicht der Typ für einen Freund. Ich hatte insgesamt drei Freunde, mit Tim – und niemand von denen hatte richtige Boyfriend-Level freigeschaltet, wie beispielsweise die Eltern beim Abendessen kennenlernen oder am Wochenende nach Whitstable ans Meer fahren. Ich hatte außerdem einige sehr betrunkene One-Night-Stands in meinem einen Jahr an der Uni. In diesem Jahr habe ich *Mario Kart* durchgespielt, habe alle sieben Staffeln *Lost* geschaut und entdeckt, dass meine Mitbewohnerin eine hydroponische Marihuana-Farm im Keller unter meinem Schlafzimmer angelegt hatte. Oh, und es war das Jahr, als Dad zum ersten und einzigen Mal versucht hatte, trocken zu werden. Das hatte etliche entschuldigende Anrufe zur Folge, die dermaßen emotional anstrengend waren, dass ich schließlich die Uni schmiss, um mit dem Rucksack durch Wales zu reisen und mich dem Ganzen zu entziehen.

Es ist nicht so, dass ich keinen Freund haben *möchte*, mit dem ich bei Aldi durch die Gänge schlendern kann. Ich bin einfach als Single glücklicher. Es ist einfacher. Außerdem ist Heather ein abschreckendes Beispiel für romantische Verstrickungen.

James trägt schwere beige Wanderstiefel und eine fast schon stylishe moosgrüne, gewachste Barbourjacke. Es nieselt und ist immer noch kalt, aber der Nebel hat sich gelichtet, und in der Luft liegt der Duft nach frisch gemähtem Gras, den jeder liebt – besonders anscheinend Weinkritiker.

Anis wartet draußen in einem taillierten Anorak mit einem Korb und einem Schirm.

»Wo wohnt Anis?«, flüstere ich und ziehe meine Laufschuhe an.

»In Cottage vier, gemeinsam mit dem Rest der Jüngeren.«

»Oh, bedeutet das, wir sind die Älteren?«

James lacht laut, und Anis blickt mich argwöhnisch an.

»Ich habe nur gefragt, wo alle wohnen«, erkläre ich, weil ich nicht will, dass sie sich ausgeschlossen fühlt.

»Cottage vier«, antwortet sie mit einem starken schottischen Akzent und streicht sich ihr unglaubliches dunkles, glänzendes Haar hinter die Ohren. Sie ist schön – zierlich, mit reiner Haut und grandios dichten Augenbrauen – und sie trägt diese süßen roten Gummistiefel von *Hunter*. »Willst du diese Schuhe tragen?«, fragt sie anklagend, blickt zu James und dann wieder auf meine *Converse*.

»Es tut mir leid, ich habe keine ordentlichen Schuhe mitgenommen«, erkläre ich und zucke die Schultern. »Aber vielleicht kann ich nächste Woche in die Stadt fahren und mir welche kaufen?«

»Das wirst du tun müssen«, antwortet sie mit gerunzelter Stirn, »wenn du hier irgendetwas machen willst – arbeiten oder so. Diese Schuhe sind schrecklich.«

»Du hast absolut recht«, stimme ich ihr zu und versuche, nicht beleidigt zu sein. »Mode muss aber wehtun, oder?«

Sie lächelt nicht, sondern blickt auf ihren Korb, dann zu den Pferdeställen und seufzt dramatisch. Als müsste *sie* immer die Fehler anderer Menschen ausbügeln. Ich habe die Erfahrung gemacht, dass solche Menschen immer ein gutes Herz haben.

Ich lächele in mich hinein und nehme mir vor, sie auf meine Seite zu bringen.

Und so ziehen wir schweigend von dannen, eine fröhliche Dreiergruppe, auf dem Weg in die Wildnis.

James geht uns voran zum Fluss hinter dem Gebäude. Das Grundstück ist nicht so gepflegt, wie es in England der Fall wäre. Es gibt einen Rosengarten, aber der Rest ist verwildert: Die Hecken sind nicht geschnitten, die Obstbäume, das lange Gras und die Wildblumen in Violett, Gelb und Pink recken sich zur Morgensonne.

Als wir an dem tosenden Fluss ankommen, wird die Sonne durch ein sattgrünes Blätterdach abgeschirmt; um uns stehen Eichen, Birken und Buchen. Die kühle Luft auf meiner Haut fühlt sich plötzlich belebend an.

James geleitet uns zu einem matschigen Weg, der zu einer Brücke führt.

»Also, Anis …«, setze ich an und frage mich, worüber ich mich mit ihr unterhalten könnte, entscheide mich für etwas mit Outdoor-Bezug. »Gehst du gerne wandern?«

»Ich gehe lieber jagen«, antwortet sie.

»Na klar doch. Jagen«, sage ich. »Mit einer Waffe und so?«

»Klar mit einer Waffe«, antwortet sie. »Und einem Messer mit einer fünfundzwanzig Zentimeter langen Klinge, für den Fall der Fälle.«

Ich werde langsamer, um ihr den Vortritt zu lassen.

Wir gehen einige Minuten, während denen nur das Rauschen des Flusses und das gelegentliche Vogelgezwitscher die Stille durchbrechen. Ab und zu zieht James sein Telefon aus der Tasche und macht ein Bild von dem leuchtend grünen Blattwerk oder einem Vogel, der auf einem Ast sitzt. Und ein- oder zweimal macht er ein Foto von Anis, die Büsche zur Seite schiebt und auf Sachen zeigt, die ich nicht sehe. Er versucht, auch ein

93

Bild von mir zu machen, aber ich reiße mir so schnell ich kann die Hände vors Gesicht. »Bitte, keine Nahaufnahme«, witzele ich, und er ist höflich genug, es nicht noch einmal zu versuchen.

»Wonach suchen wir denn?«, frage ich schließlich. »Ich habe noch nie in einem Restaurant gearbeitet, wo die Angestellten in der Natur auf Nahrungssuche gehen. Was passiert denn, wenn wir nichts finden?«

»Russell macht da eigentlich nicht mit, also ist es eher Anis' und meine Sache. Aber er lässt uns machen«, setzt James an, zieht seine Beanie aus und schüttelt sein dickes dunkles Haar. Ich versuche, nicht schon wieder dahinzuschmelzen. »Wir bekommen das Wichtigste von lokalen Anbietern: Du weißt schon, Federwild, Makrelen, Lachs, Wild aus den Highlands. Aber ich versuche, einige saisonale Dinge zu sammeln, wie beispielsweise Himbeeren und Pilze und Kräuter, wie Sauerklee, Wasserminze, wenn wir sie finden können – so was. Ich glaube, es ist schön für die Gäste, wenn Produkte wie *selbst gesammelte Pilze* auf der Speisekarte stehen, findest du nicht?«

»Okay, wir suchen also nicht nach den Highland-Hirschen, oder hast du etwa eine Schrotflinte in deiner Hose versteckt, James?«, witzele ich.

Ich freue mich, dass Anis tief und dreckig lacht, aber als ich über die Schulter zu James blicke, sieht er gekränkt aus. *Das war zu viel.*

»Nein, heute nicht. Wir haben einen echt guten Zulieferer aus Skye«, erklärt er, als er sich auf dem schmalen Weg an mir vorbeiquetscht und sich zu einigen winzigen weißen Blumen hinaufbewegt. »Noch einige Tage«, sagt er zu Anis, und sie nickt.

»Und Wiesenschaumkraut passt gut zu unserem Wildlachs. Aber es geht natürlich nichts über Steinpilze«, sagt James grinsend. »In der Pilzsaison werde ich ein wenig wahnsinnig.«

»Wachsen hier Steinpilze?«, frage ich. Heather hat ein tolles

Pasta-Gericht mit denen gemacht. Aber irgendwie dachte ich, die würden alle aus Italien kommen.

»Natürlich«, sagt Anis. »James würde am liebsten alles lokal kaufen oder anbauen, wenn er könnte. Und Russell würde am liebsten alles aus London bestellen.«

»Oh, wittere ich hier etwa einen Konflikt?«, frage ich grinsend.

»Nein, nein. Er ist der Küchendirektor«, sagt James, beantwortet damit aber die Frage nicht.

»Er ist ein Arschlochdirektor«, korrigiert Anis ihn und blickt stirnrunzelnd in James' Richtung, »und bei ihm geht Geld über Gastlichkeit.«

*Das ist das Gegenteil von Gastlichkeit, oder?*, denke ich.

»Wir haben immer die besten Produkte direkt beim Hersteller bezogen«, sagt James, hält kurz an und zeigt auf den Wald um uns herum. »Aber vergiss alles, was du über traditionelle Restaurants gelernt hast. Was ist, wenn wir für achtzig Gerichte Zitronen brauchen? Dann müssen wir drei Tage warten, deswegen müssen wir wirklich gut organisiert sein. Aber wir können jeden Tag frischen Hummer aus etwa dreißig Kilometer Entfernung bekommen. Das ist ganz anders als in London, wo Russell daran gewöhnt war, dass alles ständig verfügbar ist. Hier kann es stürmen, dann fahren die Boote nicht raus …«

»Dann gibt es keinen Hummer«, spricht Anis zu Ende.

»Gott behüte«, sage ich.

»Ja«, stimmt James zu und schüttelt vor lauter Grauen den Kopf. »Aber Russells neues System bedeutet, dass wir nun kontinuierlich beliefert werden, mehr oder weniger zumindest. Ich habe es trotzdem geschafft, dass wir einige lokale Anbieter behalten. Er hat nicht alles verändert. Aber wir werden dadurch profitabler«, sagt er und zuckt die Schultern.

»Nun, das ist immerhin etwas.«

Ich bleibe bei einer schiefen Eiche mit freigelegten Wurzeln stehen, die sich am erodierenden Ufer in Richtung der großen Steine in Flussnähe schlängeln. Dann rutsche ich direkt aus und schaffe es gerade noch, mich zu fangen, bevor ich mit dem Gesicht zuerst ins Wasser stürze. Es sieht so frisch und sauber aus, während es über große Felsblöcke von einem in das nächste ruhige Becken fließt. Der Geruch nach Schlamm und nassen Steinen ist seltsam angenehm. Ich stecke die Finger in ein Becken und ziehe sie gleich wieder raus.

»Heilige Scheiße«, jaule ich auf, balle die Hand zur Faust und puste warme Luft hinein. »Das ist ja eiskalt.«

James schnappt sich einen Ast der Eiche und springt gekonnt in meine Richtung, hüpft von Stein zu Stein, bis er bei mir ist. Er taucht die Hände in den Fluss und spritzt sich Wasser ins Gesicht. »Ja, da ist immer noch viel Schneeschmelze drin. Ich liebe das.«

»Kann man das trinken?«

»Ja, aber es besteht immer die Gefahr von totem Vieh, das irgendwo flussaufwärts liegt«, sagt er. »Gehst du angeln?«

»Ähm, nein«, antworte ich und wünsche mir kurz, dass ich es täte, während ich mir James und mich auf einem kleinen Boot mitten auf einem See vorstelle. Vielleicht ein Sonnenschirm. Nein, eigentlich keinen Sonnenschirm. »Ich würde es aber gern einmal ausprobieren.«

Ich schaue zu ihm, und er lächelt mich an. Ich weiß nicht, ob er über den Gedanken lacht, dass ich angele, oder weil er gerne mit mir angeln gehen möchte, oder weil es so absurd wirkt, dass ich gern angeln gehen würde, aber ich vermute Letzteres.

»Bärlauch!«, ruft Anis, die den Weg weitergelaufen ist, und James richtet seine Aufmerksamkeit auf sie.

»Das ist unsere Hauptbeilage zum Lamm. Und man muss sich auch nicht mit Russell herumstreiten, weil es umsonst ist«, sagt er zu mir, während er vom Flussufer wieder nach oben klettert und Anis hinterhereilt. »Komm schon!«

Er ist so unbeschwert wie ein Zehnjähriger, und ich muss mich beeilen, um Schritt zu halten. Leider bieten mir meine Turnschuhe nicht die benötigte Trittsicherheit, und als ich gegen einen nassen, bemoosten Stein stoße, rutsche ich wieder aus, dieses Mal stürze ich zur Seite und spüre einen stechenden Schmerz im rechten Knöchel. »O Scheiße«, murmele ich, klammere mich an den doofen Stein und warte darauf, dass der Schmerz nachlässt.

»Heather«, ruft er aus der Ferne. »Beeil dich!«

»Ich komme!«, rufe ich.

Ich sehe sie auf einer kleinen Lichtung, beide beugen sich nach vorne. Ich mache noch ein paar wackelige Schritte und verfluche meine Ungeschicktheit. Was wäre, wenn ich mir in diesem ohnehin schon albtraumhaften Geschehen nach zwei Tagen den Knöchel gebrochen hätte? Ich bücke mich, rolle meinen Strumpf runter und inspiziere meinen Knöchel, aber glücklicherweise sieht alles normal aus.

Als ich zu ihnen humpele, lässt der Schmerz nach, doch Anis sieht meinen wackeligen Gang und schaut plötzlich ernst aus. »Alles in Ordnung mit dir?«

»Ja, alles gut«, antworte ich und bewege noch mal vorsichtig meinen Fuß.

»Was ist passiert?« Sie macht einige Schritte auf mich zu. »Hast du dich am Knöchel verletzt?«

»Ist nicht so schlimm«, sage ich und schüttele den Kopf.

»Das liegt an diesen lächerlichen Schuhen«, entgegnet sie und runzelt die Stirn.

»Das ist schon okay. Habt ihr Bärlauch gefunden?«

»O ja«, sagt sie und greift in das hohe Gras, um ihren Korb hochzuheben, der voller grüner Halme ist. Ich bin kurz verwirrt, weil es einfach wie Gras aussieht, aber ich will mich nicht als völlig unwissend outen.

»Wow«, sage ich. »Das sieht so frisch aus.« Dann steigt mir etwas in die Nase. Krass, das riecht ja echt nach Knoblauch!

Sie runzelt die Stirn, als sie wieder auf meinen Fuß blickt.

»Ich kaufe mir Wanderschuhe«, rutscht es mir raus.

James kommt mit ganz viel von diesem Zeug in der Hand an, das wie Gras und kein bisschen wie Knoblauch aussieht. »Was ist los? Heather, alles okay mit dir?«

»Wir haben das Cottage nur für eine halbe Stunde verlassen, und sie hat sich schon verletzt«, sagt Anis vorwurfsvoll.

»Kannst du auftreten?«, fragt James und sieht ernsthaft besorgt aus.

Und dann kapiere ich es. Sie machen sich so viele Sorgen, weil ich – sollte ich mich verletzt haben – nicht arbeiten kann. Einen Augenblick lang fühle ich mich wirklich schlecht, doch dann wird mir klar: Ich könnte das zu meinem Vorteil nutzen.

»Ich will nicht, dass ihr euch deswegen Gedanken macht …«, sage ich, schiebe meine Unterlippe vor und runzele die Stirn.

»Sei nicht albern. Setz dich«, sagt Anis, beugt sich runter und stellt den Korb ab. Ich stütze mich auf sie und lasse mich langsam zu Boden sinken. Es ist feucht, klar, und ich bemerke, wie die kühle Nässe durch meine Jeans zu meiner Haut kriecht.

James zieht an meinem Sneaker, und obwohl ich mich schuldig fühle, zucke ich zusammen, dabei tut es gar nicht so weh. Also, es schmerzt schon ein bisschen.

»Gott, sorry.« Sein Blick ist panisch.

»Es ist nicht schlimm«, sage ich, und er lässt erleichtert die Schultern sinken.

»Lass mich mal«, sagt Anis und schiebt ihn weg. Ohne Strumpf sieht mein Fuß okay aus, aber ich brauche dringend eine Pediküre.

»Das wird stark anschwellen«, erklärt sie James, »wie ein Hobbit-Fuß. Schau mal, ein wenig dick ist es schon.« Sie zeigt auf meinen dicken und leicht behaarten großen Zeh, und ich versuche, nicht beleidigt zu sein. »Es sieht auf jeden Fall so aus, als wäre er geschwollen …«

»Gut, danke, Frau Doktor«, fauche ich und ziehe meinen Fuß zurück.

»Wir bringen dich besser zum Cottage zurück«, sagt James und schüttelt den Kopf.

»Ich bleibe und suche noch nach den Zutaten fürs Mittagessen«, sagt Anis. »Du solltest es Russell und Irene so bald wie möglich sagen.«

»Sie kann doch trotzdem die Weine zum Menü raussuchen«, erinnert James sie.

»Ja, hast recht«, stimmt Anis zu. »Und Roxy könnte einspringen.«

»Wir versuchen mal, dich hinzustellen«, sagt James, lehnt sich nach vorne, legt mir einen Arm um den Rücken und zieht mich dann schnell nach oben. Dieses ganze Drama à la »Burgfräulein in Not« ist mir unangenehm, aber ich entscheide mich dafür mitzuspielen, um so viel Zeit wie möglich zu schinden, in der ich mich um alles Wichtige kümmern kann: die Weinkarte, den Job, mein Leben.

»Schaffst du es so zurück?«, fragt er.

»Glaube schon«, antworte ich.

»Anis, kommst du alleine klar?«

»Sicher«, entgegnet sie und schaut uns nicht mehr an, während wir gemeinsam den Weg entlanghumpeln. James gibt sein Bestes, um mich beim Gehen zu stützen, während er seinen Körper höflich so weit von mir entfernt hält wie möglich.

»Danke, James«, sage ich.

»Schon gut. Ich bringe dich zu deinem Bett, und wir schauen

99

mal, ob wir dich zum Arzt fahren oder einen Arzt zu dir schicken. Vielleicht kann Brett sich das einmal ansehen.«

»Brett?«, frage ich, während ich mich ganz leicht zu ihm lehne, um das Gefühl von James' Körper zu genießen, der sich sanft gegen meinen drückt.

»Ja, er kümmert sich um die Tiere. Und um das Grundstück.«

»Kümmert er sich auch um die Damen?«, frage ich kichernd und James wird kurz ganz steif, und für einen winzigen Moment bilde ich mir ein, dass er kurz ein wenig eifersüchtig war.

# 9

Die Neuigkeit von meiner schlimmen Verletzung hat sich anscheinend wie ein Lauffeuer verbreitet, denn als wir wieder am Cottage ankommen, ist Irene auch da, umklammert zwei federgefüllte Kopfkissen und besteht darauf, dass mein Knöchel *unverzüglich* untersucht wird.

Brett, dieser riesige Platzwart/Pferdedoktor, untersucht meinen Fuß mit enorm sanften Berührungen auf Brüche – es gibt keine! – und bewegt ihn nun in behutsamen Kreisen nach links und rechts. Ich zucke so häufig wie möglich zusammen, versuche aber, es nicht zu übertreiben.

James, der mich galant, aber unbeholfen den ganzen Nachhauseweg über gestützt hat, ist bereits zurück zur Küche geeilt, um mit den Vorbereitungen zu beginnen. Bill hat mir ein Gläschen Whisky gebracht, das ich gehorsam getrunken habe.

»Und, wo hat Irene dich aufgegabelt?«, fragt Brett, während er mir mit seinen riesigen Pferdeheilerhänden sanft einen Verband um den Fuß wickelt.

»Öhm?«

»Woher du bist, möchte ich wissen.«

»Ach so, aus Plymouth«, sage ich ohne nachzudenken. »Und aus London.«

»Niemand kommt aus zwei Orten.«

»Ich bin nicht gerne aus Plymouth«, erkläre ich. »Warst du schon einmal da?«

»Ich dachte, Devon sollte so schön sein«, sagt Irene.

»Sicher, Devon ist auch toll. Plymouth hat aber nichts mit

dem Postkarten-Devon zu tun. Plymouth ist eine arme Stadt mit einem Hafen.«

»Hmm …«, sagt sie und ich entscheide mich dazu, das Thema zu wechseln.

»Wie sieht's aus, Doc?«

»Ganz ehrlich, ich wüsste nicht, warum du heute Abend nicht arbeiten solltest, Mädel«, sagt er mit einem schweren schottischen Akzent. »Er ist nicht einmal geschwollen. Erst dachte ich, er wäre es, aber schau mal, beide Füße haben die gleiche Größe.«

»Okay, Brett, das reicht«, sage ich.

»Oh, Gott sei Dank. Du armes Ding«, gurrt Irene. »Also müssen wir mit ihr nicht nach Fort William fahren?«

»Gott, nein. Ich glaube, dass sie im Handumdrehen wieder auf den Beinen ist.«

»Vielen, vielen Dank«, sage ich und schüttele den Kopf, um zu zeigen, wie unangenehm mir die ganze Sache ist. »Wie ist das bloß passiert?«

»Du musst dir keine Sorgen machen«, sagt er und grinst mich erneut an, während er seine Erste-Hilfe-Tasche für Tiere wieder einpackt und aufsteht. »Beim nächsten Mal musst du ein Bein verlieren, wenn du dich vor der Arbeit drücken willst.« Er zwinkert mir zu, und einen Sekundenbruchteil lang lache ich nicht, dann fange ich schnell an.

»O nein. Warum würde ich das machen wollen?«, sage ich und mache eine wegwerfende Handbewegung.

»Heather, Liebes, ich schicke James in einigen Stunden mit dem Menü runter, du kannst die Weine dazu aussuchen, und dann bist du hoffentlich beim Abendessen wieder bei uns? Aber natürlich nur, wenn es wirklich geht.«

»Ähm ja«, antworte ich und streiche glücklich meine Bettwäsche glatt. »Ich gebe mein Bestes, um zum Abendessen wieder fit zu sein.«

Und dann verlässt Irene das Zimmer, und ich bin allein mit meiner simulierten Fußverletzung und der Whiskyflasche, die Bill hiergelassen hat. Ich drehe sie um und lese das Etikett: *Oban, 18 Jahre alt.* Ich rieche an meinem leeren Glas und frage mich, wie zum Teufel Whisky gemacht wird. Irgendwo im Hinterkopf denke ich, aus Kartoffeln. Oder war das Gin?

Ich versuche, mich auf das naheliegende kulinarische Mysterium zu konzentrieren. Bärlauch. Ich googel kurz Lamm und Bärlauch und finde heraus, dass die Pflanze tatsächlich ein wenig wie Gras aussieht. Es gibt ein paar Empfehlungen für Weine, darunter auch einen Côtes du Rhône, an den ich mich vage auf der Karte erinnere. Aber die meiste Zeit über sitze ich hier und bin müde, weil ich zu wenig geschlafen habe und wegen der Ibu-Whisky-Kombination.

Vielleicht brauche ich noch einen Drink, um munter zu werden.

Ich nehme noch einen Shot und genieße die Wärme, die mir den Hals hinabrinnt. Aber anstatt mich wach zu machen, lässt mich der Alkohol einschlafen, und das habe ich bitter nötig. Und gerade, als ich in diesem wunderbar schläfrigen Zustand bin, in den einen nur ein Mittagsschläfchen versetzt, kommt James ins Zimmer gestürzt und hat ein Blatt Papier in der Hand.

»Scheiße, ich hätte klopfen sollen, sorry!«, sagt er und keucht, als wäre er gerannt. Er steht über mir, dann sieht er so aus, als wollte er sich hinsetzen. Schließlich setzt er sich, und sein Gewicht lässt mich ein wenig kippen, sodass mein Körper etwas in seine Richtung rollt, und er steht verlegen auf und schiebt die Speisekarte zu mir. »Ich habe eine sehr vorläufige Version gemacht, damit du sie dir jetzt einmal anschauen kannst.«

»Du kannst dich setzen, weißt du«, sage ich und er tut es

direkt. Er hat seine Wandersachen ausgezogen und trägt nun Jeans, T-Shirt und seine Kochschürze.

Ich blicke auf die Karte und bin erleichtert, weil ich einige ziemlich ähnliche Gerichte wie am ersten Abend sehe. Aber da ist die Kombination der langsam gerösteten Lammschulter mit dem Bärlauch-Velouté – *was zum Teufel ist ein Velouté?* –, Frühlingsgemüse und eine Parmesanhippe, das ist neu.

»Den Côtes du Rhône?«, versuche ich es benebelt, während die drei Shots Whisky und Ibu plus Kodein ihre Wirkung entfalten.

»Zu teuer für die Degustation«, sagt er schnell. »Das sind neunundneunzig Tacken die Flasche. Bei Russell geht es nur um die Gewinnspanne. Was ist mit einem Grenache?«

»Danke, dasissexellent«, lalle ich.

Er lächelt mich an, nimmt die Speisekarte aber nicht weg.

»Bist du betrunken?«

»O Gott, ein wenig.«

»Du solltest schlafen.«

»Ich sollte definitiv schlafen. Ist Anis heil wieder nach Hause gekommen?«

»Ja, sie hat auch noch Süßdolde gefunden, es hat sich also rentiert«, sagt James und hebt das Stück Papier ein wenig höher, sodass es fast unter meiner Nase hängt. Mir wird klar, dass er höflich versucht, es mir zu geben, aber der Scotch macht irgendwas mit meinem Urteilsvermögen.

»Sorry«, sage ich und nehme es ihm ab. Ich blicke auf die Karte und sehe die Kombination von Schokoladen-und-Amaretti-Délice mit schottischem Wildbeer-Sorbet. Gott, ich will das probieren – egal, was es sein mag.

»Gott, ich will das probieren«, sage ich, schließe die Augen und seufze.

»Es ist gut. Von der Textur her wie eine feste Mousse, und

das Beerensorbet verleiht eine Leichtigkeit, die man kosten muss, um es zu glauben«, sagt James mit einem breiten Lächeln. »Anis hat es erfunden.«

»Ich wusste nicht, dass sie auch Nachtische macht.«

»Sie ist gelernte Patissière.«

»Ja, stimmt, aber mir war nicht klar, dass sie auch wirklich Desserts macht.«

James blickt mich seltsam an. »Wir werden in einigen Stunden fertig sein. Wenn du es heute Abend nicht schaffst, dann kann Roxy vielleicht für dich einspringen?«

»Ich bin mir sicher, dass es mir besser gehen wird«, sage ich und will plötzlich wieder mit ihm in derselben Schicht zusammenarbeiten.

»Okay, großartig«, entgegnet er und seufzt. »So blöd, dass das passiert ist.«

»Ich bin dämlich. Wer geht in *Chucks* wandern? Ich komme mir vor wie eine lächerliche Frau aus der Stadt.«

»Du wirst dich bald daran gewöhnen, wie es hier läuft. Anis und ich werden dir schon zeigen, wo's langgeht.«

»Mein Gott, James, wir haben uns doch gerade erst kennengelernt«, frotzele ich.

Er sieht direkt peinlich berührt aus, dann hält er kurz inne und blickt zu meinem Koffer in der Ecke. »Hast du noch nicht ausgepackt?«

»Noch nicht«, antworte ich. »Ich wollte sehen, ob es mir gefällt, bevor ich mich zum Hierbleiben entscheide. Ich kann mich nicht mal für *eine* Lieblingseissorte entscheiden, also brauchst du einen langen Atem.«

»Ist bei mir auch so. Warum wollen immer alle, dass man sich entscheidet? Vanille? Schokolade? Ich will beides.«

Ich lache ihn an. Er ist auf so liebenswerte Weise ernst. Und dann spüre ich Erleichterung, weil ich mir ein paar Stunden erschlichen habe. »Hey, vielen Dank für deine Hilfe. Und dafür, dass du mich zurückgeschleppt hast, wie ein Holzfällerprinz oder so. Und dafür, dass du den heißen Brett, den Pferdemann geholt hast. Und für die Vorbereitung des Menüs. Ich bin dir echt etwas schuldig.«

»Den heißen Brett?«

»Das ist bloß eine Tatsache«, erkläre ich achselzuckend. »Und wusstest du, dass Brett der Spitzname für eine Hefe ist? Eine Hefe, die in den Wein kommt und dafür sorgt, dass sie nach alten Sportstrümpfen und Heftpflaster riecht. Das passt komischerweise total gut – ich war ja sehr nah an ihm dran und konnte ihn riechen.«

Das war das Einzige, was von »Zehn Dinge, die du garantiert noch nicht über Wein wusstest« hängen geblieben ist, die ich gestern Abend gegoogelt hatte.

»Brett?«

»Ja, Brett ist eine Hefepilzinfektion von Wein«, sage ich ernst. »Er sollte sich von Wein fernhalte…«

»Okay«, sagt James und blickt auf das leere Glas neben mir, und ich weiß, was er denkt: *Ich* sollte mich von Whisky fernhalten.

»Vielen Dank für alles, James. Darf ich dich Jamie nennen, wie der heiße Typ in *Outlander*?«

»Was ist *Outlander*?«

»Kelten-Porn. Das ist ein ganzes Genre.«

Ich liebe es, dass ich ihn so leicht zum Erröten bringen kann. Ich sehe, wie ihm langsam die Röte aus den Wangen weicht, während er erst zu meinem Knöchel und dann wieder zu mir blickt.

»Ich hoffe, wir sehen uns später.«

»Oh, ich habe mich nur eins gefragt …«, rufe ich ihm hinterher, als er zur Tür geht. »Wie hat es Irene hierher verschlagen?«

»Irene?«, fragt James überrascht.

»Ja«, sage ich. »Wo ist sie her? Das meine ich. Sorry, das hört sich seltsam an.«

»Das ist okay, sie *ist* ziemlich seltsam.«

»Voll, oder?«, sage ich und reiße die Augen auf. »Ich meine, sie ist total cool, aber was macht sie hier? Sie sieht so aus, als müsste sie eine Kunstgalerie leiten oder ein Geschäft für Haushaltswaren oder eine klassische Wäschelinie von Harvey Nicks entwerfen.«

»Sie ist meine Mum«, sagt er, als würden ihn die Fragen ermüden.

»Moment! Was?«, rufe ich und höre ihn lachen, während er über den Flur geht.

# 10

Ich schrecke aus dem Schlaf hoch und setze mich abrupt im Bett auf, ich bin verwirrt.

Wo bin ich? Meine Augen gewöhnen sich an das Licht in meinem kleinen Zimmer und ich erblicke den noch nicht ausgepackten Koffer in der Ecke und die Whiskyflasche auf dem Nachttisch. Den Fuß, der auf einem weichen Kissen hochgelagert ist.

Mein Kopf hämmert, und eine Woge der Erinnerungen aus den letzten beiden Tagen überflutet mich, als würde ich unter einer kalten Dusche stehen. Ich bemerke, wie müde ich bin. Ich bin völlig erschossen. Nicht nur von dem medizinischen Whisky, sondern von allem – der Bahnreise, dem ständigen Druck seit meiner Ankunft, irgendwo sein und irgendetwas tun zu müssen. Aber hauptsächlich ist meine Angst schuld an der Erschöpfung.

Ich schaue auf mein Telefon. Es ist 15.30 Uhr. Scheiße! Aus meinem Power-Nap sind vier Stunden Schlaf geworden. Die sonntägliche Mittagsschicht muss vorbei sein, aber bis zur Abendschicht sind es nur noch wenige Stunden. Ich habe versprochen, dass ich bis dahin wieder fit bin, aber wieder einmal habe ich gar keine Zeit mehr, mich vorzubereiten.

Ich lege mich wieder hin, starre an die frisch gestrichene Decke und den Stuck um die Lampe. Ich werde an das Haus meiner Granny in der Wolsdon Street in Plymouth erinnert. Das Haus mit dem schwarzen Ofen mit den kleinen rosafarbenen Kacheln und dem winzig kleinen Garten mit dem Erdbeerbeet. Granny war eine Sammlerin, aber eine wirklich gut organisierte. Man konnte sich in ihrem Haus noch durch die ordentlich gestapelten Zeitschriften und das Sammelsurium von Glasflaschen bewegen, aber das Wohnzimmer wurde irgendwann unbewohnbar. Nach ihrem Tod haben wir Zeitschriften aus den Vierzigerjahren gefunden, elf vollständige Tafelgeschirre, achtundzwanzig Vorlegelöffel aus Sterlingsilber, dreiundsechzig silberne Servierplatten und siebzehn Müllbeutel voller Kleidung, darunter alle Klamotten von Grandpa.

Ich bin das Gegenteil von ihr, meine Habseligkeiten passen in wenige Koffer, und ich hänge nicht an Dingen, kann sie ganz einfach abwerfen – anscheinend ebenso wie meine eigene Persönlichkeit.

Mein Telefon vibriert, Tim ruft an. *Tim.* Ich hatte mein anderes Leben fast vergessen.

»Hey«, sage ich und spüre ein besonders starkes Hämmern in meiner rechten Schläfe.

»Oh! Hey, Baby!«, flüstert er laut, und sein schwerer Nordlondoner Akzent wirkt seltsam vertraut. »Ich hätte nicht gedacht, dass du drangehen würdest.«

»Oh«, antworte ich und frage mich, warum er anruft. »Nun, es ist gut, dass du anrufst, weil ich Hilfe brauche. Ich muss mir eine gute Geschichte überlegen.«

»Wie meinst du das? Hast du es schon vermasselt?«

»Ich meine das ernst«, sage ich und reibe mir mit meiner freien Hand über die Schläfe. »Ich muss hier weg, und zwar ganz schnell. Ein Gehirntumor könnte als Ausrede funktionieren – ich habe sämtliche Symptome.«

»Oh-oh«, sagt er lachend.

»Lach nicht«, antworte ich resigniert.

»Ich wusste, dass du es vergeigst«, gluckst er. »Ich habe Damo davon erzählt, und er glaubt, dass du verrückt bist. Er will wissen, wie du das mit der Bezahlung machst. Also zum Beispiel, welche Sozialversicherungsnummer du nimmst.«

»Darüber habe ich noch nicht nachgedacht ...«, sage ich und wünsche mir, ich hätte den Anruf nicht angenommen, von dem er nicht dachte, dass ich ihn annehmen würde.

»Hör mal, ich habe gleich ein Meeting. Wir bringen gerichtliche Schritte gegen eine Rentnerin auf den Weg, die vielleicht aus Versehen ihr Haus abgefackelt hat. Ich will diesen Fall unbedingt gewinnen, weil ich dann meine Zielvorgaben erfülle.«

»Wie interessant!«, sage ich.

Kurz herrscht Stille, dann kichert er. »Komm schon. Du machst das schon, Birdy.«

»Ich habe ein bisschen Angst«, sage ich.

»Das glaube ich.«

»*Das glaube ich?*«, frage ich etwas schnippisch, weil ich wirklich angepisst bin. »Sonst fällt dir nix ein? Du hast das an dem Abend für eine gute Idee gehalten.«

»Ich war betrunken *und* high«, flüstert er.

»Schön und gut«, sage ich schwach. »Aber ich brauche ...«

»Das war doch nur ein Witz an dem Abend«, unterbricht er mich, als wäre das das wichtigste Detail.

»Ja, aber ich kann die Fassade nicht aufrechterhalten. Das Hotel ist kein *Drecksloch*, wie ich vermutet hatte. Es ist wirklich schick. Und es gibt eine brandneue Weinkarte – ich lese lauter Wörter, die ich nicht kapiere, sowie Jahreszahlen und Rebsorten. Oh, und bei einigen Weinen werden nicht einmal die Rebsorten erwähnt! Was ist mit denen los? Ich hab hier echt nichts zu suchen.«

»Richtig«, sagt er. »Scheiße! Das ist echt nicht gut.«

»Nein, ist es nicht.«

Es herrscht eine lange Pause, dann höre ich die gedämpften Geräusche der anderen Büroangestellten im Hintergrund und schließlich ein tiefes Seufzen von Tim.

»Du wirst das schon machen«, sagt er und klingt nun ein wenig ungeduldig. »Lern einfach die Weinkarte auswendig, sei super selbstbewusst, und alles wird gut. Und falls du es vermasselst, wen juckt's? Das ist bloß Schottland.«

»Danke«, zische ich und krame in meiner Handtasche nach noch einer Ibu.

»Und lass dich nicht verhaften oder von einem Polizisten anhalten oder irgendetwas, wofür man einen Perso braucht«, sagt er etwas weniger jovial. »Frag vielleicht, ob sie dich in bar bezahlen können. Keine Ahnung. Macht man das noch so?«

»Eigentlich nicht«, antworte ich.

»Ich muss jetzt los. Das wird schon. Pass gut auf dich auf, Baby! Bye«, sagt er und legt abrupt auf.

*Scheiße!* Tims Anruf hat alles nur noch schlimmer gemacht. Ich versuche, mich aufzuheitern. *Komm schon! Das ist doch witzig. Du sagst doch immer, dass du einen interessanten Job willst.*

Ich rolle mich auf die Seite und öffne das erste der mitgebrachten Bücher: *Wein für Neulinge:*

*Champagner wird hauptsächlich aus Pinot Noir, Pinot Meunier und Chardonnay hergestellt, manchmal werden auch Sorten wie Pinot Blanc und Pinot Gris vinifiziert.*

*Was soll der Scheiß?* Ich klappe meinen fünf Jahre alten Laptop auf, warte die drei Minuten, die er zum Hochfahren braucht, und gebe »vinifiziert« bei Google ein: Es ist – wie sich herausstellt – nur ein Wort für »Wein machen«. Es ist total typisch für diese Weinheinis, sich ein unsinniges Fremdwort fürs Weinmachen auszudenken, damit es Menschen wie mir noch schwerer fällt, sich zurechtzufinden. Ich atme ein.

Dann googele ich »wie viele verschiedene Weine gibt es?«.

Die Antwort lautet: Es gibt zehntausend Rebsorten. *ZEHN-TAUSEND.*

Ich schaue auf mein Telefon und lese Heathers Nachricht noch mal, die ich heute Morgen bekommen und seitdem ignoriert habe. Das Bild zeigt ihre Hot-Dog-Beine auf einem Bett mit zerknitterter weißer Wäsche und einem mit Efeu berankten Fenster mit Blick auf einen Steinbalkon. Es sieht schön aus, irgendwie aber auch ein wenig einsam.

**Fauler Tag. Wie geht es dir? Wie geht es deinem Cousin? Xxxx**

Ich schaue Apples Wetter-App an: Siebzehn Grad und Regen in London. Ich klettere aus dem Bett und gehe zu dem Schiebefenster und, wenig überraschend: Hier regnet es auch. Ich schiebe den schweren Rahmen zur Seite, halte mein Telefon aus dem Fenster und fotografiere eine fies aussehende graue Wolke. Das ist unverfänglich genug. Ich schlucke noch einmal mein Schuldgefühl herunter und drücke auf Senden.

**Britisches Frühlingswetter ... Vermisse dich. X**

Ihre Antwort kommt umgehend.

**Verdammt heiß hier. Man kann nichts machen außer essen, trinken und vögeln. X**

Wenn jemand, den man seit dem fünften Lebensjahr kennt, übers Vögeln redet, ist das immer fies. Ich ignoriere es und blättere die Seite meines Weinbuchs um, um zu erfahren, wie zum Teufel man Champagner aus Pinot Noir herstellen kann, obwohl er doch weiß ist und jeder Pinot Noir, der mir in meinem Leben untergekommen ist, rot war.

Ich schaffe das nicht!

Ich blicke wieder auf mein Telefon. *Fuck it! Ich erzähl es ihr einfach.*

Ich gehe die zweieinhalb Meter über den Teppich in dunklem Orange zwischen meiner Tür und einer dieser IKEA-Kommoden mit den kleinen schwarzen Griffen, die jeder hat, hin und her. Und dann geht Heather dran.

»Hey, Birdy! Gott, es ist so schön, dich zu hören.«

Als ich ihre Stimme höre, renne ich nicht mehr rum.

»Du hast keine Ahnung, wie schön ich es fände, wenn du hier wärst«, spricht sie weiter. »Du würdest es lieben. Leckere Pizza, Sonne, viele Touristen, über die man meckern kann.«

»Machen sie Selfies?«

»Ja. Und sie stehen im Weg rum.«

»Schlimm.«

Wir kichern beide, und ich genieße ihr herzliches Lachen – es beruhigt mich wie eine schwere Decke. Ich kann es ihr nicht sagen. Ich kann es ihr *noch* nicht sagen.

»Wie lief's?«, fragt Heather.

»Was?«

»Die Dinnerparty deines Cousins?«

»Ach genau. Ja. Nett. Die Weinempfehlungen waren super – du solltest so etwas beruflich machen.«

»Haha, witzig«, antwortet sie, lacht aber nicht. »Es fühlt sich ein wenig seltsam an, nicht zu arbeiten.«

»Ist mit Cristian alles gut?«

»O ja. Ja. Auf jeden Fall.«

*Drei Bejahungen.* Nicht gut.

»Ich hoffe, ihr habt eine gute Zeit zusammen.«

»Ja«, sagt sie rasch. »Wir haben schon ganz oft romantisch auf dem Balkon zu Abend gegessen. Das Efeu ist gerade so saftig und toll.«

»Romantische Abendessen sind doch super«, sage ich und taste mich vorsichtig voran.

Sie wird ein wenig lebhafter. »Oh, und du wirst es nicht glauben: Vor einigen Tagen sind wir tatsächlich *auswärts* essen gegangen. Nur in eine Trattoria, aber da gab es die besten Zucchiniblüten, die ich jemals gegessen habe.«

»Zucchiniblüten?«

»Ja, gefüllt mit Frischkäse und Honig. In einem so leichten Teigmantel wie Tempura.«

»Tempura?«

»Das ist eine japanische Zubereitungsmethode. Ach Mann, Birdy, mit dir kann man sich einfach nicht gut über Foodie-Themen unterhalten.«

»Sorry«, sage ich und weiß, dass ich ein bisschen dick auf-trage. Die Wahrheit lautet: Ich bin völlig fasziniert von Essen; aber gleichzeitig macht es mir Angst. Schuld daran ist eine Kindheit mit Mach-dir-dein-Essen-selbst-Mahlzeiten.

Kurzes Schweigen, dann wechselt Heather das Thema. »Aber genug von mir. Wie geht es dir? Ist es okay, bei deinem Cousin zu wohnen? Diese Party hat sich gut angehört.«

»Ich wollte dich eigentlich etwas fragen«, setze ich an und will ihr wirklich alles über Russell und das Hotel und den vor-nehmen, betrunkenen Bill und Anis und die wunderbare Irene erzählen.

»Schieß los.«

»Wenn man unbedingt etwas über Wein lernen wollen würde, und zwar sehr schnell – was würdest du empfehlen?«

»Oooh … du bist auch infiziert! Endlich!«, sagt sie und freut sich von ganzem Herzen.

Ich setze mich auf die Bettkante, blättere durch das Buch *Wein für Neulinge* und hoffe, dass Heather mir eine eindeutige Antwort gibt. Ich blicke auf meine Nägel, die bis zum Nagelbett abgekaut sind, und schwöre mir, sie wachsen zu lassen, während ich hier bin. Das ist ein greifbares Ziel. Ich werde mit schönen langen Nägeln nach London zurückkehren und auch noch zehn Pfund leichter, weil ich so oft den Berg zum Haus hochlaufe. Aber vielleicht verliere ich auch meine beste Freundin.

»Ja, ich weiß, ich habe früher nicht viel Interesse gezeigt, aber irgendwie hatte ich bei der Party Spaß dran, und ich dachte, ich könnte noch etwas mehr darüber lernen.«

»Nun, als Erstes würde ich trinken und vergleichen«, sagt sie und gähnt faul.

»Trinken und vergleichen?«

»Genau. Du kannst zum Beispiel zum Abendessen einladen und alle Gäste bitten, beispielsweise einen Riesling, einen Pinot oder so mitzubringen, und dann könnt ihr euch alle hinsetzen und etwas über die Unterschiede herausfinden. Auf diese Weise erweitert man seinen Weinhorizont. Hilft das?«

»Ich dachte eher an ein kompakteres Programm. In – sagen wir mal – einer Woche?« Ich beiße mir auf die Lippen.

Sie lacht laut auf.

»Nun, weißt du, in Wein ist ja Alkohol, da kann man es nicht übertreiben. Sonst stirbt man. Man sagt, am besten lernt man mit einem Glas in der Hand, und das stimmt. Du könntest ein Weingut besichtigen. Oder meinem kleinen Lieblingsweinladen in Angel einen Besuch abstatten, wenn du das nächste Mal dort oben bist. Die veranstalten jeden Donnerstag eine Weinprobe. Bestimmt gibt es auch in Tooting einen kleinen Weinladen oder Weinclub, wo du mal vorbeischauen kannst?«

»Du meinst also, dass ich mich nicht mal kurz reinknien und mich dann mit dem Wissen durchmogeln könnte?«

»Nein«, erklärt sie und hört sich ein wenig beleidigt an. »Was ist denn los bei dir?«

»Nun«, sage ich und habe plötzlich eine geniale Idee. »Donald hat die Metzgerei ein wenig erweitert. Er bietet nun ein paar Delikatessen und ein wenig Wein an, und ich helfe ihm.«

»Das hört sich ein wenig unhygienisch an. Wer will denn neben einem Schweinekadaver Wein trinken?«

»Er fährt die Metzgerei ein wenig runter«, erkläre ich schnell.

»Wer macht denn das Essen?«, fragt sie, dann wird mir klar, dass diese Idee nicht *so* genial war, wie ich vermutet hatte.

»Ach, er hat einen neuen Küchenchef«, sage ich herablassend.

»Einen Küchenchef?«, fragt sie. »Das muss aber ein beeindruckendes Deli sein.«

»Ja, nun, er experimentiert ein wenig herum.«

»Was für ein Küchenchef ist er denn, wenn er in einem Deli arbeitet?«

»Ach, er kommt aus dem Norden«, sage ich, weil ich weiß, dass jeder aus Südengland dann den Mund hält. Plötzlich habe ich das surreale, aber angenehme Bild vor Augen, wie ich neben James in einem kleinen Deli in London arbeite.

»Nun, das alles hört sich ziemlich faszinierend an.«

»Ich hätte den Koch nicht erwähnen sollen. Echt nicht. Er ist unwichtig.«

»Warum hast du ihn dann erwähnt?«

Heather kann einen ganz schön auf die Palme bringen – man kann nichts vor ihr geheim halten.

»Okay«, sage ich und gehe darauf ein. »Er ist sehr groß und sieht gut aus. Und er ist ein netter Typ, wie sich herausgestellt hat. Nicht nett à la Tim, weißt du, sondern nett wie ein normaler menschlicher Mann. Ein normaler, netter Typ.«

»Oh, ich wusste, dass du eines Tages jemand Normalen finden würdest«, kichert sie.

»Ich auch.« Ich muss einfach auch kichern.

»Also, wie kann ich dir helfen?«, fragt sie und ist Feuer und Flamme.

Heather gibt mir einige Tipps für Weinproben zu Hause, nennt mir einige Blogs, die ich lesen kann, und ich führe – während wir plaudern – eine schnelle Google-Suche durch und erfahre, dass es ein großartiges Wein-Outlet ungefähr dreißig Minuten entfernt gibt. Aber nichts davon wird mir kurzfristig helfen.

Ich vermisse sie. Ich wünsche mir, wir wären wieder in London in ihrer Wohnung, würden Fünf-Minuten-Terrine essen und eine teure Flasche Wein trinken, die Heather bei der Arbeit hat mitgehen lassen.

»Oh, danke übrigens, dass du bei dem Job in Schottland angerufen hast. Ich habe nie wieder etwas von denen gehört, deswegen glaube ich, dass sie einen Ersatz gefunden haben.«

»O ja, kein Ding«, stammele ich.

»Birdy, du würdest mir doch sagen, wenn du Probleme hast, oder? Ich mache mir Sorgen um dich.«

»Ja, versprochen.«

»Okay«, sagt sie dann und spricht plötzlich leiser. »Oh, Cristian ist da, ich muss auflegen.«

Sie beendet das Gespräch, und noch bevor ich einen Gedanken fassen kann, klopft es *bei mir* an der Tür.

»Heather?«

Es ist Bill. Ich schiebe *Wein für Neulinge* unter mein Kopfkissen, richte meinen Pyjama und reiße die Tür auf.

»Hi.«

»Hey du. Wie geht's dem Fuß?«

»Ähm, ich glaube ein klitzekleines bisschen besser. Schwer zu sagen, bei diesen inneren Verletzungen.«

»Ich habe dir die Weinkarte mitgebracht, damit du mal einen Blick drauf werfen kannst. Nicht die fesselndste Lektüre, ich weiß.«

»Ich habe schon eine, aber danke schön.«

»Die ist ganz schön umfangreich, nicht wahr?«

»Ich muss mich noch mit ganz schön viel vertraut machen«, sage ich vorsichtig und lege mich wieder aufs Bett.

»Hundertvierundzwanzig verschiedene Weine«, erklärt er und nickt.

»Stimmt, mein Freund, aber das musst du mir nicht so unter die Nase reiben«, entgegne ich und verdrehe grinsend die Augen. Doch dann halte ich inne und denke nach. *Hundertvierundzwanzig.* Sicher, das ist viel mehr als auf der alten Karte, und es fühlt sich total entmutigend an. Aber hundertvierundzwanzig sind eigentlich nicht so viele Weine. Auf jeden Fall deutlich weniger als zehntausend. Ich frage mich, ob ich diese Weinkarte denn auswendig lernen kann und damit aus dem Schneider bin? *Lern einfach die Weinkarte auswendig.* Das hatte Tim gesagt. Wenn ich lerne, wie der Wein schmecken soll, und das in meinen eigenen Worten zusammenfasse, dann ist das Drumherum kein Problem mehr, oder?

»Wir sehen uns dann bei der Abendschicht?«, frage ich fröhlich. »Ich bin vielleicht ein wenig wacklig, also auf den Beinen, meine ich.«

»Prima. Heute Abend wird ein neues Gericht ausprobiert, eine Abwandlung des Miso-Lachs-Gerichts von *The Pig & Whisky*, wofür du den Wein aussuchen musst.«

»Wie bitte? Ich dachte, es würde nur das Lamm und den Bärlauch geben?« Mein Herz rast wieder.

»Russell wollte, dass es dabei ist. Er meinte, wir bräuchten etwas mit einer größeren Gewinnspanne auf der Karte.«

»Oh.«

»Warum stehst du nicht auf, gehst in die Küche und berätst dich mit James und Anis, während sie es probieren. Du könntest einige Weine vor Ort kosten.«

»Weinverkostung?«, frage ich und spüre, wie mir Galle hochsteigt.

»Ja, zwei Fliegen mit einer Klappe schlagen«, sagt er und macht eine Kopfbewegung in Richtung der Weinkarte und dann auf den Whisky neben mir. »Konterschluck?«

»Mann, dieser Ort hier ist echt erbarmungslos«, murmele ich. »Gib mir fünfzehn Minuten, Bill. Kannst du uns hochfahren?«

# 11

Weil meine Kopfschmerzen glücklicherweise nachlassen, quäle ich mich schnell aus dem Bett. Ich trete leicht auf, das geht mit meinem Knöchel. Ich ärgere mich, dass ich geschlafen habe; ärgere mich, dass ich gut vier Stunden verpennt habe, in denen ich mich mit der Weinkarte hätte beschäftigen können. Aber vielleicht gibt es eine einfache Lösung für dieses dämliche neue Lachsgericht.

Ich nehme mein Handy zur Hand und google schnell *The Pig & Whisky*, und als ich irgendwo in Amerika lande, fluche ich sehr laut und füge dann »Schottland« zur Suche hinzu. Und voilà: Die Speisekarte von *The Pig & Whisky* und – dank irgendeiner göttlichen Fügung – eine Weinempfehlung unter dem Lachsgericht:

*Runden Sie dieses vollmundige Gericht mit diesem Gewürz-traminer aus dem Jahr 2016 ab, dem etwas leichteren, dennoch kraftvollen Grünen Veltliner oder sogar dem Lot 94 Pinot Noir – leicht gekühlt, natürlich!*

»Bingo, Alter!«, rufe ich, dann ziehe ich meine Arbeitskleidung an und humpele gespielt zu Bill, der am Golfcart steht.

Ich setze mich auf einen Barhocker, immer noch groggy, leicht angeschlagen – und ich habe garantiert eine Whisky-fahne. Aber trotz allem fasziniert mich das Geschehen in der Küche.

James steht mit hochgekrempelten Ärmeln da, seine Schürze ist mit einer Mischung aus grünen, roten und braunen Flecken

besprenkelt, und sein Haar wird von einem Stirnband zurück-
gehalten, wie bei David Beckham etwa im Jahr 2003. Mir wird
klar, dass er immer etwas schüchtern ist, wenn er in menschlicher Gesellschaft ist – wenn er aber in der Nähe von Nahrungs-
mitteln ist, merkt man davon nichts mehr. Er ist fokussiert und
passioniert, und es ist ziemlich sexy, das zu sehen.

Er erklärt, dass er zwei verschiedene Varianten des Lachs-
gerichts zubereitet, zwischen denen dann entschieden werden
kann. Wie Bill schon meinte, ist es tatsächlich fast dasselbe Gericht wie auf der Website von *The Pig & Whisky,* und weder Anis
noch James finden das sonderlich gut. Das habe ich gehört, als
ich eben reingeplatzt bin: »Natürlich können wir das. Das findet
man in leichten Abwandlungen in jedem Restaurant an der
Westküste«, meinte James.

»Er war offensichtlich schon wieder bei *The Pig & Whisky*«,
hatte Anis gemault. »Er ist davon besessen. Wasabi und Erbsen-
püree, eingelegter Meeressalat. Warum baut er das Menü nicht
eins zu eins nach?«

»Ich spüre hier ein wenig Unzufriedenheit«, hatte ich gewitzelt.

James sah ein wenig peinlich berührt aus, weil ich ihn beim
Meckern erwischt hatte. »Es geht nur darum, dass wir hier die
Gelegenheit hätten, uns etwas Originelles auszudenken, und es
ein wenig deprimierend ist, einfach dasselbe Menü wieder und
wieder zu kopieren.«

Doch er scheint seinen Frust nun überwunden zu haben und
fokussiert sich auf die verschiedenen Zubereitungsmethoden,
um dem Gericht eine neue Note zu verleihen.

»Einen Lachs gare ich im Wasserbad und der andere wird
medium in der Pfanne gebraten«, sagt er. »Wie möchtest du
deinen haben?«

»Als Frikadelle?«

Und er lacht – endlich! –, während er gekonnt das orangefarbene Filet würzt, es dreht, dann Öl aufträgt und Meersalz darüber streut. Dann brät er es; es brutzelt und zischt, als er den Fisch in die Pfanne legt. Nach einigen Augenblicken lässt er das Filet in eine kleine Schale gleiten und schiebt sie in den Herd.

Während er das tut, hole ich mein Handy aus der Tasche und erinnere mich an die empfohlenen Weine von der Website des *The Pig & Whisky*. Das einzige Problem ist: Mir fällt zu spät auf, dass ich als Engländerin diese Zungenbrechernamen nicht aussprechen kann: *Gewürztraminer. Grüner Veltliner.* Mist!

»Hast du dich für Weine entschieden?«, fragt James, als würde er meine Panik spüren, und macht eine Kopfbewegung zu der offenen Weinkarte auf meinem Schoß.

»Ich glaube schon. Kannst du mir ein Glas von den beiden bringen?«, frage ich Roxy so beiläufig wie möglich, schiebe mir das Telefon unter die Oberschenkel und zeige in der Karte auf beide Namen. »Oh, und die Flaschen bitte, damit ich die Etiketten sehen kann.«

»Ooh, ich liebe den Gewürztraminer«, sagt sie und dann geht sie in den Keller.

*Ich werde dieses Wort nie aussprechen können.*

»Ich mache jetzt die Miso-Karamell-Glasur«, erklärt James.

»Vielleicht ist es nicht sonderlich originell, aber es hört sich köstlich an«, sage ich und schnappe mir eine Plastikflasche mit einem grünen Öl, die in der Nähe steht, gebe mir einen Tropfen auf den Finger und lasse ihn mir auf die Zunge fallen. Pfeffriger Knoblauchgeschmack erfüllt meinen Mund. »Mmm. Was ist das?«

»Ein Teil des Bärlauchs von heute Morgen«, erklärt Anis, die gerade mit etwas Lachsfilet in einem Plastikbeutel ankommt. Ich vermute, dass dieser Fisch im Wasserbad gegart wurde. »Normalerweise verwenden wir die Reste des Bärlauchs, um Öl für die Rebhühner herzustellen, aber Russell sagt, dass niemand mehr Rebhühner isst.«

Sie zuckt die Schultern und reicht James ihre Tüte mit dem Lachs, die er rasch öffnet und den Inhalt auf einen Teller gleiten lässt. Dann nimmt er das andere Filet vom Herd und befördert auch das auf einen Teller, sodass sie beide nebeneinanderliegen. Das gebratene Stück sieht tatsächlich viel appetitlicher aus als das gegarte, das ein wenig schleimig wirkt.

»Nun bringen wir den Mirin, das Miso und den Zucker zum Kochen«, sagt James und verwendet dazu etwas, das wie ein Kunststoffpfannenwender aus der Küche meiner Großmutter aussieht (sie hatte elf davon). »Dann rühren wir alles, bis sich der Zucker aufgelöst hat.«

Er rührt wie verrückt und nimmt plötzlich die Pfanne vom Herd, schiebt sie über die Arbeitsplatte aus rostfreiem Edelstahl und lässt sie in eine Eisschüssel eintauchen.

»Anrichten, Anis«, befiehlt er mit einer Stimme, die mich ein wenig aufrechter sitzen lässt. Anis fügt einen Klecks des grünen Pürees zu beiden Gerichten hinzu und dann etwas wild aussehendes Grünzeug, bei dem es sich um den sogenannten Meeresalat handeln muss. James tunkt einen Backpinsel in die Karamellsoße und bestreicht den Lachs, wartet kurz und bestreicht ihn noch einmal.

Roxy kehrt mit zwei Gläsern, die zu einem Viertel mit Weißwein gefüllt sind, und zwei Flaschen zurück. Einen Augenblick lang bekomme ich Panik, weil ich nicht sicher bin, welcher Wein zu welcher Flasche gehört, aber sie stellt sie auf die Theke neben den Lachs, deswegen ist es eindeutig.

James ist der Erste, der eine Gabel in den in der Pfanne gebratenen und gerösteten Lachs sticht und sich einen Bissen in den Mund steckt. Anis tut es ihm gleich, und ich schnappe mir die dritte Gabel und mache dasselbe.

123

»Probier du auch mal«, sage ich zu Roxy, die vor Freude strahlt und sich eine vierte Gabel aus dem Behälter auf der Arbeitsplatte nimmt.

»Mmm …«, sagt James und schließt die Augen. Er sieht so sexy aus, wenn er das macht, ich muss ehrlich gesagt meine Beine übereinanderschlagen.

Das Filet zerfällt in perfekte, mundgerechte Stücke, mit einer knusprigen, fast schon gerösteten Schicht unter der süß-salzigen Glasur. Wir probieren alle den zweiten Lachs aus dem Wasserbad, und er wirkt fester, aber er fällt mir fast im Mund auseinander. Der eingelegte Meeressalat ist sauer und knusprig, und ich staune über den Kontrast. Wirklich gut, nahezu göttlich.

»Erzähl uns etwas über den Wein, Heather«, sagt James, während er das Glas vor dem Gewürztraminer nimmt und einen kleinen Schluck trinkt, ihn sehr professionell im Mund umspült, aber – ganz wichtig – nicht so übertrieben, dass er wie ein Idiot wirkt.

Ich folge seinem Beispiel und nehme auch einen Schluck. *Denk nach, Birdy.* »Ähm, nun, wir brauchen etwas Kühles und Frisches, das dennoch einen Kontrast zum Lachs bildet. Ich glaube, das machen beide, oder?«

Das ist sehr frech von der Website des *The Pig & Whisky* geklaut, doch niemand zuckt auch nur mit der Wimper.

»Dieser hier gefällt mir«, sagt Anis und spuckt ihren Schluck in die Spüle.

»Was denkst du, Roxy?«, frage ich.

»Ich würde den Gewürztraminer nehmen«, sagt sie schüchtern, während sie ihren Wein herunterschluckt, und ich nicke zustimmend. Dieses ganze Ausspucken ist echt ekelhaft. »Die Süße gleicht die Miso-Glasur gut aus«, sagt sie, und ich will ihr insgeheim ein High-Five geben.

»Das gebratene oder das im Beutel gegarte?«, frage ich James, als würde das meine Entscheidung irgendwie beeinflussen.

»Es muss das Sous-vide sein«, sagt Anis.

»Das was?« Roxy ist ebenso verwirrt wie ich.

»Das Wasserbad«, sagt Anis, »der richtige Begriff dafür lautet ›Sous-vide‹.«

»Ja, wir sollten uns wahrscheinlich dafür entscheiden; das verringert auch die Vorbereitungszeit, und wir braten ja schon die Koteletts.«

»Finde ich gut«, antwortet Anis.

»Gut, dann, lass uns diesen Wein dazu nehmen«, sage ich und zeige auf den Gewürztraminer, weil ich immer noch zu nervös bin, um zu versuchen, es laut auszusprechen. »Gut gemacht, Roxy.«

Ich will gerade von dem Barhocker rutschen, als Russell ankommt. Er trägt einen khakifarbenen Leinenanzug mit einer dunkelblauen Krawatte und liest etwas auf seinem Telefon, während er zu James läuft. Ich sehe, dass James' Gelassenheit auf einen Schlag dahin ist; er verspannt die Schultern, und sein Gesicht verdunkelt sich.

»Ist es fertig?«, fragt Russell in den Raum, und Anis nickt, schiebt beide Teller mit Lachs vor ihn.

Er hebt einen hoch und riecht daran, zögerlich, wie eine Mum, die an einer Windel schnüffelt, und dann steckt er sich ein Stück mit den Fingern in den Mund. Er bewegt es im Mund hin und her, als würde er nach Knochen suchen, dann spuckt er es in die Spüle.

»Nein«, erklärt er.

»Wir stimmen dir alle zu«, sagt James behutsam. »Wir haben uns für das andere entschieden.«

»Das da?« Er zeigt auf den anderen Teller, und wir atmen alle tief ein, während Russell noch einmal einen Bissen probiert, wieder auf diese eklige Art.

»Weniger Salz«, sagt er. »Davon abgesehen ist es passabel. Und der Wein?«

»Wir haben uns für den deutschen entschieden. Der passt immer am besten zu japanischem Essen.« Ich hoffe, mit diesem überzogenen Selbstbewusstsein kann ich davon ablenken, dass ich eine Sommelière bin, die Weinnamen nicht aussprechen kann.

Es funktioniert. Er lächelt mich an und nickt, bevor er sich an James wendet. »Wo ist das Lamm? Ich habe ein Bild auf Instagram gesehen, das … rustikal aussah.«

Er sagt »rustikal« auf eine Art, wie andere Leute vielleicht »abstoßend« sagen würden.

»Sofort, Chef«, sagt James und rennt weg, um das Fleisch zu holen.

Nun wendet sich Russell mir zu.

»Ist dein Bein wieder in Ordnung? Ich habe gehört, du hast dich im Wald verletzt?«

»Ja, Chef«, antworte ich und frage mich, ob eine Sommelière ihn so nennen sollte.

»Und Bill hat mir erzählt, dass du dich gerade mit der Weinkarte vertraut machst?«

»Ja, Chef«, antworte ich.

»Gut. Dann müssen wir das Konzept für den Abend der *Wine Society* besprechen«, sagt er und streicht sich das Haar zurück.

»Vielleicht können James und ich das besprechen, sobald ich wieder auf den, äh, Beinen bin?«, sage ich und berühre meinen Fuß, um ihn daran zu erinnern, dass er nachsichtig mit mir sein muss, weil ich verletzt bin.

»Nun, du musst die Society in den nächsten ein bis zwei Wochen wissen lassen, was du planst. Sie müssen ihre Marketing-Materialien vorbereiten.«

»Okay, ich kümmere mich drum.«

»Fährst du morgen früh nach Skye?«, fragt Russell James, als er mit etlichen Plastikbehältern in den Armen zu ihm kommt.

»Am Mittwoch«, antwortet James.

»Dann kannst du Heather vielleicht mitnehmen und alles mit ihr besprechen.«

»Okay«, nickt James und blickt zu Boden. Sieht er genervt oder schüchtern aus?

»Anis, du kannst dich diese Woche um den Hirsch kümmern. Probiere dieses Mal andere Holzsorten im Smoker aus«, befiehlt Russell.

Anis hebt ihr Kinn ein wenig, und obwohl sie ein totales Pokerface hat, weiß ich, dass sie sich wahnsinnig freut, weil ihre Augenbraue ein bisschen zuckt.

»Ja, Chef«, sagt sie so finster, dass ich lachen muss. Ich verstecke das hinter einem weiteren *autsch!* und greife mir wieder an den Knöchel. Russell runzelt die Stirn und blickt mich an, und mir wird klar, dass ich meine Pseudoverletzung schnell auskurieren muss.

»Nun, das war es dann wohl«, sagt er.

»Ja, Chef«, antworte ich.

Als Nächstes stürmt Irene durch die Tür. Sie klatscht in die Hände, und ich erwarte fast, dass ein Licht angeht. »Heather, Roxy, wir brauchen euch nun im Speisesaal, bitte. Kannst du laufen?« Sie blickt mich an.

»Mehr oder weniger«, sage ich kleinlaut. Sie sieht begeistert aus.

»Gut, Roxy! Komm, komm.«

»James, wir müssen über die Bestellungen reden, jetzt, an der Bar«, befiehlt Russell.

»Das Lamm«, sagt James und streckt die Hände in die Luft, »willst du das sehen?«

»Bar. Jetzt«, wiederholt Russell wie ein Drill Sergeant.

*Was für ein Arschloch.* Während ich mich vom Stuhl rutschen lasse, lächele ich James kurz solidarisch an. Er macht seine Arbeit ganz eindeutig super – warum ist Russell so blöd zu ihm?

Im Essbereich gehe ich zu Roxy. Ich sehe, dass ihre Wangen dezent rosafarben schimmern. Ich erinnere mich daran, morgen zumindest ein wenig Concealer aufzutragen.

»Kannst du mir heute Abend ein wenig helfen?«, frage ich leise. »Ich will nicht, dass Irene oder Russell sich Sorgen machen, aber mein Fuß schmerzt ganz schön, und es wäre toll, wenn du mir eine Stütze wärst«, sage ich. »Nicht wortwörtlich. Oder vielleicht nur ein wenig wortwörtlich.«

»Natürlich«, antwortet sie. »Weißt du, der letzte Sommelier, den wir hier hatten, war so unhöflich zu mir. Und er war nicht einmal ein echter Sommelier, wie du. Er war Kellner, aber weil er Franzose war, wusste er etwas über Wein und hat deinen Job bekommen. Ich bin so froh, dass du hier bist und ein Mädchen bist.«

»Ein Mädchen«, wiederhole ich lachend.

»Ja, das spornt mich an. Ich will unbedingt Sommelière werden. Seitdem ich Alkohol trinken darf – also seit ungefähr drei Jahren –, nerve ich meine Eltern damit, dass sie mich zu einem Kurs schicken sollen. Aber die sind so teuer.«

»Ja, das sind sie. Ist dein Gehalt denn hoch genug, dass du dir etwas zur Seite legen kannst?«

»Ein wenig«, sagt sie und nickt. »Und Irene hat mir versprochen, dass sie mich unterstützen wird, wenn der Sommer vorbei ist. Ich würde so gerne viel von dir lernen. Sag einfach, wenn ich dir helfen kann.«

# 12

Es ist nicht gut gelaufen.

Alles fing mit diesen vier kanadischen Männern an, die zusammen auf dem College waren und hier einen nostalgischen Angeltrip machen und zu denen riesige Pints Ale besser gepasst hätten als Jahrgangsweine.

»Hallo und herzlich willkommen. Darf ich Ihnen die Weinkarte anbieten?«, hatte ich selbstbewusst begonnen.

»Wir nehmen den besten Champagner, den Sie haben«, sagte der Properste und schaute grinsend zu seinen Freunden am Tisch.

»Sind Sie sicher? Hier ist alles wirklich teuer«, platzte ich heraus.

»Yes, Mam«, antwortete er.

Ich war unsicher und ging direkt zu Bill.

»Sie wollen den *besten* Champagner und sie wollen die Karte nicht sehen.«

Er lächelte. »Na, dann ist dein Job einfach.«

Ich nickte und klappte die Weinkarte auf. Dom Ruinart Blanc de Blanc 2004 schien der Beste zu sein – sehr alt und 360 Pfund pro Flasche. Ich versuchte, meinen Brechreiz zu unterdrücken.

Bill reichte mir die Flasche und eine weiße Serviette, und Roxy folgte mir mit einem Tablett kristallerner Champagnergläser.

»Gentlemen«, sagte ich und präsentierte ihnen das Etikett theatralisch, als die Champagnergläser hingestellt wurden und alle mich in nervöser Vorfreude beobachteten. *Ich schaffe das.*

Aber der Korken saß fest. *Wirklich* fest. Ich zog. Ich versuchte es mit beiden Händen. Ich drehte ihn. Ich legte die Serviette darüber und riss an ihm. Er bewegte sich keinen Millimeter.

»Wenn man *ein Mal* nichts Hartes zwischen den Beinen haben will«, murmelte ich in mich hinein, während ich mir die Flasche zwischen die Beine klemmte und wieder zog. Das war plump, aber ich war verzweifelt.

»Brauchen Sie Hilfe?«

Der rundliche Kanadier war wirklich nett, aber ich gab mich nicht geschlagen. Ich zog die Flasche zwischen meinen Beinen hervor, hielt sie mir vors Gesicht, um den Korken zu begutachten. Er hatte sich keinen Millimeter bewegt. Und dann, mit einem mächtigen Knall, traf er mich aus kürzester Entfernung direkt ins Gesicht.

»Ja, sie wurde von einem Korken getroffen«, erklärt Bill gerade, während ich mir ein kaltes Tuch aufs Auge drücke. Der Speisesaal ist leer, und Bill, Irene und ich sitzen an der Bar und diskutieren darüber, was passiert ist. Eine »Nachbesprechung« hatte Irene es genannt.

»Sie hat einen guten Schuss, zumindest das«, sagt Bill.

»Der Korken saß viel fester als sonst.«

»Aber du hast die Flasche nicht auf dein Gesicht gerichtet?«, fragt Irene. »Oder?«

Sie spricht nicht weiter und blickt mich an, sie sieht sowohl besorgt als auch verwirrt aus. Besorgt, glaube ich, dass ein Mensch im wahren Leben – und nicht in einer schwarzweißen Slapstickkomödie – sich eine Flasche Champagner vors Gesicht gehalten hatte, während er versuchte, einen sehr hartnäckigen Korken zu lösen. Und Verwirrung darüber, wie einer Weltklassesommelière ein solcher Anfängerfehler passieren konnte.

»Du hättest ein Auge verlieren können, Liebes«, sagt sie, »aber was ist mit den McCluskys los? Er wirkte wirklich aufgebracht.«

»Nun«, Bill schaute zu mir, »darüber sollten wir unter vier Augen sprechen.«

»Okay, ich gehe«, sage ich und schiebe meinen Stuhl zurück. »Es tut mir wirklich leid, Irene.«

»Alles in Ordnung«, erwidert Irene rasch. »Wirklich, alles in Ordnung. Bitte ruh dich aus. Ich glaube, wir haben zu schnell zu viel von dir erwartet. Das liegt am Druck der Wiedereröffnung und so weiter.«

»Ja, und sie steht auch unter Druck, seit dem Moment, als ihr Taxi vorgefahren ist – und das war erst vor drei Tagen«, stimmt Bill zu.

»Sorry, Irene. Ich bin müde. Die Reise, die neue Stelle und eine neue Weinkarte. Ich habe das Gefühl, ich brauche wirklich einen Moment, um das alles sacken zu lassen.«

Irene runzelt noch mehr die Stirn, doch dann wird ihr Gesicht ganz weich. »Ja, natürlich. Du legst dich ins Bett und ruhst dich aus. Du hast jetzt zwei Tage frei. Und wir renovieren den Speisesaal, also wird sich alles einige Wochen lang beruhigen und du hast genug Zeit, um dich einzuleben.«

Ich lächele kleinlaut und nicke, merke, wie mir die Tränen in die Augen steigen, während ich aus dem Restaurant in den Personalraum humpele.

Alle anderen sind nach Hause gegangen. Ich inspiziere mein Gesicht auf der Personaltoilette und drücke auf einen roten Fleck über meinem rechten Auge, der schon wieder kleiner wird. Ich schlüpfe in eine vergessene Jacke von der Garderobe und bereite mich darauf vor, zum Cottage zu hinken, als ich Irenes und Bills aufgeregte Stimmen von der Bar höre.

Ich schleiche zur Tür und lege mein Ohr auf den Spalt.

»Am anderen Tisch hat sie nur den Probeschluck vergessen«, sagt Bill.

»Aber das ist Marc McClusky, Bill. Er ist ein Freund der Mac-Donalds. Ich schäme mich in Grund und Boden. Ich hätte hier sein sollen. Gott sei Dank war Russell nicht hier.«

»Schau mal, in Wahrheit hat sie bloß vergessen, diesen Probeschluck anzubieten.«

»Das war ein Jahrgangs-Claret, Bill!«

Ich spüre, dass mir die Röte den Hals hinaufkriecht. Das war ein dummer, dummer Fehler. Ich kenne vielleicht die Weinkarte nicht auswendig und weiß nichts über Weine, aber ich weiß genug, um zu wissen, dass *ich* demjenigen, der bestellt, einen Probeschluck anbieten muss.

»Ich weiß, aber wir haben heute Abend viel *glasweise* serviert …«

»Sie ist eine Sommelière! Einfach einen *Jahrgangs*-Claret öffnen! Du weißt, wie Mark ist. Er ist absolut altmodisch – es gefällt ihm ganz und gar nicht, was wir mit dem Menü ausprobieren. Er wird nie wieder zurückkommen. Ich werde dieses Restaurant verlieren, Bill.«

»So weit wird es nicht kommen! Es war nur ein Fehler.«

»Es waren drei in ebenso vielen Tagen, Bill.«

»Heute stand sie definitiv neben sich«, sagt Bill nun, »aber sie muss sich …«

»Maggie meinte, sie hätte ihr heute Mittag eine Flasche Malbec für zweihundert Pfund angeboten, ihr dann den Haus-Rotwein vorgeschlagen und ihn schließlich einfach auf den Tisch geknallt, ohne auch nur ein Glas einzuschenken. Das sind absolute Grundlagen, Bill.«

Ich erstarre. Das stimmt. Ich hatte das getan, aber Maggie, diese liebenswürdige Lady aus Stornoway, war darüber nicht böse gewesen. Wir hatten sogar darüber gelacht.

»Ihr mangelt es im Allgemeinen an Selbstbewusstsein, Bill. Nicht nur in der Art und Weise, wie sie sich hält, sondern auch, wenn sie arbeitet. Sie ist ein ganz anderer Mensch als die Person, die ich bei den *Wine Awards* kennengelernt habe. Sie hatte so viel Selbstvertrauen. Also, ich glaube, dass sie ziemlich angetüddelt war. Hast du sie auch wirklich auf Herz und Nieren geprüft?«

»Du hast ihren Lebenslauf auch gesehen«, sagt Bill und klingt ein wenig angespannt. Ich kenne diesen Ton. Sich gegenseitig die Schuld in die Schuhe schieben.

»Und in dem Skype-Interview?«

»Sie war liebenswert, klug. Ich meine, sie war perfekt. Wir sollten ihr ein paar Tage geben, okay?«

*Moment. Skype-Interview? Ein Vorstellungsgespräch hatte Heather nie erwähnt.*

»Ich stehe wegen der ganzen Sache enorm unter Druck, Bill. Die Renovierungskosten sind aus dem Ruder gelaufen. Russell ist gut für den Endgewinn, aber mein Gott, Bill – er plaudert nie mit unseren Stammkunden. Er ist nicht mit dem Herzen bei der Sache.«

»Russell ist toll«, sagt Bill.

»Ich weiß, ich weiß«, antwortet Irene. »Aber ich fühle mich mehr als nur ein bisschen in die Enge getrieben. Das ist nicht mehr *mein* Loch Dorn. Neue Köche, neue Sommeliers, neuer Anstrich. Und die Stammgäste sagen nette Dinge, aber … Du weißt, dass es denen nicht richtig gefällt, oder? Und James fühlt sich extrem unterdrückt.«

»Du liebst ihn«, sagt Bill sanfter. »Aber du weißt, ganz tief in dir drin, dass er dieser Aufgabe noch nicht gewachsen war.«

»Mag sein«, antwortet Irene.

Und dann herrscht lange Stille, und ich bemerke, dass das einzige Geräusch, das ich höre, das Wummern in meiner Brust ist. Ich bin froh, dass ich nicht das einzige Problem bin, aber mir wird klar, dass ich hier gefährlich nah an einer Katastrophe bin. Könnte ich gefeuert werden? Was würde das für Heather bedeuten?

»Ich habe die Pressemitteilung verschoben«, erklärt Irene, »bis sie sich eingelebt hat.«

*Pressemitteilung.* Jesus, es würde eine Pressemitteilung wegen Heather geben?

»Das sind nur Startschwierigkeiten«, sagt Bill, während ich das Klirren eines Glases höre. Ich stelle mir vor, wie er ihr einen kleinen Whisky einschenkt, um sie zu beruhigen.

»Drei Beschwerden an drei Tagen«, sagt Irene erneut. »Und sie wurde noch nicht einmal richtig auf die Probe gestellt. Stell dir mal vor, das Restaurant wäre voll gewesen.«

»Das wäre schön«, sagt Bill, und dann höre ich, wie Irene kurz auflacht. »Hier sind die Fakten«, sagt Bill mit fester Stimme. »Sie ist weit von zu Hause entfernt. Sie ist heute früh gestürzt und war ganz offensichtlich sehr müde und noch wacklig auf den Beinen während ihrer ersten Schichten. Ihr Lebenslauf ist solide. James mag sie sehr gerne …«

*James mag sie sehr gerne.* Kurze Aufregung mischt sich in meine Panik.

»Ich hoffe, ich muss mir nicht auch nicht um James Sorgen machen«, sagt Irene. »Ich würde es nicht ertragen, wenn er noch einmal verletzt wird.«

»Es ist alles gut. Heather bleibt in meiner Nähe. Ich werde dafür sorgen, dass sie sich zurechtfindet«, sagt Bill.

»Bist du sicher, dass du das kannst?«

»Irene, ich habe sie überprüft. Sie ist brillant. Ich habe alle drei Referenzen angerufen und sie waren allesamt völlig begeistert von ihr.«

»Und ich fand sie so toll, als ich sie gesehen habe. Man kann ihrem Charme schwer widerstehen. Ihre Erfahrung muss sich bloß hier noch zeigen«, stimmt Irene zu, und ihre Stimme klingt sanfter.

»Sie wird das gut machen. Sie hat noch einige Wochen, in denen sie weniger arbeiten muss, wenn wir mit den Renovierungsarbeiten weitermachen. Und sie hat nun zwei Tage frei, um sich zu sammeln – und hoffentlich, um sich wieder zu berappeln und auf den neusten Stand zu bringen. Lass uns zwei Wochen abwarten und es dann erneut besprechen? Abgemacht?«

Ich höre, wie ein Barhocker über den Boden gezogen wird, haue schnell von der Tür ab und husche in den Hof. Es ist 12.03 Uhr mittags und es ist kalt.

Als ich zurück zum Cottage gehe, denke ich über das Skype-Interview mit Heather nach. Hatten sie wirklich eins geführt? Das kann nicht sein, sonst hätte Bill es direkt gewusst. Hatte er nicht schon erwähnt, dass ich nicht so aussah wie die Katze auf meinem Profilbild?

Ich bin zu müde, das alles ergibt keinen Sinn für mich.

Zudem gibt es einen Gedanken, der immer wieder auftaucht: James mag mich. *Sehr.*

Ich öffne die Tür zu meinem Schlafzimmer und sehe meinen Koffer, immer noch nicht ausgepackt, in der Ecke. Die Whisky-flasche ist weg – ich vermute, Bill hat sie sich zurückgeholt. Ich sitze auf der Bettkante und fühle, wie aus dem Brennen, das ich schon seit einer Stunde spüre, dicke Tränen werden, die mir nun die Wangen hinabkullern. Ich nehme mein Handy zur Hand und scrolle durch die Kontakte, um Heather zu finden – doch dann erinnere ich mich zum gefühlt millionsten Mal, dass ich sie nicht anrufen kann. Ich denke darüber nach, Tim zu schreiben, aber er ist kein guter Tröster. Außerdem habe ich bei unserer letzten Unterhaltung gemerkt, dass dies kein Projekt von Birdy und Tim mehr ist. Ihm gefällt es, mich zu zweifelhaften

Abenteuern anzustacheln, aber nun, wo ich tatsächlich hier bin, interessiert es ihn nicht mehr.

Ich schniefe weinend, der Rotz läuft mir aus der Nase. Ich blicke wieder zu meinem Koffer und stelle mir vor, ihn zu schließen und meine Kreditkarte bis zum Anschlag zu überziehen, um nach London zurückzufahren. Vielleicht könnte ich meinen Cousin noch einmal anrufen? Er könnte mich bei sich wohnen lassen. Doch mit dieser Aktion würde ich Heathers Ruf schädigen. Ich habe mir immer noch keine Entschuldigung ausgedacht, mit der ich das nicht täte. Und nun verlassen sich Bill und Irene, die Armen, auf mich. Mein Gott, das ist wirklich das Schlimmste, was ich jemals getan habe.

Ich nehme die Weinkarte wieder zur Hand und erinnere mich an meinen Plan. *Lerne die Weinkarte auswendig. Hundertvierundzwanzig Weine*, ich verdrehe die Augen. Als ob sie überhaupt so viele verkaufen.

Könnte ich wirklich hundertvierundzwanzig Weine auswendig lernen? Ich müsste sie nicht verkosten, aber nur genug über sie wissen, um Professionalität vorzutäuschen. Ich habe das Periodensystem auf der High School geschafft; auch wenn ich keine Ahnung hatte, was man mit Beryllium oder Bor anfangen konnte, wusste ich doch, dass sie Nummer vier und fünf des Periodensystems waren. Ich habe ein gutes Gedächtnis, habe mich aber nie genug für eine Sache interessiert, um es auch zu nutzen.

Kann ich diesen Berg erklimmen? Ich blättere mich Seite für Seite durch etwas, das auch auf Chinesisch geschrieben sein könnte. Oder zumindest auf Französisch. Viel ist *tatsächlich* Französisch.

*Es ist ein Berg mit nur einhundertvierundzwanzig Stufen*, denke ich, als ich die erste Seite aufschlage: Champagner. Während mein Laptop hochfährt, gehe ich kurz ins Badezimmer, wasche mir das Gesicht, putze mir die Zähne und sehe beglückt, dass der Abdruck vom Korken verschwunden ist.

*Du schaffst das, Birdy.*

Ich springe mit neuer Energie auf mein Bett, öffne Google und tippe den allerersten Eintrag, den ich unter »Champagner« finde, ein: *2010 Louis Roederer Brut, Reims.*

*Bukett duftet nach Zitrusfrüchten, Blüten, leicht mineralischen Noten und Noten von weißem Fruchtfleisch. Offenbart Aromen von Toastbrot. Saftiger, ausgeglichener, eleganter Wein mit Akzenten von Minze.*

*Offenbart Aromen von Toastbrot.* Arschlöcher!

Ich lese die Beschreibung auf der Weinkarte des Hotels: *Klar und ausgeglichen;* 20 Prozent im Eichenholzfass *ausgebaut,* perfekt zu Fisch. Und daneben notiere ich das Bukett: Zitrus, Blüten, weißes Fruchtfleisch, saftig mit Akzenten von Minze.

Dann schließe ich die Augen und versuche, es aufzusagen. Ich brauche etwa eine Viertelstunde, dann habe ich es im Kopf gespeichert.

Achtundvierzig Stunden habe ich, bis ich zu dem reduzierten Service zurückkehren muss. Inklusive Schlaf und Pausen sind das vielleicht zwanzig Stunden reine Lernzeit. Ich rechne nach: ein oder zwei Weine pro Stunde sind machbar, wenn ich die Zeit, in der ich abgelenkt bin, schlafe und mein Wissen wiederhole, abziehe. Also könnte ich ein Drittel der Karte auswendig gelernt haben, wenn ich wieder arbeiten muss.

Ich schaffe das.

Für Heather. Für Irene. Und für Bill und James und alle, die auf mich zählen. Ich schaffe das.

Einen habe ich, hundertdreiundzwanzig fehlen noch.

# 13

Mein Plan spornt mich enorm an. An dem Abend habe ich eine Stunde und vierunddreißig Minuten nonstop damit verbracht, mich über Champagner und Crémant zu informieren (das ist im Grunde Champagner, der nicht in der Region Champagne hergestellt wird), und dann habe ich mich auf dem Bett zusammengerollt und bin eingeschlafen. Tief eingeschlafen.

Und in den vergangenen zwei Tagen habe ich mein Schlafzimmer nur verlassen, um mir Essen aus der Küche zu holen und aufs Klo zu gehen. Ich habe höflich alle Einladungen abgelehnt, wandern zu gehen, ein mörderisch gutes Éclair in einem Café in der Nähe zu essen oder mit zu einem Lobster-Lunch zu fahren, und habe sogar darauf verzichtet, mit Roxy in Inverness in einen Club zu gehen.

Und ich mache schon Fortschritte. Ich habe die französischen Champagnersorten und die italienischen Schaumweine durch und nun arbeite ich mich gerade durch die verwirrenden Weißburgunder. Ich bin bei Nummer zweiundvierzig.

Ich bin dermaßen ehrgeizig, dass ich heute früh um 6.15 Uhr aufgewacht bin und gelernt habe, bis James um 07.02 Uhr an meine Tür geklopft und mich zu unserer Fahrt nach Skye abgeholt hat.

Als wir das Anwesen verlassen, kann ich zum ersten Mal seit meiner Ankunft wieder ausatmen. Mein Stress vom Weine-Pauken wird von einem flüchtigen Gefühl von Freiheit abgelöst, während das Auto am Wasser entlang in Richtung der Brücke nach Skye braust.

Wir sitzen in einem großen SUV, und ich kann nur aus dem

Fenster starren, bin völlig erschlagen von der Schönheit dieser Umgebung. Zuerst sehe ich nur verlassene grüne Hügelland-schaften und noch einen Loch. Dieser hier ist größer und länger als Loch Dorn. Dann erreichen wir die Küste und fahren Rich-tung Süden. Die Straße führt am Meer entlang, und selbst bei dieser Geschwindigkeit sehe ich, wie die Wellen träge gegen verhedderte Fischernetze und algenbedeckte Felsen schwap-pen. Jenseits des Meeres erheben sich grüne Hügel hinter dem dunkelblauen Wasser.

»Was ist mit deinem Auge passiert?«, fragt James in die fried-liche Stille hinein.

»Champagnerkorken.«

»Oh, das ist *tatsächlich* geschehen?«

»Ja.«

Bei dem »Vorfall« war James in der Küche gewesen, doch natürlich war auf den Buschfunk Verlass. Ich werde missmutig beim Gedanken daran, dass James' gute Meinung von mir in-zwischen Geschichte sein könnte.

Doch dann erwische ich ihn dabei, wie er ein Grinsen unter-drückt, und einen Augenblick später falle ich auch ein.

»Schade, dass die Sonne nicht für dich scheint«, sagt er und macht eine Kopfbewegung in Richtung Fenster, aber mir ist es egal – ich bin ganz verzaubert von dieser wilden Schönheit, den Grau- und Blautönen und den gedämpften Grüntönen. Er trägt seine Wachsjacke und einen Schal mit Schottenkaros, und wir fahren mit heruntergekurbeltem Fenster; das ist zwar kalt, aber genau, wie ich es mag. Ich habe mir einen alten Mantel vom Haken im Flur ausgeliehen und meine Haare unter eine Mütze gesteckt, damit sie mir nicht ins Gesicht flattern.

Ich spüre, wie mir die kalte Luft ins Gesicht schlägt, als ich mich ein wenig in Richtung Fenster lehne.

»Ich kann die Heizung anstellen«, sagt er zum zweiten Mal.

»Mir gefällt das. Die schottische Luft«, sage ich und probiere einen Akzent aus, was mir recht gut gelingt.

»Bist du aus Finnland?«

»Maul«, sage ich lachend, und er zuckt die Schultern und lächelt, den Blick weiter auf die vor ihm liegende Straße gerichtet.

James fragt mich nichts, und das ist schön. Ich glaube nicht, dass Irene ihm ihre Bedenken mitgeteilt hat, zumindest noch nicht, und ich freue mich darüber.

Ich akzeptiere endlich, dass ich mich in ihn verliebt habe. Ich *glaube* nicht, dass er eine Freundin hat, er hat niemanden erwähnt, aber trotz Irenes Worten spüre ich nur freundschaftliche Schwingungen von ihm. Das ist aber okay, sage ich mir. Die Jahre, in denen ich in Typen verliebt war, die das nicht erwiderten, haben mich gelehrt, wie man damit umgeht, ohne sich zum Affen zu machen. Oder zu wagen, sich etwas zu erhoffen.

Jeder sagt, dass Schottland wild und schroff ist, allerdings hat diese schottische Westküste etwas Außergewöhnliches an sich.

»Es ist wunderschön.«

»Hast du jemals Eilean Donan gesehen?«

»Wen?«

»Das ist ein fantastisches Schloss. Nur ein kurzer Umweg. Ich zeige es dir.«

»Haben wir genug Zeit?«, frage ich, blicke auf mein Telefon und sehe eine Nachricht von Tim, die bei unserer Abfahrt vor einer Stunde noch nicht da war.

**Krasser Kater. Bist du schon im Knast? Ruf mal an.**

»Sicher, das sind nur ein paar Minuten«, sagt er. »Wir können kurz vorbeifahren.«

Er wendet, und wir fahren ins Landesinnere, wo die Land-

140

schaft ebener wird; die Westküste liegt hinter uns, und wir nehmen eine zweispurige Straße, an deren Rand kleine Dörfer liegen und etwa alle hundert Meter ein Schild hängt, auf dem *MacKenzie's B&B* oder *Three Seas Inn* oder etwas in der Art steht.

»Bald kommen wir an einem *Croft* vorbei.«

»Einem was?«

»Das ist so etwas wie ein Kleinbauernhof, auf dem Mieter Lebensmittel anbauen können. Da!«, sagt er und zeigt auf ein kleines weißes Steincottage mit einem eingezäunten Garten. Ich bin fasziniert und wünschte mir, wir hätten Zeit, anzuhalten, aber wir fahren auf einer Brücke über ein neues Gewässer.

»Loch Long, Loch Duich und Loch Alsh. Hier treffen alle drei aufeinander«, sagt er, als könnte er Gedanken lesen. »Du weißt, dass *Loch* das schottische Wort für *See* ist, oder?« Er wartet meine Antwort nicht ab. »Und vor uns, siehst du das, am Fuß des Berges?«

»Ich sehe es«, rufe ich, als eine steinerne Burg auf einer kleinen Insel mit einer schön geschwungenen Brücke in mein Blickfeld kommt. »Wie etwas aus *Game of Thrones*.«

»Ich muss das echt mal gucken«, sagt er, während er an den Straßenrand fährt, um es genauer zu betrachten. »Wenn man in der Gastronomie arbeitet, hat man manchmal den Eindruck, als würde man keinerlei kulturelle Referenzen mehr verstehen. Jeden Sommer, wenn neues Personal kommt, werde ich daran erinnert, dass ich mehr raus muss.« Er lacht und stellt den Motor aus.

»Habe ich Zeit, mal rüberzugehen?«, frage ich.

»Das nächste Mal«, antwortet er, blickt zum Armaturenbrett, um auf die Uhr zu schauen. »Wir machen uns besser auf den Weg, sonst komme ich zu spät zu meinem ersten Termin.«

»Ist Portree so etwas wie die Hauptstadt von Skye?«

»Ich glaube, das könnte man so sagen.« Er lacht erneut. »Zu

Beginn der Saison fahre ich einige Male hierher«, sagt er, startet den Motor, macht einen U-Turn, und wir fahren zurück zur Brücke. »Aber sonst ist meine Begleitung nicht …«

»So englisch?«, unterbreche ich ihn.

»So witzig«, sagt er und blickt zu mir. *Witzig. Definitiv Friend-Zone.*

Ich weiß nicht, was ich sagen soll, also sage ich nichts. Was soll's, selbst wenn ich in der Friend-Zone bin – es ist einfach schön, Zeit mit einem netten, aufmerksamen, liebevollen Mann zu verbringen.

Wir parken hinter einem unscheinbaren Gebäude und als ich aus dem Auto steige, ist es so, als würden mir Fisch und unglaublich teures Meersalz eine Ohrfeige verpassen. Ich atme tief ein und stelle mir vor, wie es sein muss, das jeden Tag zu riechen.

»Jeder Tag riecht anders. Es kommt auf den Wellengang an, das Wetter, was die Ozeane machen und der Wind«, sagt James.

»Es riecht definitiv stechend heute«, sage ich. »Es steigt direkt in die Nase.«

Wir gehen die Hauptstraße entlang – Quay Street –, ein wundervoller kleiner Abschnitt aus bunt angestrichenen terrassenförmig angelegten Läden und Restaurants mit Blick auf den Hafen, die alle so einfache Namen haben wie *The Pier Hotel*, *The Pink Guest House* und *Portree Fish and Chips*. Dad hatte fast während meiner gesamten Kindheit einen Fish-and-Chips-Laden und eine tiefsitzende Erinnerung an Essig und Fast-Food-Fett und Sonnenmilch überkommt mich.

Die Möwen kreisen über uns, und einige Boote schaukeln im Hafen, doch davon abgesehen ist hier heute früh wenig los. Ich schaue direkt in den Fish-and-Chips-Shop und denke, es ist seltsam, dass ich mich hier schon mehr zu Hause fühle als im Hafen von Plymouth, wo Heather und ich als Kinder unsere

Zeit verbracht haben. Ich habe Cokes aus dem Kühlschrank geklaut, und Heather hat mich halbherzig dafür gescholten, während wir sie am Rand der Anlegestelle ausgetrunken haben.

Aber, genau wie in Plymouth, kriecht die Meeresluft durch die Kleidung auf die Haut, und innerhalb von zehn Minuten bibbere ich.

James lehnt sich an das Metallgeländer der Bootsrampe, ihm scheint der Wind nichts auszumachen, und er starrt auf ein blaues Boot, auf dem viele Netze liegen und das sich seinen Weg durch die Anlegeplätze in unsere Richtung bahnt. Er wirkt entspannt und sorglos, wie bei unserer Nahrungssuche im Wald, und ich muss ihn die ganze Zeit anschauen. Er bekommt langsam Lachfältchen um die Augen, und sein dunkles Haar, das ein wenig zu lang ist, liegt über seinem Ohr, als flehe es nur darum, von sanften Fingern zurückgestrichen zu werden.

Ich gehe zu ihm, und wir stehen kurz schweigend zusammen. Ich blicke zum Wasser, das behäbig hinaufschwappt und die steinernen Ränder der Rampe kitzelt. Dann gucke ich ihn an, und er blickt mich an, schaut aber weg, als ich ihn dabei erwische. Anschließend herrscht kurz Stille, die ich unbedingt mit etwas füllen muss.

»Also sind wir hier, um Lieferanten zu treffen?«, frage ich.

»Ja. Da kommt schon einer«, erklärt James und macht eine Kopfbewegung in Richtung Meer.

»Ah, tatsächlich. Er kommt wirklich auf dem Boot da vorne.«

*Messerscharf kombiniert, Birdy.*

»Ja, das ist Benji.«

Als das Boot sanft gegen die Hafenmauer stößt, springt ein dünner, drahtiger Mann mit hoher Stirn auf die Rampe. Er trägt einen nicht ironischen Vollbart, und als er uns zur Begrüßung anlächelt, leuchten und glänzen seine mandelförmigen Augen unendlich liebenswürdig. »James, wie geht's, altes Haus?«

Er ist Engländer.

»Gut, Benji. Gut. Das ist Heather, unsere neue Weinlady.«

»Ah, Heather, ein gutes schottisches Mädchen, was? Ich hoffe, du kennst dich mit deinen Whiskys ebenso gut aus wie mit deinen Weinen.«

»Besser«, antworte ich – einmal ehrlich – und lächele trotzdem, als wäre das ein Witz. »Aber es tut mir leid, ich bin keine Schottin.«

»Benji beliefert uns mit Jakobsmuscheln. Er hat eine vollständig nachhaltige Farm an der Westküste – Taucher…«

»Taucher-geerntet«, unterbricht Benji ihn stolz. »Damit sie nicht in der Pfanne schrumpfen, wie ein Schwanz an einem kalten Tag.«

»Von denen will niemand einen im Mund haben«, sage ich, und dann mache ich mir umgehend Sorgen, dass ich die Lage falsch eingeschätzt habe, aber dankbarerweise lacht Benji aus vollem Herzen, und James legt sich die Hände vors Gesicht und schüttelt grinsend den Kopf, also glaube ich, dass es schon in Ordnung ist.

»Du nimmst aber auch kein Blatt vor den Mund«, sagt Benji und blickt rasch zu James.

»Das sind die besten Jakobsmuscheln an der ganzen Westküste«, erklärt James, während er das zusammengerollte Geschäftsbuch aus seiner Hosentasche zieht.

»Wie funktioniert die Belieferung denn?«

»Erklär du ihr das mal, mein Freund«, sagt Benji, während er liest, was immer James auch in sein Buch geschrieben haben mag.

»Die Jakobsmuscheln werden morgens geerntet und direkt zum Hotel transportiert. Aber ich komme so oft wie möglich her und fahre direkt zu den Erzeugern: Benji, Cal und Grant, die Gemüse und lokale Produkte verkaufen, Kenny, der nachhaltig gefangenen Fisch anbietet …« James blickt in den Himmel. »Bei Ella hole ich Blumen, und bei Dennis und Denise kaufe ich, sooft es geht, Muscheln. Anfangs einmal in der Woche. Später in der Saison nicht mehr so häufig. Im Grunde treffe ich hier alle lokalen Anbieter.«

»Er behält uns im Auge.« Benji kichert wieder.

James sieht ein wenig verlegen aus und hebt protestierend die Hand. »Nein, nein. Das stimmt nicht. Ich will eher einen Eindruck bekommen, wo ihr steht, was gerade gut ist; möchte von den Erzeugern wissen, ob sie irgendetwas Neues bemerkt haben, irgendetwas, das vielleicht die nächste Saison beeinflussen könnte.«

»Neue verdammte Mikro-Kräuter oder piekfeine Algenstreusel für euren arschigen Aufschneider-Chef«, sagt Benji und schüttelt den Kopf. »James will einfach einen Laden an der Westküste, aber er kann sich nicht von dem Wunsch nach einem Michelin-Stern verabschieden. Oder eher nicht von deiner Mutter, mein Freund?«

»Das stimmt nicht«, sagt James und dreht sich schnell zu mir.

»Stimmt auf jeden Fall«, antwortet Benji und reicht James eine Papierrolle, während er sich zum Gehen umdreht, tippt mir auf die Schulter und schüttelt den Kopf in James' Richtung. »Nett, dass wir uns kennengelernt haben, Heather. Es ist immer schön, die neuen Ladys von Loch Dorn zu treffen.« Dann ist er weg, er springt über die Reling in sein Boot und startet den Motor, während wir über die Quay Street zurückgehen.

»Ich kenne Benji seit zwanzig Jahren«, setzt James an, um mir die Lage zu erklären. »Seitdem ich, ähm, elf bin.«

»Stimmt es denn? Willst du abhauen?«

»Abhauen? Nein, eigentlich nicht. Also, vielleicht.« James zuckt die Schultern, als wäre es eine Kleinigkeit. »Alle Köche träumen von ihrem eigenen Restaurant. Möchtest du einen Kaffee?«

»O Gott, ja, gerne.«

Wir drücken die Tür zu einem kleinen Café auf, und es ertönt ein befriedigendes *Kling!*, als das Glöckchen angestoßen wird. Im Inneren sind verschiedene Nischen und Tische mit einer Mischung aus Einheimischen und Touristen besetzt, die ihre üppigen Frühstücke genießen. James winkt einem Mann in Anglerhose und einem lilafarbenen Fleece zu; er ist vielleicht Mitte vierzig, hat rote Locken und Fältchen im Gesicht. Wir schlängeln uns zwischen den dicht gestellten Stühlen hindurch, um uns zu ihm ganz nach hinten zu setzen, und einige Minuten später besprechen er und James Lieferzeiten, Fangquoten und die Qualität von geangeltem Seebarsch bei einem Kännchen Tee und meinem milchigen Latte. Ich habe Probleme, ihnen zu folgen, bin aber fasziniert von den Besonderheiten der Restaurantbelieferung und der Suche nach dem perfekten Seehecht. Der Trick dabei ist, wie bei allen Fischen, das Timing, wie es scheint – aber auf den Hecht trifft das besonders zu, weil er weich und faserig wird, je länger er im Meer ist.

»Das wird nur an einem Mittwoch funktionieren, Fraser«, sagt James, »wenn ich mir die Zeitleiste so anschaue.«

»Gut. Dann machen wir es am Mittwoch«, entgegnet Fraser und schenkt sich noch einen Tee ein. »Was sagst du denn zur Westküste, meine Liebe?«

»Gefällt mir«, antworte ich, und mir wird klar, dass es – zumindest heute – stimmt.

Eine halbe Stunde später verlassen wir das Café, gehen zurück auf die Straße und sehen, dass die Sonne durch die Wolken scheint. Zum ersten Mal seit einer Woche spüre ich sie auf der Haut. Ich ziehe gleich meine Jacke aus und halte das Gesicht in die Sonne.

»Sonne«, sage ich. »Meine liebe Freundin, wie ich dich vermisst habe.«

»Du hattest einen falschen ersten Eindruck. Warte mal ab«, sagt James. »Der Sommer ist vielleicht nur drei Monate lang, aber diese drei Monate sind toll.«

»Drei Monate«, sage ich lachend. »Ich könnte nirgendwo leben, wo es so kalt ist.«

Ich meine es nicht so. Ich habe es gesagt, weil es das ist, was die Menschen eben sagen. Die Wahrheit lautet, dass mir die Kälte nichts ausmacht. Ich bin wirklich dafür gemacht. Ich hasse es, wenn mir zu heiß ist, und »Sonnenbräune« bedeutet auf meiner hellen Haut nur fleckige Rötungen. Einmal bin ich mit Heather im Hochsommer nach Madrid geflogen und habe drei Tage in meinem Zimmer verbracht, habe mit heruntergelassenen Jalousien *Crazy Ex-Girlfriend* gebingt und meine Höhle nur zum Frühstück und für Sonnenuntergänge verlassen. Danach sind wir nie wieder gemeinsam in den Urlaub gefahren.

»Man gewöhnt sich dran«, sagt James und hört sich ein kleines bisschen verletzt an.

»Man sagt, dass man sich an alles gewöhnen kann.« Die Worte purzeln mir aus dem Mund. Er antwortet nicht, und wegen der Stille füge ich hinzu: »Treffen wir uns mit noch jemandem?«

»Nein, das war's. Heute waren es nur die beiden. Wir müssen sowieso zurück zur Mittagsschicht.«

Seine Stimme hört sich ein wenig belegt an, und ich fühle mich schlecht. Ich will ihm sagen, dass ich die Sonne auf meinem Gesicht liebe, wenn die Luft kühl ist, und dass ich Skye und den Hafen und das kleine Schloss mit der Brücke grandios finde, aber ich bin mir nicht sicher, ob ich das jetzt noch sagen und dabei aufrichtig wirken kann.

»Okay«, sage ich und folge ihm zum Auto.

Ich blicke über die Schulter auf den bunten kleinen Hafen von Portree und atme tief diese salzige, fischige Luft ein. Dann halte ich an, ziehe mein Handy aus der Tasche und mache einige

Schnappschüsse vom Hafen, während wir weggehen. Schade, dass ich sie nicht auf Instagram hochladen kann, aber ich habe sie immer als Erinnerung. Ich beeile mich, zu James aufzuschließen, der schon am Auto ist.

»Sorry, ich habe nur ein paar Bilder gemacht«, sage ich und lege meine Jacke auf die Rückbank.

»Dann kann es ja nicht so schlimm gewesen sein«, entgegnet er und blickt mich an, als hätte er einen Streit gewonnen.

Dann will er mir in die Augen blicken, aber ich gucke weg. Ich antworte nicht – ich finde keine Worte –, aber ich lächele, dann blicke ich zu Boden.

Kurz darauf schlägt er die Kofferraumtür zu, geht zur Fahrerseite, und wir steigen beide ein und schließen fast synchron unsere Gurte.

Auf der Rückfahrt liegt eine seltsame Spannung in der Luft. Das ist dieselbe Spannung wie in der ersten Nacht, oder nicht? Ich bin mir nicht sicher, ob ich mir das Ganze einbilde. Braucht man zwei Leute, um Spannung zu erzeugen? Oder ist das etwas, das auch einseitig funktioniert?

James lehnt sich nach vorne, um die Stereoanlage anzuschalten, während wir über die Hauptstraße zum Gebäude fahren.

Ich will nicht über das Restaurant reden, denn sobald wir darüber reden, muss ich wieder Heather sein, aber ich erinnere mich daran, dass wir noch den Abend der *Wine Society* besprechen müssen.

»Die *Wine Society*«, sage ich schnell.

»Ach, Mist, ja«, antwortet er. »Wir sollten uns ein Motto ausdenken.«

»Wie wäre es denn mit ausschließlich britischen Weinen?«, frage ich und erinnere mich an die *Wine Awards*. Das ist so ziemlich das Einzige, was ich über britische Weine weiß: dass es Awards gibt und dass sie gerade irgendwie angesagt sind.

»Britische Weine?«

»Ja, die sind doch gerade angesagt.«

»Ich weiß, ich weiß«, sagt er und blickt rasch zu mir rüber, ich glaube, um sich zu vergewissern, dass ich das ernst meine. »Nun, das Menü dazu wäre keine große Kunst.«

»Ich weiß, ich feiere mich hier selbst ab. Aber das ist eine *großartige* Idee, oder nicht?«, sage ich und denke daran, was Irene über mich gesagt hat, dass ich zu wenig Selbstbewusstsein hätte. »Wir könnten eine Straßenparty als Motto nehmen, weißt du? Irgendwelche hübschen Wimpelgirlanden im Barbereich. Und richtig edle Würstchen im Teigmantel oder so. Und eine fancy Kleinigkeit zum Nachtisch?«

James lacht, und ich zucke zusammen. Ich habe etwas Blödes gesagt, aber ich weiß nicht, was.

»Was?«

»Es muss schon anspruchsvoll sein«, sagt er langsam. »Aber es könnte auch Spaß machen, es auf diese Weise zu versuchen. Eine Straßenparty, die einen Michelin-Stern verdient. Ich meine, meistens machen wir einen Cabernet-Abend oder Weine aus der Wachau oder etwas in der Art«, spricht er weiter. »Aber diese Idee reizt mich. Es würde Spaß machen. So viel ist klar.«

»Gefällt dir die Idee?«

»Ich finde, es hört sich interessant an.«

»Und was ist das ›Aber‹?«

»Russell. Man würde ihn mit ins Boot holen müssen, und er hat definitiv eigene Ansichten. Zu allem.«

»Überlass Russell mir«, sage ich selbstbewusst. »Du glaubst aber, dass der Plan aufgehen könnte?«

»Ich glaube, es könnte klappen. Ich finde es cool. Es passt total gut zu dir«, sagt er.

»Zu mir?«, bohre ich nach. Was denkt er denn, wie ich bin?

Ich weiß immer gerne, wie andere Menschen mich sehen, weil ich es schwer finde, mich selbst einzuschätzen.

»Nun … es ist überraschend«, spricht er weiter, und wir fahren schweigend noch ein wenig, während ich im wohligen Gefühl eines Kompliments im weitesten Sinne schwelge.

»Ich fand Skye super«, sage ich.

»Wirklich?«, antwortet er und schaltet, während wir etwas zu schnell aus einer engen Kurve fahren und er kurz aus der Spur schlittert. Ich kralle mich in die Handauflage und versuche, meine Angst zu verbergen, indem ich aus dem Fenster blicke, aber das Auto wird direkt wieder langsamer.

»Ja, wirklich«, sage ich und atme aus.

»Perfekt«, sagt er, und ich blicke ihm kurz ins Gesicht, und obwohl wir gleich noch eine Kurve nehmen, schaut auch er kurz zu mir, bevor er seine Aufmerksamkeit wieder auf die Straße richtet.

Dann guckt er noch einmal, und ich werde total rot.

Und gerade, als ich glaube, dass er nahezu perfekt ist, wird im Radio ein Lied von Phil Collins gespielt, und James macht lauter. Aber vielleicht kann ich ihm das verzeihen.

Es ist noch nicht Mittag, als wir die sich windende kleine Waldstraße zum Anwesen hochfahren, aber ich will nicht, dass die Fahrt vorbei ist. Ich fühle mich mit Stille meistens unwohl. Ich habe Angst, wenn niemand spricht. Diese nervöse Befürchtung, es liege daran, dass sich etwas zusammengebraut hat. Daran, dass der andere über etwas nachdenkt, worüber er nicht reden will. Und obwohl mir klar ist, dass das total ichbezogen ist, mache ich mir einfach Sorgen, dass über mich nachgedacht wird. So war es damals, in meiner Kindheit, meine Mutter war eine Meisterin des ominösen Schweigens.

Ich wusste, dass das eine Art war, Menschen fernzuhalten. *Mich* fernzuhalten. Mich davon abzuhalten, Fragen zu stellen wie »Wo ist der Fernseher hin?« oder »Warum ist im vorderen Zaun ein Loch?«. Die Stille hielt mich von der Küche fern, wo sie vor sich hin werkelte, Beweise vernichtete und die Wahrheit versteckte.

»Schweigen ist leichter als zu erklären, dass etwas Schlimmes passiert ist, glaube ich«, hatte mir die zwölfjährige Heather zugeflüstert, während wir uns an einem unserer wenigen Samstage ohne Hausarrest auf den Weg machten, die Taschen voller extra Taschengeld. Geld, das es in großen Mengen gab, wenn Dad besonders schlimm war, oder gar nicht, wenn es ihm besser ging. Ich nannte es mein »Abhaugeld«.

Aber das hier – während wir fahren und ich auf einer Seite auf die Hügellandschaften und auf der anderen auf das dunkle Wasser blicke –, das ist eine andere Art der Stille.

# 14

Wir fahren beim Cottage vor, doch James lässt den Motor laufen.

»Raus mit dir«, sagt er.

»Musst du dich denn nicht auch umziehen?«, frage ich.

»Nein, meine Arbeitskleidung hängt in meinem Spind. Ich parke das Auto hinterm Haus.« Er lächelt. »Du weißt, dass wir gerade reduzierten Service anbieten, oder? Also wird es eine weniger stressige Woche«, sagt er. »Danke, dass du heute mitgekommen bist.«

Und dann greift er rüber und berührt meine Hand. Ich spüre es direkt: Diese wundervolle Energie der gegenseitigen Anziehung – und nun bin ich mir sicher, dass ich es mir nicht eingebildet habe. Seine Finger verweilen kurz, und wir lächeln uns schüchtern an, dann zieht er die Hand wieder zurück.

»Hat viel Spaß gemacht«, stammele ich und klettere aus dem Auto, aber bevor ich eine Chance bekomme, die Tür zu schließen, sagt er noch etwas.

»Heather«, sagt er, blickt auf die Handbremse und dann kurz zu mir, bevor er wieder wegschaut. Er ist nervös, glaube ich. »Könnten wir, vielleicht an einem freien Tag, noch einmal nach Skye fahren, zum Mittagessen oder so? Dort gibt es ein Restaurant am anderen Ende der Insel, das gute Meeresfrüchte anbietet …«

*Ein Date?* Ich glaube, das meint er. Meine Beine fühlen sich wie Gummi an. Genau so, wie man es immer sagt, und mir ist schwindelig, als hätte ich sämtliche Kontrolle über meine Körperfunktionen verloren.

Er ist unsicher und schaut überallhin, nur nicht zu mir, und dann an mir vorbei, dann wieder zur Handbremse und wieder zu mir. Ich habe mir mit meiner Antwort nicht absichtlich Zeit gelassen und ich will auch nicht seltsam klingen, aber ich habe einen kleinen Schock.

»Zum Mittagessen?«

Bei Tim hätte ich etwas in die Richtung gesagt, wie »Wie jetzt? Bist du zu geizig für ein Abendessen?« oder »Muss das sein? Sich in der Öffentlichkeit mit dir sehen lassen?«. Aber ich bin mir nicht sicher, ob James das witzig finden würde, und außerdem ist die Frage so aufrichtig gestellt, dass ich glaube, nett antworten zu müssen.

»Oder etwas anderes.« Langsam sieht er aus, als wäre es ihm peinlich. »Ich könnte dich mit zum Fliegenfischen nehmen? Oder wir könnten nach Inverness fahren. Wir könnten auch die anderen fragen und alle zusammen rausfahren. Ich dachte nur, du bist neu hier, und ich kenne alles wie meine Westentasche. Ich meine, wenn Skye dir gefallen hat, könnten wir auch da noch mal hinfahren …«

Er spricht nicht weiter, und ich frage mich, ob das der längste Satz ist, den er jemals gesagt hat. Gott, ich mag ihn gerne. Aber ich kann kein Date mit James haben. Auch, wenn er aufrichtiges Interesse an mir zu haben scheint, denkt er, ich wäre Heather. Es ist eine Katastrophe. *Eine Katastrophe.*

Dann dämmert es mir: James lebt schon fast sein ganzes Leben an der schottischen Westküste und er arbeitet fast schon sein gesamtes Erwachsenenleben in diesem abgelegenen Hotel. Er ist keineswegs unkultiviert, aber er hat auch noch nicht viel gesehen und nicht viel erlebt. Sein Interesse an mir ist logisch: Ich bin die einzige verfügbare Frau diese Saison. Er hat also keine andere Wahl.

Als ich mich mit all den vertrauten Gefühlen wie Selbsthass

und Angst auseinandersetze, weiß ich, dass das nicht stimmt. Er mag mich. Noch nie hat mich ein Mann wie James gemocht. Wenn Männer um die dreißig wie durch ein Wunder immer noch durch London schwirren, suchen sie nach Frauen, die ihr Leben ebenso gut im Griff haben wie sie. Ich habe nichts anzubieten. Keine Karriere. Kein Geld. Kein großes Haus in Sussex.

»Wenn du nach London gehst, würdest du bei lebendigem Leib aufgefressen«, sage ich leise.

»Was?«, sagt er, und nun sieht er total gestresst aus. Ich muss antworten.

»Angeln hört sich super an«, erkläre ich und zwinge mich, mit meinen Gedanken nicht mehr abzuschweifen. Ich mag James. Sehr. Und er denkt, dass ich Heather bin; und ich lüge ihn an – und indem ich in seiner Bewunderung schwelge, stelle ich alle Weichen auf Unglück. Aber Angeln ist ja unverfänglich. Wir sitzen uns nicht am Tisch gegenüber und starren uns in die Augen.

»Oh. Okay«, sagt er, dann schaut er zu mir auf. »Dann Angeln. Ich freu mich drauf, dich mitzunehmen.«

»Montag dann?«, frage ich.

»Montag«, antwortet er. »Wir sehen uns in der Küche zur Teambesprechung.«

»Bis gleich in der Küche.«

Als er wegfährt, ist mir ganz schwummrig, und ich fummele mit dem Hausschlüssel herum, als sich die Tür öffnet und Bill dasteht, der versucht, sich im Türrahmen aufrecht zu halten. Er ist betrunken. Der Whiskygeruch ist so stark, dass ich am liebsten kotzen würde. Er sieht aus, als hätte er geweint, die Augen sind rot und geschwollen. Sein Hosenstall steht offen, und ein Zipfel seines weißen Hemds hängt raus.

»Du musst wieder ins Haus«, sage ich rasch, blicke mich um

und schaue, ob ihn jemand gesehen hat, aber Gott sei Dank ist die Luft rein.

»Ich muss zur Arbeit«, sagt er.

»Du kannst nicht zur Arbeit.«

»Ich muss«, sagt Bill, während ich versuche, ihn den Flur entlangzuschieben. Ich kann ihn kaum bewegen: Er ist schwer und hat kaum Körperspannung.

»Komm jetzt«, sage ich schnell. »Geh die verdammte Treppe hoch.«

Er stolpert, fällt auf den Boden und schlägt sich den Kopf an der Sockelleiste an.

»Bill! Steh verdammt noch mal auf«, flehe ich, während er sich auf Hände und Knie hievt. Der Anblick erinnert mich so sehr an etwas Bekanntes, dass mein Herz zu rasen beginnt. Dad auf allen vieren in der Küche und Mums schrilles, hysterisches Lachen, als sie mich aus dem Raum scheucht, als würde ich sonst etwas Schlimmes sehen, während sie gleichzeitig darauf beharrt, dass es »hier nichts zu sehen gibt«.

Ich schnappe mir Bills Arm, um ihn zu stützen, während er sich hochzieht. Sein Kopf wird bereits dunkellila an der Stelle, wo er sich gestoßen hat.

»Ich muss zur Arbeit – nächste Woche öffnen wir, und der Kritiker, Jason oder Justin, kommt …« Er versucht, vernünftig zu reden, aber er schielt und kann nicht einmal mein Gesicht richtig betrachten.

»Du musst nicht gehen. Ich kann einen Cocktail zusammenmischen. Ich sag Irene einfach, dass du krank bist.«

»Das ist meine allerletzte Chance«, lallt er, während er sich die Treppe hochschleppt und das Geländer zu seinem Zimmer umrundet.

Wir machen einige Schritte, und ich drücke die erste Tür auf.

155

»Mach sie nicht auf«, sagt Bill und versucht, mich wegzudrücken, aber das lasse ich mir nicht gefallen. Ich ducke mich unter seinem Arm durch, drehe den Türknauf und drücke die Tür auf.

Das Zimmer ist chaotisch. Ich meine, wirklich komplett durcheinander. Eine leere Weinflasche im Mülleimer. Klamotten überall auf dem Boden. Die Bettdecke ist zerknüllt, und die Bettwäsche ist ganz eindeutig nicht gewaschen. Neben dem Bett, kein bisschen versteckt, liegt ein offenes Pornomagazin (mir fällt auf, dass es etwas mit Bondage zu tun hat). Ein Sammelsurium aus Gläsern aus dem Haupthaus steht überall herum, und die oberste Schublade seiner Kommode steht offen, sie ist leer – abgesehen von einer karierten Pyjamahose, die überm Rand hängt. Das Zimmer stinkt.

Ich gehe direkt zum Fenster und öffne es, und eine kühle Brise strömt herein. Ich drehe mich zu Bill, der beschämt zu Boden blickt und versucht, die Zeitschrift mit dem Fuß zu verstecken, und sie dann dezent unters Bett tritt.

»Ich habe schon einmal ein Pornoheft gesehen«, sage ich so trocken ich kann. »Du solltest dir echt einen Computer besorgen oder *Youporn* auf dem Handy anschauen. Damit wird man weniger erwischt.«

Er kichert peinlich berührt. Es ist erbärmlich, und ich zeige schnell auf sein Bett und befehle ihm, sich reinzulegen.

»Ich schäme mich so«, sagt Bill mit plötzlicher Klarheit und lässt sich auf die Bettkante fallen, dabei legt er den Kopf in seine Hände.

»Mein Dad hat auch zu viel getrunken«, sage ich trocken. »Wissen alle Bescheid?«

»Irene weiß Bescheid.«

»Du musst nüchtern werden und morgen ganz von vorne anfangen. Tag eins.«

»Ich bin kein Alkoholiker.«

»Ja. Nun, *das* habe ich schon einmal gehört. Was auch immer mit dir los ist, morgen ist ein neuer Tag, und du kannst bei der Arbeit nicht so viel trinken.«

»Ich glaube, ich habe meine Chance vermasselt«, sagt er und versucht, mich fokussiert anzublicken.

»Mach mal halblang.«

»Ich habe eine Tochter in deinem Alter. Wie alt bist du: dreißig? Eloise. Blöder Name. Ich habe *sie* den Namen aussuchen lassen. Ich habe sie alles aussuchen lassen.«

»Nun, das war sehr lieb von dir.«

»Wer hat dir deinen Namen gegeben?« Er rülpst und legt sich dann eine Hand auf den Mund. »Sorry.«

»Meine, ähm, Mum«, sage ich und stapele einige schmutzige Teller und eine Tasse mit altem Tee aufeinander.

»Aber du bist eigentlich nicht Heather«, sagt er.

Ich halte inne und lege mir dann die Hand auf den Mund. Mein Herz schlägt ein wenig schneller. *Was hat er gerade gesagt?* Ich bin eigentlich nicht *Heather?* Meint er damit, dass der Name nicht zu mir passt? Bill hat sich auf dem Bett zusammengerollt, die Augen fallen ihm zu. Hat er gesagt »keine« Heather? Oder dass ich eigentlich nicht *Heather* bin?

»Nun, man kann sich seinen Namen nicht aussuchen«, sage ich, während er die Augen schließt und etwas murmelt, das ich nicht verstehe. »Was? Was sagst du da?«

»Das ist ein Fehler«, murmelt er wieder. »Es ist ein Fehler passiert.«

Ich denke, dass er meinen Namen meint, aber ich bin mir nicht sicher. Ich lehne mich an ihn und rüttele an seinen Schultern. »Was sagst du da?«

»Keinen Wein mehr«, murmelt er, und dann wird sein ganzer Körper schlapp.

»Mach jetzt die Augen zu«, sage ich, hebe einige Klamotten vom Boden auf und schiebe sie in einen Wäschekorb. Ich drehe mich um, um zu schauen, was ich als Nächstes machen kann, um etwas Ordnung in das Chaos zu bringen, aber dafür bräuchte ich mehrere Stunden und ich muss zur Mittagsschicht – und mit Irene sprechen.

Und damit rinnen mir die Minuten, die ich meinem Weinstudium widmen wollte, durch die Finger. Ich werde warten müssen.

»Es wird alles gut werden …«, setze ich an, aber er schnarcht schon.

# 15

Ich habe die Uniform in Heathers Größe gegen eine für mich passende eingetauscht, und nun habe ich eine, die gut sitzt, und ich fühle mich wohl darin. Ich habe keine Zeit, mich zu schminken und mir das Haar zurechtzumachen, womit alle anderen Frauen anscheinend stundenlang beschäftigt sind, bevor sie Dienst haben, aber ich habe es geschafft, mir schnell eine getönte Feuchtigkeitscreme ins Gesicht zu schmieren. Ich habe mir die Haare gewaschen und an der Luft trocknen lassen, was das Beste für meine Locken ist, aber an meinem Ansatz ändert das nichts, der wird langsam sichtbar. Die Schürze verleiht mir ein wenig extra Selbstbewusstsein, weil sie meinen leicht gerundeten Bauch verdeckt, und ich weiß, dass ich von hinten ziemlich gut aussehe.

Ich umklammere mein schwarzes Notizbuch, das locker in der großen Vordertasche meiner Schürze steckt, und mache mich auf den Weg zum Barbereich, um Irene zu suchen. Sie sitzt mit Russell ganz hinten und ist tief in eine Unterhaltung versunken, die ernst aussieht. Ich überlege, ob das, was sie gerade besprechen, wichtiger ist, als dass Bill eine Schicht verpasst, und entscheide mich dafür zu warten.

Ich entdecke Roxy in der Küche, die mit James und dem Rest des Teams das Menü bespricht, und erschrecke, weil ich die Teambesprechung verpasst habe. Ich habe es total vergessen, mit Bill und alldem.

»Mist! Tut mir leid«, sage ich und husche hinter Roxy.

»Alles gut. Ich erkläre gerade den Fisch des Tages; und irgendein verdammtes Tier hat den Dill gefressen, deswegen gibt es keine Dill-Emulsion. Einer der Auszubildenden druckt das Menü gerade noch einmal aus.«

»Oh, wir hätten welchen aus Portree mitbringen können«, sage ich.

»Ist schon okay. Roxy meint, die Weine passen immer noch gut – möchtest du einmal drüberschauen?«

»Ganz ehrlich, ich glaube, Roxy weiß mehr als ich«, sage ich, während sie sich zu mir dreht und ein wenig verlegen aussieht. »Alles okay. Sprich weiter.«

»Sorry«, sagt sie leise zu mir, und ich tue so, als wäre ich wirklich sauer, das bringt sie zum Lachen.

»Versucht heute mal, die Desserts an den Mann zu bringen. Wir verkaufen zu wenige«, dröhnt Russell, während er und Irene zu uns in die Küche kommen. Irene sieht zum ersten Mal, seitdem ich sie kennengelernt habe, seltsam zerzaust aus. Sie umklammert einen Stapel mit Einladungen. »Weil wir noch renovieren, ist das Menü kompakt, aber jedes Gericht wird auch auf der neuen Speisekarte stehen, deswegen habt ihr zwei Wochen Zeit, euch richtig darauf zu konzentrieren und Experten zu werden. Ich möchte Leidenschaft sehen. Commitment. Perfektion.«

»Wir haben nicht so viele Reservierungen, wie wir uns erhofft haben«, unterbricht Irene, als würde sie seine lächerliche Rede erklären wollen. *Es muss dein Ego arg ankratzen, dass du nicht dafür sorgst, dass die Leute in das Restaurant strömen, oder, Russell?*

Russell spricht weiter: »Jeder, der hier rausgeht, muss einem Freund, einem Onkel, dem reichen Cousin oder den Großeltern erzählen, dass Loch Dorn das beste Restaurant an der Westküste ist. Dass man nächste Saison mit einem Michelin-Stern rechnen kann. Ich habe euch die Werkzeuge zur Verfügung gestellt, nun nutzt sie verdammt noch mal.«

Ich schnaufe und dann, als Russell mich anblickt, tue ich so, als müsse ich husten.

»Gut, dann, elf Uhr fünfundvierzig«, sagt Irene und blickt auf ihre niedliche kleine antike Golduhr, und die Angestellten verteilen sich automatisch. »Wo ist Bill? Füllt er gerade die Vorräte auf?«

»Ja, irgendwie schon«, sage ich. »Ich muss mit dir darüber sprechen.«

Irene schaut mich an, und ich versuche, das *Es-ist-sehr-wichtig*-Gesicht aufzusetzen, weil ich das nicht in Anwesenheit von Russell und James besprechen möchte. Sie versteht direkt.

»Sehr gut, dann gehen wir in den Speisesaal. Roxy kann weiter eindecken.«

Irene ist gestresst. Sie hat eine tiefe Falte zwischen den Augenbrauen, die vor einigen Tagen noch nicht sichtbar war, und ihre Stimme klingt rau. Der Speisesaal wurde leer geräumt und die Pläne liegen auf dem Tisch, mit Stoffproben in Blau, Silber und Grau.

»Bill«, setzt sie an, und ihre Stimme ist nur noch ein Flüstern. »Ich vermute mal, er hat getrunken?«

Ich zucke zusammen. *Er hat getrunken.* Sie hört sich enttäuscht an. Nein, völlig fertig. Sie hört sich absolut fertig an, und ich hinterfrage nicht mehr, ob Bill die Wahrheit gesagt hat, als er meinte, es wäre seine letzte Chance. Ich frage mich, ob mein Dad irgendwelche *letzten* Chancen gehabt hatte. Er hatte ganz sicher viele Chancen. Es gab Monate, in denen er nicht getrunken hat, und in diesen Perioden lag seltsamerweise noch mehr Anspannung in der Luft. Plötzlich interessierte er sich für mich und die Sachen, die ich machte; und – ganz ehrlich – ich wurde lieber in Ruhe gelassen. Ich kam klar mit den stundenlangen betrunkenen Tiraden über Fluoride und Chemtrails, aber nicht mit den Entschuldigungen und den schwachen Versuchen, mit mir eine Beziehung aufzubauen. Ich verspürte Erleichterung, wenn er wieder trank.

Das letzte Mal, als ich vor etwa vier Jahren zu Hause angerufen habe, ging er dran, schrie und lallte, bis Mum ihm den Hörer abnahm und panisch klang. »Hallo? Oh, gute Güte, Elizabeth, *du* bist's nur. Nein, nein, deinem Vater geht es gut. Er hatte nur einen stressigen Tag bei der Arbeit.«

Dad hatte schon vor über zehn Jahren seinen Fish-and-Chips-Laden an seine Gläubiger verloren. Und ich bin mir ziemlich sicher, dass er keinen neuen Job hatte.

Ich konfrontierte Mum damit. »Ähm, Dad arbeitet doch gar nicht. Er bekommt Krankengeld.«

»Das reicht, Elizabeth«, sagte sie und wurde laut. »Wie kannst du es wagen …«

Ich legte auf und rief nie wieder an. Nicht zurückblicken, hatte ich ganz ruhig zu Heather gesagt, als ich spürte, wie sich die letzten Fäden eines ramponierten Sicherheitsnetzes unter mir auflösten.

»Nein, nein«, sagte ich zu Irene und verfiel ganz mühelos in die Rolle meiner Mutter. »Bill hat sich den Magen verdorben. Bitte glaub mir, ich musste gerade die Toilette desinfizieren.«

Irene blickt nicht von ihren zwei fast identischen grauen Stoffmustern auf, die sie in der Hand hält. »Okay«, antwortet sie, und ich merke: Sie weiß, dass ich lüge. »Nun, dann müssen wir aufpassen, dass er niemanden im Cottage ansteckt. Soll ich dir ein Zimmer im Nebengebäude frei machen?«

»Nein, das ist nicht nötig«, sage ich. »Ich bin mir sicher, dass er nur etwas Falsches gegessen hat.«

»Es wäre besser für uns, wenn es ein Magen-Darm-Virus ist – falls sich die Nachricht verbreitet. Eine Lebensmittelvergiftung ist schlecht fürs Geschäft.« Irene schaut zu mir auf und lächelt mich sanft an, als wäre sie dankbar, aber plötzlich ist mir diese Scharade unangenehm.

»Wer kümmert sich um die Bar?«, stelle ich die wichtige Frage.

»Ich bitte Brett, einzuspringen. Er schafft das«, sagt sie, bevor sie wieder zu mir aufschaut, mit einer tiefen Furche zwischen den makellos nachgezogenen Brauen. »Schaffst du es denn ohne ihn? Vielleicht solltest du die Gelegenheit nutzen, einmal das Lager aufzufüllen?«

Ich schlucke die aufsteigende Schuld herunter, erinnere mich an die Befürchtungen, die sie Bill gegenüber angesprochen hatte, der mich im Auge behalten sollte, um weitere peinliche Fehler zu verhindern. Ich fasse mir instinktiv an die Beule neben meinem Auge, die inzwischen mehr oder weniger verschwunden ist.

»Es wird in Ordnung sein«, sage ich schnell. »Schau mal, ich weiß, dass ich Startschwierigkeiten hatte. Es tut mir so leid. Es ist nur, dieser Ortswechsel …«

Sie winkt ab und wird ein klein wenig rot. »Ich weiß, ich weiß.«

»Ich verspreche, dass ich mich richtig für dich ins Zeug lege, Irene«, sage ich fest. »Wir werden etwas Großartiges aus der Wiedereröffnung machen, okay?«

Sie antwortet mit einem verhaltenen Lächeln, aber ihre Augen sind traurig. »Es lastet nicht alles auf deinen Schultern, Liebes.«

Ich nicke und spüre erneut das Verlangen, mein Bestes zu geben. »Vielleicht haben wir schon ein Motto für das Event der *Wine Society*.«

Nun legt Irene ein breites Lächeln auf. »Oh, wunderbar, Liebes. Woran hattest du gedacht?«

»Okay, du musst mir vertrauen«, sage ich. »James und ich haben heute früh darüber gesprochen, und er ist einverstanden.«

»Tatsächlich?«

»Ja, also, wir dachten an ein britisches Wein-Event. Mit Wimpeln und exquisitem Trifle und edlen Scotch-Eiern und so weiter.«

»Das hört sich für mich ziemlich englisch an.«

»Nun, wir könnten auch einige schottische Weine dazunehmen.«

Irene runzelt die Stirn. »Du musst wissen, dass die ersten schottischen Weine eine Katastrophe waren. Hat es die Eilmeldung ›Fife wird nicht das nächste Loire Valley‹ nicht in Richtung Süden über die Grenze geschafft?«

»Öhm«, stammele ich.

»Und nun gibt es einen neuen Versuch, dieses Mal von Château Glencove. Du hast den Inhaber bei den Awards gesehen, oder nicht? Er ist in seinem Kilt umherstolziert wie ein Gutsherr ohne Schloss. Eine Blamage für die ganze Branche. Die Menschen müssen die eine Sache machen, die sie gut können, und dabei bleiben. Und wenn man Schotte ist, bedeutet das: Keine roten Trauben anbauen.«

»Sorry Irene, ich habe nicht nachgedacht …«, setze ich an, aber sie ist gerade in Fahrt.

»Ich habe kein Problem damit, einen *englischen* Weinabend auszurichten. Ich bin mir aber sicher, dass die Society in vielerlei Hinsicht daran rummäkeln wird. Streich einfach das ›britisch‹ aus dem Titel. Ich werde mit Russell sprechen und es ihn wissen lassen.«

Ich blicke zu der großen, offenen Küche und beobachte James, wie er einige Gerichte auf dem Tresen – oder »Pass«, wie ich inzwischen gelernt habe – zusammenstellt. Ich spüre eine warme Wallung, während ich an unseren baldigen Angelausflug aka unser Fast-Date denke.

James schaut mich an, als wüsste er, dass ich ihn angestarrt habe. Er lächelt, und einen Augenblick lang grinsen wir uns an wie Teenager, und ich vergesse, dass ich gerade einen Anschiss von seiner Mutter kassiert habe. Meine Verliebtheit wächst, und alles wird noch unerklärlicherweise durch die Tatsache verkompliziert, dass James auch an mir interessiert scheint.

»Komm jetzt, die Mittagsschicht beginnt bald.« Irene sieht so aus, als würde sie Missbilligung vortäuschen.

*Oder vielleicht missbilligt sie es wirklich,* denke ich und erinnere mich an ihre Worte an Bill gestern Abend.

Ich schlurfe weg, um mich mit Roxy kurzzuschließen, die sich das Menü durchliest, während sie Champagnerflaschen in dem antiken Kühlschrank ordnet, der am Ende der Bar steht.

»Heather«, sagt sie ängstlich und macht eine Kopfbewegung zu den neuen Ausdrucken, die auf dem Tresen liegen. »Bist du mit der Weinauswahl zufrieden? Ich habe alles ein wenig optimiert, damit es interessant bleibt.«

»Ich finde, das sieht perfekt aus«, antworte ich – habe aber gar nicht drübergeschaut. »Und toll ist, dass es dasselbe Menü zum Abendessen gibt, sodass wir uns ganz auf die Wiedereröffnung konzentrieren können.«

»Ich sehe, dass du tatsächlich einen Unfall hattest …«, sagt sie, und ihr hübsches Gesicht ist ganz verzerrt vor Sorge.

»Berufsrisiko«, winke ich ab. »Das war nicht das erste Mal.«

Sie lacht. Ich blicke zum Barbereich. Die kleinen, vorübergehend aufgestellten Tische sind zurückhaltender gedeckt als die Tische in dem großen Speisesaal.

»Sechs Reservierungen heute. Zwei zum Mittag- und vier zum Abendessen«, erklärt Roxy und folgt meinem Blick durch das Zimmer.

Großartig, das reicht aus, um mehr über Servieren zu lernen, ohne erschlagen zu werden. Und hoffentlich schaffe ich es nach der Mittagsschicht rechtzeitig auf mein Zimmer, um noch ein wenig Weinstudien zu betreiben.

»Und Bill hat mir gestern gesagt, wir müssen Inventur machen. Kann ich dabei helfen?«, fragt sie. »Also wenn du diese Hilfe gebrauchen kannst, natürlich nur.«

»Scheiße! Ja«, antworte ich. *Die verdammte Inventur. Die ist erbarmungslos.*

»Wir hatten nur einen kleinen Keller in meinem letzten Restaurant, ungefähr fünfunddreißig Weine, aber ich war für die Vorratshaltung zuständig und habe die Bestellungen getätigt. Und natürlich habe ich auch hier vorher schon ausgeholfen. Aber damals gab es hier noch nicht so viele Weine.«

»Nein, gab es nicht«, stimme ich zu. Genau das ist mein Problem. »Und könntest du mir noch einen Gefallen tun? Könntest du beim Mittagessen die Rolle der Sommelière übernehmen? Ich will dich beobachten und mir Notizen machen.«

»Ja, sicher«, antwortet sie und errötet ein bisschen. »Aber ich bin mir sicher, dass du …«

»Man arbeitet überall anders. Außerdem kann man immer etwas Neues lernen, auch wenn man schon erfahren ist, nicht wahr? Ich will sehen, wie du ein Mittagessen begleitest.«

»Das kann ich gerne machen, Heather.«

»Aber könnte das unter uns bleiben?«, frage ich. »Irene ist wirklich gestresst, und ich will nicht, dass sie sich Sorgen macht, ich wäre der Sache nicht gewachsen, oder so.«

»Na klar!«

»Gut, dann machen wir die Inventur, und dann muss ich mich vor der Abendschicht ein wenig ausruhen«, sage ich und schaue auf mein Telefon. Mittagsschicht bis zwei Uhr, zwei Stunden rechne ich für die Inventur ein, dann zwei Stunden, in denen ich mich in meinem Zimmer verkrieche und mich weiter mit der Weinkarte vertraut mache. Und ich habe mich

166

entschieden, meine Taktik zu ändern. Zwei Weine aus jedem Bereich jeden Nachmittag, damit ich mir ein grundlegendes Wissen aneignen kann. *Ich wünschte, der Tag hätte mehr Stunden.* Ein neues Gefühl für mich; normalerweise wünsche ich mir, der Tag wäre schnell vorbei.

»Mein Dad sagt, die Karte ist unglaublich gut, aber ein wenig zu lang«, sagt Roxy.

»Oh, sie ist absolut lächerlich.«

# 16

Ich beobachte Roxy aufmerksam.

Menü anbieten. Aperitif anbieten.

Sie weiß, dass ich sie beobachte, und blickt mich nervös an. Ich mache mir Notizen. *Das* hätte ich am ersten Abend machen sollen, anstatt mit Bill zu plaudern. *Und* an diesem anderen schrecklichen Abend, anstatt mich fast mit dem Champagnerkorken ins Jenseits zu befördern. Ich habe das alles schon einmal gesehen; ich war zu Gast in feinen Restaurants, aber erst, wenn man das Ganze in seine Einzelteile herunterbricht, versteht man, dass jeder Schritt seine Berechtigung hat.

Roxy schlägt dem ersten Tisch ein Glas Champagner als Aperitif vor. Ein kanadisches Paar. Sie machen gerade Flitterwochen, glaube ich. Sie lehnen ab.

Sie fragt nach Wasser. Mit oder ohne Kohlensäure? Dann der Wein. Sie suchen sich einen Rosé aus – Whispering Angel. Den kenne ich schon: delikat und knochentrocken im Abgang. Ich kann mir nicht genau vorstellen, wie ein »knochentrockener« Wein wohl schmecken mag, und hoffe, sie trinken nicht die ganze Flasche aus, damit ich es herausfinden kann.

Als Roxy an mir vorbeigeht, versucht sie zu erkennen, was ich aufschreibe, und ich muss so tun, als würde ich es nicht verstecken – während ich es verstecke.

»Ich habe das Gefühl, ich schreibe gerade eine Klausur.«

»Kümmert sich hier die Kellnerin um das Mineralwasser oder die Sommelière?«

»Das hängt davon ab, wie beschäftigt wir sind. Russell ist ein wenig moderner in seinem Ansatz – wir bieten es immer zuerst an, damit zumindest etwas auf dem Tisch steht.«

»Bietet ihr Leitungswasser an?«

»Russell will das nicht.«

»Und serviert ihr von links und räumt von rechts ab? Muss ich dabei helfen?« Das soll nicht so weinerlich klingen, tut es aber.

»Manchmal vielleicht. Weißt du, wir sind hier nicht piekfein. Irene sagt, man soll die Seite nehmen, die diskreter ist. Also zum Beispiel keinen Teller zwischen zwei Menschen abräumen, die sich unterhalten.«

»Okay, gut, das macht es einfach.«

Ich beobachte, wie sie den Wein zum Tisch bringt und das Etikett dreht, um es dem Mann zu zeigen, der nickt. Roxy dreht den Verschluss auf – kein Korken – hurra! – und schenkt dem Mann etwas Wein zum Kosten ein. Er probiert. Er zuckt die Schultern, lächelt seine Partnerin an und macht Roxy ein Zeichen, einzuschenken. Roxy schenkt zuerst der Frau ein. *Frauen zuerst*, schreibe ich auf. Dann nimmt sie ihren Block raus und notiert die Bestellungen.

Als sie zurückkommt, sehe ich, wie sie sich einen Weinkühler schnappt, ihn mit Eis füllt und sich dann einen Ständer von der Bar nimmt, den Weinkühler hineingleiten lässt, ordentlich ein weißes Leinentuch um den Flaschenhals legt und es hinten feststeckt.

»Das würde ich nicht immer machen«, flüstert sie. »Aber wenn es nur zwei Gäste sind und sie den Wein zum Mittagessen bestellen, müssen wir ihn kühlen – sie werden ihn wahrscheinlich langsam trinken.«

Während zwei Stunden später alles aufgeräumt wird, eile ich in den Keller und erkläre Roxy, ich würde schon einmal mit der Inventur beginnen, während sie fürs Abendessen eindeckt. *Ich schaffe das*. Ich habe schon einmal bei der Inventur einer Kneipe geholfen: Wie schwer kann das schon sein? Durch die Dunkelheit steigt mir der unverkennbare Geruch von Stilton-Laiben in die Nase.

»*Goodbye, darkness my old friend*«, flüstere ich und ziehe am Lichtschalter, dann erblicke ich Anis, die fast im Stockdunklen dasitzt, mit einem Glas Rotwein vor sich.

»Überraschung«, sagt sie nur.

»Anis!«, kreische ich. »Verdammt, sorry, ich habe mit niemandem gerechnet. Machst du Pause?«

»Das kommt nicht häufig vor, denk das bitte nicht«, sagt sie streng. »Ich habe es mir heute einfach mal gegönnt.«

»Oh, ich wollte gerade mit der Inventur anfangen. Roxy kommt gleich und hilft mir. Ich muss mir so viel in den Kopf hämmern. Eine Feuertaufe, wie man so schön sagt.« Ich lächele.

»Ja, ich habe gehört, dass du dich neulich abends zum Affen gemacht hast«, sagt sie und macht – wie ich vermute – eine Geste, als würde sie eine Flasche öffnen, aber es sieht ein bisschen aus, als würde sie jemandem einen runterholen.

»Tja«, sage ich. »Ich glaube, du hast recht. Ich bin ein wenig eingerostet.«

»Hast du eine Zeit lang nicht gearbeitet?«, fragt sie wie aus der Pistole geschossen.

»Nein, nein – du weißt doch, dass man das nur so sagt«, murmele ich. »Ich meine, ich muss mich erst mal einarbeiten.« *Verdammt, ist die einschüchternd.*

»Na dann mal los«, sagt sie und macht eine Kopfbewegung zu einem riesigen Regal an der hinteren Wand. Ich starre idiotisch dorthin und fühle mich schon wieder bloßgestellt. Soll ich sie einfach zählen?

»Das hier brauchst du«, sagt Anis und nickt in Richtung eines großen Buches voller Eselsohren und einem Kuli, der in der Spiralbindung steckt.

»Wird das nicht am Computer gemacht?«, frage ich stirnrunzelnd. Das wäre einfacher gewesen. *Ich wünsche mir, Roxy würde sich beeilen.* »Dann erzähl mal«, sage ich und nehme ganz unauffällig die Karte zur Hand, »woher kommst du, wo wurdest du ausgebildet und wie bist du hier gelandet?«

»Ich bin aus Glasgow«, sagt Anis, mehr aber nicht. »Du?«

»O Gott, das ist so langweilig«, erkläre ich, winke ab, verstecke mein Gesicht so gut es geht in dem Buch und hoffe, dass Roxy bald auftaucht. Ich schiele zu Anis hinüber. Sie sitzt an einem Fass, das ihr als Tisch dient. Sie greift nach ihrem Glas und leert es, dann schnappt sie sich die Flasche.

»Hier«, sagt sie, und es hört sich wie ein Befehl an, deswegen lege ich die Karte ab und gehe zu ihr, fülle mir gehorsam ein staubiges Glas vom Regal neben uns und nehme einen Schluck Wein, linse auf das mir unbekannte Etikett.

»Der ist von einem Catering-Job«, sagt sie und zeigt auf einige Kisten in der Ecke. »Bezahlte Reste.«

»Gut zu wissen«, sage ich und proste ihr zu.

»Arbeitest du gerne mit James?«, fragt sie, und es fühlt sich wichtig an.

»Ja«, antworte ich. »Er ist wirklich liebenswert.«

»Das ist er«, bestätigt sie. »Er ist sensibel. Vor zwei Sommern hat ihm eine Australierin das Herz gebrochen. Sie hat ihn als Teil ihrer Schottlanderfahrung betrachtet und vor ihrer Abreise eiskalt abserviert. Er hat lange gebraucht, um sich davon zu erholen.«

Das fühlt sich wie eine Warnung an, und ich entscheide mich, nicht zu antworten, und nicke, als würde ich mir ihre Worte *wirklich* zu Herzen nehmen.

»Hast du einen Freund, also zu Hause?«, fragt sie dann ganz gezielt.

»Ähm, äh, ja«, sage ich, denke an Tim und mir wird klar, dass ich mein Buttermilchhähnchen, mein Lieblingsgericht aus Soho, diese Woche mehr vermisst habe als ihn. »Nun, wir haben es nie explizit so genannt. Ich bin mir nicht sicher, ob er mich als seine Freundin bezeichnen würde. Damit ist wahrscheinlich alles klar«, platze ich fast unfreiwillig heraus.

»Und wie findest du Bill?«

Ich versuche, nicht zu kichern. Will sie tratschen? Befinde ich mich gerade in einer Art Tratschverhör?

»Ach, er war total lieb zu mir.«

»Er ist nicht schwul«, antwortet sie.

»Ah. Verstehe«, sage ich und versuche wirklich, ein Lachen zu unterdrücken.

»Er ist einfach ein vornehmer Engländer«, spricht sie weiter, als würde das einige schwule Eigenschaften erklären, die ich womöglich bemerkt habe. »Er war mal einer der besten Barmänner Londons. Er hat in New York bei der *Paxton Group* gelernt und dann in London gearbeitet. Da hat er sich mit Russell angefreundet. Er ist hier oben gelandet, weil seine Frau ihn verlassen hat.« Anis tippt auf den Rand ihres Weinglases.

Sie macht den Eindruck, als könnte man vor ihr keine Geheimnisse haben, und sollte man dennoch eins haben, wäre es vernünftig, es ihr umgehend mitzuteilen. Sie steht auf und geht zum Weinregal, greift hinter eine der Flaschen und bringt eine Packung Marlboro zum Vorschein. »An denen darf sich jeder bedienen«, erklärt sie. Dann geht sie zum Ende des Kellers, schaltet noch ein Licht ein und ich sehe ein massives rundes Metallgebilde, das wie ein Ofen aussieht.

»Was ist das?«, frage ich.

»Das ist altes Zeug aus einer Whiskybrennerei. Ein Kupferkessel. Russell will, dass er entfernt wird und dass daraus ein Kamin für den Anbau gemacht wird«, sagt sie, zündet ihre Zigarette an und versucht, den Rauch an einer winzigen Lüftung in der Decke abziehen zu lassen. Netter Versuch, bringt nur rein gar nichts.

Ich fasse nicht, dass sie zwischen all dem aufgehängten Fleisch und den Käselaiben raucht. Ich runzele wohl die Stirn, weil sie mir eine Zigarette entgegenstreckt.

»Willst du eine?«

»Ha! Nein. Ich habe seit meinem neunten Lebensjahr nicht mehr geraucht«, sage ich und blicke kurz auf meine Uhr. Der Tag hat einfach nicht genügend Stunden. »Ich dachte, Küchenchefinnen sollten nicht rauchen – zerstört das nicht die Geschmacksnerven?«

»Ich rauche drei pro Woche«, sagt Anis.

»Es muss aber schwer sein, für zwei Typen zu arbeiten, oder?«, frage ich und würge fast, wegen des Weins.

»Glaub mir, ich komm damit klar, für James und Russell zu arbeiten«, entgegnet sie. »Ich bin eine halb-malaysische Frau, die vier Jahre bei der British Army gedient hat.«

»Ha, okay dann …«, antworte ich.

Wir hören, wie die Türflügel aufschwingen, und ich bin erleichtert, dass Roxy endlich hier ist. Aber die Schritte klingen zu schwer für Roxy, und ich bekomme Panik, versuche, den Wein mit meinem Körper abzuschirmen, als Russell in einer flaschengrünen Tweed-Knickerbocker und einem wogenden weißen Baumwollhemd erscheint, als hätten wir ihn herbeigerufen.

»Wer um alles in der Welt raucht denn hier?«

Anis hatte eben noch eine große Klappe, jetzt ist sie ganz klein mit Hut.

»Ich«, sage ich, hebe den Finger und setze mein demütigstes und unterwürfigstes Gesicht auf, was ich schrecklich finde, aber machen *muss* – denn für die neue Heather, die die Regeln noch nicht kennt, ist der Anschiss nicht so schlimm.

»Du kannst hier unten doch nicht rauchen«, blafft er. »Das ist hier keine schottische Spelunke für alte Jungfern. Ihr solltet das *beide* besser wissen.«

»Es tut wir wirklich sehr leid – wir haben das bei meiner alten Arbeit gemacht. Im Keller. Anis hat mir gerade schon eine Standpauke deswegen gehalten.«

Russell betrachtet mein Gesicht, dann schaut er zu Anis, die zu Boden blickt, und mir wird klar, dass nicht einmal die Army sie auf Captain Arschloch vorbereitet hat.

»Es tut mir leid, Russell. Es war ein Fehler. Es wird nicht wieder vorkommen.«

»Nein, das wird es nicht«, sagt er. »Tom ist hier, von *Inveraray Wholesale* – er will die Bestellliste durchgehen. Ich vermute, dass du gerade nicht so viel zu tun hast?« Dann entdeckt er den Wein, den ich verbergen wollte. »Setz den Rest dieser Rückläufer auf die Karte mit den Specials«, keift er. »Und versuch, sie diese Woche an den Mann zu bringen, okay?«

»Ah, du möchtest sie also doppelt verkaufen?«, frage ich.

Er blickt grimmig, und eine tiefe Furche will zwischen seinen Augenbrauen erscheinen. Das ist so seltsam, dass ich kurz vergesse, worüber wir sprechen, und mich frage, ob er sich Botox hat spritzen lassen.

»Irene hat mir gerade von deinem Einfall mit den britischen Weinen für das Event der *Wine Society* erzählt. Das hat einen gewissen Reiz. Warum fragst du nicht Tom, ob er dir bei der Beschaffung behilflich sein kann?«

»Oh, das hört sich toll an. Fandst du die Idee gut?«

»Nun denn, los jetzt«, bellt er und zeigt zur Treppe.

»Ja, Chef.«

Wir gehen durch die Küche zur Bar, und obwohl ich fast schon renne, kann ich nicht mit Russell Schritt halten. Er bleibt stehen und blickt mich ungeduldig an. *Es grenzt an ein Wunder, echt, wie schnell ich es geschafft habe, es mir mit dem Boss zu verscherzen. Nicht mal eine Woche! Ein neuer Birdy-Rekord.*

Russell führt mich zu einem Mann, der mit dem Rücken zu uns an einem kleinen Tisch sitzt und Broschüren und einen Laptop um sich ausgebreitet hat, der noch älter aussieht als meiner.

»Tom«, sagt Russell. »Du kennst Heather wahrscheinlich?«

»Hi, Heather«, sagt Tom, und ein Lächeln breitet sich auf seinem Gesicht aus. Er sieht irgendwie gut aus, struppiges blondes Haar und rote Wangen. *Moment, kennt er mich etwa?*

»Hi, Tom.« Mein Herz schlägt mir wie wild in der Brust, als er mich auf beide Wangen küsst. Ich rieche sehr großzügig verteiltes Deo und versuche, nicht zurückzuweichen.

Dann tritt er einen Schritt zurück und betrachtet mit schräg gelegtem Kopf mein Gesicht. »Ich dachte, wir hätten uns schon einmal gesehen, aber ich glaube, doch nicht«, sagt er lächelnd. »Mein Fehler.«

»Es tut mir leid, du kommst mir auch nicht bekannt vor«, sage ich, setze mich ihm gegenüber in den Lederstuhl und grinse. »Ich würde mich definitiv dran erinnern.« Ich weiß, dass es viel zu flirty ist, aber das ist hier meine einzige Waffe.

»Ich muss mit Irene sprechen«, sagt Russell. »Ich lass euch dann mal alleine, okay?«

»Danke, Russell«, sage ich erleichtert.

»Danke, Russ«, wiederholt Tom, bevor er mich wieder mit einem breiten, erwartungsvollen Lächeln anschaut.

Ich blicke mir rasch über die Schulter, um den Eindruck zu erwecken, dass ich beschäftigt bin und nur ganz wenig Zeit zum Plaudern habe. Weil ich das wirklich nicht habe. Ich habe bei der Inventur gar nichts geschafft, und nun sitze ich hier mit einem Händler, wahrscheinlich, um Weine zu kaufen, die wir brauchen, weil *ich ja vorher die Inventur hätte erledigen sollen.* Und ich will ganz unbedingt wieder zurück ins Cottage und mich meinen Weinstudien widmen. Ich drehe mich zu Tom. Ich wippe mit dem Bein.

»Ich war mir so sicher, dass wir uns schon einmal gesehen haben«, sagt er und grinst flirty. »Ich komme mir jetzt ein wenig blöd vor.«

»Oh, das brauchst du nicht«, sage ich, dann lehne ich mich vor und berühre seine Hand. »Es tut mir leid, wir müssen uns beeilen. Heute ist der Teufel los.«

»Sicher. Natürlich«, sagt er grinsend. Er glättet die Falten in seiner Hose und zeigt auf die erste Seite der Broschüre. »Nun, die große Neuigkeit sind Naturweine, natürlich, und wir haben unser Sortiment erweitert. Diese Weine munden Menschen besonders gut, die nach traditionell hergestelltem Wein suchen, und natürlich funktionieren Schlagworte wie beispielsweise ›atmosphärische Hefe‹ und ›minimale Intervention‹ als Verkaufsargument für Kunden, die etwas Neues probieren wollen.«

Er hält kurz inne und wartet, als müsste ich jetzt etwas sagen.

»Verdammte Hipster, hm?«, sage ich und gebe ihm ein Zeichen weiterzusprechen, aber er hält inne, dann kichert er kurz nervös. Ich erinnere mich an Russells Vorschlag: »Ich bin eigentlich auf der Suche nach britischen Weinen, weißt du. Lokal einkaufen und so.«

In dem Moment entdecke ich Roxy und winke sie herbei. *Gott sei Dank*. Ich weiß, dass sehr beschäftigte Menschen eine Sache machen: delegieren.

»Roxy«, sage ich herzlich. »Kennst du Tom von *Inveraray Wholesale* schon?«

»Ja, wir haben uns schon mal gesehen«, sagt sie und wird ein wenig rot.

»Schau mal, du weißt doch, dass wir bald das Event für die

*Wine Society* ausrichten, oder? Unser Motto lautet britische Weine. Meinst du, ihr zwei könntet vielleicht zwölf auswählen?«

»O ja. Das ist perfekt«, unterbricht Tom mich und setzt sich ein wenig auf in seinem Stuhl. »Wir arbeiten mit einem Erzeuger aus Südost-England zusammen«, sagt er und fährt mit dem Finger über drei Weißweine mit schmerzhaft modernen minimalistischen Etiketten, die so klein sind, dass ich nichts auf ihnen erkennen kann. Aber eins sieht seltsam vertraut aus.

»Ah«, sage ich und konzentriere mich freudig auf den einen Wein. »Den habe ich vor einigen Wochen probiert. Sauvignon Blanc, richtig?«

»Der hat …«

»Silber gewonnen!«, sage ich und bin völlig aus dem Häuschen, dass ich Wissen beisteuern kann. »Katzenurin.«

»Ja. Das auf jeden Fall. Okay. Großartig«, sagt Tom und nickt mir zu.

»Ich lass euch dann allein, okay?«

»Okay«, entgegnet Roxy, »vielen, vielen Dank, Heather.«

Ich lege Roxy beim Gehen die Hand auf die Schulter und drücke sie leicht. Gott segne sie, sie freut sich wirklich.

In halsbrecherischem Tempo rase ich den hinteren Weg zum Cottage hinab, stoße die Tür zu meinem Schlafzimmer auf und springe aufs Bett. Laptop aus. Telefon aus. Ich öffne mein Notizbuch. Achtundvierzig Weine habe ich, sechsundsiebzig fehlen noch. Und so begebe ich mich ins Loiretal zu einem spritzigen Sancerre.

Als ich auf meinen Stift starre, erinnere ich mich an etwas. Hausaufgaben am Tisch in unserer Küche. Einem dieser Tische für wirklich kleine Kinder, der damals schon viel zu niedrig für mich war, den ich aber mit zwölf immer noch benutzte. Ich schrieb fünfzig Mal: *Ich gebe dem Lehrer keine Widerworte.* Ich erinnere mich daran, dass ich jede Zeile anders gestaltete: Eine

mit Blumen um den Buchstaben O. Eine komplett in Groß-
buchstaben. Eine auf dem Kopf. Eine rückwärts. Bei einer
Zeile nahm ich den Make-up-Spiegel meiner Mutter, um jeden
Buchstaben in Spiegelschrift zu schreiben. Als ich mein Werk
voller Stolz der Lehrerin präsentierte, erklärte sie mir, ich hätte
den Sinn der Aufgabe nicht verstanden, und rügte mich für
meine *Frechheit*. Dann verlangte sie, dass ich es noch einmal
mache, dieses Mal vernünftig. Als ich mich weigerte und auf
die Ungerechtigkeit hinwies, wurde ich zum Direktor bestellt,
und meine Mutter wurde angerufen. Ich war anscheinend ein
*aufmüpfiges Kind*. Ich bekam aber keinen Ärger, als wir nach
Hause kamen. Ihre Reaktion kann man besser mit dem Wort
»Gleichgültigkeit« beschreiben. »Kannst du nicht einfach diese
Sätze schreiben und nicht immer eine Extrawurst braten?«

In dieser Situation war das wahrscheinlich ein guter Tipp.

Ich fokussiere mich wieder auf meine Aufgabe, blättere
zu den Rotweinen, um mit den Pinot Noirs anzufangen. Um
17.45 Uhr – ungefähr die Zeit, wo sich James, Anis, ein glücklicherweise ausgenüchterter Bill und Roxy im Personalraum
versammeln, um unsere Abendschicht mit vier Reservierungen
zu besprechen – fühle ich mich langsam, als wäre ich der Aufgabe gewachsen.

# 17

Es klopft sachte an meiner Tür.

»Heather?«

Ich seufze. Ich hasse es, wenn James mich so nennt. Ich überlege, ihn zu bitten, mich Birdy zu nennen, zu sagen, das wäre ein Spitzname, was nicht einmal gelogen wäre – aber es fühlt sich falsch an. Ich blicke in den Spiegel. Ich sehe … irgendwie gut aus. Ich habe viel mehr Make-up als sonst aufgelegt, aber ich hoffe, das fällt nicht zu sehr auf. Ich wusste nicht, ob blutrote Lippen der richtige Look fürs Angeln sind, aber ich habe mich trotzdem dafür entschieden.

»Hi, komm rein!« Ich blicke mich schnell in meinem Zimmer um, aber es liegt nichts herum, was mich auffliegen lassen könnte. Ich habe angefangen, meine Unterlagen zwischen meiner Matratze und dem Lattenrost aufzubewahren, damit ich ziemlich sichergehen kann, dass niemand etwas finden wird, selbst wenn ich heute mit James bei einem Bootsunfall sterbe. Es ist ein wenig seltsam, seine Lüge so sehr zu leben, dass man schon für den Fall eines Unfalltodes vorausplant. Aber was soll ich machen?

Er öffnet die Tür und ist schon fertig angezogen – mit Stiefeln und allem. Genau wie am Tag meines umgeknickten Knöchels, in all den grünen Wachs- und Tweed-Klamotten, die ein Mann besitzen kann.

»Du siehst wirklich …« Er blickt weg, als er das ausgesprochen hat, und kann dann den Satz nicht fertig sprechen.

»Ist der Lippenstift bisschen viel? Ich will die Fische nicht verscheuchen«, witzele ich – nun ist mir der ganze Aufwand ein wenig peinlich, den ich betrieben habe. Deswegen bin ich normalerweise nicht ehrgeizig: Die Wahrscheinlichkeit, sich zu blamieren, wird mit jedem Versuch größer, bei dem man etwas besser machen will.

»Nein, alles gut.«

Ich ziehe mein einziges Sweatshirt an, um mein errötendes Gesicht zu verstecken, und folge James in den Flur, wo ich mir wieder die Altmännerjacke vom Regal schnappe.

Wir gehen raus, und es ist klar, dass er schon eine Weile wach ist, weil ein Allradantrieb-Jeep-Dings vor der Tür steht und im Kofferraum Angelruten, eine karierte Decke und andere grüne und/oder karierte Outdoor-Sachen liegen.

»Los geht's«, sagt er.

»Wohin fahren wir denn? Ich dachte, wir würden hier an den See gehen?«

»Nee«, sagt James und startet den Jeep. »Ich würde gern mal weg von hier, wenn es dir nichts ausmacht.«

»Macht mir nichts aus«, antworte ich. Ich will natürlich eigentlich gar nicht angeln gehen, aber ich finde all die Sachen toll, die im Auto sind, und mir gefällt das Abenteuerliche an der ganzen Sache.

Das Auto bewegt sich langsam vorwärts, und wir fahren in der morgendlichen Dunkelheit über die Hauptstraße vom Hotel weg. Ich will das Radio anschalten, schaffe es aber nicht.

»Es funktioniert nicht«, sagt er. »Sorry. Wir müssen diesen Wagen nehmen, weil wir uns ein wenig ins Gelände wagen. Wie dem auch sei, man hat erst unten am Fluss Empfang.«

»Gott sei Dank bist du kein Serienmörder«, sage ich.

Kurz darauf biegt er in einen fast unsichtbaren Weg ein, der sich an einem Fluss entlangschlängelt. Ich kralle mich am Haltegriff fest, während wir auf der unebenen Straße von links nach rechts geworfen werden.

»Du fährst nicht gerne Auto, oder? Wir sind gleich da.«

»Ich hatte einen kleinen Unfall, als ich zehn Jahre alt war.«

»Oh Mist! Echt?«

»Oh, es war wirklich nicht schlimm. Ich bin rückwärts in den Carport gefahren.« Ich warte auf sein Lachen. Die meisten Menschen lachen, wenn ich diese Geschichte erzähle, und auch James lacht, doch dann fragt er: »Warum bist du mit zehn schon Auto gefahren?«

»Ich war einfach ein ungezogenes Kind«, erkläre ich und merke, dass ich zum ersten Mal tatsächlich die Wahrheit sagen will: Mein Dad hatte gewollt, dass ich ihn zur Arbeit fahre.

»Kann ich mir vorstellen«, sagt er lächelnd.

Wir biegen in etwas ein, das man mit viel Fantasie als *Parkplatz* bezeichnen könnte, weil es sich am Ende der kaum erkennbaren Straße befindet, wo die Nichtstraße in Wald übergeht. Mir graut es, als mir klar wird, dass wir diese Straße ja auch wieder zurückfahren müssen.

James steigt vor mir aus, holt die Sachen aus dem Kofferraum und legt sie alle draußen ab. Als ich aussteige, blicke ich auf mein Telefon, um zu sehen, ob es noch vor sieben Uhr früh ist. James inspiziert sorgfältig die Ruten, dann lehnt er sie ans Heck des Wagens, und ich frage mich, ob es zu spät ist, noch ins Kino oder irgendwo einen Kaffee trinken zu gehen.

»Ich habe keine Ahnung, was ich hier machen soll – das weißt du, oder?«

Er grinst und reicht mir eine Rute, dann schwingt er sich einen schweren Rucksack auf den Rücken und macht eine Kopfbewegung zu einem winzigen Pfad, den ich kaum erkenne, etwa fünf Meter vom Auto entfernt.

Ich gehorche.

»Weißt du, ich finde es komisch, so etwas an meinem freien Tag zu machen«, sage ich. »Zu dieser Zeit liegen die meisten normalen Menschen noch im Bett und bingen *Friends*, essen dazu Bacon oder schlafen in der ersten Bahn morgens.«

Ich schaue zurück zu James, und er kichert in sich hinein, so wie er es immer macht.

»Das ist nur vier Mal passiert«, sage ich und ernte dafür noch ein Kichern von ihm.

»Geh weiter. Du musst da unten ein wenig klettern – das war's – und dann runter ans Ufer.«

Wir werden Fliegenfischen. Und ich bin genervt, weil wir in meiner Fantasie in einem Boot auf einem See mit einem Sonnenschirm sitzen und James so tut, als würde er das Boot zum Kentern bringen, und ich kreische und in seine Arme falle.

»Fliegenfischen?«

»Ja. Alles andere ist Mumpitz.«

Er lacht. »Komm schon«, sagt er, streckt den Arm aus und nimmt meine Hand. Er fühlt sich beruhigend stark an, und ich genieße es, das Ufer hinunter und auf die Steine geführt zu werden. Es ist kalt. Kalt und feucht.

Er zieht die Rute aus dem Rucksack, und ich lehne mich zurück und beobachte ihn, wie er alles fürs Angeln bereit macht. Er muss merken, dass es mich eigentlich nicht interessiert, doch das scheint ihm nicht die Laune zu verderben. Schließlich hatte er Mittagessen vorgeschlagen, und ich hatte mich fürs Angeln entschieden.

»Heather«, setzt er an, ich zucke wieder bei diesem Namen zusammen, und James reicht mir eine Rute. Ich halte sie in der Hand und warte darauf, dass er auch seine Rute zur Hand nimmt, aber er kramt in einer Plastikkiste nach etwas, das wie winzige Käfer oder Fliegen aussieht. Er sucht sich ein Tierchen aus, zieht das Ende meiner Rute zu sich und benötigt etwas Zeit, um es aufzuspießen.

Plötzlich erscheint ein riesiger Fisch vor uns und springt in die Luft. Er ist monströs, und ich schreie: »O mein Gott, schau mal!«

Er lacht und zieht meine Rute zurück. »Das sind nur die wandernden Lachse«, sagt er. »Du weißt, was sie machen, oder?«

»Laichen«, sage ich. Ich weiß es, aber ich habe es noch nie gesehen, und während ich spreche, springt noch einer, noch höher als der erste. »Heilige Scheiße!«

James lacht und hört kurz mit den Vorbereitungen auf.

»Das gefällt mir nicht«, sage ich. »Sie versuchen, Babys zu machen!«

»Keine Sorge, ich achte darauf, alle Mamas zurückzuwerfen. Ist das zu viel? Möchtest du erst mal ein wenig zuschauen?«

»Ja«, antworte ich.

James ist konzentriert, präpariert meine Angel fertig und macht dann etwas Ähnliches mit seiner eigenen, und bevor ich *Das ist moralisch fragwürdig* sagen kann, wirft er seine Schnur ins Wasser. Die Schnur hängt noch in der Luft, und das Angeln sieht plötzlich wie Tanzen aus, als hätte diese Schnur nie etwas anderes getan, als über fließendem Wasser zu hüpfen. Ich beobachte ihn, wie er sich mit seinen Watstiefeln mühelos zwischen den Felsen bewegt.

»James …«

»Pscht«, sagt er. »Du kannst nicht schreien, wenn du angelst.«

Ich positioniere mich auf dem Felsen und beobachte ihn eine Weile, während er die Schnur wieder auswirft. Nach etwa zwanzig Minuten hört er auf und geht zurück zu seinem Plastikbehälter.

»Ich wechsele nur schnell die Fliegen«, sagt er und bückt sich. Dann blickt er zu mir hoch und sieht total besorgt aus. »Mist! Sorry, Heather, ich liebe Angeln einfach so sehr.«

»Ist irgendwann Teetrinken vorgesehen?«

»Ja, in der Tat! Wenn ich mit Brett hier wäre, würden wir uns wahrscheinlich einen kleinen Whisky genehmigen, aber ich habe tatsächlich Tee mitgebracht.«

Ich bin ein wenig enttäuscht, und das sieht man mir wahrscheinlich auch an.

»Na gut, ich habe beides mitgebracht«, sagt er. »Aber lass uns mit Tee anfangen.«

Unter der karierten Decke steht ein Picknickkorb mit einer Thermoskanne und einigen Tupperware-Behältnissen aus der Küche.

»Ist das ein Mittagessen?«, frage ich.

»Nun, du wolltest nicht, dass ich dich zum Mittagessen ausführe, deswegen habe ich es dir mitgebracht«, sagt er und kniet sich neben mich. Er nimmt die Thermoskanne heraus, schenkt mir ein und ich führe die Tasse an die Lippen – es schmeckt milchig und süß, genau, wie ich es mag.

»Mmm«, sage ich und spüre, wie mein Hals beim Schlucken wärmer wird.

»Schmeckt draußen besser«, sagt James und starrt mich an. »*Alles* ist draußen besser.«

Ich frage mich, ob er im Flirtmodus ist, denn bislang war das eigentlich nicht sein Stil, aber ich blicke zu ihm, und er schaut schnell weg. Dann blickt er mich wieder an, und wir schauen uns in die Augen. Einen Moment lang schwelge ich in diesem aufregenden Cocktail aus reiner, unverfälschter Chemie und dann bin ich es, die von unerwarteter Schüchternheit gepackt wird und schnell wegblickt.

»Vermisst du London?«, fragt er nach einem Augenblick der Stille.

»Sicher. Ich vermisse *einiges*«, sage ich, während ich noch ein wenig Tee trinke. James wirft die Decke auf den Boden neben mir und winkt mir zu, damit ich mich neben ihn setze, was ich auch mache, und es ist wirklich gemütlicher als auf dem kalten Stein.

»Was denn?«

»Ich mag die South Bank morgens am Wochenende. Aber wirklich früh am Morgen – ich rede von fünf Uhr früh im Sommer. Ich vermisse das Gewusel der Märkte in Borough. Ich habe gerade gestern noch daran gedacht. Man bekommt dort alles.«

»Alles?«

»Na ja, so ziemlich alles«, sage ich. »Vielleicht nicht, wenn man Spitzenkoch ist, aber der normale Foodie kommt auf seine Kosten. Weißt du, Sachen wie Artischocken aus Jerusalem und Steinpilze – so etwas. Meine Mitbewohnerin, ähm, hat so etwas geliebt. Ich finde es, um ehrlich zu sein, ein wenig einschüchternd. Mein Dad hatte einen Fish-and-Chips-Laden, so sieht's aus.«

»Zu Fish and Chips sag ich nicht Nein. Aber das kann nicht wahr sein. Du kannst nicht im Weinbusiness arbeiten und nichts über Essen wissen. Scherz hin oder her.«

»Stimmt«, sage ich. Enttäuschung macht sich in mir breit, als mir klar wird, dass ich mich bei James nie entspannen kann, weil ich sonst riskiere, zu viel zu verraten. »Ich meine, ich glaube, ich weiß mehr als die meisten anderen Menschen. Ich kann nur nicht gut kochen.«

Ich schaue zu ihm, und er lächelt mich an – ich spüre wieder das leichte Flattern in meinem Magen. Ich denke an Tim, und es ist schwer, die beiden nicht zu vergleichen. Wenn Tim laut, manisch und sprunghaft ist, ist James ruhig, wohlüberlegt und beständig. Und das gefällt mir. Warum kann ich nicht einfach etwas mit James haben? Er ist ein netter, vernünftiger Typ und hat noch alle Zähne. Er weiß, dass ich in einigen Monaten wieder verschwinde. Ich wäre nicht die erste Saisonkraft, mit der er etwas anfängt. Aber irgendwie fühlt es sich an, als würde ich damit zu weit gehen. Und dann denke ich an Anis, die meinte, dass ihm das Herz gebrochen wurde.

»Aber was ist mit dir? Wie lautet deine Geschichte? Warum hast du dein Zuhause nicht verlassen?« Ich lache, aber wenn Irene meine Mutter wäre, wäre ich vielleicht auch nie von zu Hause weggegangen. »Ich weiß, was ich wissen will! Wie kommt es, dass ihr beide hier arbeitet – wie ist es dazu gekommen?«

»Als ich noch klein war, hat sie an verschiedenen Orten an der Westküste gearbeitet«, erklärt James.

»Wo war dein Dad?«

Er dreht sich zu mir und lacht. »Du fällst aber mit der Tür ins Haus, oder?«

»Die Geschichte fasziniert mich halt.«

»Er und Mum waren nicht zusammen.«

»Wo war er denn?«

»Er war mit jemand anderem zusammen. Einer anderen Frau, glaube ich, obwohl Mum das nie explizit gesagt hat.«

»Was für ein Arsch«, entgegne ich und starre auf eine besonders beeindruckende Birke mit einem fast schwarzen Stamm und hellgrünen Blättern. »Ich meine, es tut mir leid, aber dein Dad ist scheiße. Also, warum bist du trotzdem hiergeblieben?«

»Nun, Mum hat einen Job in Loch Dorn angenommen. Wir haben in dem Cottage gelebt, in dem wir beide jetzt wohnen. Mum hatte sogar dein Zimmer. Dann sind wir in ein anderes Cottage weiter entfernt vom Haupthaus gezogen. Dort wohnt Mum immer noch. Der Eigentümer, Mr. MacDonald, hat sich ein bisschen um mich gekümmert, als ich noch klein war. Aber als seine Frau krank geworden ist, ist er immer seltener gekommen, und das Hotel wurde im Laufe der Jahre wirklich gammlig. Dann ist die Frau gestorben, und er wollte alles verkaufen, aber Mum hat ihn angefleht, es sie modernisieren zu lassen. Inzwischen ist es wie ein Zuhause.«

»Ah, also waren die Renovierungen ihre Idee?«

»Ja, aber Russell, die Designer – das waren nicht ihre Ideen.

Sie hatte gehofft, dass er sie einfach machen lässt, und das wollte er zunächst auch, aber dann wurde er von seinem Anwalt beraten.« James hält kurz inne. »Und, na ja, wie sich herausstellt, war das auch Russells Anwalt, also hat er sie wahrscheinlich zusammengebracht. Und natürlich hat Bill sich für Russell starkgemacht – so ist das alles gekommen.«

»Wie kam es, dass alles so runtergekommen war? Wenn man sich das Anwesen jetzt anschaut, kann man sich das kaum vorstellen.«

»Nun, der Betrieb war kostspielig. Und die Instandhaltung teuer. Und Mr. MacDonald war nicht mehr mit Herzblut bei der Sache. Ich will nicht, dass du ihn für ein Arschloch hältst. Er war wirklich lieb zu uns. Es ist nur so: Wenn man nichts investiert und modernisiert, bleibt man auf der Strecke. Die Menschen, die jeden Sommer nach Loch Dorn kommen, werden älter. Sie sind reich, aber sie werden älter und älter. Und die Catering-Jobs werden weniger. Aber bald haben wir wieder einen.«

»Was meinst du mit Catering-Jobs?«

»Für große Partys, Hochzeiten. Filmpremieren. Der nächste Catering-Job ist tatsächlich für ein Film-Event.«

»Oh, das hört sich aber interessant an.«

»Ich habe keine Ahnung, um welchen Film es sich handelt oder wer darin mitspielt, frag also nicht. Aber wir müssen dafür sorgen, dass es gut wird – sie zahlen viel mehr, als wir sonst in einem Monat einnehmen. Wie dem auch sei, ich würde gerne wissen, warum *du* hierhergekommen bist.«

»Wie meinst du das?«

»Nun, ich habe deinen Lebenslauf gesehen: Du hättest überall arbeiten können.«

Ich krame in meinen Gehirnschubladen nach einer Antwort und sage ihm schließlich die Wahrheit: »Ich brauchte eine radikale

187

Veränderung. Meine anderen Lebensentscheidungen waren nicht gerade, ähm, befriedigend.«

»Wohin geht es als Nächstes?«, fragt er.

»Nach Frankreich«, entgegne ich traurig und wechsele wieder in den Heather-Modus. Sieht er enttäuscht aus? »Wie findest du Russell? Warum haben sie noch einen Küchendirektor eingestellt, der über dir steht?«

»Ich war nie Küchendirektor. Wir hatten diesen Typen namens Peter Pierce vor Russell und noch einen Kerl namens Mick Williams vor ihm. Sie sind nie lange geblieben. Entweder waren ihre Partnerinnen hier unglücklich oder sie langweilten sich. Russell freut sich, weil er einen Gang runterschalten und Küchendirektor sein und in Glasgow wohnen kann.«

»Heilige Scheiße! Deswegen ist er nie hier.«

Er lacht. »Russell ist schon in Ordnung. Er ist in Ordnung, wirklich.«

»Aber du bist *eigentlich* der Küchendirektor.«

»Nun«, er sieht ein wenig verlegen aus, »ich vermute, das stimmt.«

»Willst du dein eigenes Restaurant haben?«

»Klar, aber ich will Mum nicht hier zurücklassen. Zumindest jetzt nicht.«

»Warum nicht?«

»Das kann ich einfach nicht«, sagt er, während er in den Korb greift und einen Behälter mit frischen Erdbeeren rausholt. »Möchtest du eine?«

»Ja«, sage ich und greife nach einer prallen, glänzenden Frucht. »Aber jeder verlässt sein Zuhause. Das ist ganz normal. Außerdem bist du schon dreißig, mein Lieber. Du musst ja nicht gleich nach China fliegen – aber wie wär's mit Edinburgh oder so? Du könntest nach Frankreich. Oder Spanien? Ist nicht das schickste Restaurant der Welt in Spanien?«

Er lacht wieder, und wir sitzen noch ein wenig länger schweigend zusammen, aber ich will mehr über ihn wissen.

»Warum hast du überhaupt mit dem Kochen angefangen?«

James blickt in den Himmel und legt den Kopf schief. »Ich finde es aufregend. Mit Töpfen und Pfannen in einer hektischen Küche jonglieren – näher werde ich meinem Traum vom Rock'n'Roll nicht kommen«, lacht er. »Ich liebe die Intensität in der Gastronomie. Die Kreativität bei der Arbeit mit Lebensmitteln. Aber letzten Endes geht es um dieses *eine* Gericht. Hinter allem, was auf diesem Teller liegt, vom Meersalz bis hin zum Tintenfisch, steckt Zeit oder Arbeit. Bei jemandem hat der Wecker um vier Uhr in der Früh geklingelt, damit er mit dem Boot hinausfährt. Das Wetter war genau richtig. Jemand anderes musste über den perfekten Boden Bescheid wissen, die richtige Menge Wasser und Sonnenlicht und wie man zu viel von beidem vermeidet. Und dann, im perfekten Moment, kommen diese Dinge zu mir. Und ich nehme dieses Bündel Kohl oder die reife Jakobsmuschel und muss diesen Respekt ebenfalls zollen.«

Er schlingt sich die Arme um die Knie, und ich hänge an seinen Lippen.

»Und ich muss sie verwandeln. Den perfekten Naturzustand erkennen und das Produkt erwärmen oder einlegen oder trocknen, weißt du? Und manchmal greife ich kaum ein. Ich küsse es kurz mit der Pfanne, würze es. Oder etwas in der Art. Und dann kommt es auf den Teller. Und obwohl es sich bei den Gästen um völlig Fremde handelt, gehört die Zubereitung dieses Gerichts zu den intimsten Dingen, die man für jemanden machen kann. Man nährt jemanden. Und man weiß über alle Dinge Bescheid, die die Gäste an diesem Abend ins Restaurant gelockt haben – kennt die buttrige Schwarzwurzel und die gebratenen Jakobsmuscheln von Benjis nachhaltiger Farm, mit denen die Gäste das Leben feiern. Eine Verlobung vielleicht. Einen

Jahrestag. Eine Affäre«, fügt er grinsend hinzu. »Das alles gehört zu dieser langen Verzahnung aus Kreativität und Passion. Fürsorge. Liebe, im Grunde genommen.«

Er rutscht ein wenig von links nach rechts, und ich würde am liebsten unter diesem Stein verschwinden, weil ich weiß, was jetzt kommt.

»Und bei dir? Bei dir muss es dieselbe Leidenschaft für Wein sein, oder?«

»Wein …«, sage ich und blicke wieder auf den Fluss, während ein weiterer Lachs aus einem Becken emporschießt, den Körper dreht und ins höhere Becken springt. Ich weiß nicht, ob mir Angeln wirklich gefällt. »Wie sagt man so schön? Such nach der Sache, die du wirklich liebst, und mach einen Beruf daraus. Und ich trinke gerne.« Etwas Besseres fällt mir nicht ein; es wirkt heuchlerisch, und ich wünschte, es gäbe die Möglichkeit, ihm ehrlich zu antworten.

»Komm schon. Wein ist dermaßen … komplex, und die Details sind so kleinteilig. Ich denke, du musst ein bisschen nerdy sein, um das zu mögen.«

»Ich mochte diesen Film wirklich gern. *Sideways*«, sage ich, als die Sonne hinter einem Baum hervorkommt und auf James' Gesicht scheint. Er sieht so lässig und attraktiv aus. Nicht modelmäßig attraktiv. Sondern wie ein normaler Mensch. Zufrieden, aufmerksam, gut aussehend.

»Du hast dich zwischen den Schichten in deinem Zimmer eingeschlossen und dich auf die Öffnung vorbereitet. Uns allen ist aufgefallen, wie hart du arbeitest! Das zeigt doch ein gewisses Maß an Engagement und Leidenschaft.«

*Es motiviert ungemein, wenn man eine Katastrophe vermeiden will.*

»Nun, ich will gute Arbeit leisten«, sage ich ehrlich und lenke die Unterhaltung direkt wieder auf ihn. »Aber kochen – echt, ich wünschte, ich könnte kochen. Jedes Mal, wenn ich es versuche, werde ich gestresst und es wird scheiße. Selbst Toast. Ich finde es schrecklich, welche Macht Kochen auf einen ausübt. Für mich bedeutet Kochen *Scheiße, das verbrennt* und *Mist, das ist geplatzt*. Die Lebensmittel halten sich nicht an meinen Zeitplan. Wenn ich pinkeln muss oder von einer Nachricht oder so abgelenkt werde, ist alles hinüber. Im Grunde ist es fast egal, was ich mache, es wird sowieso nur Quatsch mit Soße.«

»Also, ganz ehrlich«, sagt er lächelnd, »das ist aber auch eine Leistung.«

»Ha!«, antworte ich.

»Eine perfekte Soße ist schwer«, erklärt er ganz ernst. »Dafür muss man sich Zeit nehmen. Eine Soße ist dann erst fertig, wenn sie fertig ist.«

»Nun, das ist wahrscheinlich das Motto, das ich für mein Leben brauche. Ich bin wirklich noch gar nicht bereit für irgendetwas. Ganz ehrlich, ich weiß nicht, ob ich das jemals sein werde. Wusstest du, dass weibliche weiße Haie laut einiger Studien erst mit dreiunddreißig Jahren erwachsen sind? Das ist fast die Hälfte ihres Lebens.«

Ein weiterer Lachs springt, und ich fühle mich von dieser bemerkenswerten Entschlossenheit verhöhnt. Dieser schiere biologische Trieb. Ich frage mich, ob James' Kochen ebenfalls einem biologischen Trieb entspringt und ob Heathers Leidenschaft für Wein in ihrer DNA liegt. Ich frage mich, ob ich vielleicht nur *mein Ding* noch finden muss?

»Ich könnte dir einige Grundlagen beibringen«, sagt er, »wenn du kochen lernen möchtest?«

»O nein«, sage ich und winke ab, weil dieser Vorschlag so lächerlich ist.

»Ich fände das schön«, sagt er.

»Oh, lieb von dir, aber ich habe schon genug Töpfe auf dem Herd, um es mal so auszudrücken.«

Ich lache und blicke zu James, und währenddessen nähert sich seine Hand und er streicht mir eine Strähne hinters Ohr. Das ist unerwartet und so intim, dass ich mich schockiert zurückziehe.

»Sorry.«

»Ist schon okay«, sage ich und werde rot.

»Ist dein Haar normalerweise dunkler?«

»Ja, ist gefärbt«, sage ich, und es ist mir peinlich.

»Es ist schön.«

Ich atme tief ein. Die Anziehung zwischen uns ist so stark, dass es sich überwältigend anfühlt. Das ist gefährlich.

»James …«, sage ich. Ich muss die Dinge beim Namen nennen. Ich muss es aussprechen. »Schau mal, du bist wirklich so nett. Und in einer *Countryfile*-Version meines Lebens wärst du absolut mein Typ. Bislang sieht alles danach aus, als wärst du nicht seltsam. Ich meine, ich bin mir sicher, dass du irgendeine komische Eigenart hast – wie die meisten Typen –, und ich verurteile das auch nicht, das haben wir alle. Und ich bin mir zu neunundneunzig Prozent sicher, dass du einen Mutterkomplex hast. Und ich finde dich *auf jeden Fall* gut. Es ist nur …«

»Worauf willst du hinaus? Ist es, weil du weiterziehen wirst? Wir müssen nicht darüber nachdenken«, sagt er lachend.

Wir sitzen schweigend beisammen, und ich versuche, mich nicht vom Flussrauschen einlullen zu lassen. Ein Teil von mir vertraut ihm nicht. Das liegt an dieser tiefen, omnipräsenten Stimme, die mir einflüstert, dass etwas mit ihm nicht stimmen kann, wenn er sich für mich interessiert. Aber ich kann mich auch nicht davon abhalten, seine Nähe zu genießen.

Ich greife nach seiner Hand, die auf der Decke liegt. Ich schaue James nicht an, aber ich sehe aus den Augenwinkeln, dass er mich auch nicht anblickt. Seine Hand ist wärmer als meine, weil er den Tee gehalten hat, und er muss es auch spüren, weil er sie unter meiner hervorzieht, sie auf meine legt und meine Finger umschlingt.

Ich fühle mich, als wäre ich fünfzehn. Das ist so unglaublich süß. Aber eine Vision von Heather kommt mir in den Sinn, und ich seufze leise.

»Was ist los?«, fragt er, als ich meine Hand unter seiner wegziehe.

Wenn dieser Typ wirklich so wundervoll ist, wie es scheint, kann ich ihn nicht weiter an der Nase herumführen. Er denkt, ich bin Heather, und ich muss es hinkriegen, wieder Distanz zwischen uns zu schaffen.

»Ich … habe so etwas wie einen Freund«, platze ich heraus.

Er sieht gekränkt aus, reibt sich mit den Händen über die Hosenbeine, als versuche er, unsere Berührung wegzuwischen. »Scheiße, ich …«

»Deine Mum hat ihn kennengelernt«, sage ich und blicke auf den Fluss, damit ich sein Gesicht nicht sehe.

»Ach, stimmt. Sie hatte erwähnt, dass du mit jemandem an diesem Abend da warst, aber sie dachte, du …« Er spricht nicht weiter.

»Es ist kompliziert«, versuche ich etwas nachdrücklicher zu sagen. »Aber ich hätte früher etwas sagen sollen.«

Meine Kehle schnürt sich zu, während mein Mund etwas ausspricht, wogegen mein Gefühl rebelliert, und ich beiße die Zähne zusammen und versuche, so weiterzumachen. »Ich war mir nicht sicher, ob das zwischen uns beiden einfach freundschaftlich ist, sonst hätte ich es früher erwähnt …« Ich spreche nicht weiter. Ich bin so lieblos. Ich wusste genau, was ich tue.

»Scheiße, das ist mir so peinlich«, sagt er.

»Nein, nein, das muss es nicht«, entgegne ich rasch. »Das ist auch gar nichts Festes. Wie soll ich es dir erklären? Also, ich habe noch nicht seine Eltern kennengelernt oder so. Ich weiß nicht, wohin das Ganze führt, aber ich habe den Eindruck, dass ich es dir sagen sollte.«

»Sicher.« Er lächelt, aber es sieht angespannt aus, und er blickt verlegen. »Nun, sollen wir ein wenig angeln? Deswegen sind wir ja schließlich hier.«

Nach einem Moment des Zögerns steht James auf und streckt mir seine Hand entgegen, um mir hochzuhelfen.


Mit einem Lachs im Kofferraum und viel Schweiß unter meinen Achseln fahren wir wieder zum Cottage. Angeln gefällt mir wirklich nicht so gut. Diese schönen Fische springen aus dem Wasser, nur um herausgezogen und zu Fishpie verarbeitet zu werden. Dennoch scheint James das gerne zu machen, und es passt zu ihm. Er will der Natur nah sein. Nach meiner seltsamen Offenbarung hat er sich wieder entspannt, und ich schaue ihm gerne zu.

»Die Wiedereröffnung«, sagt er. »Fühlst du dich bereit?«

»Ich muss mir die Weinkarte noch ein wenig anschauen, dann bin ich hoffentlich auf dem Laufenden«, sage ich.

»Das hört sich für mich ganz schrecklich nach *Leidenschaft* an«, sagt er grinsend.

*Eher nach Überleben.* »Hey, danke für den Ausflug heute. Ich fand's toll.«

»Nein, fandst du *nicht*.« Er lacht.

»Doch, *wirklich*«, antworte ich und will ihm sagen, dass ich es seinetwegen toll fand.

»Erinnerst du dich daran, dass ich mal meinte, ich hätte mal auf Skye gearbeitet?«

»Ja.«

»Nun, ich bin wegen des alten Chefkochs von Loch Dorn dahin, der dort ein kleines Restaurant für frische Meeresfrüchte eröffnet hat. Ich hatte Schwierigkeiten mit Mum – du weißt schon, wie es mit achtzehn manchmal ist –, und er wollte, dass ich komme, deswegen habe ich es getan.«

»Du hast deine Mum verlassen!«, japse ich und grinse über sein Geständnis.

»Ja, schon. Aber nicht lange. Ich wollte gerade erzählen, dass ich in jenem Sommer mit Haut und Haar dem Kochen verfiel. Ich habe Menschen überall in Skye kennengelernt, die Lebensmittel produzieren, und … ich hing an der Angel. Verzeih mir die Angelmetapher.«

»Oh, soll mich das motivieren?«, frage ich und runzele trotzig die Stirn.

»Nein, nein.« Er legt sich die Hand auf den Mund, aber er lächelt immer noch mit den Augen. »Ich wollte damit nur sagen, dass ich in diesem Sommer meine wahre Leidenschaft gefunden habe.«

»Vielleicht gibt es noch Hoffnung für mich.«

# 18

Es ist Freitag, Mittagsschicht, noch vier Tage bis zur Neueröffnung, und ich fühle mich langsam gut. Ich habe etliche Schichten im Barbereich mit dem reduzierten Menü absolviert und spioniere schon lange nicht mehr heimlich Roxy nach. Ich habe mehr als die Hälfte der Weine von der Karte gelernt, und bislang wurde ich erst wenige Male auf die Probe gestellt, aber es war nichts dabei, was ich nicht mit einem spontanen Vorschlag oder einem »einen Augenblick bitte, ich komme gleich mit einer Empfehlung zurück« lösen konnte.

Die älteren Menschen, die anscheinend den Großteil der Gäste ausmachen, fallen alle in die Kategorie »so wenig abenteuerlustig wie ein Stück Holz«. Ich habe Amandeep Singh, einen liebenswürdigen Rentner aus Aberdeen, und seine Frau Yasmine kennengelernt, die die Statur eines Windhundes hat, gerne Zigarillos raucht und klare Brühe und einen Zitronenschnitz zum Mittagessen bestellt. Und die unvermeidlichen »schottischen« Amerikaner, ganz in Khaki mit donnernden Stimmen und großzügigen Trinkgeldern.

Nur sechs Reservierungen heute Abend. Ein Kinderspiel also.

Und dann kommen der ältliche Mr. John und die nicht ganz so ältliche Izzy Cardiff herein, die uns aus ihrem Wochenendhaus in etwa fünfzehn Fahrminuten Entfernung einen Besuch abstatten. Sie hat das bombastische Selbstbewusstsein einer Frau, die aufs Fettes College gegangen ist, mit Winterferien in Lech – eingehüllt in Kaschmir –, und ist davon überzeugt, der Nabel der Welt zu sein. Er hingegen sieht aus wie ein pensionierter Chemielehrer, in seinem dicken moosgrünen Wollpullover und den senffarbenen Freizeithosen. Altes schottisches Geld.

Izzy Cardiff stellt mich auf die Probe.

»Liebes, könntest du bitte diesen Sancerre durch etwas weniger Aggressives austauschen?«

»Etwas weniger Aggressives?«, frage ich und ziehe die Flasche aus dem Weinkühler. »Nicht schon wieder. Ich muss permanent den Sancerre zurechtweisen. Soll ich etwas Lieblicheres bringen?« Ups, und nun? »Vielleicht etwas aus Neuseeland? Jeder liebt Neuseeland.«

»Um ehrlich zu sein, Liebes, hätte ich lieber einen Gin. Dann kann ich zumindest noch fahren. Ja, bring mir einen Gin.«

»Fahren hier alle noch, wenn sie was getrunken haben?«, frage ich Bill, als ich mit dem aggressiven Sancerre an der Bar ankomme. »Gibt es hier andere Gesetze, die festlegen, wann man zu betrunken ist, einen Bentley zu fahren?«

Bill ist seit letzter Woche durchgehend nüchtern, soweit ich das beurteilen kann, obwohl ich aus Erfahrung weiß, dass man sich nicht darauf verlassen kann. Ich frage mich erneut, warum Irene ihn an der Bar arbeiten lässt.

»Ja klar. Und was meinst du, wie die Bauern wohl fahren«, sagt Bill. »Also geh besser in der Morgen- und Abenddämmerung nicht an den Hecken entlang. Hier, probier mal.«

Er schenkt den letzten Schluck Sancerre ein, und ich koste ein ganz kleines bisschen. Meine Notizen sagen Stachelbeere, aber – ganz ehrlich – es schmeckt eher nach einem Wein, den man eine Woche lang im Kühlschrank vergessen hat.

»Es läuft gut, oder?«, fragt Roxy, die neben uns auftaucht, Bill eine leere Flasche Sprudel reicht und ihm ein Zeichen macht, dass sie eine neue braucht. »Wir haben fast keinen Sherry mehr.«

»Oh, und was ist mit der Ente?«

»Ich weiß, wir müssen dann etwas anderes dazu anbieten, während wir auf eine neue Lieferung warten.«

Sie blickt mich wartend an, und ich antworte schnell: »Dann mal los. Was empfiehlst du?«

Roxy strahlt. »Ich komme morgen vor der Abendschicht zu dir.«

Einer der jüngeren Kellner läuft mit einem großen schwarzen Tablett vorbei, um das Hauptgericht für Tisch vier zu servieren. Bei dem Duft läuft mir das Wasser im Mund zusammen. Dreierlei vom Hirsch mit Steinpilzen und Gerste. Ich muss daran denken, Anis zu fragen, worum es sich bei dem schaumigen weißen Zeug auf dem Filet handelt. Mein Magen rumort.

Ich will unbedingt lernen, wie man so etwas zubereitet. Nur eins oder zwei dieser Gerichte, die ich für ein heißes Date machen könnte, oder um Heather zu beeindrucken.

»Wäre es in Ordnung, wenn ich in die Küche komme und ein wenig zuschaue?«, frage ich und möchte herausfinden, wie sie es hinbekommen, dass diese dunkle Kruste außen an dem mageren bordeauxroten Fleisch haftet. »Die Tische vier und fünf sind fertig. O Mist, einen Gin und einen Spritzer Tonic für Mrs. Cardiff. Sie hatte einen Disput mit dem Sancerre.«

Ich zeige auf eine fast leere Flasche auf der Bar und hebe die Augenbrauen.

»Ich kann hier übernehmen«, sagt Roxy und zieht ihren Zopf fest. Ihr Äquivalent zum Knöchelknacken.

In der Küche hat James gerade viel zu tun und sieht wunderbar verschwitzt und rotwangig aus. Ich eile zu Anis, die einen sehr jungen Auszubildenden beaufsichtigt (jung genug, um noch Teenager-Akne zu haben), der eine äußerst köstlich aussehende Lavendeleiscreme zubereitet. Seine Hände zittern, armes Männlein, und jedes Mal, wenn Anis einen Befehl bellt, versinkt er

198

tiefer in seinem zu großen weißen Kochdress. *Er wird eine Woche lang nicht masturbieren,* denke ich.

Anis dreht sich zu mir und nickt anerkennend. Sie lächelt nicht, doch mir wird klar, dass sie ihre Zustimmung nicht durch überbordende Gefühlswallungen zeigt.

»Wie läuft es?«

»Gut. Der Hirsch schmeckt scheinbar allen. Ich glaube, das wird der Knaller, wenn wir wieder richtig öffnen.«

»Zu viele Zutaten auf dem Teller«, antwortet sie. »Und dieser scheiß Schaum …«

»Kann ich dich um einen Gefallen bitten?«

»Ich tue niemandem Gefallen«, sagt sie, dann runzelt sie die Stirn. »Aber worum handelt es sich?«

»Könntest du mir zeigen, wie du es zubereitest?«

Sie richtet sich auf und blickt mich misstrauisch an. »Warum?«

Ich blicke nach rechts und links, gehe näher zu ihr und flüstere: »Ich bin eine furchtbare Köchin.«

»Das ist ein bisschen zu anspruchsvoll für zu Hause«, antwortet sie und verzieht keine Miene. »Hast du wirklich genug Geduld, stundenlang nach köchelnden Knochen zu sehen, nur um die Jus zu machen?«

»In einem dieser großen Hexenkessel, in denen du immer rührst?«

»Ja.«

»Möglicherweise nicht«, stimme ich ihr zu, »aber ich würde es zumindest gern versuchen.«

»Das reicht. Raus damit«, sagt Anis zu dem jungen Koch, der erleichtert abzieht.

»Was flüstert ihr da?«, fragt James, schlängelt sich zu uns durch, lehnt sich entspannt gegen die Arbeitsplatte und öffnet die obersten beiden Knöpfe seines Hemds, um Luft reinzulassen.

»Heather möchte kochen lernen.«

James sieht belustigt aus, nickt aber zustimmend. »Ja, ich weiß. Das hört sich nach einer ganz schönen Herausforderung an.«

»Ich höre Herausforderung? Was für eine Herausforderung?« Roxy kommt herein, zieht ihre Schürze aus, schnappt sich eines von Russells winzigen selbst gemachten Brötchen aus dem Servicebereich und schlingt es mit einem Bissen runter. »Im letzten Sommer hatten wir die Challenge, dass wir etwas Essbares im Garten anbauen mussten. Brett hat mit seiner riesigen Gurke gewonnen.«

»Eine riesige Gurke findet doch jeder gut«, sage ich und nicke zustimmend.

»James war sehr traurig, dass die Gurke seine Möhre geschlagen hat«, neckt ihn Roxy. »Aber am schlimmsten dran war der arme alte Bill, der einfach gar nichts ernten konnte.«

»Was macht ihr da alle in der Küche? Das ist hier keine Stehparty«, sagt Irene und klatscht in die Hände. »Tisch zwei wartet auf das Dessert, Anis!«

»Heather will lernen, wie man kocht«, erklärt James.

»Gut, ihr alle, beruhigt euch. Ich will nur dieses eine Hirschgericht machen.«

»Das Hirschgericht kannst du nicht zu Hause zubereiten«, spricht Anis weiter, die offensichtlich immer noch besorgt ist. »Wenn du nach etwas suchst, was du zu Hause machen kannst, wären ein gutes Ragout für Spaghetti oder ein schön scharfes Curry besser.«

»Für wen willst du kochen?«, fragt James dazwischen.

»Für niemanden«, fauche ich. »Beruhigt euch mal, ich wollte nur *ein* verdammtes Gericht lernen.«

»Stimmt es, dass du nicht kochen kannst?«, fragt Bill, der sich dazugesellt hat.

»Mann, ist das euer Ernst?«, frage ich lachend.

»Du musst irgendetwas kochen können. Ich glaube dir einfach nicht, dass du so viel über Weine weißt und nicht einmal Spaghetti Bolognese machen kannst«, sagt Bill. »Fangen wir mal mit den Grundlagen an: Kannst du eine Dose öffnen?«

Inzwischen lachen alle, und normalerweise würde ich mich in so einer Situation ein wenig unwohl fühlen, aber das ganze Veräppeln hier wirkt warmherzig.

»Kannst du ein Ei kochen?«, fragt Roxy.

»Ich kann Fish and Chips machen«, antworte ich.

»Oh, das ist gar nicht so leicht. Du musst einen Backteig herstellen und die Chips mindestens zweimal frittieren. Dahinter steckt zumindest ein wenig System«, sagt Anis großzügig, und ich beschließe, nicht zu erklären, dass ich meinte, ich könnte einen Beutel mit tiefgefrorenem, bereits paniertem Kabeljau öffnen.

Ein heftiger Windstoß weht durch die Küche, und helles Sonnenlicht scheint auf den Boden, während ein klotziger Umriss im Türrahmen erscheint. Brett ist da, wild und zerzaust, und trägt ein sehr kleines Körbchen, in dem etwas liegt, das wie großer Klee aussieht. Ein ziemlich kontrastreicher Anblick.

»Sauerklee«, sagt er und legt den Korb behutsam auf den Tresen.

»Vielleicht sollte ich besser lernen, wie man im Wald auf Nahrungssuche geht«, sage ich.

»Lass dich von Anis mitnehmen – niemand kennt diese Ufer so gut wie sie«, sagt er, und Anis verdreht die Augen, aber ich bin mir ziemlich sicher, dass ich ein leichtes Erröten sehe.

»Ich muss ihr schon Kochen beibringen«, erklärt Anis.

»Nun, Heather, du weißt, dass ich es dir schon angeboten habe«, sagt James und wirft sich ein Küchentuch über die Schulter. Ich blicke zu ihm und mag es irgendwie, wenn er mich neckt. Ich antworte nicht direkt, doch auf meinem Gesicht breitet sich ein Lächeln aus.

»Scheiße Mann, danke«, sagt Anis, während sie den Sauerklee nimmt und ihn wäscht. »Ich habe genug um die Ohren.«

»Gut, liebe Leute, Zeit, klar Schiff zu machen«, erklärt Irene, und unsere kleine Party löst sich auf. Aber als ich gehen will, hält sie mich am Arm fest.

»Liebes, ich brauche wirklich deine Bankdaten, damit wir dich ins System einpflegen können.«

»Auf jeden Fall. Ich kümmere mich nächste Woche darum«, sage ich und nicke. Sie hatte mich letzte Woche schon einige Male danach gefragt, und ich weiß immer noch nicht, was ich machen soll. Ich hatte gehofft, dass drei Monate mietfreie Arbeit bedeuten, ich würde mit etwas Geld in den Taschen zurückkommen und Heather die Miete fürs Zimmer zurückzahlen können. Oder vielleicht eine Kaution für meine eigene Wohnung hinterlegen können. Aber es ist nicht gut, wenn ich ihr keine Bankdaten geben kann.

»Genau, sag es mir einfach, sonst zahle ich dich bar«, sagt sie. »Manchmal zahlen wir die europäischen Angestellten in bar; das ist einfacher und schneller, als sie für die wenigen Sommermonate anzumelden.«

»Oh, gut. Ich meine, wenn es einfacher ist«, sage ich und entspanne mich.

»Großartig. Übrigens, ich weiß, dass du vor der Abendschicht deine wohlverdiente Pause hast, aber dürfte ich dich trotzdem um einen Rat bitten?«

»Sicher.«

Während wir durch den Barbereich laufen, sehe ich Roxy, die bei einer sehr wackligen Izzy Cardiff den Tisch abräumt. Sie sieht so aus, als wäre sie auf einer wilden Feier gewesen, wohingegen ihr Mann den Anschein macht, als könnte er jeden Augenblick einschlafen. Es gibt noch ein Paar am Fenster, die Dame sitzt im Rollstuhl, ihr jüngerer Freund füttert sie mit dem Lavendeleis.

»Das sind Zelda und Charles«, flüstert Irene. »Ein ganz liebenswertes Paar. Sie kann definitiv allein essen, auch wenn es ganz anders wirkt.«

Ich folge ihr, doch wir werden im Flur von einer nervösen deutschen Frau Mitte fünfzig angehalten. »Die Toiletten?«, bellt sie auf Deutsch, während sie wie ein Kleinkind von einem Bein aufs andere hüpft.

»Den Gang runter und dann links, Ms. Schneider«, antwortet Irene laut, als wäre Ms. Schneider nicht nur Ausländerin, sondern eine schwerhörige Ausländerin.

»Also«, sagt sie und setzt sich an einen kleinen runden Tisch am Fenster. »Ich habe alle Angestellten gefragt, aber weil du in London gearbeitet hast, dachte ich, du hättest vielleicht die ein oder andere Idee.«

»Schieß los«, sage ich und lasse mich neben sie fallen. Gott, ich hoffe, sie fragt mich nichts über Wein.

»Nun, wo die Renovierung mehr oder weniger abgeschlossen ist, suchen wir nach Möglichkeiten, jüngere Menschen hier zu begrüßen«, sagt sie, setzt ihre Brille auf und schaut mich erwartungsvoll an, ihr kleines in Leder eingebundenes Notizbuch liegt offen auf dem Tisch, und sie hält einen Stift in der Hand.

Ich nicke ernst.

»Ich habe mich gefragt, ob du irgendwelche Ideen hast?«

Dazu kann ich etwas sagen. »Was mir direkt einfällt: Ihr braucht definitiv eine neue Website.«

»Oh, die wird nächste Woche fertiggestellt. Russell kennt ein Unternehmen, das er beauftragt hat.«

»Oh, gut. Ja, die alte Homepage war wirklich überholt. Die Menschen wären wirklich schockiert, wenn sie hier ankommen – sie würden etwas völlig anderes erwarten«, sage ich und höre mich genervter an als beabsichtigt, aber ich spreche hier aus persönlicher Erfahrung.

»Nun, ich habe gehofft, das wäre eine *gute* Überraschung?«, fragt Irene stirnrunzelnd. »Aber egal, das wird schon erledigt. Hast du irgendwelche anderen Ideen? Ich bin nur davon ausgegangen, dass du … mit deiner ganzen Erfahrung, dachte ich, du wüsstest, was Orte wie das *Dorchester* oder irgendetwas Moderneres wie die *Soho House Group* machen, um Gäste anzulocken.«

»Hmm … Seid ihr in den sozialen Netzwerken aktiv?«

»James ist auf Instagram, aber er hat nur einen persönlichen Account. Russell hat bestimmt seine eigenen Accounts, da gehe ich von aus.«

»Du musst dafür sorgen, dass das Restaurant auch auf diesen Kanälen vertreten ist. Könntest du Russell fragen? Und warum kontaktierst du nicht PR-Leute aus London und lädst ein paar Influencer zu einem Gratisaufenthalt ein?«

»Influencer? Sind das Kritiker?«

Ich unterdrücke ein Kichern. »Nicht ganz. Eher junge Menschen, die so sind, wie andere junge Menschen gerne wären.«

»Also Berühmtheiten.«

»Nein, eigentlich nicht. Eher Internet-Berühmtheiten. Sie sind keine Popstars oder so, sie sind einfach berühmt dafür, dass sie sie selbst sind.«

»Wirklich?«

»Das ist total lächerlich«, sage ich, »aber es funktioniert tatsächlich. Diese Menschen haben unendlich viele Follower und können dir tatsächlich viele neue Gäste bescheren.«

»Internet-Berühmtheiten«, nickt sie und schreibt es auf. »Und sie zahlen nicht für ihren Aufenthalt?« Sie nickt wieder. »Und was soll das Ganze?«

»Nun, sie könnten die Bilder von ihrem Aufenthalt auf ihren eigenen Accounts posten, sodass es letzten Endes Werbung ist.«

Dass ich mich in diesen Digital-Media-Job gemogelt hatte,

war vielleicht doch nicht völlig sinnlos gewesen. Es ist schön, das Gefühl zu haben, ich hätte hier etwas anzubieten.

»Darf ich ganz ehrlich sein, Irene?«

»Bitte. Es geht hier um das Hotel.«

»Ich meine nur … das Essen: Es ist grandios, aber hast du schon einmal über ein etwas niedrigschwelligeres Angebot nach-gedacht – für die Bar und die Terrasse zum Beispiel? Besonders für die Touristen, die nur eine warme Schale Cullen Skink essen wollen oder vielleicht Räucherfisch zum Frühstück. In der Bahn habe ich nach schottischem Essen gegoogelt, und das waren die Dinge, auf die ich mich gefreut habe.«

»Nein, nein, das können wir nicht machen. Neben Russells Vision für die Einrichtung war sein Menü *die* große Optimie-rung«, sagt sie. »Schließlich hat er doch die Michelin-Sterne. Und Mr. MacDonald hat auf Russell bestanden.«

»Oh, okay.«

»Wir wollen, dass dieser Ort … ähm, zeitgenössischer Luxus ist, aber wir brauchen ein gemischteres Publikum. Mrs. Cardiffs Weinkonsum begleicht nicht unsere Rechnungen. Zum Groß-teil zwar, aber nicht alle.«

»Nun, ich denke gerne weiter darüber nach«, sage ich mit den Händen auf dem Tisch und will aufstehen.

»Bitte mach das, Heather«, sagt sie lächelnd. »Endlich passiert etwas. Nach viel Planung können wir jetzt loslegen. Wir brau-chen nur noch eine gute Rezension im *The Scotsman* und gute Mund-zu-Mund-Propaganda. Da bin ich zuversichtlich.«

»Das ist großartig.«

»Bill meinte, dass du dich gut eingelebt hast?«

»Ich weiß nun, wie alles läuft, ja.«

»Gut, gut. Und, Heather«, sagt sie ein wenig ernster, nimmt ihre Brille ab und legt die Bügel zusammen, »wirst du James' Angebot mit den Kochstunden annehmen?«

Ich rutsche ein wenig auf meinem Stuhl hin und her, es ist mir peinlich. »Nun, ich meine, wenn er zu beschäftigt ist und du das nicht für eine gute Idee hältst …«

»An der Idee an sich liegt es nicht«, sagt sie und hält inne, blickt auf einen Ring auf ihrem kleinen Finger, den sie beim Weiterreden dreht. Ihr ist zum ersten Mal etwas peinlich, seitdem ich sie kennengelernt habe. Dann wird es mir klar. Sie macht sich Sorgen um James.

»Oh, Irene, du musst dir keine Sorgen machen …« Im Kopf formuliere ich eine Antwort, aber ich weiß nicht weiter. Sie macht sich Sorgen, dass ich ihn verletzen könnte. Und hat sie damit nicht recht?

»Warum macht ihr das nicht bei mir?«, schlägt sie vor. »Ich habe eine ordentliche Küche, in diesem Cottage könnt ihr das nicht machen. James meint, am Herd funktioniert nur die Grillfunktion …«

Ich nicke und weiß nicht, was ich sagen soll. Es wirkt fast so, als wäre James noch ein Teenager und müsste beschützt werden. Aber das wird dafür sorgen, dass wir auf dem Pfad der Tugend bleiben, vermute ich, und ich will *wirklich* lernen, wie man kocht.

»Das hört sich nach einer tollen Idee an«, sage ich enthusiastisch, und sie sieht erleichtert aus.

»Okay. Gut, lass uns aber bis nach der Neueröffnung warten. Wie klingt das? Montag nächste Woche?«

»Perfekt! Diese Stelle hier ist das Mädcheninternat, das ich nie besuchen durfte. Ich muss nur Schottisch lernen und wie man Laute spielt, und ich werde nach England zurückkehren und dort einen Rechtsanwalt heiraten können.«

»Genau, Liebes«, sagt Irene und verzieht keine Miene.

# 19

*Juni*

Es ist Sonntagnachmittag, die letzte Schicht vor der großen Neueröffnung am Dienstagabend. Alle arbeiten entweder in der Küche oder polieren den Speisesaal auf Hochglanz. Roxy und ich sind gerade mit der Inventur fertig geworden und sie hat später in der Woche ein Treffen mit Tom vereinbart, um die Shortlist für das Event der *Wine Society* zu besprechen. Wie bekannt wurde, fand der Präsident Matthew Hunt die Idee mit den englischen Weinen »hervorragend«, sodass Russell und Irene nun auch völlig überzeugt sind.

»Was machst du an deinen freien Tagen?«, fragt Roxy jetzt.

»Also, morgen und Dienstag werde ich mich ausruhen und sicherstellen, dass ich die Weinkarte in- und auswendig kenne, aber ab nächstem Montag bringt James mir Kochen bei«, sage ich und versuche, nicht zu sehr zu strahlen.

»Ooh, du wirst es sicher lernen«, sagt Roxy.

»Obwohl ich ehrlich gesagt das Gefühl habe, dass ich noch keinen freien Tag verdient habe«, sage ich. Und es ist seltsam, aber zum ersten Mal in meinem Leben fühle ich mich tatsächlich so.

»Ich bin mir sicher, dass du wie immer die Nase in dieses Notizbuch steckst«, neckt sie mich, als ich es schnell wieder in meine Hosentasche schiebe.

»Wie soll ich es denn sonst lernen?«, frage ich sie und fühle mich ein wenig in die Ecke gedrängt. »Es gibt über zehntausend Weine, weißt du. Fast hundertdreißig allein in diesem Restaurant.«

»Oh, sorry«, sagt sie und beißt sich auf die Lippen. »Ich war doof. Es tut mir leid.«

»Hör auf zu sagen, dass es dir leidtut. Du hast nichts falsch gemacht«, sage ich seufzend.

»Sorry«, sagt sie, dann schlägt sie sich die Hand auf den Mund und reißt die Augen auf.

Ich lache sie an. Sie ist einfach verdammt süß.

»Was glaubst du, macht einen guten Sommelier aus?«, frage ich so beiläufig wie möglich.

»Ähm«, sie blickt mich an und dann auf das Weinregal hinter mir. »Ich glaube, ein guter Sommelier sollte Weine empfehlen, die zum jeweiligen Gericht passen. Vielleicht mehrere zur Auswahl stellen? Darunter vielleicht eine etwas außergewöhnliche Option, für abenteuerlustige Gäste. Der Sommelier sollte nicht versuchen, den teuersten Wein zu verkaufen, sondern den Leuten Weine aus verschiedenen Preisklassen anbieten, damit sie sich etwas aussuchen können, womit sie sich wohlfühlen.« Sie hält inne, blickt zu Boden. »Ich habe gesehen, wie toll du das machst.«

Mir wird bei diesem Kompliment ganz warm im Bauch. Es ist wahr, ich tue alles dafür, damit sich die Menschen wohlfühlen und entspannen – aber nicht, weil ich meinen Job gut machen will, sondern weil ich weiß, wie sich Einschüchterung anfühlt.

»Nun, es ist wirklich kacke, sich arm zu fühlen«, antworte ich. »Es ist noch viel schlimmer, tatsächlich arm zu *sein*, sollte ich noch dazu sagen. Niemand, der hierherkommt, ist wirklich arm.«

»Wie kommt es, dass du Menschen so gut lesen kannst?«

»Wie meinst du das?«

»Du scheinst diese Intuition zu haben. Genau wie Irene. Hast du mal gesehen, wie sie voraussagt, was ein Gast bestellen wird? Du musst sie irgendwann mal danach fragen«, sagt sie, nimmt ihr Telefon zur Hand und legt das Inventurbuch zurück ins Regal.

»Was macht sie?«

»Nachdem die Menschen hier angekommen sind, sagt sie voraus, wie viel sie ausgeben werden, und liegt damit plusminus zehn Pfund richtig. Außerdem weiß sie, wie viel sie trinken werden. Woher sie kommen. Warum sie bei uns essen. Es ist unglaublich. Bill versucht, sie aufs Glatteis zu führen, indem er den Gästen zusätzliche Dinge andreht, doch er hat sehr selten Erfolg damit.«

»Also, das ist *wirklich* beeindruckend.«

»Bist du sicher, dass du morgen nur rumhängen möchtest?«, fragt sie wieder, und ich weiß, dass sie mir vorschlagen will, etwas zu unternehmen.

»Ja. Ich muss ein paar Dinge noch einmal durchgehen. Mal durchatmen.«

»Du solltest mal ausreiten – hast du Brett schon richtig kennengelernt?«

»Ja, er hat meinen verstauchten Knöchel verarztet«, antworte ich und folge ihr über die Treppe in die Küche.

»Er ist wirklich nett. Ich konnte es gar nicht glauben, als er meinte, er wäre mal im Knast gewesen.«

»Echt? Warum denn?«

»Das war, als er ungefähr achtzehn war – da hat er ein Geschäft in Glasgow ausgeraubt. Also das erzählt man sich zumindest.«

»Gütiger Gott.«

»Ach, du musst keine Angst haben. Er ist der liebste Mensch, den ich kenne. Wie die meisten Angestellten hier hat er einen Job beim *Last Chance Saloon* bekommen. So nennt es Anis.«

»Warum denn?«

»Weil die meisten Menschen hier vor etwas weglaufen oder nicht mehr weiterwissen. Irene sammelt Streuner.«

»Bist du eine Streunerin?«

»Noch nicht«, sagt sie grinsend. »Echt jetzt, geh reiten! Lass dich von Brett auf einem der Pferde mitnehmen. Gleich am *Loch* gibt es einen großartigen Weg. Er hat bestimmt Zeit.«

»O Scheiße, nein. Ich habe zu viel Angst«, antworte ich.

»Du musst keine Angst haben. Er gibt dir bestimmt ein altes Pferd, das wird schon okay sein. Mach es einfach!«, sagt sie grinsend. »Ich versprech dir, dass das toll wird.«

»Okay, Roxy«, sage ich und gebe nach.

Dann ist sie weg. Hüpft fast schon den Berg zu den Cottages hinab.

Die Sonne scheint heute Nachmittag stärker als sonst, sie wärmt fast. Ich ziehe die Jacke aus und werfe sie mir über die Schulter, während der Boden unter meinen Füßen immer weicher und matschiger wird.

Ich nehme mein Handy aus der Tasche und sehe eine Nachricht von Tim.

**Es ist scheiße in London. Damo trinkt diese Woche nichts, und das *Rose and Crown* hat wegen der neuen Eisenbahnlinie geschlossen.**

Typisch für Tim, dass er in London nichts mit sich anzufangen weiß, wenn er nicht in sein Lieblingspub kann. Wenn ich da wäre, hätten wir gemeinsam darüber gemeckert, wären missmutig zum Market Porter gegangen und hätten versucht, uns mit einem schlechten Pale zu Touristenpreisen (Tim) und einer ranzigen Weißweinschorle (ich) anzufreunden. Ich muss aber zugeben, dass ich die Märkte im Borough vermisse. Heathers und meine Lieblingsplätze. Dort samstagsmorgens herumzulungern war toll, aber am liebsten waren wir am Freitagabend nach der Arbeit dort. Heather kannte die Angestellten von

210

einigen Restaurants, also wurde uns immer überall ein Getränk ausgegeben und wir konnten uns betrinken.

Tim wollte immer nur ins *Rose and Crown*. Und er machte unweigerlich immer etwas Urkomisches, wie zum Beispiel nackt in der Themse schwimmen, von Touristen fotografiert werden, die es versehentlich südlich der Tower Bridge verschlagen hatte und die erstaunt waren, dass nicht alle Engländer wie die Leute aus *Downton Abbey* oder *Mary Poppins* sind.

Ich gehe weiter nach unten und erreiche etwas, das vermutlich der inzwischen völlig überwucherte Küchengarten ist, ein abgezäuntes Rechteck am Hang, mit einem halben Dutzend Terrassen und kleinen, ausgetretenen Wegen.

Von hier aus wird das Haus fast komplett von der Böschung verdeckt. Zwei Pferde fressen faul Gras hinter den Ställen, und ich sehe nur das Dach eines Cottages.

Ich entscheide mich dafür, die Böschung hinabzugehen.

Weiter flussaufwärts trifft das Tal auf den Fluss – dort, wo ich neulich mit James losgelaufen bin, deswegen weiß ich, dass es einen Pfad gibt, dem ich folgen kann. Ich schlage mich durch einige hüfthohe Büsche und stolpere wieder hinaus. Ich entscheide mich, in die entgegengesetzte Richtung zu gehen, den Fluss hinab, um zu sehen, wo er mündet. Ich weiß, dass hier in der Nähe ein See ist, aber ich habe ihn noch nicht gesehen. Der geschlängelte Pfad wird für Wanderer gut gepflegt. Dann fällt er steiler ab, aber die Wurzeln der Bäume haben natürliche kleine Treppen geformt, und ich kann einfach runterklettern.

Als sich die Bäume langsam lichten, wird aus dem steinigen Fluss ein breiter, niedriger Strom, der über Flusskiesel auf dem Weg zu den kühlen, dunkelblauen Wassermassen dahinplätschert. Ich gehe schneller, mache ein Wettrennen mit dem Fluss und schnappe nach Luft.

Ein wunderschöner See – ein *Loch* –, dunkel und wild, mit

kahlen grau-grünen Bergen, die sich zu allen Seiten erheben. Der Wind umspielt mich sanft. Weiter oben ziehen grau-weiße Wolkenfelder langsam über den Himmel, verdunkeln die Sonne und lassen die Temperatur kurz fallen. Ich erblicke einen großen, flachen Stein zu meiner Rechten, setze mich hin und genieße die Aussicht. Etwas an dieser Schönheit lässt uns die beste Version unserer selbst sein, denke ich.

Ich fühle mich kurz absolut mit mir im Reinen.

Ich denke an London, wie ich in Wapping am Pier neben dem Prospect of Whitby mit Heather saß und auf die Themse starrte. Heather war gerade achtzehn geworden und hatte endlich das Erbe erhalten, das ihr Vater ihr vor langer Zeit hinterlassen hatte. Es war ein seltsamer, bittersüßer Moment.

Sie hatte trinken und über ihren Dad reden wollen. Es war eine dieser merkwürdigen, irgendwie distanzierten Unterhaltungen, wo ich es schwer fand, wahre Empathie zu empfinden. Ich konnte mir zwar nicht vorstellen, meinen Dad zu verlieren, aber ich konnte mir auch nicht vorstellen, das wirklich schlimm zu finden. Wie kann man es schlimm finden, jemanden zu verlieren, der glaubt, also wirklich *richtig* glaubt, dass 5G und Bill Gates die größten Geißeln der Menschheit gleich nach den Impfungen sind. Aber für Heather war es, als hätte sie ihren Märchenprinzen verloren. Ihr Ein und Alles.

Nach seinem Herzinfarkt war Heather damals bei ihrer Stiefmutter in Plymouth geblieben, die zwar nett zu ihr war, aber keine gute Ersatzmutter war, und die ziemlich offen zeigte, dass sie nicht gern eine Tochter erbte. Weil wir beide keine Grenzen oder feste Heimkehrzeiten oder überhaupt Regeln kannten, im Gegensatz zu anderen Kindern, wurden wir unzertrennlich.

Dann wurde sie mit dreizehn aufs Internat geschickt, und unsere Freundschaft kühlte kurz ab. Ich erinnere mich daran, dass Heather in ihrem ersten Internatsjahr mit pinken Fingernägeln nach Hause kam und ich sie gnadenlos hänselte, bis sie den Lack entfernte. Dann fühlte ich mich schuldig und klaute bei meiner Mum Geld, um pinkfarbenen Lack zu kaufen, damit wir beide bunte Nägel haben könnten.

Heather half mir dabei, meine Eltern zu verstehen. Bei Dad war das einfach, er war betrunken. Aber Mum verwirrte mich. Das lag nicht an ihrem obsessiven Glauben an saublöde Verschwörungstheorien, sie lebte in einer anderen Realität als der, die ich sah, und das hinterließ bei mir ein Gefühl der … Unsicherheit.

»Deine Mum hat dem Lehrer nur gesagt, dass du an deiner Verspätung schuld bist, weil sie nicht will, dass das Jugendamt angerufen wird«, erklärte sie mir. Ich wusste nie, was das Jugendamt machen würde, aber es hörte sich immer unendlich viel schrecklicher an als ein Dad, der manchmal sehr betrunken war. Außerdem hatte ich ein Dach überm Kopf. Essen auf dem Teller. Ich wurde nicht *vernachlässigt.*

Und als Heather ihr Zeugnis mit nach Hause brachte und an den Kühlschrank klebte und ihre Stiefmutter es kurz danach wieder abnahm, habe ich ihre Noten mit ihr gefeiert. Wir waren eine Familie. Es gab nur sie und mich, wir füllten die Leere im Leben der anderen, wenn es uns möglich war.

Es war egal, wie sehr sich ihr Leben verändert hatte, und auch der Erfolg, den sie sich erarbeitet hatte, änderte nichts daran – sie kam immer zu mir zurück. Das war kein Wunder. Denn ich ging nirgendwohin – weder im wörtlichen noch im übertragenen Sinn.

Ich denke, Heather hätte hierherkommen sollen. Ich denke, damit hätte sie eine Verbindung zu ihrer Mutter herstellen können, und ich frage mich, warum sie sich dermaßen abrupt dagegen entschieden hat. War Cristian wirklich der wahre Grund dafür? Das passte so gar nicht zu ihr. Hatte ich etwas verpasst?

213

Ich werfe einen Stein ins Wasser, und er platscht schwer und melodisch auf, bevor er in die unsichtbare Tiefe sinkt.

Ich bin wieder einen Moment lang reumütig, weil ich denke, ich hätte Heather diese Erfahrung weggenommen. Es fühlt sich immer so an, als wäre *ich* diejenige, die Unterstützung braucht – schließlich habe ich die schrecklichen Eltern. Aber Heather ist auf eine andere Art allein. Ich denke an unsere Gespräche vor über einem Monat bei ihr zu Hause zurück, als sie mir von Cristian erzählt hat. Die nervöse Hoffnung auf ihrem Gesicht, dass dieser Typ derjenige sein könnte, der ihr die bedingungslose Liebe gibt, die sie so verzweifelt vermisst.

Ich habe nicht dagegengeredet, denn immer, wenn ich das in der Vergangenheit versucht hatte, war Heather auf Distanz gegangen und hatte sich zurückgezogen – und ich hatte die Entscheidung getroffen, sie immer zu unterstützen. Denn so wusste sie, dass sie immer zu mir zurückkommen konnte – egal was passiert. Ein bisschen so, wie das bei Eltern sein soll, glaube ich.

Ich denke darüber nach, sie anzurufen, aber ich weiß, dass ich gerade ihre Stimme nicht ertragen kann.

Ich schüttele die Gedanken ab, stehe auf, ziehe meine schmutzigen Turnschuhe aus, krempele die Hosenbeine hoch und gehe auf Zehenspitzen zum Wasser, stehe gerade noch weit genug weg, dass das Wasser zu mir schwappen kann.

»Das ist nicht der richtige Ort, um reinzuspringen«, erklärt eine Stimme. Es ist Bill.

»Hi!«, sage ich und bin ein wenig enttäuscht, weil ich nicht mehr allein bin.

»Ich hatte noch keine Gelegenheit, mich bei dir zu bedanken.« Er blickt zum Horizont. »Wegen neulich.«

»Lass uns nicht drüber reden«, sage ich, weil ich tatsächlich nicht mit ihm darüber sprechen will. Ich wusste ohnehin schon, was er sagen würde: *Sorry …*

»Sorry«, sagt er.

»Bill. Es ist schon in Ordnung«, sage ich und blicke ihn ablehnend an.

»Du machst dich wirklich gut«, sagte er nach einer Weile.

»Ich fühle mich der Sache inzwischen gewachsen«, antworte ich schnell.

»Es wirkt so, als wärst du eine ganz neue Frau …«

»Okay, okay«, sage ich und verschränke die Arme. »Meine beschissene erste Woche tut mir leid. Aber nun habe ich mich eingearbeitet. Ich werde dich oder Irene nicht im Stich lassen. Das verspreche ich dir.«

Er nickt ernst, als wollte er sagen: »Das glaube ich dir«, dann beugt er sich nach vorn, um einen Stein aufzuheben. Er versucht, ihn springen zu lassen, aber es klappt nur zweimal. Ich erinnere mich wieder an seine Unterhaltung mit Irene, die ich belauscht habe, drehe mich zu ihm und lächele.

»Was ist?«, fragt er.

»Nichts. Nur so.« Ich hebe selbst einen Stein auf und fahre mit dem Finger über die weiche ovale Kante. »Danke, dass du mir den Rücken gestärkt hast.«

»Ich will nicht, dass du es vermasselst«, sagt er.

Ich seufze und blicke aufs Wasser. Der See ist spektakulär – offen, exponiert und wild. »Ich glaube, es könnte mir hier gefallen«, sage ich wehmütig. Ich lasse den Stein auf dem Wasser springen: Er hüpft ein, zwei, drei, vier, fünf Mal!

»Die meisten Menschen, die an die Westküste kommen, laufen vor etwas weg oder verstecken etwas oder machen beides.«

»Die meisten Menschen an der Westküste oder die meisten Menschen hier?«, frage ich und blicke zu ihm rüber. »Roxy hat mir erzählt, dies sei der *Last Chance Saloon*. Irenes Heim für verlorene Seelen.«

Bill lacht. »Nun, das stimmt auch irgendwie, glaube ich. Sie hilft gern Menschen, die nicht wissen, wo sie sonst unterkommen können.«

»Ist das so?«, frage ich und schaue mich nach meinen Socken und Schuhen um. Es wird langsam kalt.

»Warum bist du hierhergekommen?«

»Wohin?«, frage ich. »Ans Wasser?«

»Nein, ich meine den Job. Sag mal ehrlich, was hat dich hierher verschlagen?«, fragt Bill, während er sich seinen Mantel zuknöpft. Ich zittere und stecke die Füße wieder in meine Sneaker.

Ich drehe mich zu ihm. Ich weiß nicht, was er von mir will. »Weil ich etwas Ruhe wollte?«, erkläre ich unbeschwert und lächele ihn an, während ich den Weg wieder hinaufgehe.

# 20

Eine seltsame Ruhe erfasst mich, als ich an den vor mir liegenden Dienst denke. Ich habe mich so gut vorbereitet, wie ich konnte. Die zwei Wochen Renovierung haben mir genug Zeit verschafft, mir sämtliche Informationen von der Weinkarte reinzupauken, mir alles in meinem kleinen Notizbuch zu notieren, damit ich nachschauen kann, wenn ich bei der Arbeit etwas vergesse; zudem profitiere ich von Roxys Lerneifer, habe also noch jemanden, auf den ich zählen kann. Bill hat sich an sein Wort gehalten und »beschattet« mich in jeder freien Minute, gibt ganz behutsam Weinempfehlungen, wenn er bei mir nur das geringste Zögern bemerkt. Doch er wirkt nie unfreundlich oder ungeduldig. Es fühlt sich tatsächlich so an, als würde er mir helfen wollen.

Das Seltsame an der Sache ist, wie mühelos die Menschen mir etwas abnehmen. Sie glauben, dass ich Heather bin, und sie glauben, dass ich Weinexpertin bin. Sie sehen nicht Elizabeth Finch – die von ihren Freunden Birdy genannt wird –, einunddreißig Jahre alt, ein Mädchen, das weder Referenzen noch Erfahrungen vorweisen kann, das einen Lebenslauf mit Millionen verschiedener Jobs hat; eine Draufgängerin, eine Lügnerin, eine hohle Nuss, Tochter einer Verschwörungstheoretikerin. Sie sehen Heather. Oder vielleicht ein wenig von uns beiden – ich gönne mir diesen Gedanken.

Irene scheucht alle Angestellten in den Speisesaal, der in neuem Glanz erstrahlt.

»Kommt alle mal her!«, sagt sie. »Willkommen bei unserer Wiedereröffnung! Sieht das nicht grandios aus?«

Gedämpfter Applaus ertönt. Ich kenne Irene nicht so gut, aber auf mich wirkt es, als fände sie es nicht sonderlich grandios. Es ist aber okay – es sieht genauso maskulin aus wie früher, aber weniger künstlich, eher moderner. Die leinenbedeckten Stühle und Tische sind dunklem Holz und Leder gewichen. Ich freue mich, dass Mr. MacDonalds Porträt immer noch an einem präsenten Ort an der hinteren Wand hängt.

»Der Sommer ist fast da. Wir haben diese Saison einige große Veranstaltungen. Natürlich wird das Event der *Highland Wine Society* unsere wichtigste Feuerprobe. Und wir richten bald die Film-Premierenfeier aus. Da kommen viele wichtige Menschen, die sich anschauen, wie gut Loch Dorn ein Weltklasseevent ausrichten kann.«

Ein Raunen fährt durch die jüngeren Angestellten.

»Beruhigt euch, beruhigt euch«, sagt sie grinsend. »Was noch viel wichtiger ist: Wir haben erfahren, dass ein wirklich besonderer Gast in den nächsten Wochen hier essen wird, wir wissen aber noch nicht genau, wann.«

»Das letzte Mal, als sie das gesagt hat, handelte es sich um Tom Hardy und seine Frau«, flüstert Roxy.

»O Gott, bei dem werde ich schwach«, antworte ich.

»Zu alt«, sagt Roxy. »Mir gefällt Noah Centineo besser.«

»Der ist mir zu … soft, zu weich«, antworte ich kopfschüttelnd.

»Nicht, wenn ich ihn mir vornehme«, antwortet sie, dann bricht sie in Gelächter aus, woraufhin Irene sie stirnrunzelnd anblickt. Ich tue so, als wäre ich entsetzt über ihr loses Mundwerk.

»Weil die Renovierungsarbeiten nun fertig sind und das Restaurant unter der Leitung unseres brillanten Küchendirektors Russell nun bereit für die Wiedereröffnung ist, sollte es uns nicht überraschen, dass uns Josh Rippon einen Besuch abstattet, der für *The Scotsman* arbeitet. Wie ihr wisst, ist er besonders schwer zufriedenzustellen …«

»Ich habe das nicht verstanden«, flüstere ich Roxy zu. »Wen meint sie?«

»Josh Rippon – du kennst ihn, er ist der lustigste Restaurantkritiker aller Zeiten. Aber auch der erbarmungsloseste. Uff! Jeder einzelne Dienst wird anstrengend, bis er hier war. Er soll schnell kommen.«

»Oh, verdammt«, sage ich.

»Du hattest doch bestimmt schon Millionen Kritiker.«

»Ja, an Kritik hat es mir nie gemangelt«, witzele ich.

Aber mal ehrlich: *Jetzt* ein Kritiker? Ich habe gerade erst die Weinkarte auswendig gelernt, und ich wurde noch nicht auf die Probe gestellt.

»O mein Gott, Heather, du bist wirklich eine Marke«, kichert Roxy.

Irene blickt uns noch einmal stirnrunzelnd an. »So, an alle hier, für heute Abend: Seid nett, seid nicht zu aufgeregt – und bringt den Hirsch an den Mann.« Sie hört auf zu reden und wartet darauf, dass Roxy nicht mehr kichert. »Ladys! Habt ihr alles mitbekommen?«

Ich sage lautlos *Sorry* zu ihr.

»Josh Rippon«, sagt Roxy selbstbewusst. »Seid nett, nicht zu aufgeregt – versucht, das Lamm zu verkaufen.«

»Den Hirsch.«

»Sorry«, sagt Roxy und reckt Irene ihren hochgestreckten Daumen entgegen.

»Das war's. Wir sehen uns um Punkt sechs Uhr wieder.«

Sie klatscht in die Hände, und die kleine Gruppe löst sich auf, während Roxy mich am Arm packt. »Wollen wir es uns gemütlich machen und ein bisschen quatschen?«

»Ich muss noch ein letztes Mal nach den Weinen schauen«, erkläre ich.

»Darf ich mit dir in den Keller kommen und helfen?«

»Ich muss außerdem telefonieren«, erkläre ich und verziehe entschuldigend das Gesicht.

Ich habe seit Tagen nicht mehr mit Heather gesprochen. Wir haben per WhatsApp geschrieben, aber plötzlich habe ich das dringende Verlangen, mit ihr zu sprechen. Ich bin mir sicher, dass irgendetwas mit Cristian nicht in Ordnung ist. Sie hat nichts erzählt, aber ich spüre das bei Heather immer.

Ich gehe in den Keller. Auf der vierten Stufe hat man den besten Empfang, also setze ich mich auf den kalten Stein und wähle ihre Nummer. Sie antwortet beim dritten Klingeln.

»Birdy«, sagt sie außer Atem, und bei ihrer Stimme wird mir ganz warm ums Herz – auch, weil ich meinen eigenen Namen höre.

»Wie geht es dir?«

»Oh, großartig«, erklärt sie, und ich bin überrascht, weil sie sich verschlafen anhört. Es ist sechs Uhr abends.

»Bist du müde?«, frage ich.

»Ich habe gerade ein Schläfchen gemacht«, antwortet sie. »Sorry. Wie geht es dir?«

»Ich habe wirklich gar nichts zu erzählen, aber ich wollte mal hören, wie es dir geht, mit der großen Romanze. Wie läuft alles? Du wirkst ein wenig bedrückt …«

»Nein, nein. Alles okay. Ich habe bemerkt, dass mein italienisches Weinwissen ein wenig lückenhaft ist, deswegen habe ich daran gearbeitet – und an meinem Italienisch. Ich habe Zeit, das ist ein wundervoller Luxus.«

»Du sprichst doch gut Italienisch«, sage ich.

»Ich spreche Restaurant-Italienisch, was eigentlich nur heißt, dass ich Essen bestellen kann.« Sie lacht. »Du hältst jeden, der ›Hallo‹ mit irischem Akzent sagen kann, für einen Bilingualen.«

Ich lache. Sie hat recht. Bei Sprachen bin ich ein hoffnungsloser Fall. Die richtige Aussprache der verschiedenen europäischen Weine war für mich fast die größte Herausforderung.

»Ich wollte mich wirklich nur erkundigen, wie es dir geht«, sage ich. »Einfach mit jemandem nach Italien zu fahren, den man kaum kennt, ist keine Kleinigkeit. Besonders, wenn er noch eine Freundin hat.«

»Ja«, stimmt sie mir zu, sagt mir aber nicht, ob Cristian die Freundin immer noch hat oder nicht, und ich will sie nicht drängen.

»Okay, also dir geht es gut, mit Cristian ist alles gut, und du liebst Italien?«, sage ich.

»Nun, natürlich ist nicht alles gut«, seufzt sie. »Vieles ist schwierig, aber Cristian kümmert sich sehr lieb um mich. Und ich sehe ihn fast täglich.«

»Nun, das ist gut. Aber ich muss noch etwas sagen, bitte hör mir zu, ja? Ich fühle mich wie eine schlechte Freundin, wenn ich es nicht sage, okay?«

»Ähm, okay.«

»Ich weiß, dass du starke Gefühle für Cristian hast, und ich weiß, dass du in diesem Moment für dich die beste Entscheidung getroffen hast«, sage ich, »aber du musst wissen, dass du mich immer anrufen kannst, wenn du Zweifel hast oder etwas von mir brauchst, und ich springe in ein Flugzeug, wenn ich kann, okay?«

Heather schweigt, und ich hoffe, dass ich nicht zu weit gegangen bin. Ich hoffe, dass ich sie damit in ihrer Entscheidung unterstütze und ihr das benötigte Sicherheitsnetz biete, nur für den Fall der Fälle.

»Ich musste es sagen«, erkläre ich schnell.

»Okay«, antwortet sie ruhig. »Ich lasse es dich wissen. Versprochen.«

Ich atme ein wenig aus, dann stelle ich die Frage, die mir seit dem Nachmittag am *Loch* im Kopf herumspukt.

»Ich wollte dich etwas fragen, worüber ich nachgedacht habe … Also, zufällig. Dieser Job – der in Schottland, den du nicht wolltest.«

»Loch Dorn«, sagt sie. »Ich habe dir nie dafür gedankt, dass du angerufen hast.«

»Ja, stimmt, aber ich wollte dich fragen, warum?«

»Warum was?«

»Warum du erst hinwolltest? Und dann plötzlich nicht mehr? Ich meine, von Cristian mal abgesehen.«

Heather seufzt, und es herrscht wieder lange Stille am anderen Ende der Leitung.

»Ich weiß nicht. Willst du auch manchmal irgendwohin und einfach noch einmal von vorne beginnen?«

»Ähm, ja. Immer«, lache ich. »Ich bin's, erinnerst du dich?«

»Ich wollte sehen, ob ich dafür sorgen kann, dass es funktioniert …« Sie spricht nicht weiter und ich weiß nicht, ob sie über Schottland oder über Italien spricht. »Ich glaube, ich bin einsam, Birdy. Ich fühle mich, als würde ein großer Teil von mir fehlen.«

Dieser dämliche Cristian schon wieder.

»Wir sehnen uns alle nach Liebe«, sage ich.

»Ja, und nach jemandem, der stolz auf uns ist.«

»Ich bin stolz auf dich«, sage ich. »Ich finde es unglaublich, was du alles geschafft hast.«

»Ich weiß«, entgegnet sie, aber ich höre an ihrer Stimme, dass ihr das nicht reicht. Sie will, dass ihr Vater und ihre Mutter stolz auf sie sind.

»Nun, wenn du deine Mum und deinen Dad meinst, ich bin mir sicher, sie sind mehr als stolz auf alles, was du in deinem Leben geschafft hast«, versuche ich es. »Wenn es einen Himmel gibt, wären sie dieses nervige Paar, das alle dazu zwingt, sich Videos von dir anzuschauen.«

»Das ist ein schöner Gedanke. Besser, einmal Liebe erfahren und verloren zu haben, als … bla bla.«

Ich weiß nicht, ob wir gerade über Cristian oder über ihre Eltern sprechen.

»Mich wirst du nie verlieren.«

»Also, *das* weiß ich«, antwortet sie seufzend. »Sorry, ich bin gerade erst aufgewacht und fühle mich ein wenig durch den Wind. Muss erst einmal wach werden. Wie geht es dir?«

»Oh. Mir? Mach dir meinetwegen keine Sorgen«, sage ich und versuche, die in mir aufsteigenden Schuldgefühle zu unterdrücken. »Von meinem letzten und wahrscheinlich schlimmsten Fehltritt erzähle ich dir ein anderes Mal.«

»Gott, was ist passiert?«, fragt Heather schnell.

»Das ist eine Geschichte für ein Bier, in London oder dort, wo wir uns das nächste Mal sehen, okay?«

»Okay«, sagt sie. »Ich glaube, ich brauche dieses Versprechen.«

»Ich verspreche es hoch und heilig«, sage ich und bin fest entschlossen, ihr die ganze Geschichte zu erzählen. Also natürlich erst, nachdem ich das hier alles geschafft habe. Dann wird sie mir vielleicht vergeben können.

»Ich hab dich lieb«, sagt sie.

»Ich dich auch«, antworte ich. »Oh, fuck«, sage ich, als ich das Quietschen der Kellertür höre und Roxy über mir in der Tür erscheint.

»Der erste Tisch kommt gleich«, flüstert sie.

»Ich muss auflegen!«

»Okay«, sagt Heather ganz warmherzig. »Wir telefonieren ganz bald wieder.«

Ich springe die Treppen rauf, nehme zwei Stufen auf einmal und streiche mir den Rock glatt. Ich stelle mich aufrecht hin,

Schultern zurück und drücke die Küchentür auf, halte kurz an, um James anzulächeln, während er mir zunickt. Ich versuche, die in mir aufsteigende Aufregung zu ignorieren, wenn ich an unsere baldige Kochsession denke, aber das ist schwer, denn jedes Mal, wenn wir uns in die Augen schauen, sehe ich auch James' Vorfreude. Nur heute nicht. Heute müssen wir uns auf andere Dinge konzentrieren.

Los geht's!

Ich beobachte, wie Irene die Gruppe mit den vier Gästen zum kleinen Tisch am Erkerfenster führt. Sie schwebt über den Boden zu mir und flüstert mir ins Ohr: »Eine Flasche Champagner – könntest du ihnen bitte eine empfehlen?«

»Ich bin auf dem Weg«, sage ich und gehe zum Tisch.

Die Gäste sind etwas jünger als der Durchschnitt, was bedeutet, dass sie lockerere Vorstellungen vom Service haben, und ich entspanne mich direkt. Jeans, Bärte, Denim-Hemden, Turnschuhe bei den Männern, die Mädels tragen Minikleider und haben perfekte Augenbrauen, die so wirken, als wären sie mit einem dicken schwarzen Filzstift aufgemalt. Ich denke an meine eigenen Brauen, die ich manchmal liebevoll »Gesichtsbürsten« nenne, und frage mich, ob ich sie mal waxen sollte.

»Champagner?«, frage ich den Typen zu meiner Rechten, der eine Kopfbewegung zu seiner Partnerin macht.

»Ja, bitte«, antwortet sie.

»Der ist ein wenig teurer«, erkläre ich, schlage die erste Seite der Karte auf und fahre mit dem Finger über die Einträge, »aber ich kann den Ruinart Brut Rosé empfehlen. Der ist sehr köstlich. Und leuchtet schön pink.«

»Oh, das hört sich toll an«, gurrt sie.

»Wunderbar«, lächele ich. »Und ich empfehle wirklich das Menü. Sie können sich zwischen fünf und sieben Gängen entscheiden. Frische Jakobsmuscheln aus Skye, die heute früh von einem Mann namens Benji geerntet wurden. Der Hirsch ist einfach zum Sterben gut. Obwohl mir das arme Tier da wahrscheinlich nicht zustimmen würde …«

Sie lachen alle, und ich genieße das warme Gefühl.

»Ich gehe und hole den Champagner, und Ihr Kellner ist gleich da, um die Essensbestellung entgegenzunehmen. Wenn Sie Hilfe brauchen, fragen Sie bitte.«

Ich gehe zurück zur Bar und laufe direkt in Bill, der lächelt und mir zunickt.

»Schau dich einmal an! Richtig in Fahrt, junge Dame.«

»Solange alle Champagner bestellen«, grinse ich.

»Brauchst du Hilfe mit dem Korken?«, neckt er mich und schiebt mir die Flasche über den Tresen, während Irene zu mir kommt und mir sanft den Rücken tätschelt.

»Du kannst gut mit Menschen umgehen«, sagt sie. »Du bist als Gastgeberin ein Naturtalent.«

»Die fühlt sich zu warm an«, sage ich zu Bill, der eine Augenbraue hochzieht. »Kannst du eine neue Flasche hinten aus dem Kühlschrank holen?«

»Sehr gut«, sagt er und blickt zu Irene, die sich auf die Lippe beißt, vor Freude strahlt und zum nächsten Tisch schwebt.

Wir haben uns super geschlagen.

Selbst Russell, der etwa eine Stunde nach Schichtbeginn angekommen ist und alle mit Argusaugen beobachtet hat, wirkte von unserer Leistung begeistert.

Wir versammeln uns an der Bar für einen Drink und Irene holt einige sparsam gefüllte Gläser Prosecco, während die Küchenangestellten – alle verschwitzt und rotgesichtig – sich zu uns gesellen. Sie strahlt vor Freude und hebt ihr Glas in die Luft.

»Gut gemacht, alle miteinander. Unsere Neueröffnung war

ein voller Erfolg. Ich bin stolz auf euch alle.« Sie blickt zu mir und nickt, als wäre sie besonders stolz auf mich, und ich fühle mich auch stolz.

»Auf das brandneue Loch Dorn«, sagt sie.

»Auf das brandneue Loch Dorn«, wiederholen wir alle und stoßen an. Ich umarme erst Roxy und dann Irene.

»Auf dass wir den Kredit zurückzahlen und die Konkurrenz zurückdrängen«, sage ich und alle lachen. Ich erblicke James, und noch während ich mich frage, ob es normal wäre, ihn zu umarmen, sehe ich, dass er sich bereits in meine Richtung bewegt. Er umarmt mich stürmisch und flüstert mir »gut gemacht« ins Ohr, und die Wärme seines Atems auf meinem Hals sorgt dafür, dass ich zurückweiche und mich plötzlich schüchtern fühle.

»Du hast es auch gut gemacht!«, erkläre ich, nippe an meinem Glas und bemerke, dass meine Wangen brennen.

»War sie nicht super?«, fragt Bill und grinst, während er mir sanft auf den Rücken klopft. »Wirklich, du hast es mühelos gemeistert.« Und ich freue mich, als ich sehe, dass Bill kein Glas Prosecco in der Hand hält.

»Ich danke dir für deine Hilfe, Bill«, antworte ich.

Ich blicke mich im Raum um und fühle etwas Neues. Glück, auf jeden Fall, aber es ist noch etwas. Vielleicht könnte man es als »Zugehörigkeitsgefühl« bezeichnen, aber das ist es nicht. Ich blicke zu Irene, die vor lauter Erleichterung fast an der Bar zusammengebrochen ist, und reiße mich von James' magnetischer Anziehungskraft los.

»Wie geht es dir?«, frage ich sanft. »Soll ich dir nachschenken?«

»Oh, gerne«, sagt Irene lächelnd. »Wenn wir nächste Woche bei der Filmparty mit demselben Elan arbeiten, können wir das alles schaffen.«

»Der Abend ist wichtig, nicht wahr?«

»Er ist maßgeblich. Sobald man das beste Event des Sommers ausgerichtet hat, hören die Menschen davon, und dann bekommt man die großen Hochzeiten und andere Veranstaltungen fürs nächste Jahr. Das ist eine riesige Einkommensquelle für uns.«

»Ich bin mir sicher, dass wir das gut hinkriegen«, sage ich.

»Oh, ich denke, du wirst da nicht arbeiten, also mach dir keine Sorgen. Wir brauchen normalerweise keinen Sommelier, weil die Weinkarte sehr kurz ist. Außerdem brauchen wir dich hier.«

»Na, dann bin ich mir sicher, dass die anderen das gut machen werden.«

»Ich weiß. Ich weiß. Ich bin so stolz auf alle, ich könne heulen, wirklich. Alle haben so hart gearbeitet und es so weit gebracht. Einige hatten nicht viel Erfahrung. Das waren nur junge Leute aus der Umgebung. Und schau sie dir jetzt mal an! Das ist wirklich ein Wunder.«

»Das ist brillant«, antworte ich und schenke ihr nach. »Alle haben es wunderbar gemacht.«

*Alle, inklusive mir,* denke ich, und ein kleines Grinsen breitet sich langsam auf meinem Gesicht aus.

Und dann wird mir klar, dass das Gefühl in meinem Herzen nicht bloß ein Zugehörigkeitsgefühl ist. Oder das Gefühl, Teil eines Teams zu sein. Sondern Stolz. Unaufgeregter Stolz auf das, was ich geschafft habe.

Und das fühlt sich gut an.

# 21

Irenes Cottage ist genau so, wie ich es mir vorgestellt habe: exzentrisch, mit Decken und Vorhängen in Schmucksteinfarben und seltsamen kleinen Art-Nouveau-Stücken; einladend, mit den Schaffellen und Kaschmirüberwürfen, und praktisch, mit schweren Hartholzmöbeln und -böden. In James' Auto haben wir nur acht Minuten bis dorthin gebraucht – aber ich weiß, dass Irene fast die ganze Woche über im Hotel bleibt, und finde es ein wenig schade, dass dieser Ort so häufig leer steht.

James trägt Jeans, ein schwarzes T-Shirt und eine blau-weiß gestreifte Schürze um die Hüfte gebunden.

»Du bist aber mutig, mit deinen weißen Klamotten«, sagt er.

»Ich hoffe, dass man das Blut darauf gut sieht«, entgegne ich und ziehe ein großes Schlachtmesser aus dem Holzblock neben mir. Gott sei Dank lacht er. Und dann spüre ich meine Wangen brennen und blicke schnell weg.

»Also, Scherz beiseite, was kannst du schon?«

»Ich weiß, wie man Toast macht«, antworte ich, und er schüttelt den Kopf.

»Ich glaube es einfach nicht. Du arbeitest in einem Restaurant! Was kochst du dir denn, wenn du zu Hause bist, also in London?«

»Fertiggerichte. Und meine Freundin … also Mitbewohnerin kocht gerne.«

»Ernsthaft? Und was ist mit deinem Freund?«

»Oh.« Ich werde rot. »Also, der ist eher jemand, der sich einen Döner auf dem Nachhauseweg holt.«

Und das ist fast noch übertrieben. Das letzte Mal, als wir

gemeinsam essen waren, waren wir in unserem gammligen Stammimbiss in Bermondsey. Tim hatte, wie immer, Menü Nummer eins: zwei Eier, zweimal Bacon, zwei Würstchen, Tomaten, Pilze, Toast und Black Pudding, den er nie anrührt. Ich hatte Baked Beans auf Toast und eine Tasse süßen Tee. Die Stimmung war verkatert-mürrisch, und Tim war miefig, muffelig und mucksch.

»Okay, okay, okay«, sage ich und verdränge Tims grauen Teint. »Ich kann ein Brathähnchen in den Ofen schieben und ablesen, wie ich den Herd richtig einstelle. Ich kann Kartoffeln und Möhren schälen. Aber: Die Hühnerhaut wird nie kross, und die Brustfilets sind trocken. Ich kann Eiweiß nicht vernünftig steif schlagen. Und ich weiß nicht, was die ganzen Einstellungen am Herd bedeuten. Was ist der Unterschied zwischen dem Rotor im Kreis und dem ohne Kreis? Und ganz ehrlich, bei Fertiggerichten weiß ich wenigstens, dass sie nicht zu krass dick machen, und ich habe eine schöne Auswahl. Curry an einem Tag, Wurst und Kartoffelpüree am nächsten.«

»Gott, ist das deprimierend«, sagt James und schüttelt den Kopf. »Ich kann dich nicht dazu zwingen, gerne zu kochen, Heather, aber ich werde es auf jeden Fall versuchen.«

Dann offenbart er mir, dass er mich direkt ins kalte Wasser wirft und mir zeigt, wie man ein Soufflé macht.

»Hast du mir bei meinem Monolog eben nicht zugehört? Ich kann kein Soufflé machen«, erinnere ich ihn.

»Kannst du wohl«, sagt er und wirft mir eine Schürze zu.

»O Mann, ich weiß nicht einmal genau, was ein Soufflé ist, außer dass es sich fancy anhört. Außerdem macht sich doch heutzutage kein Mensch mehr ein Soufflé zum Abendessen.«

»Kannst du ein Ei aufschlagen?«

»Ja.«

»Kannst du etwas bei hoher Temperatur rühren?«

»Ja.«

»Kannst du die Zeit ablesen und auf einen Alarmton hören?«

»Ähm, ja?«

»Dann kannst du ein Soufflé machen. Gib die Butter in einen kleinen Topf.«

Er klingt plötzlich sehr autoritär, das gefällt mir.

Ich greife unter den Herd und suche einen Topf aus, den ich klein finde, er nimmt ihn mir jedoch sanft aus der Hand und reicht mir etwas, das klein, aber schwer ist – da passen höchstens einige Gläser Milch rein.

»Sorry.«

»Alles gut«, sagt er und beißt sich auf die Unterlippe, um nicht zu lachen. Ihm gefällt das. Und mir gefällt, dass es ihm gefällt. Er hat mir eine witzige Schürze gegeben, so eine, die man vielleicht zu Weihnachten bekommt: Mit dem Aufdruck eines Rinds, auf der alle Teilstücke aufgezeichnet sind: Vorderviertel, Filet, Rumpsteak.

»Wie mache ich das an?«, frage ich und stelle mich dumm.

Er beugt sich über mich, sein Unterarm berührt meine Schulter, während er den Gasknopf drückt und auf die Funken wartet. Ich spüre die Wärme an meiner Schulter, wo sein Arm war, und möchte nun andere Körperteile von mir so positionieren, dass sie im Weg sind. Ich bin dermaßen abgelenkt, weil ich so nah bei ihm bin, dass ich mich nur schwer konzentrieren kann.

»Das sind definitiv nicht die optimalen Bedingungen für die Souffléherstellung«, murmele ich.

»Nimm es vom Herd und rühr das Mehl rein. Genau so. So ist es richtig. Das nennt sich Mehlschwitze.«

»Sieht es schwitzig aus?«

»Konzentrier dich«, befiehlt er. »Stell die Pfanne jetzt auf niedrige Hitze und röste es zwei Minuten lang, dabei musst du die ganze Zeit über quirlen. Nein, das ist kein Quirlen, das ist Rühren. Du musst da mehr Kraft reinlegen. So.«

Er nimmt mir den Quirl weg, unsere Finger berühren sich dabei. Die Mischung aus Stress und sexueller Chemie überwältigt mich, und ich will einen Drink vorschlagen, um meine Nerven zu beruhigen, weiß aber nicht, ob das vernünftig wäre.

Er quirlt, und zwar energisch und fest. Ich bemerke ganz leichte Muskelanspannung in seinen Armen und entscheide, dass Arme nun offiziell mein Ding sind.

James geht zu dem großen Edelstahlkühlschrank, holt geräucherten Schellfisch raus und wickelt ihn aus dem Wachspapier.

»Wann kommt deine Mum zurück?«

»Spät. In ein paar Stunden.«

»Oh, ich dachte, sie würde hier sein.«

»Wäre sie auch gewesen, aber ich habe sie gebeten, uns allein zu lassen. Riecht das nach Keksen?«

»Nein, eher nach geräuchertem Fisch?«

»Nein, die Mehlschwitze? In der Pfanne.«

»O ja, ich denke schon. Auf eine Art? Sie hat die Farbe eines hellen Brownies.«

»Super! Jetzt die Milch.« Er reicht mir ein Edelstahlkännchen, und ich schütte alles in den Topf.

»Ahh … wir müssen noch einmal von vorne anfangen«, sagt er und nimmt mir die Pfanne aus der Hand. »Du musst das langsam reinrühren.«

»Oh. Mist! Sorry.«

Er schüttet meine klumpige Mehlschwitze in die Spüle, wischt sie sauber und gibt mir den Topf zurück. Ich bin wieder die Schülerin, bei der Hopfen und Malz verloren ist, mache einen Schmollmund und setze einen flirty Blick auf.

»Lass das«, sagt er, schüttelt den Kopf und versucht, seine Belustigung zu verbergen.

»Was?«

»Du bist zum Kochen hier«, erklärt er, hält meinen Arm hoch und drückt mir den Topf wieder in die Hand. »Butter«, bellt er, und ich beiße mir entzückt auf die Lippe.

Doch dann drehe ich mich zum Herd und erinnere mich daran, dass ich tatsächlich kochen möchte – ich will hier etwas lernen. Ich nehme das Stück Butter, schaue wieder zur Mehldose und bemerke, dass ich völlig vergessen habe, was ich gerade getan habe.

»Puh«, sage ich und drehe mich zu ihm. »Ich weiß nicht mehr, wie viel Mehl ich nehmen muss. Ich bin ein hoffnungsloser Fall.«

»Sag das nicht. Sobald du die Grundregeln verstanden hast, kannst du alles kochen. Ich weiß, dass ein Soufflé total spießig klingt, aber du lernst damit ganz viele verschiedene Techniken.«

Ich nicke verständnisvoll, fange noch einmal an, und dieses Mal, als die Milch dran ist, halte ich inne, um ihn zu fragen, wie ich sie reinschütten soll.

»Langsam, nach und nach, bis alles verquirlt ist. Wir wollen eine sämige, glänzende weiße Soße.«

»Okay«, sage ich und will so tun, als könnte ich das nicht, damit er es mir noch einmal zeigen muss.

»Zeit, sich zu konzentrieren – sie wird dunkler«, sagt James, und ich richte meine ganze Aufmerksamkeit auf den Topf.

»Ist das denn irgendwie richtig?«, frage ich, und dann freue ich mich, dass genau das von ihm Vorhergesagte in meinem Topf passiert: sämig glänzende weiße Soße. Er tunkt einen Dessertlöffel hinein, und die Soße bleibt daran kleben. Ich stecke einen Finger hinein und lecke ihn ab, langsam, versuche, herauszufinden, wonach es schmeckt – aber es schmeckt nach nicht viel, außer vielleicht ein wenig käsig, ein dickflüssiges Milchgetränk. Ich lecke mir über die Lippen.

»Mach das nicht noch einmal«, sagt James und nimmt mir den Topf weg.

»Sorry – unhygienisch«, sage ich und spüle mir den Finger ab.

»Genau, das auch«, sagt er und schüttelt den Kopf. »Herzlichen Glückwunsch, Heather. Die Mehlschwitze ist die Mutter aller Soßen. Sie ist die Grundlage für Béchamel, Espagnole und Velouté und verdickt jede Suppe und jedes Stew.«

»Eine Muttersoße?«, wiederhole ich.

»Ja.«

»Ooh, sie ist so vielseitig«, schwärme ich. »Die Madonna unter den Soßen.«

»Quatsch mit Soße«, sagt James wie aus der Pistole geschossen.

»Nicht schlecht, James«, necke ich ihn.

»Ich gebe dir einige Rezepte mit, damit du üben kannst.«

Wir lassen den Topf auf einer Arbeitsplatte aus Granit auskühlen, dann wird mir aufgetragen, Eier aufzuschlagen und das Eigelb in unsere leicht abgekühlte Mehlschwitze zu rühren. Dann noch etwas Salz und Pfeffer, und anscheinend befinde ich mich auf der Zielgeraden.

»Ein bisschen edler als Fish and Chips, aber leichter, als ich dachte«, sage ich, wasche mir die Hände und trockne sie vorne an meiner Schürze ab.

Dann werden wir von Brett unterbrochen, der mit zwei kleinen Cockerspaniels durch die Tür gestürzt kommt; er trägt karierte Reithosen und olivfarbene Gummistiefel. Die Hunde verbreiten Chaos, springen an uns hoch und wollen Leckerchen und Ohrkrauler.

»Raus! Bobby und Maggie, raus!«, befiehlt James und gibt dem tiefschwarzen Hund einen sanften Tritt, während der andere mir am Schritt riecht. Ich kichere und schiebe ihn weg, aber er ist verdammt hartnäckig.

»Was für tolle Hunde!«

»Das sind gute Jungs«, antwortet Brett und nickt James zu, während die Hunde weiterhin hecheln und springen und aufgeregt kläffen. »Du lernst gerade, wie man die Töpfe zum Glühen bringt, oder?«, fragt er und klaut sich einen Apfel aus dem Korb neben der Tür.

»Hi, Brett«, sage ich, kippe den Topf und schütte fast den Inhalt aus. »Ja, schau mal! Ich habe Mehlschwitze gemacht!«

»Gut, Mädel!«, sagt Brett, dann dreht er sich zu James. »Ich habe die beiden letzten Eschen umgeschnitten, sie waren aber nicht krank.«

»Trotzdem, es ist gut, wenn sie endlich weg sind.«

»In Ordnung«, nickt er. »Ich zersäge sie und lege das Holz in den Schuppen.«

James nickt, Brett pfeift schrill, die Hunde bellen wieder und rennen wie verrückt in der Küche im Kreis.

»Raus!«, ruft James erneut, und Brett verlässt die Küche mit einem Hundehalsband samt Hund in jeder Hand und einem ganzen Apfel zwischen den Zähnen.

»Hilft Brett auch hier draußen aus?«, frage ich, als die Tür zugeht und wieder Stille im Zimmer einkehrt.

»Nur selten«, sagt James. »Er kann einfach alles. Er kümmert sich um Mums Rosen.«

Dann schaltet er wieder in den Küchenchefmodus und weist mich an, ein paar kleine Förmchen zu buttern. Und den Schellfisch zu pochieren. Ich befinde mich in einem Zustand fröhlicher Vorfreude, während ich mir das Haar hinter die Ohren streiche und mich konzentriere.

»Das war's, leg den Fisch nun in die köchelnde Soße.«

Es überrascht mich, wie befriedigend das alles ist, während ich über die Pfanne mit dem köchelnden Schellfisch staune und ganz professionell ein wenig geriebenen Comté (einen feinen französischen Käse) in die Förmchen streue.

»Das schmeckt nussig und erdig«, sagt James, als er mir ein kleines Stück von der Messerkante gibt.

»Überall ist so viel Fett drin«, sage ich und schüttele den Kopf. »Butter, Sahne, Käse. Meine Mum würde einen Herzanfall bekommen. Sie würde nach so einem Gericht eine Woche lang nichts mehr essen.«

»Man kann doch ab und zu mal ein Soufflé essen!«, sagt er empört. »Gott, ich finde den Gedanken schlimm, dass sich jemand Soufflé verbietet.«

Ich lache, bin aber auch ein wenig irritiert. »Das sagen alle«, spotte ich. »›Du musst nur ordentlich essen.‹ Was bedeutet ›ordentlich‹? Meinst du damit Knochenbrühe und Paleo-Diät oder eine vegane, pflanzenbasierte Ernährung? Meinst du wenig Fett, viel Fett oder intermittierendes Fasten oder super wenige Kalorien? Glaub mir, ich habe das alles schon gehört. Meine Mum hat mein ganzes Leben lang Diät gehalten. Jeden. Einzelnen. Tag. Das war vermutlich eine Reaktion auf Dads Job. Ich habe nie etwas gegessen, das nicht zu ihren Diäten gepasst hat.«

»Denk nicht so«, sagt er schließlich, nachdem er mich eine Weile angeschaut hat. »Übers Essen, meine ich. Dann kannst du es nie genießen.«

»Du bist keine Frau.«

Er schüttelt den Kopf und stellt sich neben mich, um nach dem Fisch zu sehen, und unsere Hüften berühren sich, die Hitze des Ofens bringt mich langsam zum Schwitzen. Ich wische mir mit dem Geschirrhandtuch über die Stirn.

»Ich finde nur den Gedanken an den ganzen Verzicht schrecklich«, sagt James ruhig. »Stell dir mal vor, du wärst Maler und die Leute sagen dir, du sollst die Farbe Gelb nicht mehr verwenden.«

Ich beiße mir auf die Lippen und versuche, nicht zu lachen. Ich nicke. »Mm-hmm.«

James sieht ein wenig peinlich berührt aus, und ich verfluche mich, weil ich mich über ihn lustig gemacht habe. Das war gemein.

»Du musst den Fisch zerteilen und das Eiweiß nun schlagen«, sagt er, ist wieder bei der Arbeit, und ich gehorche, schütte die fischige Soße in einen Topf und zerkleinere den Schellfisch sanft mit einer Gabel. Als ich fertig bin, reicht er mir einen Quirl. »Ich glaube nicht wirklich, dass ich ein Maler bin«, sagt er ruhig und schüttelt den Kopf. Es ist ihm peinlich, und ich kann mich gerade so davon abhalten, ihn in den Arm zu nehmen und zu beruhigen. Seine Leidenschaft sollte ihm nicht peinlich sein. Ich habe ihn verunsichert, das tut mir jetzt leid.

»Du bist aber wie ein Maler«, sage ich und drehe mich um. »Ein Künstler. Kochen ist absolut eine Kunst, oder nicht?«

Warum reagiere ich so allergisch auf Aufrichtigkeit? Er schaut mich kurz prüfend an, dann nickt er und lächelt. Das reicht.

»Weiche Spitzen!«

Er zeigt jetzt auf das Eiweiß, ich ziehe meinen Quirl heraus, und die Spitzen fallen tatsächlich zur Seite. Ich denke an meinen Mum und frage mich, ob sie wegen ihrer Diäten so miesepetrig war, aber ich vermute, es hatte hauptsächlich mit Dad zu tun. Und vielleicht hat sie die Diäten nur gemacht, um einen äußeren Anschein zu wahren. Sie wollte Kontrolle über ihr Leben haben.

Er greift von hinten mit den Armen um mich und schüttet behutsam alles in die Schüssel. Ich spüre seine Brust an meinem Rücken, aber er passt auf, dass er mir nicht zu nahe kommt.

Ich lehne mich ganz sanft an seinen Oberkörper. Mein Hinterkopf befindet sich an seinem Hals, und ich schließe die Augen, genieße die Wärme seiner festen Brust an meinem Rücken. Wir stehen kurz still, und ich koste das Gefühl von James' Körperwärme aus. Alles verschwindet plötzlich – die

Geräusche, die Gerüche – und alles, was noch da ist, ist die Hitze zwischen uns.

Er hebt die Hand, als würde er sie mir auf die Schulter legen wollen, dann hält er inne und lässt sie neben sich sinken. Fast. Er hätte mich *fast* berührt. Sein Atem ist so nah an meinem Ohr und klingt langsam, tief und gleichmäßig. Meiner nicht.

Und dann hören wir das Geräusch der sich öffnenden Haustür, das Quietschen der Scharniere.

»James? Seid ihr beide noch da?«, ruft Irene aus dem Flur.

Ich mache direkt einen Schritt zur Seite und drehe mich um, um James anzublicken.

»Das ist deine Mum«, sage ich atemlos.

»Das ist schon okay«, erklärt er und will meine Hand berühren, aber ich mache einen Satz zurück.

»Nein«, sage ich, wende meinen Blick von ihm ab und schaue zu Boden, auf die mit Käse bedeckten Auflaufförmchen, den fischigen Teig.

»Hallo, Heather!«, sagt Irene und strahlt mich an, während sie einen Korb voller Gemüse auf den Tresen hebt. Sie blickt erst James an und dann zu mir, studiert unsere Gesichter nach irgendwelchen Anzeichen. So muss es sein, wenn man Teenager ist und Eltern hat, die sich für einen interessieren. »Wie läuft der Kochkurs?«

»Wir sind gerade dabei, das Soufflé in den Ofen zu schieben«, sagt James. »Heather war eine gute Schülerin.«

»War ich tatsächlich. Wir haben kaum etwas anderes gemacht. Wir haben gekocht wie die Verrückten, wie man so schön sagt.« Ich versuche, so überzeugend wie möglich zu klingen.

»Oooh, nun, das hört sich gut an«, sagt sie anerkennend. Dann geht sie zu einer Vitrine und holt eine große Flasche Gin und drei Kristallgläser raus. Sie blickt auf ihre Uhr. »Brett kann dich zurückfahren.«

James macht plötzlich weiter, füllt die Förmchen und schiebt sie in den Ofen, dann stellt er einen schwarzen, eiförmigen Timer auf den Tresen, der laut tickt.

»Ich war gerade bei Kindorn Castle und habe mir den Aufbau für die Premierenparty angeschaut«, sagt Irene, schenkt sich einen sehr großen doppelten Gin ein, füllt mit San Pellegrino auf, fügt Gurkenscheiben, Limette und einige kleine violette Blüten aus ihrem Korb hinzu. »Das wird eine tolle Location, weil wir die Toiletten benutzen dürfen und nicht diese schrecklichen Dixies mitbringen müssen. Die Einrichtung sieht fantastisch aus. Drückt die Daumen.«

»Oh, das sind gute Nachrichten«, sage ich.

»Ich setze fest darauf, dass wir das richtig gut machen«, sagt Irene.

Sie sieht wirklich verbissen aus, doch dann schüttelt sie die Anspannung ab und wendet sich mir zu. »Sorry, wer will so etwas schon an seinem freien Tag hören? Wie gefällt dir Schottland, Heather?«

Und dann wirkt es, als wäre der Zauber gebrochen, und ich bin wieder Heather, unter Fremden, und versuche mitzuhalten.

»Ich finde es toll«, nicke ich.

Ich schaue zu Irene, dieser freundlichen, großherzigen, wunderbaren Frau, und wieder zu James, ihrem sensiblen und liebenswürdigen Sohn, und wünschte mir, ich wäre immer schon hier gewesen. Dass meine kleine Familie so herzlich und aufrichtig gewesen wäre wie diese. Dass meine Mutter Irenes sanfte Leichtigkeit ausgestrahlt hätte – eine Mutter, die sich nach mir erkundigt und gern mit mir zusammen ist. Ein Vater, der mich nicht hänselt, weil ich mich für etwas interessiere, sondern dafür sorgt, dass ich mich wichtig fühle. Und dann wünsche ich mir plötzlich, dass Heather auch hier wäre.

»Du hast dich wirklich gut eingelebt«, sagt sie, nimmt einen winzigen Schluck von ihrem Gin und fügt dann noch mehr Limette zu allen drei Gläsern hinzu.

»Wurde auch Zeit«, sage ich und entkräfte damit das Kompliment.

»Reden wir nicht mehr darüber«, sagt Irene und winkt ab. »Und das muss als unser Willkommensgetränk dienen! Unfassbar, dass wir noch keins hatten. Worauf sollen wir trinken? Moment. Jetzt hab ich's. ›Auf Heather‹.«

Sie hebt ihr Glas und strahlt.

»Auf Heather«, sagt James sanft.

# 22

Ich erwache mit einem Keuchen und einem wattigen Kopf. Ich ziehe die dünnen Vorhänge auf, aber draußen ist es noch dunkel.

Ich habe den Geschmack von Wacholderbeeren im Mund und kichere bei der Erinnerung daran, dass Brett James und mich mit dem Traktor zurück zum Cottage gebracht hat.

»Euer Wagen ist vorgefahren, my Lady«, hatte Brett gesagt und ich hatte vergeblich versucht, auf den Beifahrersitz zu klettern. Schließlich musste James mich von hinten anschieben. Und da saß ich nun, eingequetscht zwischen dem heißen Brett und dem noch heißeren James, während wir über die Ufer des Lochs rasten, zurück zum Cottage – ohne eine Straße in Sichtweite.

»Ich habe Todesangst in Autos. Aber mit genug Gin kann ich ganz entspannt Traktor fahren«, hatte ich gerufen, während wir über unebenen Boden und sogar durch einen kleinen Fluss fuhren.

»Festhalten«, hatte Brett gerufen, als das Wasser hinaufschoss und wir pitschnass wurden.

Ich habe gestern mein erstes Soufflé gegessen und kann einfach nicht glauben, dass ich es fast ganz allein hergestellt habe. Es war göttlich. Salzig, fischig, so locker, dass es im Mund geschmolzen ist, und es hatte trotzdem eine knusprige Kruste. Absolut himmlisch! James hat es mit einem pfeffrigen Salat serviert, den er unbeobachtet irgendwo vorbereitet hatte, während ich mit seiner Mum über die Vorteile eines guten Conditioners quatschte. Ich schwöre mir, niemals zu stark gekühlten Salatboxen und Burgern ohne Brötchen zurückzukehren.

Ich schließe die Augen, denke kurz an James und frage mich in meinem wirren Katerkopf, ob ich es beenden muss. Wenn Irene nicht hereinspaziert wäre, weiß ich nicht, was geschehen wäre. Ich fühle mich inzwischen dermaßen stark von ihm angezogen, dass es mir schwerfallen würde, mich zurückzuhalten.

Als wir zu Hause waren, musste ich mich sehr zusammenreißen, um mich von ihm zu lösen und ins Bett zu gehen. Bills Anwesenheit hat geholfen. Er saß in der Lounge, als wir wieder reingetorkelt kamen, und verwickelte mich in Small Talk. Meine betrunkene Aufgekratztheit verschwand, und ich gähnte. Und kurz darauf konnte ich mich loseisen und mich in mein sicheres Zimmer begeben.

James ist ganz anders als Tim. Kein Draufgängertum, kein Posieren, kein Gelaber über Kneipen, Kippen und Drogen. Er ist so sanft und stark, alles auf einmal. Unsicher und selbstsicher zugleich. Er ist absolut ausgeglichen. Wie der Blanc de Blancs – frisch, pfeffrig und süß, alles auf einmal. *Schau mal einer an, mein Weinwissen.*

Ich blicke wieder zur Decke. Er ist dort oben, vielleicht direkt über mir, liegt auf einem Bett, das ich noch nicht gesehen habe, in einem Raum, in dem ich noch nicht war.

Ich stelle mir vor, dass er nachts nach unten kommt, sanft an meine Tür klopft, wie er es vor einigen Tagen morgens gemacht hat, und meinen Namen ruft.

»Birdy«, würde er sagen, während er die Tür öffnet. In meiner Fantasie kennt er meinen richtigen Namen. Er kennt mich. Vielleicht weiß er auch, was ich getan habe, und will mich trotzdem. Er legt sich mit seinem ganzen Gewicht auf mich und drückt mich in die zu weiche Matratze. Ich will zerdrückt werden. »Es ist mir egal, wer du bist«, würde er mir ins Ohr flüstern, während er mir mit der Hand vom

Hals zu den Brüsten fährt. Ich würde ihn nicht davon abhalten. Ich würde ihn mich genauso nehmen lassen, wie er
will.

»Aber«, würde ich protestieren, »was ist mit Tim?«

»Tim ist dir doch egal«, würde er mir ins Ohr hauchen.

*Du kannst dich nicht in James verlieben. Du hast hier etwas zu tun.
Lerne die Weinkarte auswendig, Birdy. Mach gute Arbeit. Konzentriere
dich darauf, das hier ohne weitere Zwischenfälle über die Bühne zu bringen.
Bring dein verdammtes Leben auf die Reihe. Du kannst dich nicht in
James verlieben.*

*Außerdem hält er dich für Heather.*

Adrenalin durchfährt mich, und ich muss aufstehen und etwas machen. Ich ziehe mir die Sportschuhe an und schlurfe verschlafen in die Küche, schalte das Licht an und mache mir eine
Tasse Tee.

Ich schnappe mir eine furchtbar hässliche Jacke von der
Garderobe. Sie ist orange und in Männergröße, aber das ist
mir egal. Ich balanciere den Tee in einer Hand, drücke die
Türklinke vor mir mit der anderen und husche in die Dunkelheit. Der Nebel hat sich gelichtet, aber es ist noch frisch. Ich
umklammere die Tasse mit beiden Händen und lasse mich
wärmen.

Ich schleiche mich an den Ställen vorbei. Im hinteren Fenster erkenne ich gedämpftes Licht und höre gelegentliches Scharren – die einzige Unterbrechung der unheimlichen Ruhe.

Die sanfte Brise pustet mir den Kopf frei. Und kurz darauf
finde ich mich ganz unten an der Bank und beim Fluss wieder,
der zum *Loch* führt.

Ich bewege mich in Richtung des Lochs, ohne genau zu
wissen, warum. In dem blauschwarzen Licht unter dem Blätterdach am Fluss steige ich vorsichtig über verschlungene Wurzeln und rutschige Felsen. In der Dunkelheit ist der Pfad

heimtückisch, aber ich habe keine Angst mehr auszurutschen. Ich ducke mich, als ich etwas über mich hinwegfliegen spüre und das Heulen einer Eule höre, die nun über mir auf einem Ast sitzt.

Als ich am Ufer des Lochs angekommen bin, schaue ich nach rechts und links und entscheide mich für den weniger offenkundigen Weg, der vom Gebäude wegführt und in einen kleinen Fußweg zur gegenüberliegenden Seite des Lochs mündet. Ich mache einen falschen Schritt und versinke mit den Füßen in tiefem, ekligem Matsch. Ich verliere fast die Schuhe, als ich sie herausziehe – Modder spritzt mir auf die Beine. Es gefällt mir. Mir gefällt es, dass Matsch an mir klebt; schmutzig und voller Erde zu sein fühlt sich nach all den Jahren in London mit poliertem Beton und Glas gut an.

Am Himmel lässt sich nun das Morgengrauen erahnen, doch die Sterne über mir haben sich aufgefächert, sie führen mich zum Loch. Ich nippe am Tee, der langsam abkühlt, deswegen kippe ich ihn weg und schiebe den Becher in die tiefen Taschen der Jacke. Ich möchte nichts außer dieser Stille spüren.

Ein großes Kaninchen – vielleicht ein Hase – haut vor mir ab, der weiße, runde Schwanz wird vom Vollmond erleuchtet, der tief am Himmel hinter einer Wolke aufgetaucht ist. Ich schnappe nach Luft, als er sich im Wasser spiegelt, wie ein silbriger Pfad zu meinen Füßen.

Ich bleibe stehen, der Lärm meiner Schritte wird von den Geräuschen des Morgens überdeckt. Vögel erwachen. Grillen schlafen langsam ein. Ab und zu platscht es unerklärlich auf dem Wasser unter mir.

Mein Handy piept in der Tasche, und ich verspüre kurz Widerwillen, als ich es raushole. Das helle Display blendet mich und macht aus dem Zwielicht wieder Dunkelheit.

Eine Nachricht von Tim, mit dem ich schon tagelang weder gesprochen noch geschrieben habe. Aus den Augen, aus dem Sinn.

**Es ist spät. Wo warst du? Funkstille. Wie geht es dir?**

Und dann entdecke ich eine Nachricht von Heather, die nachts gekommen sein muss.

**Ich dachte nur, dass wir vielleicht ein Wochenende gemeinsam irgendwo hinfahren könnten ... Geht auf mich. Wie wär's? Wir könnten uns in Madrid oder so treffen?**

Ich starre auf die Nachricht, will Ja sagen und weiß, dass es unmöglich wäre.

Aber ich verspüre heute früh Hoffnung: dass ich es vielleicht schaffen kann. Vielleicht kann ich Heather bei einem Bier erzählen, was wirklich passiert ist.

Ich lege die Hand auf den Boden und prüfe, wie feucht die Erde ist – ein wenig –, und entscheide mich, mich hinzusetzen und den Sonnenaufgang anzusehen.

Auf der gegenüberliegenden Seite des Lochs lässt sich langsam die Sonne blicken, die tief hängenden Wolken färben sich blutrot und dann orange. Ich mache ein vorsichtiges, gurrendes Geräusch und höre das Echo, das von den Bergen zu mir zurückgeworfen wird. Dann herrscht Stille.

Ich gurre lauter und lausche wieder. Meine Stimme ist wie ein Stein, der von den Bergen zu mir zurückgeschleudert wird.

Es ist Juni – nicht mehr lang bis zur Sommersonnenwende, hier im hohen Norden ist die nächtliche Dunkelheit sehr kostbar – und es muss etwa fünf Uhr früh sein, als die ersten Sonnenstrahlen über den Berg scheinen und auf mein Gesicht treffen. Ich freue mich, weil der Boden kalt ist und ich plötzlich fröstele.

Ich entscheide mich, einmal um den *Loch* zu gehen und dann wieder zum Hotel. Beim Aufstehen spüre ich einen feuchten Fleck auf meinem Hintern. Ich erinnere mich daran, dass jemand meinte, das sei ein beliebter Wanderweg für die Gäste und er führe an den Ruinen einiger Steinhäuser vorbei. Ich lasse meinen Blick über den *Loch* schweifen. Es kann nicht länger als zwei Stunden dauern, ihn zu umrunden, und ich entscheide mich, es zu versuchen.

Langsam gehe ich los, dann werde ich immer schneller, und plötzlich renne ich. Ich renne und renne. Und ich höre erst auf, als ich am anderen Ende des Lochs bin und zurückblicke. Als mir das Herz in der Brust hämmert und die Sonne ins Gesicht scheint, meine Haut wärmt, fühle ich mich lebendig.

Atemlos krümme ich mich, keuche, und während sich meine Atmung beruhigt, entdecke ich etwas, das wie Minze aussieht und buschig hinter einem Stein hervorlugt. Gibt es so etwas wie wilde Minze? Ich pflücke einige kleine Blätter ab, rieche daran, und gerade, als ich etwas probieren möchte, höre ich Hufgetrappel hinter mir.

»Heather?«

Ich hatte es nicht gehört. Ich hatte nicht damit gerechnet, dass schon jemand wach sein würde. Und ich hatte ganz sicher nicht damit gerechnet, James so früh wiederzusehen. Das Pferd, das Brett reitet, ist riesig. Ein Hengst, der bestimmt nicht stehen bleiben möchte. Er streckt seinen langen Hals in meine Richtung, dann tritt er ein wenig aus, als Brett ihn zurückzieht.

»Hi, ihr«, sage ich und stehe auf. Ich sehe bestimmt verboten aus: rotgesichtig und verschwitzt. Ich wische mir mit dem Ärmel den Schweiß vom Gesicht.

James zieht an seinen Zügeln und bringt sein etwas weniger

riesiges kastanienbraunes Pferd dazu, einen Bogen zu laufen, dann stoppt er und blickt mich an.

»Du willst das nicht essen, oder?«, fragt er und runzelt besorgt die Stirn, bevor sein Pferd losläuft, in einen leichten Galopp fällt und den Zaun entlangläuft, bis er es schließlich wieder im Griff hat. Ein Teil von mir ist froh, dass er im Reiten nicht so perfekt ist wie in allem anderen.

»Nein«, sage ich, schmeiße den Stängel auf den Boden und spüre ein Brennen in den Fingern.

»Gut, das sind nämlich Brennnesseln. Warst du auf Nahrungssuche?«

»Vielleicht.«

»Dafür hast du dir einen schönen Morgen ausgesucht«, sagt er grinsend.

»Ja, der rote Himmel eben war traumhaft. Hast du den Sonnenaufgang gesehen?«, fragt Brett.

»Ja«, sage ich und fühle mich plötzlich ein wenig benebelt. Die Sonne hat Kraft, und ich bin durstig.

»Möchtest du mit uns zurückreiten? Du siehst ein wenig blass aus.«

»Nein.« Ich verschränke die Arme.

»Du hättest Wasser mitnehmen sollen«, sagt James und steigt von seinem Pferd ab. Er führt es an den Wegesrand, und es fängt gleich an, irgendwelche langen Halme zu fressen. Dann schnallt er eine Flasche Wasser von seinem Sattel ab. Ich fange an zu speicheln.

»Danke. Ich wollte eigentlich nicht so weit gehen«, erkläre ich, nehme die Flasche von ihm entgegen und stürze die Hälfte in einem Zug runter. Wegen meines leichten Katers und meines spontanen Laufs lechze ich danach. Das eiskalte Wasser rinnt mir die Kehle hinab, und ich stöhne fast vor Verzückung.

»Bist du sicher, dass du nicht mit uns zurückreiten möchtest?«, wiederholt er und stellt einen seiner ledernen Reitstiefel auf einen Baumstumpf in der Nähe, um seine Strümpfe zurechtzuziehen. Anschließend blickt er zu mir, und das Tal verstummt, als die Strahlen der Morgensonne auf seine funkelnden Augen fallen. Er schirmt sie mit den Händen ab und macht einen Schritt auf mich zu.

»Ich wollte auf dem Rückweg noch ein wenig nach Essbarem Ausschau halten.«

»Wirklich?« Er sieht misstrauisch aus.

»Ja.«

Es muss fast sechs sein. James blickt mich immer noch an, und ich stelle mir kurz vor, was er wohl sieht. Ich habe einen Kater, bin rot und verschwitzt und voller Matsch. Ist das sexy? Ich weiß es nicht. So ähnlich würde man vielleicht ein Schwein beschreiben.

Meine Unterhose hängt mir in der Arschritze, und ich will sie unbedingt herausziehen, halte mich aber mit einer Willenskraft wie Wonderwoman davon ab. Stattdessen gebe ich ihm die Flasche zurück.

»Wie geht's deinem Kopf?«

»Du und deine Mutter, ihr seid für dieses verkaterte Wrack verantwortlich, das vor dir steht.«

»Komm schon, Mädel, wir bringen dich zurück. Du willst dir doch nicht noch einmal ein klitzekleines bisschen den Fuß verletzen, oder?«, fragt Brett grinsend, während er den langen, dicken Hals des Pferdes streichelt.

James geht zu seinem Pferd, und ich blicke zum Sattel und versuche herauszufinden, wo ich hinsoll.

»Es sei denn, du möchtest bei Brett aufsteigen?«, fragt er.

Und so stelle ich den Fuß in den Steigbügel, und er hilft mir beim Aufsteigen, indem er das Pferd hält. Ich stelle mir vor, wie mein riesiger Hintern wohl aussieht, während ich mich nicht zwischen Fallen und Hochziehen entscheiden kann. Warum sind Pferde nur so wahnsinnig *groß*?

»Lehn dich nach vorne«, sagt er und ist mit einer geschmeidigen Bewegung aufgestiegen, setzt sich hinter mich, schlingt die Arme um mich und hält mich an der Taille fest, während wir uns auf den Rückweg machen.

Wenn ich irgendetwas gegen meine Verliebtheit in James unternehmen wollen würde, hätte ich nicht auf dieses Pferd steigen sollen. Es ist fast schon grotesk sexy – ein großer Pferderücken zwischen meinen Beinen, James' feste Arme um meinen Körper, seine Brust, die nur ganz leicht meinen Rücken berührt, und das rhythmische Schaukeln, während wir zurückreiten. Ab und zu deutet er auf einen Vogel: einen kreisenden Fischadler, eine Gabelweihe oder einen Goldadler. Und ich mache so viel Small Talk, wie ich kann, damit ich mich nicht darauf konzentrieren muss, auf derart schmerzhafte, intime und intensive Weise diesem Mann nah zu sein.

Als wir den Stall erreichen, bin ich erschöpft. Meine Oberschenkel schmerzen, und ich möchte nur zurück ins Bett kriechen und mich vor meiner Schicht ausruhen.

James hilft mir beim Absteigen, ich mache einen Witz darüber, wie sehr ich stinken muss, und er schüttelt den Kopf. »Ich wusste nicht, ob du es bist oder das Pferd.«

»Soll das lustig sein, oder meinst du das ernst?«

Er lacht, und ich spüre eine Vibration in meiner Gesäßtasche. Ich ziehe das Handy raus und sehe vier verpasste Anrufe von Irene. Vier Anrufe. Es muss wichtig sein.

»James, hat deine Mum dich angerufen?«, frage ich, drücke auf das Hörer-Icon und warte auf den Wählton. Er blickt auf sein Telefon und nickt, als Irene drangeht.

»Heather. Gott sei Dank. Ich bin krank, Liebes. Krank«, sagt sie und hustet.

»Nun, Irene, ich bin auch krank. Das sind einfach die Nachwirkungen eines doppelten Gin Tonic.«

»Nein, daran liegt es nicht. Ich habe eine Grippe oder etwas in der Art. Ich habe Fieber.«

»Oh. Scheiße!«, sage ich. »Brauchst du etwas?« Ich bedecke das Mikrofon und sage lautlos *Deine Mum ist krank* zu James. Er runzelt die Stirn.

»Kannst du zum Cottage kommen? Ich muss dir alles wegen heute Abend erklären.«

»Heute Abend?«

»Die Premierenparty, Heather. Du musst sie schmeißen. Ich traue es Bill nicht zu.«

»Sie schmeißen?«

»Ja. Ich muss dir ganz viel erklären. Kannst du jetzt kommen?«

# 23

Ich konnte mich nicht ausruhen, aber wer braucht das schon, wenn man auf einer Droge namens Adrenalin ist?

Ich trage für die Premierenfeier meine Schürze über einem nicht sonderlich feinen, aber doll gestärkten weißen T-Shirt. Wir sind beim Veranstaltungsort, Kindorn Castle. Die große graue Ruine wurde elegant mit großen Kränzen, elfenbeinfarbenen Lilien und englischem Efeu geschmückt. Für die Abendstunden stehen riesige weiße Kerzen bereit.

Das Essen wird an einem großen Tisch, an dem Bänke stehen, eingenommen; es gibt Spanferkel, gestampfte Frühkartoffeln, Loch Dorns spezielle Soße aus kandierten Äpfeln und gedämpftes Gemüse. Wir bieten zwei Weine an, die unerklärlicherweise von Russell ausgewählt wurden – beide, meinte Bill, stammen von Russells befreundetem Händler. Der Wein wird nicht ausgeschenkt, er steht zur Selbstbedienung auf den langen Eichentischen. Noch mehr Efeu rankt an den Säulen des Festzelts, während Heidekraut, Kiefern und Disteln als Deko auf den rustikalen Tischen liegen.

Es sieht toll aus.

Ich verstehe nun, warum bei solchen Outdoor-Catering-Events normalerweise kein Sommelier anwesend ist. Aber ich verstehe auch, warum Irene jemanden braucht, der alles managt. Es gibt viel zu organisieren. Es ist verdammt hektisch.

Bill kümmert sich um die Bar und hilft mir beim Öffnen der Weinflaschen, während einige leger gekleidete Kellner umherwuseln und bei den letzten Handgriffen mit anpacken.

»Sie kommen um sechs Uhr an«, sage ich und nehme mein Telefon aus der Schürze, um nach der Zeit zu sehen.

»Ja, das hast du mir schon ein paarmal gesagt«, antwortet Bill, zieht einen Korken aus einer Flasche Rotwein und steckt ihn behutsam wieder hinein. »Alles sieht gut aus – du kannst dich jetzt entspannen.«

»Kommt jemand Berühmtes, weißt du das?«

»Andy Murrays Mutter kommt definitiv. Und sonst die üblichen schottischen VIPs.«

»Ooh, ich würde so gerne Andy Murrays Mutter kennenlernen. Worum geht es in dem Film?«

»Es ist anscheinend ein historischer Thriller. Die Hauptrolle spielt jemand aus so einem Kleinstadtkrimi. Ich erinnere mich nicht mehr, aus welchem.«

»Dabei könnte es sich um so ziemlich jeden britischen Schauspieler handeln. Männlich wie weiblich. Wer ist noch dabei?«

»Ganz ehrlich, ich weiß es nicht«, sagt er und zuckt die Schultern.

»Du bist zu nichts zu gebrauchen. Es müssen doch einige bekannte Gesichter dabei sein«, sage ich und reibe die Hände aneinander.

»Ich hätte viel lieber eine Hochzeit«, antwortet Bill. »Das macht viel mehr Spaß.«

»Ich mag Hochzeiten auch. Es ist schwer, sich davon nicht einlullen zu lassen. Diese ganzen Versprechungen …«

»Da stimme ich dir zu«, sagt er. »Diese ganzen Versprechungen, was später am Abend noch passiert.«

»Ihh«, antworte ich. »Mach das nicht madig!«

»Oh, liebe Heather, ich hätte nicht gedacht, dass du eine Romantikerin bist.«

Wir gehen wieder zum Lagerbereich hinterm Zelt, und ich starre sehnsüchtig auf den Graved Lachs, den Anis zubereitet.

James ist wieder im Hotel, aber es ist wahrscheinlich gut, dass er nicht hier ist und mich ablenkt.

»Also, ich bin bestimmt keine Romantikerin im klassischen Sinn«, erkläre ich und verdränge den Gedanken an James aus meinem Kopf. »Die Ehe meiner Eltern war eine Katastrophe. Dad hatte … Probleme und Mum hat so getan, als wäre alles in Ordnung. Es war, als würde sie in einem anderen Universum leben. *Wo ist meine Klarinette hin, Mum? Oh, die hast du bestimmt verloren. Das ist deine eigene Schuld. Denn ich kann auf keinen Fall zugeben, dass dein Vater sie heute früh verkauft hat, um seine beschissenen Schulden zurückzuzahlen. Denn dann hätte ich zugeben müssen, dass er ein ernsthaftes Alkoholproblem hat. Nein, auf keinen Fall. Es ist einfacher, meine Neunjährige mit Gaslighting zu verwirren und darauf zu beharren, dass sie das Instrument verloren hat.«*

Bill hält inne und runzelt die Stirn, er sieht zutiefst entsetzt aus.

»Echt?«

»Ja, ich habe tatsächlich mal Klarinette gespielt«, sage ich. Diesen Witz habe ich schon einmal gemacht.

»Nein, deine Mum. Hat sie das gemacht?«

»Ja, hat sie«, sage ich, obwohl ich es dieses Mal nicht so genieße wie sonst, Menschen mit dieser Geschichte zu schockieren. Aus Gründen, die ich nicht ganz durchschaue, fühle ich mich eher schutzlos, nachdem ich es Bill erzählt habe. Ich schaue zu ihm auf, und er runzelt immer noch die Stirn.

»Es tut mir leid, dass dir das passiert ist«, sagt er, und das tut ein bisschen weh. Ich schüttele den Kopf und winke ab.

»Los jetzt«, sage ich, »stürzen wir uns in die Arbeit.«

Ich öffne das Klebeband der nächsten Kiste Wein mit einem Cutter-Messer, merke mir, wie viele wir noch haben, und wir verlassen den Vorbereitungsbereich und gehen ins Festzelt, wo ich ein herumalberndes Grüppchen der Kellner am Haupttisch erblicke.

Ich runzele die Stirn und wende mich Bill zu. »Ich schau mal, was da los ist.«

Als ich näher komme, sehe ich, dass sich einer der jungen Kellner eine große Rolle Küchenpapier mit roten Flecken an die Nase hält, während die anderen herumlungern und die Hände in die Taschen gesteckt haben; einer filmt den Kerl mit dem Nasenbluten mit seinem Handy, und jemand anderes dreht sich eine Zigarette.

»Was ist los?«

Der Zigarettendreher grinst mich breit an. »Fraser hat 'ne Wette verloren«, sagt er und feixt auf eine Weise, die in mir den Wunsch entfacht, ihn am Kragen zu packen und in den Wassergraben zu werfen. Ja, einen Wassergraben gibt es hier auch.

»Wie meinst du das?«, frage ich und stemme die Hände in die Hüften.

Sie blicken sich an und scharren mit den Füßen. Oh, das wird schön!

»Was ist passiert?«, frage ich nachdrücklicher.

»Ich habe gesagt, er kann kein Foto von seinem Arschloch machen«, prustet einer, »und deswegen hat er es versucht. Er hat sich die Hose runtergezogen und ist direkt gegen das Tischbein gefallen.«

Der Junge mit dem Nasenbluten schämt sich in Grund und Boden.

Ich will lachen. Ich meine, ich sollte lachen. Das ist lustig. Aber es nervt mich auch ein bisschen, was untypisch ist für mich. Ich denke an Irene, die mit hohem Fieber im Bett liegt und wahnsinnige Angst hat, dass alles schiefgeht, wenn sie nicht hier ist und alles im Blick hat. Diese Veranstaltung ist unglaublich wichtig für Loch Dorn, und ich will nicht, dass diese beiden Idioten ihr das vermasseln. Es uns vermasseln.

»Jungs, ihr wisst schon, dass ihr zum Arbeiten hier seid?«, frage ich.

»Ja«, antwortet der eine mit dem Telefon und steckt es in die Tasche seiner Schürze.

»Mann, wir haben doch nur ein bisschen Spaß«, sagt die dümmliche Grinsebacke.

»Spaß könnt ihr später haben, okay? In eurer Freizeit.« Ich starre ihn streng an. Ich kenne Jungs wie ihn. Ich wende mich an den Kellner mit dem Nasenbluten. »Geh zum Van und mach dich sauber.«

»Und Freunde, benehmt euch!«, sage ich nachdrücklich. »Ihr wollt doch bezahlt werden, oder?«

»Klaro«, sagt die Grinsebacke und sieht viel weniger selbstgefällig aus. »Sorry, Mam.«

Sie verdünnisieren sich schnell, aber ich bin leicht besorgt, als ich zurückgehe, um Bill dabei zu helfen, noch eine Kiste Weißwein zu öffnen.

»Woher sind die Angestellten?«

»Wir nehmen immer die, die wir kriegen können«, sagt Bill lachend. »Die müssen nur die Tische abräumen und keine Probleme machen.«

»Das könnte bei denen schwierig werden«, antworte ich stirnrunzelnd.

»Die kommen hier aus der Gegend«, beruhigt Bill mich. »Hier gibt es nicht viel Arbeit und Irene …«

»Alles klar«, sage ich nickend und verstehe plötzlich die Situation: Natürlich hat Irene Jugendliche aus der Umgebung als Aushilfen eingestellt. Und natürlich sind die ein wenig ungeschliffen. Normalerweise wäre Irene hier und würde sie im Zaum halten. Ich blicke zu ihnen und nehme mir fest vor, sie von nun an verständnisvoller zu behandeln. Aber auch wachsam wie ein Adler und mit der Bereitschaft, hart durchzugreifen, wenn sie das Event irgendwie in Gefahr bringen.

Sekunden später entdecke ich einen älteren Herrn in Kilt, Sporran und schwarzem Jackett am Eingang des Festzelts. Sie sind da.

Instinktiv klatsche ich. Genau wie Irene es machen würde.

»Jeder bitte auf seinen Platz«, flüstere ich den Jungs an der Tür zu. »Seid diskret, aufmerksam und vor allem: Benehmt euch, bitte!«

Die Grinsebacke nickt mir beruhigend zu.

Ich warte an der Tür, nicke und lächele die Gäste an, während sie hereinkommen. Ich führe einige, die den Sitzplan nicht verstehen, zu ihren Tischen und helfe anderen mit ihren Jacken. Ich stelle sicher, dass jeder ein Glas Champagner, Orangensaft oder Sprudelwasser hat. Ich mache großen Wirbel um zwei Kinder, David und Alva, die jeweils von einem nervös aussehenden Elternteil begleitet werden. Sie sind beide bestimmt nicht älter als acht.

»Wir wurden bei lebendigem Leib verbrannt als Rache dafür, dass unser Vater den einzigen Sohn des Königs umgebracht hat«, erklärt David stolz.

»Da drüben ist meine Mum«, sagt Alva und zeigt auf eine schöne Blonde in einem silbrig schimmernden Kleid. »Sie wurde vor meinen Augen zu Tode geknüppelt.«

»Wie aufregend für euch beide«, sage ich, führe sie zu einem Platz und biete beiden frisch gepressten Apfelsaft an.

Dann kommen die Hauptdarsteller langsam zu Dudelsackmusik rein.

»Das ist die Hauptdarstellerin«, flüstert Bill mir ins Ohr, als sie vorbeigeht. »Der Regisseur, Bob Soundso, zu ihrer Rechten; und dieser Typ links von ihr ist der von der Tanzsendung.«

»Verdammt, du bist wirklich ein hoffnungsloser Fall«, sage ich lachend.

Die Schauspielerin sieht schick aus, und ich bin mir sicher, dass ich sie irgendwoher kenne, kann mich aber nicht erinnern. Ihr Haar ist offen und fällt ihr ins Gesicht und über den Rücken, sie trägt einen Kranz aus winzigen weißen Blumen. Ihr Kleid ist dunkelblau und elegant, mit Flügelärmeln aus Spitze und einer kleinen, geschmackvollen Schleppe, die beim Gehen hinter ihr hergleitet. Sie strahlt.

Ich fühle mich plötzlich ganz unscheinbar – in meiner Schürze, dem T-Shirt und mit den struppigen, gefärbten Haaren –, als ich sie zu ihrem Platz führe. Ich kann ihr Parfum und ihr Haarspray riechen und fasse mir an meine eigene Frisur und frage mich, ob ich da noch etwas retten kann. Und vielleicht sollte ich mir die Zehennägel lackieren.

Der Hauptdarsteller sieht gut aus, hat wuschelige Haare und trägt seinen eng anliegenden Smoking mit einer ungebundenen Fliege, wie ein Schnulzensänger aus Vegas bei seinem letzten Song. Er lächelt auch ebenso zuckersüß.

Als das Abendessen beginnt, wird im Raum alles schneller und lauter. Die Band, die – wie mir erzählt wurde – auch bei einer Szene im Film mitgewirkt hat, spielt moderne Songs im Stil einer Tavernenband aus dem sechzehnten Jahrhundert. Im Augenblick höre ich *Poker Face* von Lady Gaga, das Akkordeon übernimmt den Gesangspart. Es ist völlig surreal, aber es gefällt mir.

Die Kellner benehmen sich. Herr Nasenbluten räumt relativ effizient den Tisch ab und weiß, wie man eine Weinflasche öffnet. Und die Gäste stürzen sich auf den Wein. Ich eile zum hinteren Teil des Festzelts, wo Bill eine kleine Whiskybar aufgebaut hat. Beim Näherkommen sehe ich, wie er mit dem Rücken zu mir einen Shot trinkt. *Oh, Bill, nicht schon wieder.* Ich verfluche mich für meinen Glauben daran, er könnte es einfach bleiben lassen. Das sollte ich doch besser wissen.

»Heather!«, sagt er und versucht, sich unauffällig übers Gesicht zu wischen.

»Ich hab dich gesehen – spar dir das Gewische.« Ich blicke ihn finster an.

»Na ja, wenn mal alles umsonst ist …«, zwinkert er.

»Das ist es nicht, *sie* haben dafür bezahlt«, entgegne ich.

»Komm schon«, sagt er und sieht peinlich berührt aus. »Das sind die Vorteile des Jobs.«

»Betrink dich nur nicht«, sage ich nachdrücklich. »Wo steht denn der restliche Wein? Diese Leute können wirklich trinken.«

»Das sollte alles drüben beim Catering-Zelt stehen.«

»Also, da ist vielleicht noch eine Kiste Weißwein«, sage ich. »Es muss doch noch mehr geben. Wie viel hat Russell bestellt?«

Bill runzelt die Stirn. »Gott, ich weiß es nicht.«

»Wir können doch nicht zu wenig Wein haben, oder? Das kann einfach nicht sein. Das hätte Irene nicht zugelassen.«

»Das ist schon einmal passiert«, sagt Bill, während er einige leere Gläser abräumt.

»Uff!«, seufze ich, eile zurück durchs Zelt; inzwischen ist aus der Dämmerung Nacht geworden. Ich schaue mir im Vorbeigehen jeden Tisch an. Überall steht viel Rotwein, aber anscheinend trinken alle lieber Weißwein. Das ist eigentlich keine Überraschung, weil sie Schwein essen. Warum hat sich niemand die Bestellungen angeschaut? Hätte *ich* mir die Bestellung anschauen sollen?

Im Catering-Zelt ist Anis gerade mit dem Zusammenpacken fertig.

»Was machen wir, wenn wir keinen Weißwein mehr haben, Anis?«

»Fuck! Was? Es ist nicht einmal neun Uhr.« Anis steht plötzlich kerzengerade.

»Ich weiß. Ich habe Bill gefragt, aber er glaubt, dass sie den schon getrunken haben. Ich meine, die geben auch echt Gas.«

In dem Augenblick kommt die Grinsebacke durch die Tür gerannt.

»Ist der Weißwein aus?«, fragt er und tritt von einem Bein aufs andere. »Dieser berühmte Typ will noch eine Flasche für seinen Tisch, und er möchte mit dem Geschäftsführer sprechen. Außerdem habe ich gerade Andy Murrays Mutter kennengelernt.«

»Scheiße. Scheiße. Scheiße!«, sage ich und beiße mir auf die Lippe.

Ich blicke zu Anis, die sich die Hände an ihrer Kochschürze abwischt und Autoschlüssel aus ihrer Tasche zieht. »Ich kann nicht weg. Ich muss das Dessert noch auftischen.«

»Wie weit ist es bis zur nächsten Stadt?«

»Fort William? Ich weiß nicht, vielleicht zwanzig Minuten?«

»Wird dort irgendwas geöffnet sein?«

»Fahr zu einem Pub mit dem Namen *Thistle and Crown*«, sagt sie und blickt auf die Uhr. »Das liegt näher als Fort William. Sag denen, du kommst von Anis von Loch Dorn. Und wir bezahlen sie morgen. Weißt du was, ich rufe sie jetzt an und sage ihnen, dass du kommst.«

»Okay.« Ich nicke Anis zu, dann drehe ich mich zur Grinsebacke. »Du schaffst es doch bestimmt, alle bei Laune zu halten, bis ich wieder da bin?«

Er wird rot und sieht verängstigt aus.

»Warum fahre ich nicht den Wein holen?«, fragt er. »Ich kenne die Straßen wie meine Westentasche. Und ich kenne das *Thistle und Crown*. Das ist meine Stammkneipe.«

Ich blicke erst ihn an und dann wieder Anis, ich bin mir unsicher.

»Ich mache das«, insistiert er. »Ich hole den Wein. Wie viel? Ein halbes Dutzend Kisten?«

»Das sollte genügen. Der Hauswein reicht. Sie haben für alles bezahlt, deswegen hätten wir genug Weißwein dahaben müssen, aber wir können es uns nicht leisten, etwas Teures zu kaufen.«

»Ach, sie haben dort eh nur eine Sorte«, sagt Anis. »Ich meine, das ist das *Thistle and Crown*, nicht das *The Pig & Whisky*.«

»Richtig. Gut, dann ab mit dir«, sage ich und nicke Grinsebacke zu. »Vielen Dank. Ich kümmere mich um die superwichtigen Männer und halte sie so lange es geht bei Laune.«

»Was hast du vor?«, fragt Anis mich.

»Ich habe einen Plan«, antworte ich und blicke zu der immer noch nicht geöffneten Kiste mit Spirituosen.

Mit sechs Gläsern, Eis und einer Flasche stillem Wasser gehe ich zum Haupttisch. Dort scheint jemand den verärgerten König zu spielen, der einen Weinkrug verlangt.

»Wo ist mein Wein, Junge!«, fragt der Schnulzensänger mit einem gespielt alten englischen Akzent – um ihn herum brüllen alle vor Lachen. An dem Tisch sitzen nur Männer, und ich schaue zwangsläufig zu der weiblichen Hauptrolle, die sich Zeit für die Eltern der beiden Kinder genommen hat und mit ihnen am Tisch bei den Toiletten spricht.

Jeder der Männer sieht belanglos aus, wie ein schlechter Abklatsch seines Nachbarn. Wenn es so etwas wie den Look der Filmindustrie gibt, waren alle beim selben Stylisten und haben ihn bestellt. Strahlend weiße Zähne, leicht unordentliches ergrauendes Haar und Hemden, die über Bäuchen spannen.

Ich stelle die Gläser auf den Tisch: eins für ihn und für jeden der fünf Männer, die bei ihm sitzen. Die Kerle hören alle auf zu reden und betrachten mich schweigend. Die Band hat sich genau diesen Moment für eine Pause ausgesucht, und während nur noch das Klirren von Geschirr und das ausgelassene Gerede angetrunkener Leute zu hören sind, bereite ich mich mental auf meinen Auftritt vor.

»Wer möchte denn einen richtigen Drink?«, frage ich und donnere eine Flasche achtzehn Jahre alten Oban auf den Tisch.

Alle Männer blicken sich kurz an, und ich halte den Atem an. Wenn sie auch nur im Entferntesten so sind wie die Männer, die ich kenne, werden sie nicht widerstehen können. Selbst, wenn jemand keinen Whisky will, muss er trotzdem einen nehmen, wenn nur einer am Tisch Ja sagt. So läuft das.

»Ich hätte unheimlich gerne einen Scotch«, sagt der älteste Mann mit einem starken amerikanischen Akzent. »Sie müssen meine Gedanken gelesen haben, junge Dame.«

»Nun, als einziger Schotte am Tisch nehme ich am besten auch einen«, sagt der Schlagersänger aus Vegas und schiebt sein Weinglas weg. »Aber wenn irgendwer den Whisky mit Eis ruiniert, muss ich mit dem ein ernstes Wörtchen reden.«

»Ich trinke meinen pur«, sagt jemand anderes.

»Du musst doch Wasser dazu nehmen«, insistiert ein weiterer und krault sich dabei praktisch die Eier, während ich langsam den Tisch verlasse und mich kurz an einem mit Efeu umrankten Pfahl anlehne.

»Jemand vom *Thistle and Crown* wird uns entgegenkommen und uns den Wein auf halbem Weg übergeben«, flüstert Anis mir ins Ohr. »Du hast es geschafft. Gut gemacht!«

Ich habe es geschafft. Ich, Birdy Finch, habe es geschafft. Ich bin unter Druck ruhig geblieben, und ich habe das Problem gelöst. Ich bin total taumelig vor lauter Erleichterung und Stolz. Und als die Band die ersten Takte ihrer mittelalterlichen Version von *Wonderwall* spielt, atme ich endlich tief aus.

# 24

Ich habe mich eingelebt und einen Alltag gefunden. So ist das im Leben, nicht wahr? Alles wird irgendwann normal, selbst unter ungewöhnlichen Umständen.

Ich dusche und ziehe mir meine Uniform an. Ich bespreche das Menü mit Roxy, James und Anis. Wir einigen uns auf die Weine. Das ist der einzige Teil, den ich immer noch sehr anstrengend finde, aber ich sorge dafür, dass sie mir einige Stunden früher Bescheid geben, damit ich vor dem Gespräch ein wenig recherchieren kann. Manchmal mache ich Fehler, aber ich habe gelernt, dass das in Ordnung ist. In der Welt der Weinempfehlungen lassen sich manche Dinge auf den persönlichen Geschmack zurückführen. Und solange ich den Anschein aufrechterhalten kann, dass meine Auswahl manchmal »mutig« oder »unerwartet« und nicht schlichtweg falsch ist, mache ich meine Sache gut.

Unter meiner Aufsicht hat Roxy die gefürchtete Inventur übernommen, sehr zu ihrer Freude und meiner Erleichterung. Aber heute hat sie sich freigenommen, um in Inverness zum Arzt zu gehen.

Und dann ist da noch Bill, der ständig nachfragt: *Hast du an die Inventur gedacht; vergiss nicht, Wasser anzubieten …*

Irgendwas geht in ihm vor, aber ich kann es nicht genau benennen. Es ist nicht die Trinkerei; bei der Arbeit funktioniert er meistens – bei der Filmparty habe ich ihn das letzte Mal betrunken gesehen –, aber vielleicht versteckt er es auch vor mir. Ich war an dem Abend sehr streng mit ihm. Aber was soll ich machen? Ich bin nicht seine Therapeutin. Ich habe hier meine eigenen Probleme.

Jeden Tag arbeite ich mit dem Wissen, dass alle ausgesuchten Weine mit dem restlichen Team abgesprochen sind. Ich habe immer mein kleines Notizbuch griffbereit, für kurzfristige Anfragen oder diese dämlichen Alphamännchen, die ihre Freunde oder die Liebhaberin mit etwas »Unerwartetem« beeindrucken wollen.

Mit jeder Schicht ist mein Selbstbewusstsein gewachsen und – ein seltsamer Nebeneffekt – ich glaube, dass ich tatsächlich einige Dinge über Wein gelernt habe. Zumindest über die Weine in diesem Restaurant.

Und das gefällt mir. Ich finde es schön, die Gäste kennenzulernen, und ich mag es, mich wie eine Expertin zu fühlen. Ich finde es schön, sie zum Lachen zu bringen, und ich fühle mich wohl. Mir gefällt der kreative Prozess, ein Menü zusammenzustellen, und mir gefällt es, dass die Menschen glücklich wieder gehen.

James.

*James.*

James und ich waren nicht noch einmal angeln oder haben irgendetwas anderes gemacht, das an ein Date erinnert. Seitdem ich ihm von Tim erzählt habe, hält er definitiv einen Sicherheitsabstand zu mir ein. Aber er ist immer noch aufmerksam, nett und findet immer einen Vorwand, Zeit mit mir zu verbringen – und manchmal blicken wir uns an, und die Anziehungskraft ist da. Doch dann schaut er weg, oder ich. Er erwähnt Tim nie und ich auch nicht, aber er ist präsent: Eine kleine Barriere, die uns davon abhält, Grenzen zu übertreten und jemanden zu betrügen, obwohl Tim und ich in den letzten vier Wochen kaum Kontakt hatten.

Auf Irenes Vorschlag hin haben wir unsere Kochsitzungen in die Morgenstunden verschoben, vielleicht, um ein unvermeidliches einmal wöchentliches Besäufnis zu vermeiden und zu verhindern, dass James und ich einen Fehler begehen? Irene kommt häufig rein, deswegen gibt es keine Gelegenheit zum Flirten, aber ich freue mich so sehr darauf, dass ich immer die Tage zähle. Und ich weiß, dass James sich auch darauf freut.

Er hat mir beigebracht, wie man Mousse au Chocolat, Krabbencocktail und ein vernünftiges Bœuf Bourguignon macht. Schaut mich an, Elizabeth Finch, die über sich hinauswächst und nun weiß, was eine gute Fischsuppe ausmacht und welcher Weißwein am besten zu Krebsen passt.

Letzten Montag erst saßen wir draußen im Garten und haben stundenlang mit seiner Mutter Minztee getrunken, während sie von Loch Dorns Anfangstagen erzählte – James lachte, während wir miteinander quatschten.

Nun gehe ich gern wandern. WANDERN! Seltsam. Ich bin nun eine Art Renaissance-Birdy.

Ich habe sogar ein altes Buch in dem Cottage gefunden mit dem Titel *Essbares Schottland*, in dem viele Anmerkungen von James stehen – glaube ich –, das ich immer in der Hoffnung mit mir rumschleppe, ich würde irgendwann mal draußen etwas Essbares finden. James spricht ständig mit Anis über die Pilzsaison. Ich träume davon, ganze Haufen von Steinpilzen zu finden, in der feuchten Spätsommererde. Man kann sie – laut Buch – anhand ihres Netzgeflechts am Stiel von anderen, fast identisch aussehenden Pilzen unterscheiden. Wenn sie schon vor meiner Abreise gewachsen sind, muss ich unbedingt einen finden.

Alles läuft. Es läuft und ich kann kaum glauben, dass ich das alles reiße. Das Einzige, das mich deprimiert, ist Loch Dorn selbst. Die Wiedereröffnung schien anfangs ein Erfolg zu sein, doch dann kamen nicht genug Reservierungen rein, und langsam machen sich alle Sorgen.

Heute ist Anis an ihrem Küchenposten gestresst, während

sie die letzten Desserts anrichtet, James ist im Kühlraum und zählt Artischocken, während die anderen beiden Köche die Oberflächen aufräumen.

»Kann ich helfen, Anis?«, frage ich.

»Hol die Crème Chantilly«, faucht sie.

»Jawohl, Chef«, antworte ich und krame im Kühlschrank nach dem Behälter und reiche ihn ihr. Chantilly: *Vanille, Zucker und geschlagene Sahne.*

»Viel zu tun?«

»So ähnlich«, sagt sie und sieht irritiert aus, während sie behutsam geröstete Haselnüsse auf den Teller legt. »Ich wünsche mir nur, dass mal etwas mehr Menschen von der Wiedereröffnung hören.«

»Das passiert ganz sicher bald«, antworte ich. »Möchtest du eine Tasse Tee?«

»Ja«, nickt sie.

James kommt rein, seine Kochjacke ist aufgeknöpft, und er ist ein wenig rot, wie immer, wenn er Stress hat.

»Ich bin jetzt weg. Wir sehen uns um vier wieder?«

Ich grinse ihn an, und er schaut nicht weg, sieht aber irgendwie anders aus als sonst. Er blickt mich ernst weiter an, und ich runzele die Stirn.

»Können wir mal reden?«, fragt er leise.

»Sicher«, antworte ich. »Ich mache nur eben Tee.«

»Es ist wichtig«, antwortet er und geht zum anderen Ende der Küche.

Er sieht *sehr* ernst aus, ich bekomme Angst. Ist etwas passiert? Weiß er etwas? Ich habe seit Tagen keine Panik mehr gespürt, und hier ist sie wieder, so mächtig wie eh und je.

Ich nicke ihm zu und wische mir die zitternden Hände an meiner Schürze ab, dann folge ich ihm zur Kellertür, aber als wir allein in dem hinteren Vorbereitungsbereich sind, bleibt er stehen. Ich bin kurz enttäuscht, dass wir nicht allein in den Keller gehen, versuche aber, mich zu konzentrieren.

»Der Kritiker, Josh Rippon. Er kommt heute Abend«, zischt er.

»Oh, Scheiße«, antworte ich und dann, »Oh, SCHEISSE!« Ich schreie fast, als mir klar wird, dass Roxy nicht hier ist, um mir zu helfen. »Soll ich irgendetwas machen?«

»Ich weiß es nicht. Mum wird nach der Mittagsschicht hierbleiben, den Speisesaal gründlich putzen und sicherstellen, dass alles in der Küche parat steht.«

»Okay«, nicke ich und frage mich, was eine Sommelière tun würde, um sich gut um einen besonderen Gast zu kümmern, ohne zu viel Brimborium zu veranstalten.

»Nun, ich denke mal, ich bereite mich auch besser mal vor, oder?«

»Okay«, er atmet aus. »Das war's! Ich bin total nervös.«

»Du wirst das gut machen«, sage ich und nehme seine Hand. »Wirklich. Du bist echt gut. Russell war die Woche über kaum hier – er muss dir total vertrauen.«

»Er wird es nie rechtzeitig hierherschaffen. Er ist anscheinend wütend.«

»Du schaffst es auch ohne den Druck. Du hast das alles unter Kontrolle.«

Er blickt auf meine Hand und fährt mir sanft mit dem Daumen über die Fingerknöchel. Er blickt mich an, als würde er fragen, ob das in Ordnung ist. *Es ist okay, James, es fühlt sich grandios an*, denke ich und erlaube ihm, meine Hand ein wenig zu drücken, bevor ich sie wegziehe, mit einer Mischung aus Herzschmerz und Schamgefühl.

»Heather«, sagt er zögernd.

Ich halte kurz den Atem an, aber er hört auf zu reden und blickt zu Boden.

»Jetzt nicht«, sage ich sanft.

Er blickt auf und schürzt die Lippen. »Genau. Nicht jetzt«, stimmt er zu, dann blickt er wieder auf meine Lippen und murmelt, »aber bald.«

»Was?«, frage ich und komme wieder zu Atem.

»Bald.« Er löst sich von mir, dreht sich um und ist dann weg.


»Bill?«, frage ich und klopfe an die Tür der Personaltoilette. Ich weiß, dass er dort drin ist, aber es ist dringend. Ich klopfe noch einmal.

»Heather!«, antwortet er. »Ich bin auf der Toilette, meine Liebe.«

»Es tut mir leid. Ich bin wirklich unhöflich. Ich werde warten.«

»Hier vor der Tür?«

»Ja.«

»Na gut.«

Ich tigere im Raum auf und ab, bis ich schließlich die Toilettenspülung, dann das Wasser im Waschbecken höre und Bill einen Moment später herauskommt und mir eine Grimasse schneidet. Er sieht rosig aus, und sein Blick ist viel klarer als sonst. Ein guter Tag. Und das ist eine Erleichterung, weil ich ihn heute brauche.

»Was ist denn los, mein Gott?«

»Der Kritiker kommt heute Abend, und Roxy ist nicht hier, und ich brauche jemanden, mit dem ich die Weinkarte durchgehen kann, um sicherzugehen, dass ich es nicht vermassele«, sage ich. »Wegen Irene und James und allen anderen.«

Er blickt mich kurz an, und ich sehe etwas auf seinem Gesicht aufblitzen und weiß nicht, was es ist. Mitleid? Ich glaube, das könnte es sein.

»Beruhige dich«, sagt er und führt mich zu einem Stuhl in der Ecke des Personalraums.

Ich schiebe ihm die Weinkarte hin. »Frag mich ab. Frag mich zu allen Weinen auf der Karte.«

»Die Weinkarte auswendig zu können ist nur ein Aspekt, das brauchst du nicht, um selbstbewusst aufzutreten. Du musst einfach dein Ding machen. Ihn mit deinem Charme einwickeln«, sagt Bill und schüttelt den Kopf über mich. Er setzt sich und versucht, mich auch dazu zu bewegen, indem er auf den Stuhl neben mir klopft.

»Ich kann mich nicht setzen. Bitte frag mich ab. Fang irgendwo an.«

Er nimmt mir die Karte ab und schlägt sie auf. »Nun, okay, ich kann es machen, wenn du dich dann besser vorbereitet fühlst.«

»Das werde ich«, sage ich, weil ich spüre, wie mein Herz rast und sich langsam ein Gewicht auf meinen Brustkorb legt.

»Der 2014er Perricone del Core«, sagt er, und ich fange wieder an, hin und her zu rennen.

»Intensiv«, antworte ich und beiße mir auf den Daumennagel. »Kräftig, satt mit weißem Pfeffer am Gaumen.«

»Ja, das stimmt *alles*«, entgegnet er. »Aber auf der Weinkarte steht nichts davon.«

»Wir müssen das mit meinen Notizen abgleichen«, sage ich. Dann bekomme ich Panik, als meine Hände nach meinem Notizheft in meiner Schürze suchen. Werden die Bemerkungen nicht verdächtig wirken? Nein, werden sie bestimmt nicht. Sie werden einfach den Eindruck erwecken, ich wäre wirklich gut vorbereitet. Fuck it! Ich werfe ihm das Buch zu. »Alles ist in derselben Reihenfolge wie auf der Weinkarte geordnet. Kannst du nachschauen, ob ich es richtig aufgeschrieben habe?«

»Heather«, sagt er und schüttelt wieder den Kopf. »Halt den Ball flach, du wirst das gut machen.«

»Bitte abfragen!«, sage ich und versuche, ruhig zu atmen.

»Okay.« Er blättert durch das Notizbuch und findet den passenden Wein. »Du meintest weißen Pfeffer? Intensiv? Das ist korrekt. Hier steht auch, dass er gut zu Wild passt, wegen der Beerennoten.«

»Ja, das weiß ich. Wild«, nicke ich. »Okay, der nächste.«

»Der 2016er Pinot Gris, Man o' War, aus Neuseeland«, sagt er.

»Waiheke Island, um genau zu sein. Ingwer und Zitrusfrüchte. Durstlöschend. Köstlich«, sage ich. »Stimmt das? Man kann ihn wahrscheinlich mit allen scharfen Gerichten kombinieren. Chili und Meeresfrüchte passen. Hast du ihn gefunden?«

»Moment, Liebes«, sagt Bill, während er wieder durch mein Notizbuch blättert und dann nickt. »Du weißt es.«

»Heather sollte über mehr Bescheid wissen als bloß den Wein. Frag mich nach Weinvorschlägen zu bestimmten Gerichten, als wärst du der Kritiker«, sage ich und blicke zu Bill, als ich den Fehler bemerke, den ich gerade gemacht habe – er schaut mich mit einer tiefen Sorgenfalte auf der Stirn an. »Entschuldige das Gerede in der dritten Person. Ich bin völlig in meinem Film«, sage ich schnell. »Komm schon, frag mich.«

»Okay, gut, also heute Abend gibt es Hummer und Sommergemüse: Was würden Sie empfehlen? Den Meursault, der auf dem Menüvorschlag steht, mag ich nicht.«

»Gut. Gute Frage«, sage ich und nicke wütend. »Dürfte ich ein Glas unseres Jahrgangschampagners empfehlen?«

»Chardonnay-Trauben mag ich überhaupt nicht. Aber ich hätte gern etwas ähnlich Fantastisches.«

Ich nicke Bill zu, um ihn wissen zu lassen, dass mir der zweite Test sehr gut gefällt, und halte kurz inne, um langsam und vollständig auszuatmen, bevor ich mein Wissen abrufe. »Unser Rosé aus der Provence dann, vielleicht? Dürfte ich den Bastide de la Ciselette 2016 empfehlen? Der ist vollmundig und elegant.«

»Mit einem langen Abgang«, sagt Bill, als er meine Notizen gefunden hat. »Und hier steht, dass diese Weine schnell getrunken werden müssen.«

»Ja, das wusste ich«, sage ich. »Noch einer. Los.«

»Selbst der beste Sommelier der Welt weiß nicht alles, was man über Wein wissen kann. Ich verspreche dir hoch und heilig: Selbst von einer Heather Jones erwartet man nicht, dass sie alles weiß.«

Ich atme ein wenig aus, aber mir ist leicht schwindelig, und Bill hat recht – ich muss mich beruhigen.

»Es ist Viertel vor drei«, sage ich. »Könntest du noch ein wenig mit mir die Karte durchgehen?« Ich hebe die Hand, um seinen Protest im Keim zu ersticken. »Und dann verspreche ich dir, mich hinzusetzen und meditative Atemübungen oder Yoga oder irgend so einen Scheiß zu machen.«

# 25

Irene huscht konzentriert umher und stellt sicher, dass alles für diesen verdammten Kritiker perfekt ist, den ich zutiefst verabscheue, obwohl ich ihn noch gar nicht kennengelernt habe.

Bill und ich haben fast eine Stunde lang geübt, und ich war nahezu perfekt. Ich habe diese Karte genauer studiert als alles andere in meinem Leben. Ich bin stolz und insgeheim zuversichtlich.

»Hopp, hopp!«, sagt Irene und klatscht in Richtung der jüngeren Angestellten, die wie Rehe jedes Mal hochspringen, wenn sie denken, sie wären in Schwierigkeiten. Ich bezweifele, dass man wirklich vor Irene Angst haben muss. Aber wenn man zwanzig ist, schüchtern einen alle Vorgesetzten ein, selbst die netten und mütterlichen wie sie.

»Ich möchte auch, dass die Fenster gereinigt werden. Wohin gehst du, Heather?«

»Ich muss schnell mit James reden, um sicherzugehen, dass er mit allem zufrieden ist.«

»Bleib bitte der Küche fern. Die haben schon genug Stress!«

Ich nicke, obwohl ganz klar ist, dass Irene den meisten Stress hat.

»Der Kritiker kommt wahrscheinlich mit einem Freund«, ruft sie gerade in dem Augenblick, als eine Vase von der Bar gestoßen wird und das raffinierte Sommerbouquet auf den Boden stürzt. »Verdammt, Bill!«

Ich entscheide, dass ich am besten dafür sorge, dass die Getränke perfekt gekühlt oder in Reichweite sind und dass ich vorzeigbar aussehe.

»Noch fünfzehn Minuten bis zu unserer ersten Reservierung!«, kreischt Irene, und durch ihre Hysterie bin ich tatsächlich weniger nervös. Ich muss sogar ein Kichern unterdrücken, als ich sie von Tisch zu Tisch gehen und Servietten und Gläser verrücken sehe, obwohl sie das bereits vor fünf Minuten getan hat.

Als ich durch die Tür ins Personalzimmer gehe, um mein Gesicht zu betrachten, höre ich, wie sie Bill anherrscht, er solle die »verdammte Pop-Musik ausschalten und nach Musik für Erwachsene suchen«.

Und dann lache ich. Ich gehe in den Personalraum, drücke die Badezimmertür auf und renne in James, der sich die Hände abtrocknet. Einen Augenblick lang starren wir uns einfach an, und dann kann ich mich nicht mehr zusammenreißen: Ich lege die Arme um ihn und drücke ihn ganz schnell an mich, drücke mein Gesicht gegen seinen Hals.

Näher waren wir uns nur beim Reiten gewesen, und ich spüre meinen Herzschlag an seinen Rippen, den Duft nach Zitronen und Rosmarin, der in seiner Kleidung hängt, sowie das säuerliche Bukett nach Schweiß. Ich kann nicht genug davon bekommen.

»Du wirst das gut machen«, sage ich und drücke ihn fest.

Und als ich mich gerade von ihm lösen will, legt James mir die Arme um die Schultern und zieht mich näher an sich. Er sagt nichts, aber er bewegt seinen Kopf ein klein wenig, fährt mir mit den Lippen über die Stirn und küsst mich sanft. Wie alles, was er macht, ist auch das süß. Ich blicke zu ihm auf, und er schaut kurz zu meinen Lippen und reißt sich dann am Riemen.

»Sorry«, flüstert er, dann macht er einen Schritt zurück. »Viel Glück.«

»Dir auch«, antworte ich, während er in Richtung Küche eilt.

Ich gönne mir einen Moment, um die Augen zu schließen und mich an jede wundervolle Einzelheit des Kusses zu erinnern. Dann schüttele ich den Kopf und blicke in den Spiegel. Dabei klingelt mein Handy. Eine Nummer, die ich nicht kenne.

»Hallo?«

»Heather, bist du's?«, fragt eine Frauenstimme, und ich denke kurz angestrengt nach. Wer ist das? Warum werde ich Heather genannt?

»Roxy?«

»Hi. Ja, ich bin's.«

»Wie läuft es?«

»Ach, alles gut. Ich habe nur gerade gehört, dass der Kritiker heute Abend kommt, und wollte mich entschuldigen. Mir will nicht in den Kopf, warum das gerade heute sein muss. Ich fahre in etwa einer Stunde los, aber ich schaffe es auf keinen Fall rechtzeitig!«

»Ach, das ist doch kein Ding, Roxy.«

»Lieb, dass du das sagst, Heather. Ich fühle mich so schlecht!«

Ich drehe mich um, blicke in den Spiegel und bemerke, dass ich definitiv ein wenig zerzaust aussehe und mich vor der Arbeit frisch machen muss.

»Viel Glück! Nicht, dass du es brauchen wirst – du wirst das wunderbar machen. Ich habe meiner Mum erzählt, wie großartig du bist.«

»Du bist süß«, sage ich und will verlegen auflegen.

»Oh, oh, oh, oh. Noch etwas: Ich habe dir gerade eine Freundschaftsanfrage auf Facebook geschickt. Tut mir leid, wenn das ein bisschen übergriffig war, aber ich dachte, ich mache es trotzdem.«

Kurz bin ich genervt, dass sie immer noch redet, weil ich mich schminken muss. Aber dann dämmert es mir. *WAS HAST DU GEMACHT?*

»Was?«

»Oh, wie gesagt, tut mir leid. Ich weiß, dass du wahrscheinlich Arbeit und alles andere trennen willst – ich weiß, dass Anis
das so macht … Bitte ignoriere die Anfrage, wenn dem so ist.
O Gott, es ist mir so peinlich.«

Ich bin kurz still, dann spüre ich wieder Druck auf der Brust
und sage lautlos »Fuck« in Richtung Himmel.

»Ich muss los, Roxy«, erkläre ich und dann, so fröhlich ich
kann, füge ich hinzu: »Wir sehen uns morgen.«

Ich lege auf und sehe dabei, dass ich vor vier Stunden eine
Nachricht von Heather bekommen habe.

**Ich vermisse dich. Langweile mich hier langsam bisschen, um
ehrlich zu sein. Lass uns morgen mal zum Telefonieren verabreden – haben lange nicht mehr gesprochen.**

Ich rufe sie direkt an, und sie nimmt kurz darauf ab.

»Hi, Heather«, sage ich. »Wie geht's?«

»ELIZABETH«, antwortet sie munter; sie klingt kein bisschen gelangweilt. Sie hört sich an, als wäre sie unterwegs, ich
höre Musik. »Wie geht es dir denn, verdammt noch mal? Warte,
ich dreh mal das Radio leiser.«

»Wie geht es dir?«, wiederhole ich und will mir auf keinen
Fall meine Panik anmerken lassen.

»Hast du meine Nachricht bekommen?«

»Ja, ja.« Ich bemerke, dass ich unter den Achseln schwitze,
und knöpfe mein Shirt auf, um etwas Luft hereinzulassen. Ich
schließe behutsam die Badezimmertür hinter mir, damit niemand lauschen kann.

»Ich kann nicht lange reden, ich wollte nur kurz hören, wie es
dir so geht. Wir haben schon so lange nicht mehr gesprochen.«

»Alles okay bei dir?«

»Ja, alles okay. Nachdem ich dir die Nachricht geschrieben habe, ist Cristian gekommen, und er führt mich heute Abend aus. Er ist gerade bei mir. Er fährt. Direkt neben mir.«

Das war ein deutlicher Hinweis, dass ich jetzt nicht mit ihr reden sollte, und ich weiß nicht einmal, was ich sagen werde. Ich kann die Freundschaftsanfrage nicht erwähnen.

»Oh, toll. Mach auf jeden Fall ein paar Bilder. Aber poste sie nicht auf Social Media«, füge ich rasch hinzu und frage mich, ob ich langsam wie eine verschrobene Alte klinge, mit meinen ganzen Ratschlägen.

»Das werde ich nicht. Das habe ich Cristian hoch und heilig versprochen, aber egal, der Job ist schon lange Geschichte. Ich bin mir sicher, dass jemand anderes die Gelegenheit beim Schopf ergriffen hat.«

»Die Gelegenheit beim Schopf ergriffen?«, wiederhole ich. Ich finde es furchtbar, dass ich sie gerade genauso überwache wie Cristian.

»Alles okay, Birdy? Du hörst dich ein wenig angespannt an?«

»Ja, glaube schon.«

»Bist du sicher?«

»Sorry, du weißt schon – ich mache mir nur Sorgen wegen deinem …«, ich zucke zusammen und bitte den lieben Gott um Vergebung, »Ruf.«

»Kannst du mich morgen zurückrufen oder so? Wir sind im Auto unterwegs, und Cristian fährt gerade das Verdeck ein. Außerdem ist die Verbindung immer wieder weg«, sagt sie. Genau in dem Moment klopft es energisch an der Tür.

»Heather! Du musst jetzt kommen. Die ersten Gäste sind hier!« Es ist Bill.

»Wer war das? Hat er meinen Namen gesagt?«, fragt Heather in meinem Ohr sehr laut, weil sie den Verkehr im Hintergrund übertönen möchte.

»Niemand«, antworte ich. »Nur mein Cousin!«

Ich lege auf, öffne die Tür – Bill steht da und sieht besorgt aus. »Was ist hier los?«

»Frag nicht. Gibst du mir eine Minute, um mich frisch zu machen?«

»Beeil dich. Falls Rippon kommt und wir keinen Sommelier haben, wird das *definitiv* in die Rezension eingehen.«

Ich binde mir die Haare zu einem Dutt und spritze mir Wasser ins Gesicht. Ich eile zu meinem Schrank, nehme mir ein frisches Shirt und eine saubere Schürze und klatsche mir ein wenig getönte Tagescreme auf die Wangen. Für mehr ist keine Zeit, aber zumindest sehe ich nicht mehr aus wie der Tod auf Latschen.

Ich atme tief ein und stürze mich ins Verderben.

Im Speisesaal ist es ruhiger als sonst, und ich vermute, dass Irene, die panische Angst vor zu lauter Musik hat, sie viel zu leise gedreht hat. Ich höre, wie ein Glas auf Tisch drei aufgesetzt wird, und die gesamte Unterhaltung an Tisch fünf.

»Dreh die Musik ein wenig lauter«, flüstere ich Bill zu, der sich ganz beiläufig unter die Bar lehnt und ein klein wenig aufdreht, sodass der Saal mit Atmosphäre erfüllt wird – aber nicht mehr.

»Okay, ich bin bereit«, erkläre ich, obwohl ich innerlich völlig am Boden bin. Die Unterhaltung mit Heather hat mich komplett aus der Bahn geworfen, obwohl sie sich oberflächlich betrachtet gut angehört hat. Und die Freundschaftsanfrage. Ich muss sobald es geht mit Roxy sprechen.

»Er ist da«, trällert Irene, als sie an Bill und mir vorbeigeht. »Der Augenblick der Wahrheit!«

Bill eilt zum anderen Ende der Bar und poliert ein Brandyglas. Als ich seine aggressiven Bewegungen sehe, wird mir klar, dass das sein nervöser Tick ist.

Ich stehe still und lächele, während ein Mann den Speisesaal betritt und sich die neue Einrichtung anschaut – er verzieht keine Miene. Ich drehe mich zu Bill, der mir unauffällig zunickt: Dieser Mann ist Josh Rippon.

Joshs Begleitung ist ein langer Mann mit schmalem Gesicht, Glatze und Bäuchlein – die ganze Gestalt wirkt grau, fast schon staubig, als wäre er aus einem eingestürzten Whiskykeller ausgegraben worden. Josh hingegen ist auf eine gewisse Art hübsch, er ist klein, hat rötliches Haar und sieht mit seiner schwarz gerahmten Brille und dem braunen Rollkragenpullover intellektuell aus.

»Okay, ich bin bereit«, murmele ich mir selbst zu, während Irene sie zu ihren Tischen bringt. Als ich zu ihnen gehe, versuche ich, die Gedanken an Heather und diese lächerliche Situation zu verdrängen. Mein Magen grummelt, ich spüre Druck auf der Brust, beschwöre mich jedoch, dass ich mutig und tapfer bin, und komme mit meinem strahlendsten Lachen am Tisch an.

»Willkommen, meine Herren. Dürfte ich Ihnen einen Aperitif anbieten?«

»Ja, gerne«, sagt der ältere Herr, der immer wieder die Nase kräuselt, als würde etwas darin stecken.

»Dürfte ich einen Gimlet vorschlagen, Sir?«, frage ich und weiß, dass Bill die dazugehörigen Limetten frisch im Garten pflücken kann. Er hat gestern fast den ganzen Tag frischen Limettenlikör zubereitet.

»Ich nehme nur ein Mineralwasser«, sagt Josh, »und die Karte bitte?«

Scheiße! Ich hatte beides vergessen anzubieten.

»Den Highland Quarry mit Kohlensäure oder den Maldon Superior?«, frage ich und versuche verzweifelt, meinen Fauxpas auszubügeln, indem ich ihn mit unserer Sprudelauswahl ablenke. Er antwortet nicht, blickt mich stattdessen neugierig an.

»Das ist mir egal«, sagt er schließlich, extrem höflich.

»Kein Problem«, entgegne ich, flitze zur Bar, um die beiden in Leder eingebundenen Speisekarten zu holen, und frage Bill nach einer Flasche Sprudel.

»Ich habe vergessen, das Wasser anzubieten«, sage ich. »Scheiße, Mann! Roxy und ich sind so ein eingespieltes Team, alleine habe ich es einfach vergessen.«

»Alles gut«, antwortet er. »Das sind nur deine Nerven. Er hat das schon eine Million Mal erlebt. Du kannst das wiedergutmachen.«

»Und die Speisekarte«, sage ich grimmig.

»Tief atmen«, sagt Bill. »Du schaffst das. Du musst ihnen nur eine fantastische Weinauswahl präsentieren, ein Glas einschenken, das war's. Irene kümmert sich um den Rest.«

Ich nicke ihm zu und gehe zurück zum Tisch, stelle mich rechts neben Josh und schenke Wasser in das korrekte Glas ein, bevor ich zu seinem Gast gehe und dasselbe tue.

»Ich nehme einen Gimlet«, sagt sein Gast und lächelt mich warmherzig an. Ich merke, dass er meine Nervosität spürt, und ich bin dankbar für seine Solidarität.

»Sehr gut. Ihr Kellner wird gleich bei Ihnen sein«, sage ich. »Das Degustationsmenü finden Sie ganz vorne, samt passenden Weinempfehlungen. Ich erkläre Ihnen gerne alles. Ich bin gleich wieder da.«

»Könnten Sie uns jetzt etwas zu den Weinen sagen?«, fragt Josh.

»Wie – zu allen?«

»Nein, nur zu den Weinen aus dem Degustationsmenü.« Er seufzt dramatisch und verdreht die Augen in Richtung seines Freundes. »Wissen Sie was? Geben Sie uns einen Augenblick, wir melden uns, wenn wir fertig sind.«

Ich husche weg wie ein erschrockenes Zimmermädchen.

Und dann ärgere ich mich. Ich koche vor Wut. Ich kann meinen Zorn nicht bändigen und denke darüber nach, wie gut es sich anfühlen würde, Josh mit seinem Fischmesser zu erstechen.

Ich gehe durch die Küchentür und drücke vielleicht ein wenig zu fest, sodass die Türflügel laut aufschlagen. Hinter der Tür steht James mit einem erwartungsvollen, fast schon nervösen Gesichtsausdruck. Auch das macht mich wütend. Sein dummes, kindisches Gesicht, das mich anlächelt; er, der wissen will, wie es läuft. Ich höre Messer schneiden, Gebrutzel und Köcheln, und Anis sieht so aus, als würde sie gerade die Vorspeise bestehend aus Wachteln und Haggis anrichten – ich stelle mir vor, wie ich Josh das alles über den Kopf kippe.

»Er sieht aus wie eine Schildkröte mit Verstopfung, mit diesem Rollkragenpullover«, sage ich zu James, während ich in den hinteren Bereich gehe und hin und her tigere und versuche, wieder ruhig zu atmen. James kümmert sich gerade um die Vorspeisen, aber er schaut immer wieder zu mir, und ich weiß, dass ich ihn ablenke. Ich will ihm seinen Auftritt nicht auch noch vermasseln.

»Heather?«, fragt Bill und kommt rein. Ich versuche, mich aufzurichten und die Wut abzuschütteln.

»Ja?«

»Er will die Weinkarte besprechen.«

»Verdammte Axt, dieser Typ!« Ich mache ein mürrisches Gesicht.

»Du schaffst das«, sagt er, aber ich bemerke, dass er ebenso unsicher aussieht, wie ich mich fühle. Er vertraut auch nicht darauf, dass ich es schaffe.

»Ich komme«, antworte ich und gehe wieder zum vorderen Bereich der Küche, wo James nun glotzt, dann öffne ich die Tür. Doch irgendwas katapultiert mich zurück in die Gegenwart: Es

278

ist Irene, die an der Bar steht, die Speisekarte umklammert, und deren Blick sagt *Bitte lass mich wissen, dass alles gut ist.* Das bringt mich auf den Boden der Tatsachen zurück, und mir wird plötzlich klar, worum es hier geht. *Ich* habe nicht viel zu verlieren – im Gegensatz zu den anderen.

Ich schließe die Augen und atme ganz langsam vollständig aus. Ich kann das Ruder noch herumreißen.

Langsam gehe ich zu Josh, ich kann mir meinen Fehler verzeihen. Das war nur ein kleines Missgeschick, rede ich mir ein. Das hätte jedem passieren können. Es sind nur die Nerven, du bist ein bisschen nervös.

»Hi, wie ich gehört habe, würden Sie gerne das Degustationsmenü mit mir besprechen?«, frage ich und bin beeindruckt, wie locker ich klinge.

»Um genau zu sein: die Weinkarte«, entgegnet Josh.

Ich betrachte ihn und sein selbstgefälliges Gesicht voller Arroganz und Überheblichkeit und ich hasse ihn. Meine Wut ist zurück.

»Wir hätten gerne noch andere Optionen für die Degustation. Ich bin kein Liebhaber von Riesling, und Holland hier verabscheut Weißwein.«

Er mag mich nicht. Er mag mich einfach nicht, so sieht es aus. Solche Situationen kenne ich. Es liegt an meiner Stimme. Der Art und Weise, wie ich mich halte. Diese Typen können deine soziale Herkunft geradezu wittern. Ich bin nicht Teil des Clubs.

Ich atme ein und denke nach. Ich versuche, nicht an James und Irene zu denken, und suche nach den richtigen Worten. »Vielleicht dürfte ich den Grünen Veltliner anstelle des Rieslings vorschlagen? Und wir haben noch etliche Rosés.«

»Ein Grüner Veltliner wäre in Ordnung, wenn Sie nichts anderes haben«, sagt Josh.

»Und was machen wir mit mir, wo ich doch nur Rotweine mag?«, fragt Holland.

»Nun, da haben Sie leider die totale Arschkarte gezogen, weil drei der sieben Gänge in diesem absolut göttlichen Menü mit Rotwein zum Kotzen schmecken.«

Es rutscht mir einfach so heraus, und ich würde es gern rückgängig machen. Es war spöttisch und sarkastisch, nicht charmant und witzig, und ich spüre die Birdy von vor ein paar Monaten wieder, der ihr lebenslanges Scheitern und die Enttäuschung schwer auf den Schultern lasten. Die sauer auf die Welt ist, weil sie sie nicht besser behandelt.

Holland wiehert vor Lachen, aber ich glaube, dass es sich eher um eine Mischung aus Schock und Verlegenheit handelt als um Belustigung, und dann schaue ich zu Josh, der aussieht wie eine Katze, die gerade eine Maus erlegt hat. Als hätte er gerade bemerkt, dass dieses Restaurant einfach eine schäbige Klitsche ist. Er würde später genüsslich einen fiesen kleinen Verriss mit achthundert Wörtern über die unkultivierte und bäurische schottische Westküste schreiben. Ich habe es verkackt.

»Meinen Sie, der Beaujolais wäre leicht genug?«, schlägt Josh vor, weil er nun anscheinend meinen Job übernommen hat.

»Sie scheinen ja einfach alles zu wissen, oder?«, blaffe ich, ich kann mich einfach nicht mehr am Riemen reißen.

*Was mache ich hier? Warum gebe ich mir manchmal riesige Mühe und vermassele dann alles in der letzten Minute? Und wenn ich es bemerke, lege ich sogar noch einmal nach?*

Bill kommt mit dem Gimlet und blickt mich über den Tisch hinweg an. Er versucht mich zu beruhigen, aber er erhöht den Druck nur. Ich warte, bis er fertig ist, zermartere mir den Kopf, um einen Weg zu finden, wie ich mit diesem Arschloch umgehen kann.

»Ja, ich nehme den Beaujolais«, sagt Holland, und ich habe keine Ahnung, wie lang ich dort schon stehe, aber nichts ist noch normal, und ich bekomme gerade einen Tunnelblick – das bedeutet, eine Panikattacke ist im Anmarsch. »Josh kümmert sich selbst um die passenden Weine und hätte gerne Grünen Veltliner statt dem Riesling – richtig, Josh?«

»Ja, genau. Perfekt«, sagt er und gibt mir die Speisekarte zurück. Seine Stimme klingt nun anders – liegt es am Mitleid?

Ich versuche, ganz normal auf seine Antwort zu reagieren, und lächele. »Vielen Dank.«

Und dann mache ich auf dem Absatz kehrt und stürme zur Bar, wo Irene nervös umherhuscht. Ich schaue sie an, bin missmutig und mir ist schlecht.

»Ich muss abhauen«, sage ich. »Ich muss mich übergeben.«

Ich gehe durch die Tür in den Personalraum und breche in Tränen aus.

# 26

Vielleicht habe ich Irenes unendliche Geduld zu sehr strapaziert.

Sie kam herein, umarmte mich auf ihre mütterliche Art, drückte mich jedoch weniger fest an sich als sonst. Sie bestand darauf, dass alles okay sei, aber dass sie nun gehen und sich um das Restaurant kümmern müsse. *Weil ich das nicht konnte.*

»Wenn du nicht auf der Höhe bist, dann nimm dir den Abend frei«, meinte sie. »Das ist dann eben so.«

Ich blinzelte sie durch meine Tränen an, und sie sprach ein wenig sanfter mit mir.

»Wir kennen das alle. Manchmal sind die Nerven überstrapaziert. Geh du einfach zurück ins Cottage, nimm eine heiße Dusche und leg dich ins Bett, okay?«

Ich nickte, und dann, als sie weg war, zog ich mein Shirt aus der Hose und schmiss meine Schürze – mit Notizbuch und allem – in den Wäschekorb und schwor mir, dass ich – komme was wolle – kündigen und alles hinter mir lassen würde.

Aber ich kann es nicht. Deswegen sitze ich nun hier, den Kopf in die Hände gestützt und bin wie erstarrt. Und als ich mich beruhige, schaue ich auf die Uhr und vermute, dass James gerade mit dem Nachtisch beschäftigt ist. James!

Dann höre ich, wie sich die Tür öffnet. Anis kommt herein und setzt sich neben mich.

»Was ist passiert?«, fragt sie.

»Ich bin dem Kritiker gegenüber ausfallend geworden.«

»Oh«, sagt sie und nickt. »Beeindruckend.«

Ich lache nicht, sondern greife nach unten und ziehe mir die

Schuhe aus. Ich kann ihr nicht in die Augen schauen, deswegen tue ich so, als würden mich meine Schuhe wirklich faszinieren, und inspiziere den Absatz.

»Es war nicht so schlimm, oder?«

»Alle haben auf mich gezählt, und ich habe es vermasselt.«

»Oh, verdammt noch mal«, sagt sie. »Einmal musste Roxy Nicola Sturgeon bedienen und hat ihr eine Saucière in den Schoß geworfen. Und Ines aus Portugal, die letzten Sommer hier war – sie wurde mit einem Gast beim Vögeln erwischt, von einem Zimmermädchen. Dieser Gast war ein echt seltsamer Typ. Er war völlig besessen von Ines. Brett hat ihn am nächsten Tag erwischt, als er durch das Oberlicht ins Cottage einbrechen wollte, und er hat sich das Bein gebrochen.«

»Was?«, frage ich schniefend. »Brett hat sich das Bein gebrochen?«

»Nein, Brett hat dem Typen die Nase gebrochen, und dann hat er sich das Bein gebrochen, nachdem er vom Fenstersims gefallen ist«, sagt sie und knackt laut mit den Knöcheln. »Nachdem ich ihn geschubst habe.«

»Hört sich nach einem ereignisreichen Abend an«, sage ich und schniefe noch einmal.

»War es auch. In der Gastronomie arbeitet man als Team, verstehst du? Wie bei der Army. Du kannst nicht die schönste Fassade der Welt haben und matschiges Brot verkaufen. Und du kannst keine Haute Cuisine auf einer Radkappe servieren.«

»Ich habe das Gefühl, ich bin die Radkappe«, sage ich leise, während mir ein verhaltenes Lächeln über das Gesicht huscht.

Wir blicken uns an, und Anis lächelt mürrisch, tätschelt mich an der Schulter. Eine Umarmung à la Anis.

»Du solltest dir das alles nicht so zu Herzen nehmen. Ich bin mir sicher, dass James alles gut gemacht hat. Und selbst wenn der Kritiker in seinem Text nur über die durchgeknallte Sommelière schreibt, die bei ihrem Gast die Nerven verloren hat – wobei ich mir sicher bin, dass dem nicht so sein wird, aber selbst wenn, man weiß es nie –, vielleicht kommen ja auch Gäste extra, um die verrückte Sommelière zu sehen?«

Ich lächele verhalten. »Ich habe mich einfach vergessen. Er war so …«

»Ich weiß«, unterbricht sie mich. »Ein riesen Arsch. Mach dir keine Sorgen. Ich bin mir sicher, dass es nicht so schlimm ist, wie du denkst. Ich hoffe es. Wir brauchen diese Rezension wirklich.«

Aber tief im Herzen weiß ich, dass es schlimm war.

Anis sitzt noch einen Moment länger da, dann legt sie mir sanft die Hand aufs Bein und drückt meinen Oberschenkel.

In der nächsten Stunde räumen die restlichen Angestellten auf, die meisten bewegen sich ruhig um mich herum, sie wissen nicht genau, was passiert ist, sie wissen nur, dass es offensichtlich *nicht gut gelaufen ist.* Alles verstummt, und ich sitze schweigend da. Ich denke darüber nach, Roxy zu schreiben, aber ich habe das Gefühl, ich müsse persönlich mit ihr reden. Ich blicke auf mein Telefon und sehe noch eine Nachricht von Tim.

**Ruf mich an!**

Warum ist er auf einmal dermaßen auf Kontakt aus?

Ich sperre den Bildschirm, stecke mir das Telefon in die Tasche und frage mich, ob James immer noch in der Küche ist und ob ich wie eine Stalkerin wirken würde, wenn ich ihm Hallo sage. Ich finde nicht. Schließlich muss ich mich entschuldigen. Ich raffe mich auf und gehe in die Küche, aber er ist nicht da.

Ich entdecke ihn an der Bar, wo er ein Bier trinkt. Es ist

dunkel, nur die Nachtbeleuchtung brennt. Er ist allein. Er muss sich irgendwo anders umgezogen haben, weil er ein schwarzes T-Shirt trägt und so aussieht, als hätte er sogar geduscht. Er isst außerdem Überbleibsel aus der Küche – sieht aus wie Polenta oder vielleicht Trüffel-Püree.

»James?«, sage ich kleinlaut, als ich auf ihn zugehe. Ich kann mich gerade noch bremsen, mich nicht hinzusetzen.

»Hey«, sagt er und lächelt mich an. »Fühlst du dich besser? Mum wollte mir nicht sagen, was los war, und ich wollte dich nicht stören.«

»Hm, ja«, sage ich. Er ist so wie immer. Er ist nicht wütend – wahrscheinlich, weil er nicht weiß, wie sehr ich es verkackt habe –, aber ich will trotzdem etwas sagen. »Das mit dem Kritiker tut mir leid.«

»Was ist passiert?«

»Ich habe etwas Dummes gesagt. Es ist einfach mit mir durchgegangen«, sage ich wahrheitsgemäß.

»Das war bei allen so. Mum hat es geschafft, eine ganze Flasche Bordeaux auf den Boden zu schütten.«

»O Gott.«

»Und ich habe es auch vermasselt«, sagt er und schüttelt den Kopf.

»Wirklich?«

»Ja, verkochte Meerbrasse. Die Taube war zäh. Ich hab's total versaut.«

Dieses Gemeinschaftsgefühl tröstet mich, aber ich glaube nicht, dass James' Fehltritte so schwerwiegend sind, wie er behauptet. »Das glaube ich nicht«, erkläre ich und frage mich, ob ich mich hinsetzen soll oder ob er alleine bleiben will.

»Doch, doch.« Er zuckt die Schultern und dreht sich auf dem Stuhl, um mich anzuschauen, und ich stehe da und halte meine Schuhe und fühle mich verdammt verletzlich. James ist anders, als wäre alle Anspannung von ihm abgefallen, und obwohl er auf jeden Fall nachdenklich ist, ist er nicht zurückhaltend. Es ist fast so, als hätte ihn die Enttäuschung über sich selbst irgendwie entspannt. Das erteilt mir eine Lektion darin, wie man mit Scheitern umgeht, denke ich.

»James?«, frage ich leise, während er zu mir hochschaut und meinem Blick standhält.

»Ja?«, fragt er und schaut mich ausnahmsweise immer noch an.

Ich schließe die Augen, dann gucke ich zu meinen nackten Füßen. *Das ist nicht der richtige Zeitpunkt. Nicht der richtige Zeitpunkt. Nicht der richtige Zeitpunkt. Ich habe zu viel Angst. Das ist eine Katastrophe.*

»Meine Füße schmerzen die ganze Zeit«, sage ich und versuche abzulenken, wackele mit den Zehen und zucke peinlich berührt zusammen.

»Komm her«, sagt er, ich blicke hoch, und er hält mir seine Gabel hin.

»Ich möchte nichts, danke. Ich kann jetzt nichts essen.«

»Muss ich zu dir kommen?«, fragt er mit sanfter Stimme. Er spricht leise und behutsam, wendet den Blick nicht ab.

»Ja«, antworte ich.

Wir hören, wie die Hintertür schließt, und ich vermute, es handelt sich um Irene, die gerade das Büro verriegelt, aber um sicherzustellen, dass wir allein sind, gehe ich langsam in die Küche. Ich spüre, dass James mir folgt. Es liegt nur das Summen des Kühlschranks und der Duft nach Industrieseife in der Luft, während er leise durch die Küche geht, bis er nur noch Zentimeter von mir entfernt ist. Ich seufze kurz wegen der Nähe und schließe für einen Moment die Augen, und James schweigt so lange, bis ich den Mut aufbringe, sie wieder zu öffnen. Er will sichergehen, dass ich präsent bin.

»Diskutieren wir jetzt die zähe Taube, oder wirst du mich küssen?« *Was machst du da, Birdy?*

Aber James lächelt und streckt seine Hand gerade so weit nach vorne, dass sie meine leicht berührt, und ich bin total aufgeregt und fühle mich völlig von der Rolle.

»Weißt du, wenn ich darüber nachdenke, ist es wahrscheinlich einfach so, dass ich den Wein vermasselt habe und du das Essen – zumindest sind wir beide an etwas schuld«, erkläre ich ihm. »Niemand wird dich feuern, und wenn sie dich nicht feuern, feuern sie mich auch nicht. Und das wäre eine Erleichterung. Weißt du, du solltest eine Entscheidung darüber treffen, was hier jetzt passiert, denn ich bin nicht gut darin, Menschen zu lesen.«

»*Ich* soll eine Entscheidung treffen?«, fragt er, und dann fährt er mir mit den Fingerspitzen den Arm hinauf, die Schulter entlang, sanft über den Hals – und blickt mich die ganze Zeit über an. »Du bist diejenige, die …«

»Wir haben uns getrennt«, sage ich schnell. »Ich meine, wir haben nicht darüber geredet, aber ich kann ihm jetzt eine Nachricht schreiben. Wo ist mein Telefon? Ich mache es jetzt gleich. James, Tim ist ein schrecklicher Freund. Er war nie wirklich mein echter Freund. Wir haben in den letzten paar Wochen kaum miteinander gesprochen.«

»Wenn es vorbei ist …«, sagt er und sucht in meinen Augen nach Bestätigung.

»Es ist vorbei. Jetzt, in diesem Augenblick. Es ist vorbei.« Mein Herz springt mir fast aus der Brust, und jeder Teil meines Körpers prickelt vor Vorfreude. Und es stimmt – in meinem Herzen stimmt es.

»Nun, also wenn es definitiv vorbei ist …«, sagt er wieder.

Und dann passiert es, und meine Augen sind immer noch offen, als es passiert, ich bin völlig erstarrt. Seine Lippen liegen sanft auf meinen, und ich spüre, wie seine Nase leicht über meine Wange streicht. Ich lasse meine Schuhe fallen. Der Kuss ist sanfter, als ich gedacht hatte. Sanft, aber bestimmt. Meine Gedanken rasen, und ich frage mich, warum ich den Kuss nicht einfach genießen kann, ohne jede Einzelheit zu analysieren.

Dann umarmt James mich, seine Hand fährt mir über den Rücken bis zum Ende meiner Wirbelsäule, und er zieht mich näher an sich. Dann wird der Kuss ein wenig fordernder, er öffnet den Mund ein wenig weiter, und ich schließe die Augen und gebe mich ihm hin, lege ihm meine Hände um den Hals.

Er tritt einen Schritt zurück und macht eine Kopfbewegung zur Tür. »Komm, wir gehen.«

Einige Augenblicke später befinden wir uns hinterm Haus, und ich spaziere barfuß über kalte Kieselsteine. Ich bin vor ihm, ziehe ihn an der Hand. Er geht langsam und beobachtet mich mit diesem seltsamen Lächeln auf dem Gesicht, und ich fühle mich noch entblößter und verletzlicher in der unbarmherzigen Stille.

»Es ist kalt«, sage ich, während ich langsamer neben ihm her gehe, ich halte James' Hand. »Warum bist du so langsam?«

»Wir haben Zeit, oder nicht?«, fragt er.

»Ich warte nicht gerne«, sage ich. Gedanken wollen mir in den Kopf kriechen: schreckliche Gedanken darüber, wie er mich wohl nackt findet; ob ich oben sein muss; ob es mir überhaupt Spaß machen wird. »Belohnungsaufschub macht mich panisch.«

Er bleibt stehen, zieht mich an sich, küsst mich noch einmal, und ich frage mich, ob er das will, weil klar ist, dass die Sache nach dem Sommer vorbei ist, oder ob er es will, weil es nach einer Nacht vorbei ist. Aber ich versuche, meine Ängste wegzuschieben und es zu genießen, geküsst zu werden und ihn zu küssen.

Nun geht James voran. Seine Hände sind warm und feucht, und ich kann nicht erkennen, welche Lichter im Cottage in einiger Entfernung brennen. Die Eichenblätter, die sich in der nächtlichen Brise wiegen, wirken klein und fragil im Gegensatz zu den dicken, alten Stämmen. Plötzlich fühle ich mich mit diesen Blättern verbunden.

Mit allem um mich herum, das Wärme und Sonne empfängt. Und deswegen richtig wachsen kann.

Wir schleichen in den Flur, aber das Haus ist totenstill. James führt mich die Treppe hinauf, legt sich den Finger auf die Lippen, damit ich keinen Lärm mache, als wir an Bills Zimmer vorbeigehen. Ich habe James' Zimmer noch nie gesehen und bekomme dann ein wenig Panik, dass es dort zu ordentlich ist oder seltsam dekoriert – mit Postern von Oasis oder einem schäbigen lokalen Fußballverein. Dann, als wir vor seiner Tür stehen, bekomme ich Angst und will nicht darüber nachdenken, warum – aber es liegt nicht an den Postern.

James öffnet die Tür, so sanft er kann, stößt sie auf, und sein Zimmer ist die perfekte Mischung aus sauber und unordentlich. Auf jeden Fall sieht es nach Mann aus, mit dem dunkelblauen gestreiften Bettzeug und nur einem dazu passenden Kissen. In der Ecke steht eine akustische Gitarre, und einige Bücher liegen im Zimmer; neben seinem Bett sogar ein Roman *mit einem Lesezeichen*. Beeindruckend. Glücklicherweise hängen keine Poster an den Wänden.

Er sieht ein wenig verlegen aus, als er seine Bettdecke ausschüttelt und den Wäschekorb schließt. »Ich habe nicht mit Besuch gerechnet«, sagt er und errötet ganz zauberhaft. »Der Großteil meiner Sachen ist ohnehin nicht hier.«

»Ich bin nervös«, platze ich heraus.

Ich bereue es umgehend, aber es stimmt. Die zehn Minuten, die seit dem Kuss in der Küche vergangen sind, haben mich irgendwie abgekühlt und plötzlich verspüre ich wieder Druck, *es* zu machen. Ich meine, mir gefällt das Gefühl, wenn einen jemand beim Ausgehen gut findet, und die Aufregung, wenn man sich gegenseitig die Klamotten vom Leib reißt, aber dann ist es fast immer ein wenig enttäuschend. Einige Typen betrachten ihren eigenen Bizeps, während ich auf der Suche nach ein wenig Befriedigung herumzappele. Für mich zählen die Dinge, die man zwischen dem Sex macht. Die Intimität. Essen vom Lieferservice im T-Shirt des Typen essen und sich von ihm einen Kaffee bringen lassen. Ich habe nicht die Gelegenheit, da groß weiter drüber nachzudenken, weil James sich das T-Shirt auszieht.

Ich starre, ich weiß, dass ich das tue. Er lässt sein T-Shirt nicht fallen, hält es einfach vor sich und sieht kurz ein wenig verloren aus. Ich mache einen Schritt auf ihn zu, weil mir sein Wohlergehen wichtiger ist als meins. Er soll wissen, dass er weitermachen darf, obwohl ich mir nicht sicher bin, ob ich mitmachen will. Aber er spürt, dass ich mir unschlüssig bin, und hört auf. Ich fühle seine Sorge: Ohne die Aussicht auf Sex ist er einfach in diesem Zimmer mit mir gefangen. Ich weiß nicht, wie ich mit dieser Situation umgehen soll.

»Sorry, wir hätten in der Küche bleiben sollen. Ich bin nicht mehr locker, wenn ich zu viel über etwas nachdenke.«

»Heather.« James wirft sein T-Shirt weg und kommt zu mir, dann nimmt er meine Hand. Bei dem Namen schrecke ich zusammen und trete einen kleinen Schritt zurück.

»Mach das nicht«, sage ich, und er hört direkt auf, lässt meine Hand fallen und entfernt sich von mir. Ich betrachte sein blasses Schlüsselbein und die festen, runden Schultern und stelle mir vor, ich würde mit dem Mund super-sexy darüberfahren und ihn zum Stöhnen bringen. Ich will mich der Sache hingeben, aber ich kann es nicht.

»Wollen wir einen Film schauen?«

»Einen Film?«

»Netflix?«

»Und können wir einfach abhängen?« Ich suche in seinem Gesicht nach Spuren der Enttäuschung.

Ich denke an Peter Faulkner, den ich mit dreiundzwanzig ungefähr sechs Monate lang gut fand. Aber als er bei einer Party in Croydon zu mir kam, wurde ich nervös und fragte ihn, ob wir nicht einfach ein wenig reden könnten. Widerstrebend stimmte er zu und schlug vor, dass wir uns in dem einzigen noch geöffneten Laden an der Bahnstation einen Döner holen. Als ich meinen Chicken-Döner von dem Mann hinterm Tresen entgegennahm, hatte Peter sich bereits ein Uber gerufen und mir nicht einmal vernünftig Tschüss gesagt. *Du fährst mit der Northern Line, oder? Die kommt in sechs Minuten*, sagte er mit einem breiten, aber abweisenden Lächeln.

»Ja, wir können einfach rumhängen«, antwortet James.

Ich bin mir nicht ganz sicher, ob er es ehrlich meint, aber ich bin erleichtert.

»Okay«, sage ich und spüre, wie die Anspannung von mir abfällt. »Ein Film wäre schön.«

Er nickt, geht lächelnd zum Schrank und öffnet die Türen. Dahinter versteckt sich ein riesiger Flat-Screen-Fernseher, und einige Fernbedienungen liegen im Regal. Er dreht sich zu mir, und obwohl mich seine nackte Brust nervös macht, grinse ich.

»Aber du musst mich den Film aussuchen lassen«, sage ich. »Darf ich rein?« Ich mache eine Kopfbewegung in Richtung seines Bettes.

»Klar«, sagt er. »Soll ich uns einen Tee machen? Oder möchtest du einen Wein?«

»Wein hängt mir zum Hals raus«, sage ich lachend.

»Dann bleiben wir bei Tee.«

Er zieht sein T-Shirt wieder über und verschwindet unten in der Küche. Nachdem ich kurz mit mir gerungen habe, ziehe ich meinen Rock und mein Shirt aus, lege beides behutsam über seinen Wäschekorb und springe ins Bett, mit nicht mehr als einem Tanktop und Slip bekleidet. Ich stelle den Fernseher an, suche bei Netflix nach einem Film und frage mich, ob er genug Geduld für meinen drittliebsten Film hätte: *Die Hard*. Alle Männer mögen *Die Hard*, oder etwa nicht?

Einige Momente später ist James wieder da, balanciert zwei Ingwerkekse auf den beiden Tassen und schließt sanft die Tür.

»Hast du dich für *Die Hard* entschieden?«, fragt er.

»Du hörst dich überrascht an«, antworte ich. »Das ist immer unterhaltsam. Und Alan Rickman spielt mit.«

»Ich vertraue dir«, sagt er, zieht sich bis auf die Boxershorts aus und klettert neben mir ins Bett. Ich rücke, um ihm Platz zu machen.

»Du hast noch nie *Die Hard* gesehen?«

»Nein«, sagt er lachend. »Um ehrlich zu sein: Ich schlafe beim Fernsehen meistens ein. Ich bin immer so müde.«

»Aber jeder kennt *Die Hard*«, sage ich, drücke auf Play und lasse mich in das dicke Kissen sinken.

Eine Stunde später habe ich mich an James' Schulter gekuschelt und er schläft. Als ich seinen langsamen Atemzügen lausche, spüre ich, wie mich Müdigkeit überkommt, und denke kurz darüber nach, aus seinem Bett zu klettern und nach unten in mein eigenes zu gehen. Aber dann schließe ich die Augen.

# 27

Mitten in der Nacht weckt mich mein Telefon. Ich weiß nicht, wie lange es schon vibriert hat, aber ich springe aus dem Bett und fummele so lange im Dunklen herum, bis ich es finde. Mein Hirn arbeitet auf Hochtouren. Wer ist das? Ich muss von meinem Dad geträumt haben, weil ich als Erstes an ihn denke. Oder ist es Heather? Haben Roxy und Heather miteinander gesprochen? Ich weiß, dass ich müde und verwirrt bin, und mir ist fast schon schlecht, als ich das Telefon aus der Tasche ziehe.

Aber dann sehe ich, dass es nur Tim ist, also stelle ich schnell das Telefon auf stumm. Okay. Er wird nicht einfach verschwinden. Ich werde mich irgendwann damit befassen müssen. Besonders jetzt, wo ich es James versprochen habe. Später am Tag werde ich mit Roxy über die Freundschaftsanfrage sprechen, mich zusammenreißen und diesen Sommer ohne weitere Zwischenfälle zu Ende bringen. Kurz denke ich noch mal darüber nach, früher abzureisen. Ich könnte jetzt gleich ein Taxi rufen und weg sein, bevor die anderen aufwachen.

Aber ich schaffe es nicht.

Ich blicke zu James, und in dem Moment dreht er sich um, und ich höre, wie sein Atem wieder einen langsamen, tiefen Rhythmus bekommt. Ich sehe kurz, wie sich seine Brust hebt und senkt, und möchte es auch spüren.

Ich blicke auf mein Telefon und denke, es wäre besser, Tim jetzt zu schreiben. Ich muss dafür sorgen, dass er mich nicht mehr belästigt, bis ich mich wirklich mit ihm auseinandersetzen kann. Tim kann ein wenig unberechenbar sein, und er ist der Einzige, der weiß, dass ich als Heather hier bin.

Hi, wie geht's? Sorry, war hier total beschäftigt.

Er antwortet umgehend.

Birdy! Dachte, du hättest zu viel Whisky getrunken und wärst vom Loch-Ness-Monster gefressen worden.

Ich verdrehe die Augen – die Witze über Schottland sind schon seit einiger Zeit nicht mehr lustig.

Ha. Eigentlich nicht. Habe hart gearbeitet. Ist schön hier.

Denken sie immer noch, du wärst Heather?

Bislang klappt alles.

Toll. EMOJIS: DAUMEN HOCH, AUBERGINE, DYNAMIT und TANZENDE FRAU. 👍🍆🧨💃

Gibt's was Neues?

Ja! Ich muss zu einer Hochzeit in Glasgow, deswegen wollte ich dich besuchen.

Ich erstarre. Scheiße, Scheiße, Scheiße.

Eine Hochzeit?

Ja, ich dachte, wir würden vorbeikommen und einmal über-nachten und Hallo sagen und uns dann auf zur Hochzeit ma-chen.

Wer ist »wir«, frage ich mich? Und die alte Birdy fragt sich, ob Tim mich als plus eins mitnehmen wird.

**Wessen Hochzeit?**

Die kleine Sprechblase erscheint und verschwindet und dann schließlich:

**Niemand, den du kennst. Entfernter Cousin.**

Cousin? Also werden er und seine Familie da sein. Und es sieht so aus, als wäre ich definitiv nicht eingeladen. Nicht, dass ich da Wert drauf gelegt hätte, aber trotzdem.

Dann höre ich, dass James kurz aufhört zu atmen, und lege mein Telefon auf die Matratze, es ist nun ganz dunkel im Zimmer. Er dreht sich um und fängt wieder an, tief zu atmen, und ich betrachte kurz seine Silhouette, dann nehme ich mein Telefon wieder zur Hand.

**Das wird nicht gehen. Ich bin hier sehr beschäftigt. Und du kannst hier nicht übernachten – es ist Hochsommer.**

Ich warte, aber ich bekomme nicht direkt eine Antwort.

**Also komm nicht. Wir könnten uns irgendwo auf halber Strecke treffen?**

Wenn ich es schaffe, dass Tim und ich uns irgendwo anders treffen, kann ich vielleicht die Katastrophe abwenden, die sein Besuch in Loch Dorn darstellen würde.

Ich warte noch einige Minuten.

**Was meinst du?**

Endlich antwortet er.

**Wir kommen. Wir wollen es unbedingt. Wir kommen undercover.**

SCHEISSE! O mein Gott. Ich weiß nicht, was ich schreiben soll, deswegen versuche ich, ihn eindringlich davon abzuhalten.

**Tim. Nein. Auf keinen Fall.**

Ich warte in der Dunkelheit, mein Herz rast. Scheiße. Nein. Scheiße!

**Nein. Du solltest nicht kommen. Das ist keine gute Idee.**

Ich höre, dass James in der Dunkelheit hustet und sich dann wieder umdreht. »Heather?«, fragt er, und ich bekomme Panik. »Alles in Ordnung mit dir? Du haust nicht ab, oder?«

»Nein, nein. Ich habe nur gerade eine Nachricht bekommen«, sage ich und schaue auf mein Telefon. Tim hat immer noch nicht geantwortet. »Sorry, meine Mum hat sich gemeldet, und ich habe mir Sorgen gemacht«, sage ich und verfluche mich für meine Lüge.

Ich höre, dass er sich hin und her wälzt. »Alles okay?«

»Ja, ja. Alles okay mit uns«, sage ich, und das Herz klopft mir wie verrückt in der Brust.

Ich lasse mein Telefon verschwinden, gehe zu James und stehe neben dem Bett. Die Vorhänge sind geöffnet, und in dem hellen Mondlicht kann ich sein Gesicht sehen und er meins. Er sieht verschlafen und warm aus, während ich an den nackten Schultern fröstele. Er lächelt mich an und greift nach meiner

Hand, unsere Finger verschränken sich, und er berührt mit der anderen Hand meinen Oberschenkel. Ich will, dass er aufhört, aber ich will es auch nicht. Diese Ablenkung ist irgendwie berauschend. Alles andere tritt in den Hintergrund, während ich seine Finger auf meinem Bein spüre und seinen Daumen, der mir sanft über die Hand streichelt.

Er fährt mit dem Finger nach oben, bis er an der Naht meines Slips ankommt, und zieht mich sanft an sich. Seine gekrümmten Finger drücken sich in meinen unteren Bauch, und mich durchströmen Verlangen und Angst, die sich bis ins Unkenntliche miteinander vermischen, ich kann nicht mehr klar denken.

Ich klettere aufs Bett, setze mich auf ihn und lege mich auf seinen Körper, stütze mich nur noch gerade so mit den Armen ab, dass er nicht mein ganzes Gewicht tragen muss. Er greift nach oben und legt seine Hand auf mein Gesicht und küsst mich sanft auf die Wange. Ich bin hoffnungslos nervös und habe Angst, wie das bei ihm ankommt.

»Alles okay mit dir?«, fragt er und lässt seine Hände auf meinem unteren Rücken ruhen.

»Ich will dich nicht zerquetschen«, sage ich.

»Das tust du nicht«, erwidert er und berührt mein Haar.

»Ich weiß nicht, ob das eine gute Idee ist ...«

»Wahrscheinlich nicht«, entgegnet er lachend.

Und dann denke ich *Fuck it*. Es ist einfacher, das jetzt zu machen, als es nicht zu tun. Ich will es und will es gleichzeitig nicht, zu so gleichen Teilen, dass ich nicht mehr weiß, was ich eigentlich fühle. Ich schließe die Augen, entspanne meinen Körper und entscheide, dass ich mich morgen um alles kümmern werde. James küsst mich auf den Hals und atmet mir ins Ohr, und meine Lust ist so groß, dass ich aufschreien will.

Er fährt mit den Händen unter mein Tanktop und streichelt

immer weiter nach oben, bis seine Handfläche auf meinem Nippel liegt, und dann küsst er sanft meine Brust, sodass ich das Wummern meines Herzens an seinen Lippen spüre.

»Du riechst gut«, sagt er auf meiner Haut, während er mir ungeduldig das Oberteil über den Kopf zieht. Ich spüre, dass die Wärme in meinen Wangen zunimmt, als ich seine nackte Brust an meiner fühle.

Es ist fast schon zu viel. Als würde mich die Lust überwältigen und mich nicht zu Atem kommen lassen. Ich löse mich von ihm, versuche, mich zu beruhigen, und James wartet, bis ich wieder bei ihm bin.

Aber ich lasse zu, dass ich weitergehe, und plötzlich nimmt die ganze Sache Fahrt auf.

Seine Hände bewegen sich langsam, aber ganz bestimmt meinen Rücken hinab, sie fahren mir über die Haut, er erforscht mein Gesicht und den Hals mit dem Mund. Wir lauschen uns, unser Atem führt uns. Wo auch immer ich mich hinbewege, er folgt mir.

Als ich es nicht schaffe, noch länger zu warten, steckt er seine Finger in mich, und es fühlt sich richtig an. Sein Schwanz drückt gegen meinen Bauch. Ich höre James jetzt, an diesem Abgrund. Wie er sich festhält. Jeden Moment könnte ich ihm ins Ohr beißen, und er würde völlig die Kontrolle verlieren. Ich verspüre kurz Macht, und das macht mich verrückt.

»Du bist so heiß, ich fühle mich wie in einem Traum«, sage ich.

»Du auch.«

Dann rollen wir herum, und er ist auf mir, dringt in mich ein, und es gibt nichts anderes mehr.

# 28

Es gibt zwei drängende Probleme, denke ich, während ich aus James' Schlafzimmerfenster in den Himmel blicke – dunkelblau mit versprenkelten roten und violetten Wolken. Eins ist Tim, mein »Freund«. Er will nach Loch Dorn kommen, auf dem Weg zu einer Hochzeit seines Cousins. Und ich muss ihm klarmachen, dass das nicht geht und dass das – was auch immer es ist – zwischen uns vorbei ist. Ich habe es James gestern Abend versprochen – dennoch beschäftigt mich der Gedanke, dass Tim mich fragen könnte, ob ich ihn zu dem Fest begleite. Was ist das mit Tim für eine Sache? Die Wahrheit lautet: Er ist nix für mich. Ich weiß nicht einmal, ob wir eine Beziehung führen, also eine monogame. Aber etwas an seinem mangelnden Commitment fühlt sich … irgendwie vertraut an. Oder vielleicht meine ich damit »normal«?

*Wie fühlt sich romantische Liebe überhaupt an?*, frage ich mich – nicht zum ersten Mal im Leben.

Ich seufze. Ich muss es vernünftig beenden. Nicht mit einer flapsigen Nachricht oder Sprachnachricht. Ich muss das Pflaster mit einem Ruck abreißen, der Zug ist abgefahren, die Sache ist klar, daran ist nicht mehr zu rütteln – und ich will ihn nicht ghosten, meine bislang liebste Methode. Aber Tim geht nicht dran. Und ich will das definitiv nicht persönlich machen.

Jedes Szenario, in dem er mich hier besucht, nimmt ein schlimmes Ende. Es ist wie diese Bücher *1000 Gefahren – Du entscheidest selbst*, die damit enden, dass ich entweder wegen Betrug verhaftet werde oder dass das Hotel wie in dieser einen Szene im Film *The Hangover* aussieht. Und bei sämtlichen

Optionen sehe ich den Blick auf James' Gesicht, der mir Schmerzen bereitet.

Ich schaue wieder auf mein Telefon. Es ist Zeit, zum Restaurant zu gehen und zu schauen, ob Roxy wieder da ist. Und das ist das zweite Problem.

Ich habe mir immer noch keinen glaubwürdigen Grund zurechtgelegt, warum sie meine Freundschaftsanfrage löschen muss – ich weiß nur: Sie muss es tun. In Italien ist fast schon Frühstückszeit, und Heather wird sicher bald online sein, ihre Nachrichten lesen und ihren Partner beim Kaffeetrinken ignorieren, wie jeder normale Mensch.

Falls Heather blind die Freundschaftsanfrage einer Fremden annimmt – und das würde gut zu ihr passen, hätte Roxy Zugriff auf all ihre Bilder; und, was vielleicht noch schlimmer ist, Heather würde sich fragen, warum eine Kellnerin aus Loch Dorn sich plötzlich mit ihr anfreundet und mit ihr chattet, als wären sie beste Freundinnen. Ich könnte mich dafür ohrfeigen, dass ich Roxy gestern Abend am Telefon nicht direkt darum gebeten habe, die Anfrage zu löschen. Ich darf es mir mit ihr auf keinen Fall verscherzen. Roxy hat sich als komplett unverzichtbar erwiesen. Außerdem mag ich sie. Sehr. Ich muss mich in dieser Angelegenheit behutsam aus der Affäre ziehen.

Ich befreie mich von James' schwerem Arm, der auf meiner Brust ruht, und lege ihn sanft neben ihn. Irgendwann hat er eine Pyjamahose angezogen, das ist eine Erleichterung. Irgendwas an einem Schwanz, der in seinem natürlichen Zustand herumhängt, ist einfach zu viel für acht Uhr in der Früh. Aber dann, einen Moment lang, als ich dasitze und James anschaue, spielt sich der gestrige Abend wie ein 70-mm-Film vor meinem inneren Auge ab. Oder wie eine Erstpressung auf Vinyl. Ich schwelge in der köstlichen Erinnerung, den Gerüchen und Gefühlen. Der Berührung unserer Haut.

*Was magst du?*

*Das alles.*

Ich erbebe bei der Erinnerung. Ich gestatte mir, James' Arm sanft zu streicheln, die weichen Härchen auf seinem Unterarm, und fahre mit dem Finger über die zahlreichen kleinen Narben auf seinen Händen.

Ich schwelge in der Erinnerung an diesen Moment zwischen dem ersten und dem zweiten Mal, als wir wie zwei Verliebte miteinander gesprochen haben. Unsere besten Seiten offengelegt haben, schüchtern und zugleich versiert.

*Ich bin nur kurz zur Uni gegangen.*

*Ich wollte immer schon mal nach Marokko.*

*Ich könnte dich einatmen.*

*Ich will deine Schulter essen.*

*Was magst du am liebsten an Wein?*

Und dann spielten wir, alberten herum, machten daraus eins dieser kindischen Spiele, für die man sich in Grund und Boden fremdschämen würde, wenn man sie bei anderen belauscht.

*Tolle, offene Struktur.*

*Köstlich und üppig.*

*Wundervoller Körper mit viel Eleganz.*

*Raffiniert und muskulös.*

*Überraschende Länge.*

*Langer Abgang.*

In der Ferne höre ich Bretts Hunde bellen, das bedeutet, er ist wach und bei den Pferden. Ich muss gehen. Es fühlt sich so an, als würde mich das Bett festhalten, ich muss mich losreißen.

Ich bin so leise wie möglich. Ziehe mir meine Sachen an. James rührt sich nicht. Bevor ich die Tür schließe, schaue ich ihn ein letztes Mal an, und mein Herz stolpert kurz. Ich will zurückrennen, ins Bett kriechen und für immer dortbleiben. Ich will auf seiner Brust liegen, wie die Frauen in Filmen das machen, und verstohlen an seiner Achselhöhle riechen. Ich flüstere *Bye, James,* während ich die Tür schließe, und frage mich, ob so etwas wie die letzte Nacht noch einmal passieren wird. Ich hoffe es.

Draußen schleiche ich über den Flur und will es unbedingt vermeiden, Bill zu wecken. Seine Tür steht ein wenig auf, und als ich daran vorbeischleiche, sehe ich, dass er wie ohnmächtig mit dem Gesicht nach unten schnarchend auf dem Bett liegt – er trägt immer noch seine Uniform. Und dann sehe ich sie: die Weinkisten von der Filmpremiere. Ich bin mir sicher, dass sie es sind, sie stehen unten in seinem Schrank übereinandergestapelt, die Tür ist geöffnet. Es müssen Dutzende Flaschen in den auffälligen rot-schwarzen Kisten sein. Ich runzele die Stirn. Dafür muss es eine Erklärung geben. Aber das muss warten.

Ich gehe kurz in mein Schlafzimmer, ziehe mir ein T-Shirt über und schlüpfe in meine inzwischen völlig verschmutzten weißen Sneaker. Ich hoffe, Irene sieht mich nicht, weil sie es garantiert nicht gut fände, wenn das Personal in so einer Aufmachung hier rumschlurft.

*Konzentration, Birdy. Roxy!* Ich darf keine Zeit mehr verlieren, und bald ist schon Frühstückszeit. Ich rase hinters Haus und stürme in den Küchenbereich, wo Anis mich schief anlächelt. Weiß sie, was gestern Abend passiert ist? Hat Roxy mein Geheimnis bereits gelüftet? Mein Herz pocht, als ich die Küchentür ein Stück öffne und sie im Speisesaal entdecke.

»Hey«, sage ich lautlos zu ihr und zeige auf den Personalraum.

Roxy sieht mich, und ihr breites Grinsen weicht rasch einem besorgten Gesichtsausdruck, während sie die Krümel von Tisch vier mit einem dieser kleinen silberfarbenen Handfeger entfernt. Das wirkt ein wenig übertrieben für Frühstückskrümel, und ich denke – nicht zum ersten Mal –, dass sie diese ganze gehobene Servicescheiße vergessen und alles etwas entspannter gestalten sollten.

Als wir beide unbemerkt in den Aufenthaltsraum huschen, schlägt mein Herz noch ein bisschen schneller. Roxy sieht auch nervös aus.

»Ist es wegen dem Kritiker? Oder wegen dem Vorfall mit dem Chablis? Anis meinte, auf Tripadvisor würde nun eine Rezension dazu stehen. Ich habe James und Irene schon gesagt, dass es *mein* Vorschlag war. Er hat gekorkt, und ich weiß nicht, warum er ihn nicht einfach zurückgehen lassen hat. Ich hätte ihm etwas Neues dafür angeboten – du weißt, dass ich das getan hätte!«

Ich habe keine Ahnung, wovon sie spricht, und ganz ehrlich, das ist meine geringste Sorge.

»Nein, nein«, sage ich und winke ab. »Es ist okay, das war ganz eindeutig nicht deine Schuld. Manchmal ist der Wein schlecht, aber der Gast lässt ihn nicht zurückgehen, weil er ein Arschloch ist, das seine Freunde beeindrucken will und rein gar nichts über Wein weiß. So wie ich.«

Sie kichert und denkt, ich wäre bescheiden, dabei bin ich ehrlich. Die Heather, die ich zu Beginn dieses Auftritts präsentiert habe, löst sich langsam, aber sicher in Luft auf.

*Konzentrier dich, Birdy. Konzentrier dich auf deine Aufgabe.*

»Oh, Gott sei Dank, ich hatte mir solche Sorgen gemacht«, antwortet sie und entspannt sich sichtlich. »Wie war es denn gestern Abend? Mit mir will niemand darüber reden.«

»Um ehrlich zu sein, nicht so toll«, erkläre ich und schüttele den Kopf. »Am Ende war es ein wenig wie eine Verwechslungskomödie. James glaubt, dass er die Taube zerkocht hat, und ich habe den Kritiker beleidigt.«

»O nein!«

»So schlimm ist es nicht. Echt. Mach dir darüber keine Sorgen«, sage ich schnell. »Deswegen sind wir nicht hier.«

»Oh. Okay? Worum geht es denn dann?«

*Los geht's.*

»Schau mal, ich wollte mit dir über diese Facebook-Sache reden«, setze ich an und spüre, dass ich erröte. »Es ist leider so, dass ich wirklich meine Arbeit und mein Privatleben voneinander getrennt halten will, weißt du?«

»Das verstehe ich voll und ganz«, antwortet Roxy schnell und wird puterrot, sie schaut zu Boden. »Bitte ignoriere die Anfrage – es ist mir total peinlich.«

Aber es reicht nicht, ihr nur zu erklären, warum ich sie nicht annehmen möchte, denn diese verdammte Benachrichtigung wird weiterhin auf Heathers Account angezeigt. Die Anfrage muss weg.

»Das mag ein wenig unhöflich klingen, aber könntest du die Anfrage löschen?«

»Sicher«, sagt sie und lächelt gequält. Ich weiß, dass sie verletzt ist, aber ich muss das durchziehen und mich auf die Problemlösung konzentrieren.

»Jetzt?«, frage ich.

»Jetzt?«

»Ja, wenn es dir nichts ausmacht«, sage ich, lächele entschuldigend und versuche, mich so zu benehmen, als wäre das eine normale und ganz und gar keine unhöfliche Forderung.

Sie blickt zu mir auf, aber sie ist weder sauer noch misstrauisch oder sonst irgendwas, das mich nervöser machen würde. Sie sieht eher komplett peinlich berührt aus.

»Okay, tut mir leid«, sagt sie und geht zu ihrem Spind. Ich beobachte, wie sie mit dem Schloss herumfummelt und es dann aufzieht. Sie findet ihr Telefon, blickt kurz zu mir auf und klickt dann einige Male.

»Ich weiß, dass das ein wenig seltsam klingt«, sage ich und will die Situation damit entschärfen.

»Alles gut«, unterbricht sie mich, schmeißt ihr Telefon wieder in den Spind und wirft die Tür zu; das ist der einzige Hinweis, dass sie nun wütend ist. »Es tut mir leid, dass ich dich belästigt habe.«

»Du hast mich nicht belästigt – ich möchte nur professionell bleiben. Das bedeutet: Keine Freunde, keine Feinde, kein Ficken«, sage ich mit einem erzwungenen Lächeln.

»Okay, Heather«, sagt Roxy mit einem ernüchterten Lächeln. Und dann geht sie, und ich fühle mich so schlecht. Ich will sie an den Handgelenken festhalten und ihr sagen, dass ich sie ganz wunderbar finde und dass wir bis in alle Ewigkeit Freunde sein werden, aber ich kann es nicht.

Ich muss mich noch um den verdammten Tim kümmern.

Ich ziehe mein Handy aus der Gesäßtasche, als Roxy die Tür hinter sich zufallen lässt. Immer noch keine Nachricht von Tim. Ich versuche anzurufen, lande aber direkt auf der Mailbox. Ich sehe außerdem, dass ich nur noch vier Prozent Akku habe. Scheiße!

Ich entscheide mich dazu, zum Cottage zurückzugehen, mein Telefon aufzuladen, einen Kaffee zu trinken und darauf zu warten, dass Tim sein Telefon einschaltet, und versuche, mich zu entspannen.

# 29

Als ich wieder in meinem sicheren Schlafzimmer angekommen bin, fahre ich den Rechner hoch. Seit einiger Zeit hört er sich wie ein Hubschrauber beim Start an, deswegen bin ich mir ziemlich sicher, dass er aus dem letzten Loch pfeift. Rasch verbinde ich mein Telefon mit dem Computer und schaue nach, ob es lädt. Soll ich duschen? Nein, ich will die letzte Nacht nicht abwaschen. Im Spiegel sehe ich ein Mädchen, das Schlaf braucht. Ich inspiziere die neuen Fältchen um meine Augen und schwöre mir, mir wenigstens das Gesicht zu waschen und später ein wenig Make-up aufzutragen. Ich quetsche das letzte bisschen aus meiner Feuchtigkeitscreme und fahre mir mit Heathers Paddle-Brush aus Bambus durchs Haar, fühle mich bei jedem Bürstenstrich schuldig. Ich muss mit ihr sprechen. Ich muss sicherstellen, dass sie diese verdammte Anfrage nicht gesehen hat. Ich schicke ihr eine kurze Nachricht.

**Heather, hast du Zeit?**

Ich fühle mich plötzlich völlig ausgehungert, und mir wird klar, dass ich noch nichts gegessen habe und mir etwas aus der Hotelküche hätte mitnehmen sollen. Ich werde mich mit dem begnügen müssen, was noch im Cottage ist. Ich öffne den Kühlschrank, in dem noch ein Käserest, etwas Milch, ein leerer Eierkarton, die üblichen Würzmittel – Sojasoße, Mayonnaise, Tomatensoße und ein halbes Glas Kapern stehen. All die Kochstunden und nichts, um meine neu erworbenen Fähigkeiten unter Beweis zu stellen. Wenn ich an James denke, wird mir schwindelig und leicht übel. Ich ignoriere es. Erst mal den Hunger stillen.

Dann schaue ich in den Schrank und finde ganz hinten eine Dose Hühnchencurry. *Bingo!* Ich krame nach einem Topf und schütte alles rein.

Dann stelle ich meinen Laptop auf den Küchentresen und öffne Facebook. Ich schaue mir Heathers Seite an und bin erleichtert, dass sie gar nichts gepostet hat, und meine Angst legt sich ein wenig. Wahrscheinlich war sie schon seit Tagen nicht mehr online. Ich hole mein Telefon heraus und sehe eine Nachricht von ihr.

**Yup, kann reden.**

Ich rufe sie an, während ich in meinem Hühnchengericht rühre.

»Hey, Babe«, sagt sie behäbig.

»Wie ist es in Italien?«, frage ich und rede ganz leise, obwohl ich mir ziemlich sicher bin, dass James und Bill beide noch schlafen.

»Nun«, sagt sie und atmet ein, »bislang ganz okay. Gestern Abend war schön, aber Cristian ist heute früh verschwunden, noch bevor ich aufgewacht bin. Wahrscheinlich Arbeit oder so.«

»Oh«, antworte ich und beiße mir auf die Zunge. Ich hasse diesen Typen.

»Aber es ist alles okay, glaube ich, also sonst. Ich weiß es nicht. Was ist bei dir los?«, fragt sie. »Hattest du Glück mit Mr. Koch? Hast du ihn noch einmal gesehen? Und wohnst du noch bei deinem Cousin? Mensch, wir haben echt lange nicht miteinander gesprochen!«

Sie erwähnt keine Freundschaftsanfrage auf Facebook, und ich bin mir ziemlich sicher, dass sie das sonst direkt gemacht hätte. Ich entspanne mich. Ich will ihr von James und den

Kochstunden erzählen. Und von der letzten Nacht. Ich will ihr alles darüber erzählen.

*Ich bin total in ihn verliebt. Er ist niedlich und schüchtern und ein wenig naiv und komplett anders als alle anderen Männer, mit denen ich bisher etwas hatte. Er ist behutsam. Er lässt sich nicht ablenken. Er liebt seine Arbeit, und er ist total klug, aber er hat nicht genug Selbstbewusstsein, um sein Ding zu machen. Er mag Powerballaden und hat noch nie* Die Hard *gesehen. Er ist liebenswürdig und sanft, aber zutiefst leidenschaftlich, wenn man ihn besser kennenlernt. Und auch manchmal witzig, aber zugegebenermaßen meistens aus Versehen. Er sieht wirklich gut aus, aber er zupft sich nicht die Augenbrauen und hat auch nicht Hunderte blöde Tattoos. Mit ihm fühle ich mich ruhig und behaglich und aufgekratzt und ängstlich zugleich. Du würdest ihn lieben, Heather. IHN LIEBEN. Und ich warte nur darauf, dass er die Wahrheit herausfindet: dass ich ein Nichtsnutz bin.*

Aber das kann ich nicht, deswegen sage ich den anderen Teil der Wahrheit. Den Teil, der nicht vermieden werden kann. »Nun, also, es hat keine Zukunft.«

»Wie meinst du das?«

»Es führt nirgendwohin.«

»Hat er eine Freundin? Warum versuchst du es denn nicht?«

»Heather, nicht alles im Leben dreht sich um Kerle.«

Es wird still in der Leitung, und ich bekomme Angst, dass ich sie verletzt habe.

»Ich vermisse dich«, sage ich wahrheitsgemäß.

»Ich dich auch, Birdy, ich dich auch«, entgegnet sie und hört sich fast schon traurig an.

Ich will noch mehr Fragen zu Cristian stellen, und ich habe das Gefühl, dass sie gerne über ihn sprechen würde, aber ich habe gerade nicht genug Zeit.

»Ich bin … ähm … auf dem Sprung. Wollen wir uns für ein richtiges Telefonat verabreden?«

»Ja, sicher, Birdy. Wann du willst, ich habe immer Zeit.«

Ich sacke noch mehr in mich zusammen. Ich habe sie angerufen, um herauszufinden, ob sie eine verdammte Freundschaftsanfrage auf Facebook bekommen hat, aber sie braucht gerade eigentlich eine richtige Freundin. Mein Telefon piepst. Ich sehe, dass Tim anruft.

»Hey, ich muss auflegen, ich habe einen Anruf auf der anderen Leitung.« Ein Teil von mir ist erleichtert – wenn sie mir erzählt, wie schlecht es gerade mit Cristian läuft, würde es mir das Herz brechen, nicht zu sagen, dass sie nach Hause kommen muss. *Birdy, du bist echt furchtbar.*

»Jut. Bis bald«, sagt Heather ein wenig gekränkt, und als ich auflege, fühle ich mich schlecht. Aber ich habe keine Zeit für Gefühle.

»Hi, Tim. Gott sei Dank«, sage ich und spüre Erleichterung.

»Was ist los?«

»Schau mal, ich will kein Arschloch sein, aber du kannst nicht hierherkommen.«

Plötzlich merke ich, dass ich ein äußerst heikles Problem habe. Wie trennt man sich von jemandem, mit dem man eigentlich gar keine feste Beziehung hat? Was ist, wenn er über mich lacht?

»Ach, komm schon. Das wird toll.«

»Wird es nicht. Ich bin die ganze Zeit über total gestresst. Ich wäre heute fast aufgeflogen – jemand hat Heather eine Freundschaftsanfrage auf Facebook geschickt.«

»Oh, Scheiße«, sagt Tim und lacht laut. »Du musst ein Fake-Profil erstellen, damit sie dich finden, wenn sie nach ihr suchen.«

*Verdammt, warum bin ich da nicht selbst draufgekommen?*

»Ohne mich bist du aufgeschmissen. Komm schon, ich nenne dich Heather, und Damo kann mit einer der Kellnerinnen flirten. Gibt es bei euch heiße Kellnerinnen? Das fragt er mich gerade.«

»Ja«, antworte ich und denke an Roxy. »Aber sie ist zu …«

»Was? Zu fancy für Damo?«

»Nein, nein. Sie ist neunzehn oder so. Tim, sorry, ich komm mir echt schäbig vor, aber ich glaube, es ist wirklich besser, wenn du nicht kommst.« Ich atme tief ein. »Ich glaube, dass wir uns nicht mehr treffen sollten. Weder in Schottland noch in London.«

»Und was ist mit Wales?«

»Tim, ich meine es ernst.«

»Okay, okay. Dann kommen wir eben nicht, Mann.«

»Danke.«

»Das wäre so witzig geworden«, sagt er und seufzt übertrieben. Hört er sich überhaupt angepisst an? »Damo wird das nicht gut finden.«

»Nimmst du Damo als Begleitung mit? Zu einer Hochzeit von jemandem aus deiner Familie?«

»Ja und?«, antwortet er.

Ich würde lachen, wenn es mich nicht so rasend machen würde. Ich will das Gespräch jetzt beenden.

»Tim, komm nicht. Ich ruf dich an, okay?«

»Ja, ja, dann bis bald«, antwortet er und legt auf.

Ich schaue auf mein Handy – es ist schon fast neun. Ich verspüre ein Hochgefühl, weil ich beide Feuer gelöscht habe und immer noch ein paar Stunden übrig sind, um mich vor meiner Schicht wieder auf die Arbeit einzustimmen.

»Hallo«, höre ich eine verschlafene Stimme, und mein Bauch kribbelt, als James durch den Bogengang zwischen Lounge und Küche kommt. »Ich habe dich heute Morgen vermisst.«

Er kommt direkt zu mir. Er macht kein bisschen den Eindruck, als hätte er einen Fehler gemacht oder wäre sich seiner Gefühle unsicher. Für ihn ist die Sache ganz klar. Er legt den Arm um mich, nimmt mir den Holzlöffel aus der Hand und zieht mich an sich.

»Das kannst du nicht essen.«

»Schreibst du mir jetzt vor, was ich essen soll?«

»Wahrscheinlich«, sagt er und blickt zu dem Topf.

Ich beiße mir auf die Lippe.

»Wann beginnt deine Schicht?«, fragt er.

»Um halb zwölf.«

»Gut«, antwortet er, nimmt meine Hand und stellt das Curry aus, als ich nachgebe. »Ich zeig dir was.«

Wir gehen auf den Flur, James nimmt den Schlüssel des SUV vom Haken und reicht ihn mir. »Hol das Auto, ich bin in einer Minute draußen.«

Ich gehorche. Als ich den Weg zum Haus entlangfahre, steht James da, hält seinen Mantel und einen halben Liter Milch in der Hand und sieht herrlich ungewaschen aus.

»Steig ein«, sage ich, während ich vorfahre und das Auto fast umgehend abwürge.

»Bist du sicher, dass ich nicht fahren soll?«

»Nein, lass mich fahren«, sage ich. »Es ist nicht weit, oder?«

»Nur zwanzig Minuten. Nimm die Hauptstraße und fahr aus der Stadt raus – dieselbe Strecke, als würden wir nach Skye fahren, aber bieg stattdessen an der großen Kreuzung rechts ab.«

»Du musst es mir zeigen, ich kann mich nicht mehr daran erinnern.«

»Okay. Wie geht es dir wegen letzter Nacht?«

»Du meinst …«

»Wie du dich *deswegen* fühlst, weiß ich.« Er grinst. »Ich meine den Lurch mit Verstopfung. Oder wie hast du ihn genannt?«

»Schildkröte«, sage ich, und wieder erfasst mich Bedauern, was ich schnell verdränge.

»Lass uns jetzt nicht darüber sprechen.«

»Alles klar.«

»Heather«, beginnt er, und an seiner Stimme höre ich, dass er etwas Ernstes sagen will.

»Kannst du mich bitte nicht mehr beim Vornamen nennen?«, frage ich spontan. »Das erinnert mich an meine Mutter.«

»Okay … wie soll ich dich denn nennen?«

»Gute Freunde nennen mich Birdy«, sage ich und schalte knirschend hoch. Scheiß drauf! Ich will, dass er mich mit meinem Namen anspricht. Nur für die letzten Wochen.

»Birdy? Süß«, sagt er und schaut aus dem Fenster zu Brett, der zwei Gäste über den Weg im Garten führt.

»Was wolltest du sagen?«

»Ich wollte dir sagen, dass du hübsch aussiehst.«

Ich schlucke und lasse die Gangschaltung noch mehr quietschen als beim ersten Mal, während wir Loch Dorn rasch hinter uns lassen und auf die geschlängelte, einspurige Straße fahren.

»Nun«, sage ich, »ich will dich nicht aufhalten. Verdammt, was soll ich machen, wenn ein anderes Auto kommt? Das ist schlimmer als in Cornwall.«

Ich schaue zu ihm, unsere Blicke treffen sich, und wir grinsen uns an, und dann umfahre ich um Haaresbreite einen Baumstumpf. »Ich sollte mich besser konzentrieren. Wohin fahren wir denn eigentlich?

»Zu mir«, sagt er, und ich höre den Stolz in seiner Stimme. »Hier links.«

»Zu *dir*?« Er kann nicht das Haus seiner Mum meinen – das liegt in der anderen Richtung.

»Da!«, sagt er und zeigt auf eine fast unsichtbare Straße zwischen den Bäumen.

»Was soll das denn mit diesen ganzen verdammten Straßen überall?«, frage ich, steige auf die Bremse, dann fahre ich rückwärts und biege anschließend in den schmalen Weg ein. Der eigentlich wirklich schön ist – und außerdem nicht zu holprig.

»Siehst du diese Eichen dort drüben?«

»Yup.«

»Dort habe ich letztes Jahr meinen Steinpilz-Schatz gefunden.«

»Oooh«, sage ich, »wann kommen die?«

»Normalerweise im August. Okay, da lang«, sagt er und dirigiert mich zu einem anderen Weg.

»Moment, warte. *Dein Haus?*«

»Ja, ich habe es vor einiger Zeit gekauft, aber es ist immer noch etwas chaotisch. Du wirst ja sehen.«

Plötzlich lichten sich die Bäume, und wir folgen der Straße zu einer Farm, wo Schafe faul auf einem kleinen Feld grasen. Wir fahren eine steile Straße hinab, bis man plötzlich weit sehen kann und wir zu einer felsigen Bucht fahren.

»Ist das das Meer?«

»Ja«, antwortet er.

Die Straße macht noch eine scharfe Kurve, und am Ende einer Einfahrt aus bröckelnden Steinen steht ein ebenso bröckeliges Haus ohne Dach; und dann, weiter hinten, ein größeres Steinhaus, das in die Felsklippe gebaut ist, mit einer sehr heruntergekommenen alten Bootsrampe. Ich halte das Auto an.

Kurz sitze ich staunend da.

»Nun, hier muss noch viel Arbeit reingesteckt werden, aber die Aussicht ist grandios«, sage ich und betrachte staunend die tiefblaue Bucht. Wegen der leeren und friedvollen Umgebung wird mir plötzlich das Herz ganz leicht.

»Komm«, sagt James, springt aus dem Auto und zieht einen Schlüsselbund aus seiner Gesäßtasche. Die Meeresluft peitscht mir ins Gesicht, und ich erinnere mich kurz an Plymouth und glückliche Tage am Strand, mit gestreiften Liegestühlen, die man mieten konnte, Zuckerwatte und vielen Menschen. Ich kann die Erinnerung nicht richtig einordnen, aber Heather ist definitiv dabei.

Die Möwen durchbrechen die Stille und kreischen, während sie über dem Berg hinter dem Cottage kreisen.

Mir bleibt der Mund offen stehen, als er die Tür öffnet. Wir gehen direkt in den Wohnbereich, und er ist atemberaubend. Das Cottage war ganz offensichtlich kurz vorm Einstürzen, aber anstatt es wieder aufzubauen und zu restaurieren, scheint James etwas ganz Neues daraus zu machen.

»Diese Wand ist vor ungefähr achtzig Jahren in sich zusammengefallen. Einfach ins Meer gestürzt«, sagt er. »Deswegen habe ich die Glasplatte und den Eichenrahmen zuschneiden lassen, damit sie genau in das Loch passen. Ich liebe es, dass man sehen kann, wo es auseinandergefallen ist, aber nun ist es dicht.« Er lacht. »Aber es ist kühl, weil manchmal die Flut hier hochkommt – fast bis zum Fenster.«

Es sieht unglaublich aus. Die dem Meer zugewandte Seite des Hauses bildet eine riesige Glaswand, die ihm Offenheit und Helligkeit verleiht – nichts, womit man bei einem so alten Cottage rechnen würde. Aber weil alles aus Glas und Holz besteht, harmoniert es perfekt mit den alten Steinen.

»Ich habe bislang nur diese eine Wand geschafft«, sagt er, während ich mich umdrehe und sehe, dass er Kaffee auf einem alten Gasherd kocht und Eier aus dem Kühlschrank nimmt. »Das ist teuer. Und man braucht Zeit, um es ordentlich zu machen.«

»Das ist großartig. Wirklich die perfekte Mischung aus Alt und Neu«, sage ich und blicke wieder aufs Meer.

»Es gibt unendlich viel zu tun«, erklärt er. »Ich erledige immer mal wieder eine Kleinigkeit, wenn ich die Zeit habe. Aber ich habe nun endlich Strom und Gas. Und letztes Jahr haben wir einen Klärtank installiert, damit die Toiletten nicht mehr so ekelig sind wie früher.«

»Willst du eines Tages hier leben?«

»Das ist der Plan, Birdy.«

Ich schließe die Augen – in meinem Kopf nennt er mich immer wieder *Birdy*.

Die Sonne scheint plötzlich durch ein kleines Oberlicht ins Zimmer. Ich blicke auf und schirme mir die Augen ab. »War das auch mal ein Loch?«

»Ja. An einem wirklich guten Ort – das ist das perfekte Oberlicht. Setz dich, ich mach dir Frühstück.«

Ich setze mich auf das alte Sofa mit Blick aufs Meer. Ich versinke darin. Es fühlt sich an wie ein Federbett. Die Sitzfläche ist so tief, dass ich beide Füße hochnehmen und mich im Schneidersitz hinsetzen kann. Ich decke mich mit einer weichen Wolldecke zu. Neben mir liegen auf einer umgedrehten Apfelkiste einige Kochbücher – eine alte Ausgabe von Nigellas *How to Be a Domestic Goddess* und *Jamie's 15-Minute Meals*. Ich nicke belustigt. Es gibt zwei gerahmte Bilder: eins von Irene und James (er ist irgendwas um die achtzehn) und noch eins von einem Mann mit riesigen Koteletten und einem straßenköterblonden Lockenkopf. Irgendwie erinnert er mich an jemanden.

»Ist das dein Dad?«

»Genau.«

»Wow, tolle Koteletten.«

»Ich weiß. Ich habe nur dieses eine Bild. Und dabei wird es auch bleiben, vermute ich.«

»Es tut mir leid, dass ich ihn bei unserem Angelausflug als Arsch bezeichnet habe.«

»Ich habe ihn nie kennengelernt«, sagt James achselzuckend. »Mum hat mir das Bild gegeben, und ich hatte das Gefühl, ich müsse es einrahmen. Keine Ahnung, ob ich das schon erzählt habe, aber sie wollte es nicht im Cottage haben.«

Kurz darauf bringt er ein Tablett mit French Toast und zwei Tassen Kaffee mit warmer Milch. Der Toast ist leicht mit Puderzucker bestäubt, aber wir schaffen gar nicht viele Bissen, bis sich die Spannung zwischen uns wieder aufbaut. Das liegt am Honig aus der Quetschflasche. Als er den Honig auf den

Toast drückt, finde ich das auf skurrile Weise erotisch und muss kichern.

James legt mir die Hand auf die Taille.

»Ich stinke«, erkläre ich ihm. »Ich habe noch nicht geduscht und trage noch die Klamotten von gestern. Oh, und in diesem Licht – ich warne dich besser vor – wird es Enttäuschungen geben. Meine Nippel sind zu groß und haben die falsche Farbe, sie passen nicht zu meinem Hautton. Ich habe auf dem rechten Oberschenkel eine Narbe – ich bin betrunken ein Geländer heruntergerutscht, und ein Nagel ragte aus dem Handlauf. Mein Bauch ist nur flach, wenn ich mich auf den Rücken lege *und* ausatme. Dann sieht er ziemlich gut aus, finde ich. Aber das geht zu Lasten meiner Brüste, die dann in meinen Achselhöhlen verschwinden.«

Und dann küsst er mich wieder. Ich glaube, damit ich den Mund halte, und ich denke, das war wahrscheinlich eine gute Idee, denn ich hätte sonst wohl sämtliche Makel aufgezählt. Wie im Rahmen einer Offenlegungsvereinbarung vor dem Rummachen.

»Birdy?«, fragt James kurz darauf, als wir verschwitzt auf dem Sofa liegen.

»Ja«, antworte ich, genieße den Klang meines eigenen Namens, der aus seinem Mund kommt, und spiele mit seinem spärlichen Brusthaar.

»Ich will nicht, dass du gehst.«

Das ist der schönste – und ernüchterndste – Satz, den ich jemals gehört habe. Ich kann James nicht anschauen, aber ich spüre, wie er mich anblickt und nach Bestätigung sucht. Ich fühle mich genauso. Aber ich schaue nicht zu ihm auf – stattdessen starre ich aufs Wasser, das sich an der Küste kräuselt und über die schwarzen Steine schwappt.

»Ich auch nicht«, sage ich schließlich, weil es die Wahrheit ist.

# 30

»Hi, Russell«, sage ich so stolz, wie ich es schaffe.

Er sitzt an der Bar und sieht wütend aus, und ich vermute, dass er von dem katastrophalen Abend mit dem Kritiker erfahren hat. Ich bin ihm seitdem so gut wie möglich aus dem Weg gegangen, und zugegebenermaßen wurde ich von dem Techtelmechtel mit James abgelenkt. Mit James im Keller. In unserem Cottage. Sogar – nicht von Erfolg gekrönt – im Kühlraum. »Das ist einfach ein wenig zu kalt«, schlussfolgerten wir.

Ich gehe kurz in mich, dann entscheide ich, dass ich es okay finde, Russell von nun an zu hassen.

»Hallo, Heather«, sagt er.

»Hör zu, das neulich abends …«

»Darüber sprechen wir später«, erklärt Russell abweisend, »aber in der Zwischenzeit ist eine Bestellung angekommen. Sie steht an der Hintertür.«

»Danke dir«, sage ich. Und dann erinnere ich mich an die Weine in Bills Garderobe. Darüber habe ich nicht mehr nachgedacht. An dem Tag war viel los: Roxy, die Facebook-Freundschaftsanfrage, meine erste Nacht mit James … Ich habe es einfach vergessen … »Ich wollte dich etwas fragen«, sage ich und halte inne, um sicherzustellen, dass ich es vorsichtig formuliere. »Wer hat die Weinbestellungen für die Filmpremiere gemacht?«

»Soll das ein Witz sein?«, fragt er.

»Ähm, nein …«, antworte ich vorsichtig.

»*Du* hast diese scheiß Bestellung wahrscheinlich aufgegeben, oder? Das ist deine Aufgabe?«

»Oh«, sage ich verwirrt. Was zum Teufel ist denn hier los? Bill hatte mir gesagt, dass Russell die Bestellung von einem Freund bekommen hat. Mir wird ganz flau im Magen, als sich die Puzzlestücke ineinanderfügen. Es ist eine Sache, sich mal in der Bar oder nach der Arbeit ein Schlückchen zu genehmigen – das gehört zum Job. Aber es ist was völlig anderes, gleich *ein paar* Weinkisten verschwinden zu lassen. Ich bin irgendwie erleichtert, dass Bill nicht Wein aus dem großen Keller geklaut hat. Aber er hat die Gelegenheit erkannt und ergriffen. Ich frage mich, ob ich mit Irene und James irgendwann darüber sprechen oder es einfach gut sein lassen soll.

Ich schaue zu James in der Küche, und wir lächeln uns an. Mit diesem Blick teilen wir eine Million Geheimnisse. Das Cottage. Der Kaffee. Die Möwen, die nach Fisch tauchen. Angeln. French Toast.

»Die Wallaces verlangen den Geschäftsführer an der Rezeption. Heather, kannst du hingehen? Wir können Irene nicht finden«, sagt Anis und streckt den Kopf aus der Küche.

»Verdammt, und jetzt?«, sagt Russell und haut mit der flachen Hand auf die Bar.

»Kein Problem«, sage ich schnell. Ich sehe einen großen Mann – die fünfzig hat er mindestens überschritten – wütend in seinem Bademantel gestikulieren, der gleich aufgeht. Seine Frau – glaube ich zumindest – steht vor ihm, sie ist in ein Handtuch gewickelt und hat die Hände über den Mund gelegt – sie sieht verängstigt aus.

»Hallo, die Herrschaften. Wobei darf ich Ihnen behilflich sein?«, frage ich und bin wirklich nervös. Haben sie sich gestritten? Warum sind sie nackt? Warum sind seine Beine mit Matsch und Grasflecken übersät?

»In unserem Zimmer ist ein Hirsch! Ein großer Hirsch mit langen Hörnern«, schreit Mrs. Wallace.

»Geweih!«, unterbricht Mr. Wallce sie, als hätte er sie schon ein Dutzend Mal korrigiert.

»Okay, gut …«, setze ich an.

»Geweih! An unserem Hochzeitstag baden wir gerne gemeinsam, mit Champagner. Das haben wir immer schon gemacht.«

»Zu einem entspannenden Bad sagt niemand Nein«, erkläre ich, schaue mich um und hoffe, dass Irene bald auftaucht.

»Ich habe die Badezimmertür aufgestoßen!«, sagt Mrs. Wallace, und ihre Stimme wird wieder schrill. »Wir sind beide losgerannt, und die Tür zum Nebengebäude ist hinter uns zugefallen.«

»Ich bin nicht gerannt«, korrigiert Mr. Wallace sie.

»Doch, bist du wohl. Du bist rausgelaufen, über diese schlammige Böschung. Du hast dich nicht mal umgedreht, um zu schauen, ob ich noch lebe! Schau dir den Dreck an deinen Beinen an, du mieser Feigling.«

»Entschuldige bitte, Karen, ich glaube nicht, dass das passiert ist.«

»Abgehauen ist er. Wie Forrest Gump.«

»Das reicht jetzt«, sagt er, und sein Blick huscht zu mir. »Ich bin ganz eindeutig losgelaufen, um Hilfe zu holen.«

Glücklicherweise kommt Irene in diesem Augenblick.

»Hallo, Karen. Gregory. Ich habe gehört, ein Hirsch ist in Ihr Zimmer gelaufen?«, fragt Irene ganz unaufgeregt. Ich staune darüber, wie ihr beschwichtigender Ton sie beruhigt. »Ich bin mir sicher, dass wir das Problem ganz schnell lösen können. Heather, könntest du bitte Brett anrufen und ihm sagen, er soll mit der Schrotflinte kommen?«

»Mit der Schrotflinte?«, frage ich und schlucke.

Irene dreht sich zu mir und nickt mir ermutigend zu. »Ja, Brett wird genau wissen, was zu tun ist. Nun, Mr. Wallace, kann ich Ihnen etwas Stärkendes zu trinken anbieten? Wir kümmern uns direkt darum, und natürlich müssen Sie das Zimmer heute nicht bezahlen.«

»Verdammt, wie ist denn ein Hirsch bei denen ins Badezimmer gekommen?«, flüstere ich ihr zu, während sie das Paar zur Bibliothek scheucht und Mrs. Wallace eine Decke reicht.

»Darf ich Ihnen etwas bringen, Mrs. Wallace, vielleicht einen Whisky – Sie sehen aus, als könnten Sie einen gebrauchen?«, spricht Irene laut weiter.

Ich wähle Bretts Nummer mit dem Telefon an der Rezeption, und er antwortet nach dreimaligem Klingeln. »Irene sagt, du musst mit deiner Schrotflinte kommen«, flüstere ich, bevor ich schnell erkläre, »weil ein Hirsch in einem Schlafzimmer ist. Du wirst ihn nicht umbringen, oder?«

»Keine Sorge«, sagt er nur und legt auf.

»Er hat meine Handtasche vom Bett gezogen«, jammert Mrs. Wallace jetzt. »Er hat sie mit der Nase durchwühlt. Ich hoffe, er findet mein Xanax nicht.«

»Das alles ist bald vorbei. Wir werden Sie im Haupthaus unterbringen«, beruhigt Irene sie.

»Kann ich noch etwas für dich tun?«, frage ich sie.

Sie schüttelt den Kopf, und ich sehe, dass sie ein klitzekleines bisschen die Augen verdreht. »Nein, Liebes, mach dich einfach für deine Schicht fertig.«

Als ich wieder im Restaurant bin, haben sich alle um einen Laptop versammelt, und Russell liest dem Team etwas vor. Er schaut kurz auf, und da ist sie, direkt vor seinem Gesicht: die Restaurantkritik. Die Kritik wurde veröffentlicht, und die Rezension ist schlimm.

»Ach, Heather, schön, ich fange noch mal an, damit du auch den Anfang hörst«, sagt er. James ist blass.

*Niemand will einen derartig symbolträchtigen Ort wie Loch Dorn verrei-
ßen, aber manchmal ist das ganze Erlebnis dermaßen bodenlos, dass scho-
nungslose Ehrlichkeit erforderlich ist.*

*Ich komme in Loch Dorn an, alles wurde kürzlich renoviert – für wen,
ist mir allerdings ein Rätsel. Jeder Grauton wurde bemüht, welch Tristesse,
und man bekommt den Eindruck, dass wirklich niemand hier strahlen
wollte.*

*Nachdem wir Platz genommen haben, vergisst die sogenannte Somme-
lière, eine freche Engländerin mit spitzer Zunge, das Wasser und wirkt
völlig überfordert, als wir einen Wein des Degustationsmenüs austauschen
wollen. Ich frage mich, ob sie den nach Chemie schmeckenden Gimlet gekostet hat, der als Aperitif serviert wurde? Dieses Gläschen Atommüll
würde sich besser zum Spülbeckenreinigen eignen als zum Trinken. Die
Meerbrasse kommt – sie ist ein müdes und totgebratenes zähes Stück
Schwamm, das auf – Ehre, wem Ehre gebührt – wirklich köstlichen lokalen Schwarzwurzeln liegt.*

Ich schaue auf zu Bill, der gedemütigt dreinblickt, und dann zu
Anis, die so aussieht, als würde sie gleich in Tränen ausbrechen.
Wow! Wir werden *alle* gekreuzigt.

Ich habe noch nie so sehr das Gefühl gehabt, zu einem Team
zu gehören.

»Aber jetzt kommt mein Lieblingsteil«, sagt Russell:

*Ich sehne mich nach etwas Dunklem und Kräftigem als Beilage zu meinem
exquisiten Wild, aber die Oberkellnerin, die während der fünf Gänge wie
ein Polizeihubschrauber umhergekreist ist, kippt die ganze Flasche auf
den trostlosen Teppich.*

*Ich kann mich mit Müh und Not davon abhalten, nach dem alten
Restaurant zu schreien, wo der Haggis mit Neeps und Tatties und einer
riesigen Portion entspanntem schottischem Charme serviert wurde.*

*Man kann nur vermuten, wonach Loch Dorn mit den wässrigen*

*Schäumen und der umständlichen Weinkarte strebt. Hat dieser Einsiedler Michael MacDonald gesehen, was aus seinem früher einmal famosen Restaurant geworden ist? Interessiert es ihn überhaupt?*

*Weil ich verzweifelt mit etwas Positivem schließen möchte, erwähne ich noch das großzügige Glas des lokalen Whiskys, das ich bekomme, kurz bevor ich um die Rechnung bitte, die mit 265 Pfund die letzte Frechheit in dieser geschmacklosen Blamage für den schottischen Tourismus darstellt.*

Das ist so schlecht, dass ich einfach kichern muss, mir dann schnell auf die Lippen beiße, weil Russell nicht lacht und auch sonst niemand.

»Nun, schlimmer wäre nicht mehr möglich gewesen«, sagt Russell stirnrunzelnd, und alle Angestellten blicken beschämt zu Boden.

Roxy, die erst bei der Erwähnung der umgekippten Weinflasche zu uns gestoßen ist, ist die Einzige, die ein wenig amüsiert aussieht. *Das ist in Ordnung,* denke ich. Denn die Wahrheit lautet: *Sie* hätte die Sache besser gemacht als ich.

»Ich habe einen Job in der Jury von *Iron Chef* dafür sausen lassen. Was für ein verdammter Witz! Das ganze Ding hier ist ein einziger Witz. IHR SEID ALLE WITZFIGUREN.« Russell ist so wütend, dass er schwer atmet. »Wo zum Teufel ist Irene?«, fragt er und reckt den Hals.

»Sie kümmert sich gerade um einen Hirsch, der im Anbau herumläuft«, antworte ich, und dann muss ich mich wirklich arg zusammenreißen, um nicht zu lachen.

Russell ist diese Info nicht einmal eine Antwort wert. Er wendet sich an James.

»Wir müssen uns zusammensetzen und noch einmal über das Menü nachdenken. Vielleicht müssen wir auch ganz allgemein über einiges nachdenken. Einige Leute waren in letzter Zeit nicht ganz bei der Sache, oder? Wir unterhalten uns später.«

James blickt zu Boden, während Russell seine Brille aufsetzt und durch die Schwingtüren abdampft. *Verdammt. War das denn dermaßen offensichtlich?*

Ich schaue zu den Angestellten, aber niemand blickt zu uns. Sie starren sich alle immer noch auf die Füße und machen Gesichter, als hätte man ihnen ein Messer ins Herz gerammt.

»Kommt schon«, sage ich und versuche, sie etwas aufzuheitern. »Schaut mal, das ist doch bloß eine Rezension. Und ich habe wohl den schlechtesten Eindruck gemacht. Und das tut mir leid – ich hätte niemals zulassen dürfen, dass er mich aus der Reserve lockt. Aber ihr seid alle toll. Wen interessiert es schon, was ein Wichser mit Kackfrisur denkt?«

»Alle! Scheiße, Mann, alle interessiert das«, ruft Anis, und dann – völlig unerwartet – werden ihre Augen glasig und sie stürmt in die Küche, während die anderen auf ihren Plätzen mit den Füßen scharren.

Genau in dem Moment ertönt draußen ein ohrenbetäubendes PENG! Und alle – inklusive mir – schrecken zusammen.

Ich versuche, es zu ignorieren, und presche weiter. »Das sind alles nur *Wörter*. Diese Penner können nicht das kaputt machen, was diesen Ort wirklich ausmacht. Wir dürfen uns von diesen Bastarden nicht die Laune verderben lassen. Wir haben immer noch Töpfe und Pfannen, in die eine Königskrabbe passen würde, und einen Keller, der groß genug für einen Serienmörder ist. Wir haben begabte Köche und zum Großteil gut ausgebildete Servicemitarbeiter. Und unseren Mangel an Talent in manchen Bereichen gleichen wir durch Angeberei aus. Wir können den Schaden wiedergutmachen!«

Ich warte, hoffe auf ein wenig Beifall, aber ich höre nur Stille und ein Husten.

»Zurück an die Arbeit, alle miteinander«, sagt James ganz ruhig zu seinen Küchenangestellten, und sie huschen davon.

Auch die Kellner machen sich vom Acker, langsam und erschöpft. Entmutigt.

Und so machen wir mit dem Mittagessen weiter. Oder schlagen uns eher durch, servieren das Menü, an das wir noch vor einigen Tagen geglaubt haben, Gästen, denen es zu schmecken scheint – und dabei wissen wir, dass wir auf jede mögliche Art und Weise mit Pauken und Trompeten versagt haben.

# 31

Am Ende der Schicht kann ich gar nicht schnell genug abhauen. James ist schon verschwunden, bevor die Desserts aufgetragen wurden, und ich will ihn sehen, sehen, ob mit ihm alles in Ordnung ist. Ich bin natürlich erleichtert, dass nicht nur ich abgewatscht wurde – aber ich kann mir unmöglich einreden, dass meine schlechte Leistung zu Beginn des Essens keine Auswirkungen auf alle anderen hatte.

Als ich mich zum Gehen bereit mache, sehe ich Irene im Barbereich mit einem großen Glas Rotwein – das ist ein Alarmzeichen, weil ich sie noch nie bei der Arbeit habe trinken sehen. Sie hat sich umgezogen und trägt nun einen farbenprächtigen Hosenanzug in Pink, Grün und Gold, was das modische Äquivalent zum Betrinken ist – sie will ihren Schmerz dahinter verbergen.

»Irene?«, sage ich und schleiche zu ihr, während sie einen Stapel Papiere unter eine Zeitschrift schiebt und neben sich auf den Stuhl klopft. Ein schrecklicher Versuch, etwas zu verstecken, bei dem es sich ganz eindeutig um *die Buchhaltung* handelt.

»Heather, Liebes. Ich wollte dir deinen Lohn auszahlen, damit ich die Buchführung für diesen Monat abschließen kann. Du hast mir nie deine Sozialversicherungsnummer und die anderen Daten gegeben.«

Sie kramt einen kleinen Umschlag hervor und reicht ihn mir. Darin steckt Bargeld, und ich will sie umarmen.

»Oh, danke schön.«

Sie lässt ihre Armreifen auf ihr Handgelenk herunterklimpern, und ich frage mich, warum sie nichts zu der Rezension

325

sagt. Sie hat sie doch ganz sicher gelesen, oder? Obwohl, sie war ja mit dem Hirsch beschäftigt. Ich frage mich, ob ich es besser nicht erwähnen sollte, aber ich bin nur zufrieden, wenn ich über alles im Bilde bin, deswegen frage ich sie.

»Und der Hirsch ist, äh, tot?«

»Nein. Der Schuss wurde nur zum Schein abgegeben. Brett hat die Tür geöffnet, und das Tier ist einfach rausgelaufen«, sagt sie und blickt mit einem schiefen Lächeln nach oben. »Er hat sich wirklich das falsche Zimmer ausgesucht, kannst du dir vorstellen, mit den beiden eingesperrt zu sein?«

»Nein, das wäre schlimm«, sage ich. »Ähm, Irene, das mit der Kritik tut mir leid.«

»Ja, das war blöd. Es tut uns allen leid.« Ich sehe, dass sie es nicht schafft, ihnen eigenen Fauxpas zu erwähnen.

»Was wirst du machen?«

»Ich weiß es nicht.«

»Russell ist gerade gegangen.«

»Ich weiß.« Sie lächelt erschöpft.

»Wo ist er?«

»Ich vermute, er ist bei Mr. MacDonald.«

»Oh. Glaubst du, er wird rausgeschmissen? Ich meine, das hier war alles seine Vision, oder nicht?« Man wird ja wohl noch träumen dürfen.

»Oh, ich bin mir sicher, dass Russell nicht denkt, es sei sein Fehler, und ganz ehrlich: Das ist es auch nicht. Es liegt an uns allen. An mir, weil ich mir kein Herz gefasst und ausgesprochen habe, was ich wirklich dachte: Aus Loch Dorn hätte nie so etwas werden sollen«, sagt sie und zeigt auf den tadellosen neuen Anstrich und die extravagante Einrichtung. »Aber es gehört mir nicht«, sagt sie und lächelt bedauernd. »Es gehört Mr. MacDonald.«

»Kannst du es nicht kaufen?«

Sie lacht traurig. »Oh, Liebes, nein. Ich bin eine alleinstehende Frau mit begrenzten Mitteln, wie Jane Austen sagen würde.«

»Du kennst dich so gut aus mit Literatur.« Ich versuche, sie zum Lachen zu bringen.

»Man steht da im Leben, wo man hingehört, daran ist nicht zu rütteln. Ich habe mein Bestes gegeben.« Und sie blickt mich durch ihre Brille an, wie eine Bankangestellte, wenn sie mein Gesicht betrachtet, nachdem ich ihr meinen Perso gegeben habe.

»Kannst du nicht mit Mr. MacDonald sprechen und ihm von deiner Vision erzählen? Es wird nicht so schwer sein, diesem Ort hier einen authentischeren Touch zu verleihen. Wir müssten nur diese schreckliche Hotelkunst abhängen und einige protzige Dinge, wie diesen silbernen Hirschkopf über dem Kamin. O Gott, und diese lächerliche Treibholz-Tischdeko – meine Güte, die Teile sind verdammt dämlich. Die Leute wollen nicht auf einen Baum klettern, um an ihren Regenbogenmangold zu kommen.«

Meine Stimme zittert, als ich merke, wie sehr ich mich emotional mit dem Ort verbunden fühle. Ich runzele die Stirn und blicke zu Boden.

»Das Event der *Wine Society* findet in weniger als einem Monat statt. Wenn wir bis dahin überleben, haben wir die Chance, das Ruder herumzureißen.«

Ich nicke und verspüre einen ermüdenden Druck, als ich mich an die ganzen Dinge erinnere, die ich noch für die Veranstaltung vorbereiten muss. Und dann merke ich, wie mein Telefon in meiner Tasche vibriert. Ich ziehe es ungeschickt heraus, und es fällt auf den Boden, mit dem Display nach oben. Eilig hebe ich es auf. Heather ruft an.

»Ich muss drangehen«, sage ich.

»Mach das«, nickt Irene.

Ich versuche den Knoten zu ignorieren, der sich in meinem Magen zuzieht, und gehe ans Telefon.

»Hi.«

»Birdy, kannst du sprechen?«

»Natürlich!«, sage ich. Meine Suche nach James muss warten. Ich lasse das Chaos des Restaurants hinter mir und gehe zum Cottage.

»Ich glaube, ich habe einen riesigen Fehler gemacht, Birdy«, sagt Heather.

»O nein. Erzähl«, antworte ich. Die Sonne kommt hinter einer Wolke hervor, und der Nachmittag ist plötzlich voller Licht. Ich will zum *Loch* gehen, die friedliche Aussicht genießen und mich sammeln. »Was ist los?«

»So viel ist los.«

Ich seufze. Ich werde es Heather langsam aus der Nase ziehen müssen.

»Gut, gib mir zwei Sekunden, ich muss andere Schuhe anziehen.«

»Okay«, gestattet sie. »Wo bist du?«

»Gerade nach Hause gekommen.«

Ich drücke die Tür auf und renne die Treppen zu James' Zimmer rauf, wo die Tür weit offen steht. Seine Kochjacke liegt auf dem Bett – nicht im Personalraum, wo sie sein sollte. Er ist überstürzt abgehauen. Ich renne wieder nach unten, schnappe mir meine Sneaker und ziehe die dämlichen Schuhe mit Absatz aus, die ich bei der Arbeit tragen muss, dann gehe ich am Küchengarten vorbei und nehme den Weg zum Loch.

»So, raus mit der Sprache«, sage ich, als ich die Cottages hinter mir gelassen habe.

»Na gut, ich weiß nicht, wo ich anfangen soll.«

»Alles okay mit dir?«

»Eigentlich nicht.«

»Wie … läuft es mit Cristian?«

»Also, um ehrlich zu sein, streiten wir uns ziemlich viel.«

»Das muss stressig sein, wenn er immer noch mit dir herumschleicht und seiner Freundin nichts erzählt hat. Nach all der Zeit.«

*Ruhig bleiben, Birdy.*

»Ja.« Sie springt darauf an. »Genau so sieht es aus. Er hat sie immer noch nicht verlassen, wie lange ist das jetzt her? Länger als zwei Monate? Fast schon drei.«

*Scheiße. Sie ist echt sauer.*

»Glaubst du, dass er das machen wird?«

»Wer weiß?«, sagt sie, als hätte sie die Unterhaltung schon hunderte Male in Gedanken geführt. »Und, ganz ehrlich, ich will auch nicht, dass er das macht. Ich will nach Hause.«

*So sieht es also aus.*

»Ich liebe ihn nicht. Ich weiß nicht, ob ich ihn überhaupt geliebt habe. Ich halte verdammt noch mal alles für Liebe. Ich habe ganz eindeutig keine Ahnung, was Liebe ist, sonst wäre ich nicht so schlecht darin, sie zu erkennen.« Sie hält inne und holt Atem. »Wie sich herausgestellt hat, ist er nicht sonderlich ehrlich«, flüstert sie.

»Glaubst du, dass er seine Freundin überhaupt jemals verlassen wollte?«

»Ich weiß es nicht. Am Anfang vielleicht noch, aber dann fing es an mit seinen Entschuldigungen. Sie hatte eine winzige OP. Und ihre Mum war krank. Am Ende wirkte das alles wie dämliche Ausreden.«

»Ihh. Was für ein Penner.«

»Du hast recht, ja.«

»Es ist schön, dass du dich so schnell verliebst, Heather. Das ist doch gut«, spreche ich leise weiter. »Es ist besser, als wenn man sich gar nicht verlieben kann.«

»Ich wünschte, ich würde besser auf mich aufpassen, so wie du das machst«, seufzt sie. »Egal, ich komme auf jeden Fall nach Hause.«

»Ach, echt? Was willst du denn hier machen?«, frage ich und bemerke die Schärfe in meiner Stimme. »Ich meine, wie lange wird es dauern, bis du den Job in Paris bekommst? Wirst du zurück in deine Wohnung ziehen? Hast du die nicht über Airbnb untervermietet?«

»Ach, das kann ich alles regeln.« Sie seufzt. »Ich fühle mich einfach gedemütigt.«

»Das musst du nicht«, sage ich und gehe durch das lange Gras auf den kleinen Weg beim Fluss. »Hör mal, wenn die Verbindung in den nächsten Minuten abbricht, rufe ich dich zurück – der Empfang hier ist schlecht.«

»In Tooting?«

»Nein, nein – ich bin woanders hingefahren«, sage ich kryptisch.

»Was machst du da?«

»Ich gehe spazieren.«

»Was?«

»Hörst du mich nicht mehr richtig?«

»Kann sein. Es hat sich so angehört, als hättest du gesagt, du würdest *spazieren gehen.*«

»O ja, das stimmt, das tue ich.«

»Was?«

»Sorry, bist du noch dran, Heather?«

»Ja!«, ruft sie. »Ich sterbe nur vor Schreck!«

Ich muss einfach lachen. »O ja, ich weiß. Dieser Sommer hat mich ziemlich verändert.«

»Du musst mir unbedingt davon erzählen. Könnte es sein, dass es an diesem Koch liegt, den du erwähnt hast?«

»Hmmm«, sage ich und denke zum millionsten Mal an James

und das unausweichliche Ende unserer Romanze. Und in diesem Moment, als ich mit meiner besten Freundin spreche, die ich schon seit Wochen anlüge, wird mir klar, dass ich nur einen Schluchzer davon entfernt bin, alles zu erzählen.

»Ich kann jetzt nicht darüber sprechen. Aber ich muss dir erzählen, was los war.« Ich spüre, wie mir die Tränen kommen.

»Mann, Birdy, du lässt mich hier erzählen und erzählen, dabei hast du auch etwas auf dem Herzen! Was ist los? Was hat der Koch gemacht?«

Aber ich halte inne, schlucke und konzentriere mich auf meine Freundin. »Nichts. Es liegt nicht an ihm. Ich bin schuld, aber es wird schon okay sein. Irgendwie wird es okay sein.«

»Bist du sicher, dass alles in Ordnung ist?«

»Total sicher. Mir ging es nie besser. Das ist das Grauenhafte an der ganzen Sache.«

»Du kannst mir alles erzählen. *Alles*«, sagt sie sanft. »Wir sind eine Familie, das weißt du doch.«

»Familie«, wiederhole ich, und es herrscht kurz Schweigen.

»Birdy?«

»Ich erzähle dir alles, wenn wir uns sehen. Ich will gerade nicht darüber sprechen«, sage ich. »Schau mal, fühl dich nicht schlecht wegen Cristian. Du hast die Gelegenheit beim Schopf ergriffen. Das ist besser, als nie ein Risiko einzugehen, oder?«

»Na ja, es hatte nicht wirklich was mit ihm zu tun. Ich bin weggelaufen.«

»Mit ihm.«

»Nein, ich meine, ich bin auch noch vor anderen Dingen weggelaufen.«

»Schau mal, das Thema besprechen wir ganz ausgiebig an einem langen Wochenende. Heather, setz dich ins Flugzeug. Komm zurück nach London. Ich komme so schnell ich kann zu dir runter.«

»Hoch, meinst du.«

»Ja, ich meine hoch. Und wir bereiten alles für deine Reise nach Paris vor. Wer weiß, vielleicht komme ich mit?«, sage ich und werfe die Idee in den Raum.

Heather seufzt laut und wiederholt sich. »Aber das war noch nicht alles, Birdy.«

»Was denn noch? Du hast dich in den falschen Typen verliebt. Das ist okay, das ist jedem schon einmal passiert. Und du wolltest diesen Sommerjob nicht annehmen, oder? Also bist du stattdessen nach Italien gefahren. Entspann dich. So schlimm ist es nicht. Nichts von alldem.«

Ich schlucke. Das hörte sich viel härter an als beabsichtigt.

»Sorry, ich wollte nicht, dass sich deine Gedanken im Kreis drehen. Es wird schon in Ordnung sein. Buch dir bei Ryanair einen Flug und komm so schnell wie möglich nach Hause.«

»Du hast recht«, sagt sie und fängt dann an zu weinen. »Es ist mir nur so peinlich. Und ich bin sauer auf mich. Ich hätte nach Schottland gehen sollen.«

»Ich bin mir sicher, dass das deine Karriere nicht vorangetrieben hätte.«

»Ich wäre nicht nur aus beruflichen Gründen dorthin gegangen.«

*Was meint sie damit?*

Ich bleibe stehen, als der Fluss breiter wird und mir der Anblick des Lochs wie immer den Atem stocken lässt, bloß, dass diesmal Wehmut mit im Spiel ist. Wenn Heather nach Hause kommt, muss ich auch zurück. Und zwar eher, als ich will.

»Was meinst du?«, frage ich, nehme mir einen Stein, um ihn hüpfen zu lassen, und presse mein Handy zwischen Kinn und Schulter.

»Ich wollte den Job aus anderen Gründen.«

»Aus welchen denn?«, frage ich. »Wolltest du zu deinen schottischen Wurzeln zurückkehren?«

»Ach, das kann ich dir nicht am Telefon sagen. Ich erzähle es dir mal bei einem Wein, in Ordnung?«

»Das hört sich an, als müssten wir uns so bald wie möglich mal persönlich unterhalten. Mit Whisky. Bekommst du den Abend heute irgendwie rum?«

»Cristian ist bei seiner Freundin. Um mit ihr zu reden. Aber das hat er auch die letzten paar Abende schon gemacht, und er bleibt auch über Nacht dort, deswegen …«

»Schau mal, Heather, bei Beziehungen fängt man immer mit taumeligen Höhenflügen an, und von da an geht es unweigerlich bergab. Und *deswegen* ist Tim der perfekte Typ. Komplett und absolut …«

»Katastrophal«, beendet sie meinen Satz, und wir brechen beide in Gelächter aus.

Ich höre ein Geräusch hinter mir an der steinigen Küste. Ich drehe mich um und entdecke James, mit windzerzaustem Haar. Und seine schönen Augen sehen mich an.

»Fuck! Ich muss auflegen«, sage ich zu Heather. »Lass uns später oder morgen noch einmal reden.«

»Was ist los?«

»Nichts ist los.«

»Alles okay mit dir, du hörst dich gestresst an?«

»Ich muss aufhören. Wir sehen uns.«

Ich lege auf und schiebe mir das Telefon wieder in die Tasche.

»Hey«, sage ich so fröhlich wie möglich. »Ich habe nach dir gesucht.«

»Hallo«, sagt er nur und runzelt ein klein wenig die Stirn. »Deine Freundin heißt auch Heather?«

»Ja, witzig, oder?«, antworte ich unsicher. »Hast du Pause? Ich habe nicht gesehen, dass du weggegangen bist.«

»Ich habe mich rausgeschlichen. Ich wollte ein bisschen über alles nachdenken«, sagt er. Ich erlebe ihn zum ersten Mal ein wenig neben der Spur. Liegt es an dem, was ich über Tim gesagt habe? Oder an der Restaurantkritik? Egal, was es auch sein mag, ich will ihn beruhigen. Ihn trösten. Ihn zum Lächeln bringen.

»Ja, mir geht's genauso«, sage ich, blicke erst zu ihm und dann aufs Wasser. »Darf ich dir Gesellschaft leisten? Können wir gemeinsam nachdenken?«

»Sicher«, sagt er, ohne zu mir zu schauen, und wir sitzen gemeinsam an dem steinigen Ufer. Mein Hintern friert, aber die Sonne strahlt warm, und es fühlt sich endlich wie Sommer an. James blickt nachdenklich aufs Wasser, und ich will ihn fragen, ob er alles gehört hat, was ich gesagt habe, aber sein Verhalten könnte auch an dem Artikel liegen, deswegen entscheide ich mich, hier anzufangen.

»Hast du dich mit der Rezension abgefunden?«

»Natürlich nicht. Aber was soll ich machen?«

»Ich habe mit deiner Mum gesprochen, und sie hat sich – keine Ahnung – irgendwie resigniert angehört?«

»Nun, wir haben alles getan, was Russell wollte, und waren nicht gut genug, vermute ich.«

»Aber glaubst du nicht, dass es in der Kritik im Grunde darum ging, dass denen der ganze Prunk und das übertrieben Schicke nicht gepasst haben? Empfindest du das nicht auch so?«

»Doch, schon.«

»Nun, man kann nicht wirklich das Gefühl haben, man hätte versagt, wenn man nicht mit den Testkriterien einverstanden war.«

»Ja, es stimmt schon, das Essen ist nicht nach meinem Geschmack. Aber ich dachte, ich wäre gut genug, um es trotzdem gut hinzukriegen.«

Ich höre, wie enttäuscht er klingt, und ich will ihn berühren, aber ich habe Angst, dass ich damit eine Unterhaltung über das lostrete, was er belauscht hat, und das kann ich im Augenblick nicht ertragen.

»Du *hast* das auch hingekriegt. Du bist ein großartiger Koch.«

»*Koch* – genau.«

»Wie meinst du das?«

»Ach, schon gut. Du weißt *wirklich* nicht viel übers Essen, oder? Das ist seltsam.« Er stützt sich auf die Ellbogen und blickt mir in die Augen. »Ein Koch ist etwas anderes als ein Küchenchef. Ich arbeite nicht in einer Feldküche. Ist aber auch egal.«

Plötzlich bin ich müde. Ich brauche gerade nicht noch jemanden, der gegen mich ist.

»Bist du böse auf mich?«

»Allen wurde etwas angekreidet, sogar Mum«, sagt er, und dann beißt er sich von innen auf die Wange. »Ich bin nicht deswegen wütend, nein.«

*Nicht deswegen. Na großartig.*

Er steht auf und klopft sich die Steine von der Jeans. Er blickt auf mich hinab. »Ich muss ein wenig alleine sein. Zum Nachdenken.«

»Sicher«, sage ich.

James schaut mich kurz an, dann blickt er in den Himmel und dann wieder zu mir. Jetzt sagt er es gleich. Er will es wissen …

»Hast du dich nicht getrennt … von *ihm*?«, fragt er schließlich.

Das ist das, was man als günstigen Augenblick bezeichnet. Ich kann Tim dazu benutzen, die Beziehung mit James abzukühlen, die sowieso enden muss. Ich kann sagen, dass Tim mich bekniet hat, ihn nicht zu verlassen. Ich kann behaupten, dass die letzten Nächte ein großer Fehler waren.

»Tim ist unwichtig«, sage ich seufzend.

James nickt ruhig.

»Ist er *unwichtig* oder ist er noch dein Freund?«

»Er ist nicht mehr mein Freund, verdammt! Ich habe ihm schon gesagt, dass wir uns nicht weiter treffen sollten«, sage ich und mache einen mürrischen Gesichtsausdruck, weil ich so deutliche Worte finde. »Ich habe nur mit meiner Freundin am Telefon herumgeblödelt.«

Und nun steigen Wut und Frust in mir auf, und zwar schnell. Und als James nichts auf meine Erklärung erwidert, spüre ich, wie die Gefühle immer stärker werden.

»Hast du das?«, sagt er schließlich. »Hast einfach mit einer Freundin herumgeblödelt?«

»Ja, habe ich.«

»Ich weiß nicht, ob ich dir das glaube«, sagt er. »Du kannst mir alles weismachen. Ich würde eh nie dahinterkommen.«

»Was willst du? Eine schriftliche Absichtserklärung? Weil meine Absicht so aussieht: Ich haue in fünf Wochen hier ab.«

Er sieht geschockt aus. Dann reibt er sich mit den Händen übers Gesicht. Anschließend schüttelt er den Kopf.

»Gut, also ist es sowieso egal? Meinst du das damit?«

»Hör auf, mir hier die Leviten zu lesen. Es ist doch eh so, dass das hier keine Zukunft hat. Du weißt das genauso gut wie ich.«

»Warum bist du so?«

»Wie bin ich denn? Ich bin einfach so. So und nicht anders. Ich bin BIRDY. Willst du dein Geld zurück, James?«

Er schaut mich an, und sein Schock weicht Resignation. Er runzelt die Stirn und schüttelt den Kopf. »Irgendwas stimmt hier nicht.«

Er dreht sich um und blickt über den Loch, dann schüttelt er wieder den Kopf. Mein Herz klopft wie wild, und ich merke, wie ich rot werde. Und dann, als er einen Schritt zurückmacht, habe ich das Verlangen, ihn an mich zu ziehen. Aber ich kann es nicht. Ich muss ihn gehen lassen. Es hätte nie im Leben so weit kommen sollen.

»James«, sage ich, weil ich verzweifelt bin – ja, was eigentlich will ich so verzweifelt? »James«, sage ich wieder, »ich …« Aber ich spreche nicht weiter, und man hört nur den Wind und das Wasser, das gegen das Ufer schwappt, als er weggeht. Ich will ihn an den Schultern packen, ihm in die Augen blicken und alles erklären, aber das ist zu schwierig. Wie soll ich das alles erklären?

Dann bin ich genervt.

Genervt, dass er so empfindlich ist, und genervt, dass er verärgert ist. Tatsächlich auch genervt, weil ich mich wegen etwas schlecht fühlen muss. Eigentlich eher sauer, dass ich erwischt wurde und mir die Kontrolle über die Situation entgleitet. Sauer auf Roxy. Sauer auf Bill. Sauer auf James. Sauer auf mein dummes Ich.

»Dort draußen gibt es noch eine ganze Welt«, sage ich, jetzt ganz im Birdy-Modus, »nicht, dass du sie je gesehen hast. Du hast Schottland nie verlassen, verdammt noch mal.«

»Ja«, sagt er und lächelt verhalten. »Du hast recht.«

Und dann schaut er auf meine matschigen Sneaker, die definitiv hinüber sind, und sieht kurz bittersüß berührt aus. In dieser Situation macht er sich noch Gedanken über meine Füße.

Und dann ist er weg. Er verschwindet den Weg hinauf, geht sicheren Schrittes in seinen festen Stiefeln, ist auf der Erde unter sich daheim.

Als er geht, fühlt sich mein Zorn fast schon angenehm an. Als wäre mir eine riesige Last von den Schultern genommen worden. So ist es am besten, denke ich. Ich kann mich nicht in diesen Typen verlieben. Da gibt es zu viele Hindernisse, deswegen

ist es besser, wenn alle einfach mit ihrem eigenen Kram weitermachen.

Ja. Am besten wäre es, wenn ich die Füße stillhalte, meine
Zeit hier zu Ende bringe und mich dann aus dem Staub mache.
Keine dummen Fehler mehr. Keine Überraschungen. Nur hart
arbeiten, das Spiel mitspielen und dann verschwinden.

# 32

James hat – wenig überraschend – unsere letzten beiden Kochstunden abgesagt. Und er hat sich heute Morgen freigenommen und ist mit seiner Mum noch einmal zu Mr. MacDonald gefahren. Irene hat furchtbar wenig mit mir gesprochen, und ich frage mich, ob James ihr erzählt hat, was zwischen uns passiert ist. Sie hat mir den Morgen freigegeben, damit ich am Event für die *Wine Society* arbeiten kann, wie sie meinte.

Ich fühle mich, als würde in Loch Dorn alles auf der Kippe stehen, und wünschte mir, sie würden mit mir darüber sprechen.

Stattdessen werde ich mit meinen nagenden Schuldgefühlen allein gelassen, und das ist unerträglich.

Ich nehme mir die Schlüssel vom SUV. Als ich die Auffahrt hinter mir gelassen habe, bleibe ich kurz stehen, bevor ich die Straße nach Skye und Portree nehme.

Ich schalte das Radio aus, lasse beim Fahren die Fenster runter und strecke meinen rechten Arm aus dem Fenster, um die kühle Luft zwischen den Fingern zu spüren. Auf den Straßen ist es ruhig, obwohl es Vormittag ist. Als ich über die Brücke auf die Isle of Skye fahre, geht mir bei dem spektakulären Ausblick das Herz auf.

Leuchtend grüne Felder erheben sich hinter dem zerklüfteten Kiesstrand. Schafe, die zu nah an der Straße grasen, rennen die steilen Hügel hinauf, als sie meinen Wagen hören.

James hat mir erzählt, der Name wäre norwegisch: *Ski* bedeute Wolke und *Ey* Insel. Wolkeninsel, wegen des Dunstschleiers, der häufig über den zerklüfteten Bergen hängt. Als James mich zum ersten Mal mit hierhergenommen hat, passte das wirklich gut, aber heute strahlt alles in einem herzerwärmenden und seelenreinigenden Blau. Dem Blau der Freude und Hoffnung. Sonnenschein und Lachen.

In Portree gehe ich zum Pier und habe frische, heiße, in Zeitungspapier verpackte Fish and Chips dabei, die ich ganz ohne Schuldgefühle verspeise – das schmierige, salzige Fett läuft mir die Finger hinab, die kühle Dose Coke spült es mit prickelnder Süße runter. Ich bin mir sicher, dass Dads Fish and Chips nie so gut geschmeckt haben.

Ich schmeiße den Möwen meine Reste hin, beobachte, wie sie in der Luft zeternd darum streiten, und werfe noch eine Ladung etwas höher.

Ich blicke aufs Wasser, das gegen den Pier schwappt, genauso wie bei meinem ersten Ausflug mit James.

Wäre es möglich, die Karten auf den Tisch zu legen? Ich gehe die möglichen Folgen wieder und wieder im Kopf durch. Ich sage lautlos »Ich habe etwas wirklich Dummes gemacht« und stelle mir vor, wie ich ihm dabei ins Gesicht blicke. Ich versuche mir vorzustellen, wie James lächelt und sagt, er würde es verstehen, während er schwört, er würde es trotzdem mit mir gemeinsam durchziehen, aber das fühlt sich wie eine lächerliche Fantasie an.

Ich denke auch an Heather – stelle mir vor, wie ich es ihr beichte. Die Geschichte, die ich mir zurechtgelegt hatte, dass ich nach Schottland gehe und so tue, als wäre ich sie, und wie das alles irgendwann ein riesiger Spaß wäre, über den wir lachen könnten, bei einem Bier – all das hört sich schon lange nicht mehr überzeugend an. Heather würde das niemals einfach stoisch hinnehmen. Sie wäre wegen meiner Lüge am Boden zerstört und untröstlich, weil ich so rücksichtslos war.

Ich stehe auf und entscheide mich für einen Spaziergang an der Küste. Ich gehe an einem kleinen Laden neben dem

Café vorbei, wo James und ich beim letzten Mal waren, und sehe Wanderschuhe im Schaufenster. Warum nicht? Ich habe gerade so viel Bargeld und weiß nicht, wofür ich es ausgeben soll.

Einige Minuten später schnüre ich meine Wanderstiefel für 100 Pfund und werfe meine alten Turnschuhe in den nächsten Mülleimer. Ich kann mein hart verdientes Geld ebenso gut für etwas Nützliches ausgeben.

Ich erblicke ein Schild, das mich auf eine Besteigung von »The Lump« aufmerksam macht und mir den Rundweg »Scorrybreac« zeigt. Drei Kilometer – Gott weiß, wie lang das dauert. Die Sonne steht jetzt hoch am Himmel, und es wird heiß.

Diese ganzen Sorgen darüber, was ich wegen James machen soll, sind unnötig, rede ich mir ein, als ich den Asphaltweg an der waldigen Küste entlanggehe. Es ist vorbei, und er wird es überleben, einfach weitermachen. Vielleicht hat es sich wie eine Sommerromanze angefühlt, aber in Wahrheit waren wir nicht mal eine Woche lang zusammen. Nach einigen Minuten halte ich an und blicke zurück auf den Hafen von Portree, der in der Sonne glitzert. Ein Steinturm ragt im Wald auf und ich erinnere mich an die Erklärung, das sei ein Zeichen für Schiffe, dass es in der Stadt medizinische Hilfe gebe.

Ich will mit Heather sprechen, die gestern wieder in London angekommen ist. Wir haben alle paar Tage mal telefoniert, und ich bin fest entschlossen, ihr von meinen Machenschaften hier in Loch Dorn erst zu erzählen, wenn ich ihr persönlich gegenübersitze. Ich habe das Gefühl, dass auch sie etwas auf dem Herzen hat, das sie loswerden will, deswegen dreht sich in unseren Unterhaltungen fast alles um die Zukunft, wir sind positiv gestimmt, wenn auch ein wenig oberflächlich. Wir wollen uns beide erst dann wieder völlig auf die andere einlassen, wenn wir dazu bereit sind.

*Ich komme bald zu dir*, habe ich in meiner letzten Nachricht geschrieben.

Nach dieser verdammten Weinnacht. Ich plane das beste Event der *Wine Society*, das die Westküste jemals gesehen hat. Ich will damit die Verluste wiedergutmachen, die ich wegen der schlechten Kritik eingefahren habe, aber ich will mir auch selbst etwas beweisen, glaube ich. Ich bin vielleicht nicht die beste Weinexpertin Schottlands, aber ich weiß, wie man Menschen eine gute Zeit bereitet.

Ich will das Event für die *Wine Society* noch erledigen und dann abhauen. Vielleicht sollte ich gleich danach die Biege machen? Ich könnte ein Auto nach Inverness mieten und dann nach London fliegen. Vielleicht könnte ich eine kleine Notiz auf dem Bartresen für Bill und Irene hinterlassen. Irgendetwas in der Art: *Notfall in der Familie – tut mir leid, dass ich etwas früher als geplant abhaue.* Ja, das fühlt sich richtig an. Ich würde – hoffentlich – im Guten gehen und nur die letzten Wochen der Hauptsaison verpassen. Das schaffen sie auch ohne mich.

Der Pfad führt an einem kleinen Bootshaus vorbei, auf dem *Urras Clann MhicNeacail* steht (Gälisch, glaube ich), und ich frage mich, was es mit der Geschichte dieses Teils der Insel auf sich hat: den blutigen Clanschlachten, den unbarmherzigen Wintern, den warmen Feuern und dem Whisky. Und dann denke ich wieder an James, als der Weg plötzlich aus Kieseln besteht, ansteigt und eine atemberaubende Sicht auf die Hügel hinter der Bucht bietet. Ich sitze eine Weile da, starre aufs Meer und spüre, wie schwer mir das Herz ist.

Und jetzt weine ich. Zunächst sind es nur einige Tränen, die kommen und mir sanft über die Wangen laufen, doch kurz darauf wird es zu einer Sturzflut. Ein kathartischer Exorzismus aus Schmerz, Zorn und Selbsthass. Ich blicke auf meine Hände, meine Nägel sind völlig abgekaut. Und ich vergrabe das Gesicht in den Händen, schwanke zwischen der Faszination, wie viel Flüssigkeit meine Augen produzieren können, und dem Gedanken, ob ich meine Entscheidung irgendwie ungeschehen machen kann.

Und dann denke ich an all die Dinge, die ich verpasst hätte, wenn ich nicht hierhergekommen wäre.

Ich will bleiben. Wer hätte gedacht, dass mein Aufenthalt hier – der doch eigentlich nur für ein paar Lacher im Pub sorgen sollte – mein Herz dermaßen tief berühren würde? Dieses heruntergekommene Familienhotel, das so verzweifelt versucht, größer und prunkvoller zu sein, als es ist. Dieser unperfekte Ort voller unperfekter Menschen, die sich alle gemeinsam durchs Leben wurschteln mit ihren komischen Schrullen und riesigen Herzen. Dieser Ort. Ich will bleiben, ganz unbedingt, und beim Wiederaufbau helfen. Und ich will, dass Roxy die jüngste Sommelière des Landes wird. Ich will mit James und Anis auf dem Küchentresen aus Edelstahl sitzen und Menüs planen. Ich will, dass James der Küchendirektor wird, der authentisches, gutes Essen macht, das ihm am Herzen liegt. Essen, das die Menschen nicht einschüchtert, sondern tröstet und beglückt.

Und als ich an James denke, sehe ich ihn vor mir, so lebendig, als wäre er wirklich da, und er lässt mich alles vergessen, bis auf meinen Herzschmerz.

Aber Schmerz – sogar der schlimmste Liebeskummer – bleibt nie lange derart intensiv. Der Mensch trägt etwas in sich, das überleben will. Schließlich versiegen die Tränen, und ich lasse mir die Wangen von der Sonne trocknen.

# 33

Als ich wieder beim Hotel vorfahre und mein Handy Empfang hat, sehe ich direkt drei entgangene Anrufe. Das war Tim. Was will er? Gerade, als ich darüber nachdenke, ihn zu ignorieren, klingelt es wieder.

»Was ist los?«, frage ich angespannt.

»Birdy!«, schreit er fast schon ins Telefon. Er ist garantiert genervt.

»Drei entgangene Anrufe? Es ist nicht die richtige Tageszeit für Booty Calls.«

»Klar, ich wollte fragen, ob du weißt, wo wir hier ein Ladegerät fürs Telefon bekommen, aber wir haben an der Rezeption gefragt.«

»Rezeption?« Mir wird eisig kalt. »Wie meinst du das?«

»Wir sind hier, Birdy! Wir sind in unserem Zimmer, und ich muss mein Telefon laden«, antwortet er, als hätte er das schon klar und deutlich gesagt. »Wundervolle Sicht auf einen Baum aus einem Fenster und auf den Parkplatz auf der anderen Seite. Aber ganz schön am Arsch der Welt – das nächste Pub ist achtzehn Minuten entfernt. Wir haben die Zeit gestoppt. Ich versteh nicht, wie du hier überleben kannst.«

»O mein Gott, ihr seid hier«, antworte ich, und mir wird schlecht.

»Ja, Baby. Wir freuen uns voll. Ich trage Damos Samtblazer, wie damals bei den *Wine Awards*, wegen der Kontinuität.«

»Oh. Mein. Gott.«

»Damo ist schon an der Bar.«

»Ich habe gesagt, ihr sollt verdammt noch mal nicht kommen. Ich habe dir gesagt, dass wir uns nicht mehr treffen würden.«

Er prustet vor Lachen, als wäre dies das Witzigste, das ich jemals von mir gegeben habe. »Ja, ja, das habe ich alles schon einmal gehört.« Und ich glaube – um ehrlich zu sein –, ich habe Tim auch schon gesagt, dass ich ihn nicht mehr sehen will, und dann trotzdem wieder mit ihm geschlafen.

»ÜBERRASCHUNG!«, blökt Damo im Hintergrund.

»Was macht ihr da?«

Ich höre, wie die Dielen knarzen, als sich James auf der ersten Etage bewegt, und mir wird klar, dass ich zum Haupthaus gehen und die Sache so schnell wie möglich beenden muss.

»Warum zum Teufel hast du es gewagt, hierherzukommen?«, frage ich so laut ich kann, während ich den Weg zum Haus hinaufhaste. »Tim, das ist nicht witzig.«

»Ich dachte, der Sinn der Sache wäre eben, dass es lustig ist?«, antwortet er.

»Ja, nun, aber die Lage hat sich geändert, ich nehme das hier nun ernster. Ich kann nicht zulassen, dass du mir dazwischengrätschst.«

»Beruhige dich.«

*Kann ich die Situation noch retten?* Tausend Gedanken rasen mir durch den Kopf. Kann ich Tim ohne eine Szene zum Abreisen bewegen? Verdammt, ich habe James gesagt, Tim sei nicht wichtig, und nun besucht er mich? FUUUUCK!

»Ich habe gerade deine Chefin Irene wiedergesehen. Sie hat mich eingecheckt, und es schien okay für sie zu sein. Nette Frau. Damo findet sie heiß, aber du weißt ja, dass er auf reife Ladys steht«, sagt Tim lachend.

»Sie hat dich eingecheckt?«, frage ich und schnappe nach Luft.

»Yep. Sie wirkte ein wenig verwirrt wegen des einen Doppelbetts, aber mach dir keine Sorgen, ich habe ihr nicht erzählt, dass ich bei dir schlafe«, sagt er. Dann höre ich, wie Damo im

Hintergrund wieder vor Lachen brüllt, und zucke zusammen. O Gott, das ist ein verdammter Albtraum.

Ich renne jetzt zum Haupthaus. *Er darf mit niemandem sprechen. Er darf mit niemandem sprechen. Er darf mit niemandem sprechen.*

Ich versuche, ruhig zu klingen. »Ich schaffe es mit Müh und Not, die Fassade aufrechtzuerhalten. Wenn ihr hier seid, könnte das ganze Konstrukt in sich zusammenfallen. Ihr könnt im Restaurant essen, ihr könnt ein paar Stunden in der Bibliothek sitzen und Whisky trinken, und dann, morgen früh, gleich nach dem Frühstück, müsst ihr wieder abhauen.«

Ich stoße die Tür zum Personalraum auf und renne in Roxy. »Hi«, quietsche ich. »Mann, tut mir leid. Alles okay mit dir?«

Sie grüßt mich und lächelt mich gezwungen an, so wie die anderen auch in letzter Zeit. Ich verdiene es, dennoch tut es weh.

»Okay, okay«, sagt Tim ganz ruhig. »Beruhig dich mal, Birdy.«

»Entschuldige die Unterbrechung, Heather«, sagt Roxy. »Ich wollte dir nur sagen, dass ich für den *Ladies Auxiliary Club* heute Abend eingedeckt habe. Sie bekommen ein besonderes Menü: 55 Pfund pro Person für eine preiswerte Degustation und drei Gänge, aber ich habe alle Informationen auch in den Personalraum gehängt. Sie sind wirklich nett, aber sie geben kein Trinkgeld.«

»Okay, danke«, antworte ich und lächele kleinlaut.

Ich husche an Roxy vorbei, warte darauf, dass sich die Tür hinter mir schließt, und flüstere so wütend ich kann: »Du hast mich ›Birdy‹ genannt, verdammt noch mal. Du wirst das vermasseln. Wie heiße ich?«

»Mädchen. Komm mal runter.«

»Wie heiße ich?«

»Heather. Alter! Du drehst ja total am Rad. Was ist los mit dir? Warum fahren wir nicht zu diesem Pub in der Nähe und genehmigen uns einen – du holst dir den gelben Schein und kommst mit?«

»Ich kann nicht krankmachen! Die brauchen mich!«

Er macht sich über mich lustig, und ich bin verblüfft, dass er sich ein wenig verletzt anhört. »Ich wollte dich überraschen. Ich dachte, du würdest das witzig finden.«

»Ich muss arbeiten«, flüstere ich laut, als ich an der Rezeption ankomme. Bill steht grinsend da, und ich grüße ihn knapp.

»Bisschen Wein einschütten? Mann, Birdy, jetzt wünsche ich mir, ich wäre nicht gekommen. Ich dachte, wir würden uns ordentlich volllaufen lassen, und – du weißt schon – ich würde mich in die Personalgemächer schleichen und wir würden die Nacht zusammen verbringen. Es ist schon über zwei Monate her.«

In mir stirbt noch etwas. Ich werde ihn nicht los, ohne eine Szene zu machen. Das habe ich nun begriffen. Das muss ich im Kopf behalten, um Tim mit dem geringstmöglichen Schaden hier wieder wegzubekommen.

»Tim. Das Haus hier ist nicht groß. Alle werden wissen, dass du hier bist.«

»Na schön. Ich wäre nicht gekommen, wenn ich gewusst hätte, dass du hier dermaßen einen Stock im Arsch hast.«

Als ich wieder durch die Küche gehe, muss ich plötzlich an James denken, der mich hier geküsst hat. Das Bild ist so lebendig, dass ich seine Lippen auf meinem Hals spüren kann. Der Knoten in meinem Magen wird fester. Was zum Teufel wird James jetzt sagen?

Ich muss nachdenken. Tim ist hier. Das kann ich nicht ändern. Was soll ich tun? »Bleib, wo du bist, ich komm nach oben. In welchem Zimmer seid ihr?«

»Damo, welches Zimmer ist das?«

»Sechs«, sagt er kurz darauf.

»Okay, warte da. WARTE. DA«, wiederhole ich, als würde ich mit einem Hund sprechen.

»In Ordnung«, antwortet er. »Aber ich muss dich noch was fragen.«

»Was?«

»Wir haben gehofft, du könntest uns das Zimmer bisschen billiger besorgen.«

»Wie viel billiger?« Ich seufze.

»So billig wie möglich?« Tim lacht, und Damo ruft *für umme* im Hintergrund, und ich bin plötzlich stinksauer.

# 34

»Wir sollen dich Heather nennen, verstanden«, sagt Tim, der in seinem T-Shirt und dem Samtblazer komplett affig aussieht und auf dem Rand des mit taubenblauen Kissenbezügen aus durchbrochenem Leinen bezogenen Bettes sitzt. Er könnte nicht noch weniger hier hinpassen. Damo trägt ein Millwall-T-Shirt und seine Boxer Shorts, seine speckigen Oberschenkel sind angespannt, weil er am Sims lehnt und eine Zigarette aus dem Fenster raucht.

Ich entscheide mich, das zu ignorieren, ich muss mir meine Kraft gut einteilen.

»Das ist besonders wichtig, wenn Bill, Irene oder Roxy dabei sind …« Ich spreche weiter. Jemanden aus der Küche werden sie wahrscheinlich nicht treffen.

»Roxy – ist das die Kleine mit den dicken Titten?«, fragt Damo, und ich versuche, mich zu beherrschen und ihm nicht die braune Glasvase mit den pinkfarbenen Rosen an den Kopf zu werfen. »Was?«, fragt er, als wüsste er nicht, dass ich schockiert bin.

»Sag das nicht.«

»So hast *du* sie beschrieben!«, sagt er anschuldigend.

»Bitte, Tim«, sage ich, schüttele den Kopf und flehe ihn an, das ernst zu nehmen.

»Ich geb dir einen Knutscher und nenne dich auf jeden Fall Heather«, sagt er grinsend.

»Keinen Knutscher«, sage ich und versuche sehr angestrengt, nicht an James und seine Gefühle zu denken, wenn er das sehen würde. »Das macht man nicht bei der Arbeit. Bitte. Wie schon gesagt, denkt dran, dass ihr mich ›Heather‹ nennt. Bitte. Ich will nur, dass ihr nicht meine Maskerade auffliegen lasst oder zu viel Theater macht.«

»Okay«, sagt Tim und wirkt gelangweilt. »Du siehst aus, als hättest du einen Sonnenbrand.«

»Ich hab einen Spaziergang gemacht. Und bitte spar dir jeden Kommentar.«

»Ich sag nichts. Ein Spaziergang ist …«, er kratzt sich am Kinn, »bestimmt gut?« Dann blickt er mich mit gerunzelter Stirn an. »Aber es liegt nicht nur an der Sonne. Du siehst irgendwie gesund aus.«

»Machst du mir gerade ein Kompliment?«

»Ich weiß nicht«, antwortet er und greift nach meiner Hand, die ich ihn so lange halten lasse, dass es den Eindruck macht, ich wolle es. Seine Hand ist feucht. Ich weiß, dass ich, wenn ich runterblicke, den Siegelring an seinem kleinen Finger sehe, und habe einen schrecklichen Flashback, dass ich mal an ihm gelutscht habe, bei dem besonders betrunkenen Versuch eines Rollenspiels.

»Was kann man hier machen?«, fragt Damo und lehnt sich so weit aus dem Fenster, wie er es ohne zu fallen schafft.

»Ihr könntet um den *Loch* spazieren.«

»Mir reicht es mit diesem Spazierengehen«, stöhnt Tim, als wäre ich die größte Spaßbremse des Planeten.

»Ihr könntet ausreiten …«

»Langweilig!«, bellt Tim.

»Hier gibt es nicht mal einen Fernseher«, beschwert sich Damo.

Ich stehe auf und öffne den Schrank, um ihm den Zweiundvierzig-Zoll-Fernseher zu zeigen und direkt mit Damo zu sprechen.

»Warum bestellst du nicht etwas beim Zimmerservice? Oder

badest?« Ich versuche, Tims Blick zu ignorieren, der sich in meinen Kopf bohrt, und spreche weiter. »Das Essen ist absolut fantastisch. Wirklich großartig. Du kannst etwas haben, das ein wenig nach Hühnchen schmeckt oder ein riesiges Steak; hier wird dir auch eine ganze Flasche Whisky serviert, wenn du das willst.«

»Das Menü des Zimmerservice hört sich nicht besonders toll an«, sagt Damo plötzlich und runzelt die Stirn. »Ich dachte, wir essen Wild. Fasan, Rebhuhn? Außerdem will ich eine vernünftige Weinverkostung. Das hast du doch die ganze Zeit über hier gemacht, oder? Auf der Karte steht ein fabelhafter Picpoul. Ist das kein Russell-Brooks-Restaurant?«

Ich halte kurz inne, um das sacken zu lassen. Damo ist ein Foodie.

»Wir gehen auf jeden Fall ins Restaurant«, sagt Tim. »Das ist nicht verhandelbar.«

»Ja, okay«, lenke ich ein, »aber bitte verhaltet euch wie normale Menschen. Ich bitte euch wirklich darum. Hier ist alles total vornehm und voller alter Leute, und wenn man anfängt zu fluchen und auf Tische zu springen …«

»Wie viel kostet das Degustationsmenü?«, fragt Damo.

»Ich glaube, mit Wein ist man schnell bei hundertfünfzig Pfund pro Person«, warne ich sie, »vielleicht sogar mehr.« Meine letzte Chance, dass sie es sich anders überlegen.

»Komm schon«, runzelt Tim die Stirn, »du kannst doch wohl ein Abendessen für uns springen lassen?«

»Tim, bitte.« Inzwischen bin ich dazu übergegangen, ihn nur noch anzuflehen, habe die Hände wie zum Gebet aneinandergelegt. »Wenn ihr mir versprecht, dass ihr euch benehmen werdet, dann gebe ich euch das Abendessen aus.«

»Prima. Damo und ich haben ein Date«, sagt Tim.

»Okay. Abendessen. Im Restaurant. Um Punkt sieben«, sage

ich und blicke ihn an. »Wir werden den Tisch wahrscheinlich um neun wieder brauchen. Also wird es ein frühes Essen! Trinkt bitte nicht zu viel. Und: in Gottes Namen ... Nennt. Mich. Heather.«

Zwei Stunden später stehe ich nervös neben Bill an der Bar, der Brett zeigt, wie man einen Cosmopolitan macht. Roxy ist Tims und Damos Kellnerin und bislang machen sie ihre Sache sehr gut.

Ich habe sie an dem Tisch platziert, den man vom Pass, der Durchreiche zur Küche, am wenigsten sehen kann. Ich bin mir sicher, James weiß inzwischen, dass Tim hier ist, aber zumindest kann ich ihr Aufeinandertreffen verhindern. Irene war schon wieder bei Mr. MacDonald, und ich freue mich nicht gerade auf ihre Rückkehr. Wir sind jetzt bei unserem vierten Gang, und obwohl Tim langsam Anzeichen dafür zeigt, dass er glücklich betrunken ist, gab es noch keine Zwischenfälle. Ich atme tief ein. *Kann das bitte bald vorbei sein?*

»Also ... ist er einfach so aufgetaucht, was?«, sagt Bill, während er die pinke Flüssigkeit in ein elegantes langstieliges Martiniglas einschenkt.

»Ja«, sage ich und starre Bill an. »Er ist in der Nähe von Glasgow bei einer Hochzeit eingeladen.«

»Und du fährst nicht mit?«

»Nein«, flüstere ich leise, »wir sind nicht mehr zusammen, Bill, und ganz ehrlich, ich weiß nicht, warum er hier ist. Ich will, dass er einfach ohne viel Tamtam wieder verschwindet.«

»Und wie lange wart ihr zusammen?«, fragt Bill und Brett schaut zu mir und runzelt die Stirn, dann schüttelt er langsam und schweigend den Kopf. Ich bekomme den Eindruck, dass sie mir nicht glauben. Und ich gebe ja zu, dass es komisch aussieht – Tim kommt von London nach Loch Dorn, um seine Ex zu sehen? Ich weiß nicht, ob ich das schlucken würde.

»Wie lange?«, frage ich seufzend und konzentriere mich auf Roxy, die es schafft, ein großes Pint Bier und etwas, das aussieht wie ein Glas unseres teuersten Bordeaux, zu ihrem Tisch zu bringen, ohne dass das kleine Silbertablett auch nur ein bisschen wackelt. Damo starrt ihr auf den Hintern, als sie sich bückt, um die Getränke zu servieren, und ich werde ganz starr, weil ich sie vor ihm beschützen will.

»Ja, wie lange?«, fragt Bill erneut.

»Nicht lange. Es ist kompliziert«, murmele ich und blicke zu Brett.

»Heather!«, höre ich aus der anderen Ecke des Zimmers und starre Tim an, um ihn daran zu erinnern, leise zu sprechen. Als Roxy an mir vorbeigeht, lächelt sie mich kurz an. »Hey, Heather«, sagt er noch einmal zu laut, und ich blicke schnell zu den Tischen in meiner Nähe, lege mir einen Finger auf die Lippen und erinnere ihn daran, sich zu benehmen. »Ich habe deiner Kellnerfreundin gerade alles über dich erzählt«, sagt er und zwinkert übertrieben mit den Augen.

Er macht mir ein Zeichen, dass ich näher kommen soll, und obwohl gerade nicht der richtige Zeitpunkt für diese Unterhaltung ist, habe ich dermaßen Angst, ihn zu verärgern, dass ich gehorche.

»Ich habe gesagt, du wärst meine Freundin.« Tim grinst, und hinter der Fassade à la »Ich mach doch nur Spaß« sehe ich eiskalten Ernst.

»Mann! Warum denn? Bitte sag doch einfach gar nichts«, antworte ich und grinse so gut ich kann, blicke zurück zu Damo, der seinen Bordeaux im Mund rollt und vor Vergnügen aufstöhnt.

»Nun, warum sollte ich dich denn sonst besuchen kommen?«, fragt Tim anzüglich und legt mir seine Hand auf den Oberschenkel. Ich trete einen Schritt zurück und schüttele den Kopf.

Ist das eine Art Rache dafür, dass ich versuche, mich von ihm zu trennen, oder ist er einfach wirklich verdammt dumm?

Ich blicke mich im Zimmer um und entdecke eine ältere Lady an Tisch drei in einem geblümten Teekleid und einem Kopf-putz, die Damo praktisch zuzwinkert, und der ganze Tisch zwei – die Damen vom *Ladies Auxiliary Club* aus Fort William – kichern alle in ihren Sherry. Ich vermute, es ist das erste Mal, dass zwei knackige junge Männer hier zu Abend essen, kein Wunder, dass sie Aufsehen erregen.

Das ganze Schauspiel wird von traditionellen keltischen Volks-liedern untermalt und dem Scheppern von Töpfen und Pfannen, die aggressiv in der Küche herumgeworfen werden.

James weiß ganz sicher, dass Tim hier ist.

»Das machst du also? Jeden Tag?«

»Ja«, sage ich und denke, dass er sich gleich über mich lustig macht, aber wir werden von Irene unterbrochen, die mir von hinten fest eine Hand auf die Schulter legt. Ich drehe mich ab-rupt um und merke, dass ich erröte. »Es tut mir leid«, sage ich lautlos und zucke die Schultern.

»Guten Abend, Gentlemen«, sagt Irene mit einem freundli-chen Lächeln. »Wenn ich Ihnen kurz die Sommelière entführen dürfte.«

»Sicher, wir hatten nur ein paar Fragen zum Wein«, antwortet Tim und lehnt sich wieder entspannt in den Stuhl. O nein, Tim mag es nicht, wenn die Menschen auf ihn herabschauen, und Irene strahlt den Charme einer strengen Lehrerin aus.

»Kein Problem, Sir«, antwortet Irene. »Aber dürfte ich Ihnen Brett zur Seite stellen? Ich brauche Heather wirklich kurz.«

Nun taucht Brett auf mit seinem stürmischen Heathcliff-Aussehen und lehnt sich bedrohlich über den Tisch. Er sieht aus wie eine Mischung aus Türsteher und Barmann – definitiv nicht wie ein Kellner.

»Guten Abend, Jungs«, sagt Brett, und eine sanfte Warnung schwingt mit.

»Scheiße, Mann, der Rote ist gut.« Klar, dass Damo mit einem Mund voll Taube und Wein spricht. »Du isst gar nichts, Tim, du Vollhonk. Das ist wirklich krass gut.«

Dieser Kommentar von Damo ist derart entwaffnend, dass Brett sich etwas entspannt.

»Warten Sie mal ab, bis Sie das Himbeer-Parfait gekostet haben«, sagt er in seinem dunklen Westküstensingsang. »Das ist so leicht und lecker.«

Als Irene mich vom Tisch wegführt, blicke ich zum Pass und sehe James, der mich wütend anstarrt. So wütend habe ich ihn noch nie gesehen, und ich schließe die Augen und beiße mir auf die Lippe. *Das ist nicht deine Schuld, Birdy. Nicht deine Schuld. Du kannst es später erklären.* Aber jede Erklärung fühlt sich so weit entfernt von ebendiesem Moment an, in dem ich diesen Albtraum einfach irgendwie überleben muss.

»Ich vertraue fest darauf, dass hier alles gesittet ablaufen wird. Ich muss früh weg, und die beiden sind bereits betrunken«, faucht Irene, als wir in die Küche gehen. Sie bleibt abrupt stehen, als sie James sieht, und ich erblicke mütterliche Sorge auf ihrem Gesicht.

»Es tut mir leid – ich wusste nicht, dass er kommt. Ich verspreche es. Ich habe ihm gesagt, er soll nicht kommen. Wir sind nicht mehr zusammen …«, flüstere ich und trete einen Schritt zurück, sodass James nicht lauschen kann.

»Ich erinnere mich an dieses Benehmen bei den *Wine Awards,* und Liebes, du hast mir geschworen, dass das hier kein Problem sein würde«, sagt sie. Sie glaubt mir nicht.

»Es tut mir leid. Wirklich«, antworte ich und spüre James' Blick.

»Ich glaube, wir geben dir besser den restlichen Abend frei

und lassen Brett nach ihnen schauen. Denn Drama kann ich hier nicht gebrauchen.«

»Das weiß ich, aber ich glaube wirklich, dass es besser ist, wenn ich Tim im Auge behalte«, sage ich schnell und flehe sie an, damit sie mir zuhört. Ich kann nicht weggehen. Ich muss jede Bewegung von ihm im Auge behalten, falls er etwas Dummes macht.

»Ist das dein *Freund*?«, fragt Anis neugierig und blickt zu James, bevor sie aus tiefstem Herzen missbilligend seufzt.

»Er ist nicht mein Freund«, fauche ich, als Roxy durch die Küchentür stürmt.

»Oh, Heather, ich liebe deinen Freund!«, sagt sie und lächelt mich zum ersten Mal seit Tagen wieder an. »Er meint, er hätte schon viel von mir gehört und du hättest so liebe Sachen gesagt. Es war mir *so* peinlich. Sein Kumpel ist auch wirklich nett.«

Plötzlich wird die Musik im Speisesaal unerklärlicherweise lauter. Ich stütze den Kopf auf meine Hände, während ich höre, wie Damo im Restaurant vor Lachen brüllt und andere Gäste mit einfallen.

»Bitte, ich komme schon mit ihnen klar«, flehe ich Irene an, gehe einen Schritt näher zu ihr und flüstere ihr ins Ohr: »Bitte lass mich. Ich sollte zu ihnen gehen … und zwar jetzt.«

Irene schürzt die Lippen und legt sich einen Finger an die Schläfe. »Nun gut«, antwortet sie. Und so wappne ich mich, ignoriere mein verzweifeltes Verlangen, James zu erklären, was zum Teufel da los ist, und drücke die Küchentüren auf.

Als ich an ihrem Tisch ankomme, kniet Damo vor den beiden Ladys von Tisch drei und hält dabei die faltige, alabasterfarbene Hand der einen. Tim hat sich über die Bar gelehnt, um sich sein eigenes Bier nachzuzapfen, und Brett bringt ein Tablett mit Tequila-Shots zu den Ladys des *Auxiliary Club*, die ganz gackerig und aufgekratzt sind.

Ich gehe zu Tim, mache die Zapfanlage aus und nehme ihm das Pint aus der Hand.

»Du musst damit aufhören. Oder geh wenigstens in den Barbereich.«

Ich drehe die Lautstärke an der Stereoanlage abrupt runter, womit ich Damos Darbietung von *Oh Danny Boy* unterbreche.

»Sorry, alle miteinander«, sage ich zu allen Anwesenden im Restaurant. »Ab mit euch beiden an die Bar. Und zwar zackzack!«, insistiere ich, zur hörbaren Enttäuschung der Ladys. »Kommt schon«, sage ich, und Tim lacht, während beide zum Barbereich gehen, wo glücklicherweise niemand ist, den sie belästigen können.

»Jungs, bitte«, sage ich. »Tim, bitte. Könnt ihr den Abend bald für beendet erklären? Meine Chefin ist verdammt stinkig auf mich – ihr müsst zurück auf euer Zimmer oder euch eine ruhige Ecke in der Bibliothek suchen. Tut ihr mir bitte den Gefallen? Ich spendiere euch auch eine Flasche guten Whisky, den ihr mit aufs Zimmer nehmen könnt, okay? Auch eine Flasche für jeden von euch? Wenn ihr dann verschwindet.«

Tim blickt Damo an und zuckt die Schultern. »In Ordnung. Noch einen Drink, dann verschwinden wir.«

»Noch *einen* Drink«, wiederhole ich.

»Einen Drink«, antwortet Tim nickend.

Eine Stunde später versuche ich verzweifelt, während Beyoncés *Single Ladies* aus den Boxen dröhnt, Tim – der innerhalb von dreißig Minuten zwei Kristallgläser zerdeppert hat, das Geweih des silbernen Hirschen auf dem Kopf trägt und lauthals und angefeuert durch die anderen sturzbetrunkenen Gäste singt – aus der Bibliothek zu schleppen. Damo ist inzwischen verschwunden, und ich mache mir ein wenig Sorgen, dass er mit einer oder sogar beiden Damen von Tisch drei nach oben gegangen ist.

»Was für ein toller Abend!«, sagt ein Stammgast, der in einer Polonaise, bestehend aus drei alten Menschen, vorbeitanzt.

»Du musst zugeben, dass sie Leben in die Bude gebracht haben«, sagt Bill, als er vorbeistolziert, mit den Hüften wackelt und ein Tablett Jägermeister in der Hand hält. Er hat sich ganz eindeutig auch etwas genehmigt.

»Verräter«, zische ich.

Ich versuche, Tim durch den Flur zu ziehen – gegen den Protest seines Fanclubs, ziehe ihm das Hirschgeweih vom Kopf und schiebe ihn in Richtung Treppe.

»Schlafenszeit, du Vollhonk«, sage ich und versuche, ihn hinauszubugsieren.

Als wir den Fuß der Treppe erreichen, scheint er plötzlich zu sich zu kommen, und er schaut mir kurz fokussiert in die Augen. Er riecht nach Whisky und lacht, als er meinen schmerzerfüllten Gesichtsausdruck sieht. Wie konnte ich diesen Mann nur jemals mögen? Ich dachte, er wäre witzig, aber wie sich herausgestellt hat, ist er einfach ein totaler Arsch.

»Baby Bird«, schreit er gegen den Lärm an. »Wie gestresst du bist!«

Er versucht, mir das Haar hinters Ohr zu streichen, greift aber daneben und zieht an meiner Haarspange.

»Aua! Das tut weh«, sage ich und richte sie wieder. »Komm jetzt, du musst jetzt ins Bett.«

Er grinst, dreht sich um und geht zum Hintereingang. »Ist dein Zimmer nicht da hinten?«

»Nein, Tim«, sage ich und stampfe tatsächlich mit dem Fuß auf, doch er greift nach meiner Hand und zieht mich aus der Hintertür, und wir fallen auf den kiesbedeckten Innenhof. Die Abendluft ist kalt, und ich reibe mir über die Arme. Ich denke darüber nach, ihn ins Cottage zu schmuggeln und in mein Bett zu legen, damit er den Mund hält, aber sein Bett ist näher, und

358

ich will, dass er von der Bildfläche verschwindet. So schnell wie möglich.

»Birdy«, sagt er schwankend. »Wir hätten eine richtige Beziehung haben sollen. Ich habe dich nicht gut genug behandelt.«

Optimaler Zeitpunkt für diese Schlussfolgerung. Er lehnt sich zu mir und öffnet den Mund, als wollte er mich küssen, aber ich bin zu wütend, um ihn auch nur einen Zentimeter näher an mich ranzulassen.

»Nein«, sage ich, drücke ihm meine Hand gegen die Brust und schubse ihn nach hinten. »Und nenn mich nicht ›Birdy‹.«

»Komm schon«, sagt er, legt mir die Hand um die Taille und versucht, mich enger an sich zu ziehen.

Er lehnt sich schon wieder zu mir und versucht, mich zu küssen, und ich wende den Kopf ab und mache einen Schritt nach hinten, woraufhin er nach vorne stolpert. »Ich mein es ernst: Verpiss dich!«

»Mann, tut mir leid«, sagt er und schaut verlegen aus der Wäsche. Er weiß, dass das früher bei mir gezogen hätte.

»Du hättest nicht kommen sollen.«

»Magst du mich nicht mehr, Birdy?«, fragt er grinsend.

»Tim, ganz im Ernst. Du hättest nicht kommen sollen«, sage ich und versuche, ruhig und nachsichtig zu bleiben. Ich hasse ihn nicht. Und in jeder anderen Situation hätte ich seine und Damos Eskapaden saukomisch gefunden. »Mir ist dieser Job wirklich wichtig.«

»Du hast dich verändert. Was ist hier los? Fickst du mit dem Kellner?«, fragt er lachend.

»Nein. Mit welchem Kellner denn?«

»Der, der wie ein schottischer Jason Momoa aussieht?«

»Ach, Brett? Nein«, antworte ich lachend.

»Den Hulk.«

»Er sieht sehr gut aus, trotzdem nein.«

»Du hast bestimmt jemanden kennengelernt«, sagt er und versucht wieder, meine Hand zu nehmen. »Du hast dir einen Schotten zum Poppen gesucht, Birdy. Ist er rothaarig?«

»Nein. Es gibt sonst niemanden«, rufe ich. »Tim, bitte, was willst du denn hören? Es gibt sonst niemanden. Und, ganz ehrlich, warum ist es dir wichtig? Du warst nie mein richtiger Freund. Wir sind kein Paar oder bestellen uns zusammen Essen und gucken fern. Wir haben *nie* zusammen ferngeschaut. Ich habe nie deine Eltern kennengelernt. Du triffst dich nur mit mir, wenn du nichts Besseres zu tun hast. Du bist zu einer Familienhochzeit unterwegs und nimmst Damo als Begleitung mit. Ich hätte die ganze Sache schon vor Monaten beenden sollen.«

»Was? Du hast mir klar gesagt, dass *du* nichts Ernstes willst.«

Ich verschränke die Arme und trete einen Schritt zurück, als ich plötzlich hinter mir Schritte höre. Ich drehe mich um und sehe – zu meinem großen Schrecken –, dass James vor dem Kücheneingang aufgetaucht ist. Er hat sich umgezogen und ist vielleicht auf dem Weg zu unserem Haus. Eine Sekunde lang blicken wir uns an, und ich wünsche mir so sehr – von ganzem Herzen –, dass er meine stumme Entschuldigung hört.

Er sieht abweisend aus, obwohl er doch bestimmt etwas von meinen Worten gehört hat. Seine Körperhaltung wirkt angespannt, und er hat seine rechte Hand zur Faust geballt.

»James«, sage ich und hebe die Hände zu meinem Gesicht. Ich kann ihn nicht anschauen.

»Ist alles okay?«

»Ja, alles gut. Tim ist auf dem Weg in sein Zimmer.« Meine Stimme zittert, und ich will mehr sagen, aber ich habe Angst, Tim zu reizen. Ich habe keine Ahnung, was er vielleicht sagen wird, wenn er sich aufregt oder sich bloßgestellt fühlt. »Sorry«, sage ich lautlos zu James, und er nickt verhalten.

Dann blickt Tim über meine Schulter zu James und ruft:

»Pass auf, Kumpel, das Vögelchen hier fliegt dir weg. Genau dann, wenn du willst, dass es bleibt.«

Ich kann nur auf den Boden schauen, während ich höre, wie sich die Küchentür schließt und James wieder ins Gebäude eilt.

»Bettzeit«, sage ich und spüre Tränen in den Augen. James muss gehört haben, dass ich meinte, es gebe niemand anderen. Zumindest hat er dann auch den Rest gehört – alles war wahr. Tim war schrecklich für mich und zu mir. Er war nie mein Freund; nur jemand, der sich mit mir getroffen hat, wenn es ihm gerade passte. Und das war verständlich, weil ich nicht genau wusste, wer ich war.

Ich traue mich nicht, mich umzudrehen, während ich Tim ins Haus schubse und ihn die Treppen hochziehe. Als er schließlich nüchtern genug ist, um ins Bett zu steigen, greift er mit seiner betrunkenen Hand nach mir, und ich weiche zurück.

»Es ist vorbei, Tim«, sage ich und hoffe, dass er es kapiert.

»Na dann«, murmelt er. Und dann schnarcht er.

# 35

Als ich wieder in meinem Zimmer bin, ziehe ich meinen Koffer unter dem Bett hervor und schmeiße unter Tränen Klamotten hinein. Ich muss hier weg. Das ist das Einzige, was ich gerade weiß. Ich stopfe all meine Klamotten rein, schließe mit Gewalt den Reißverschluss, dann erinnere ich mich daran, dass ich noch die Sachen aus dem Bad einpacken muss. Trotzig schmeiße ich meine brandneuen Wanderschuhe in den Schrank und schiebe die Tür dermaßen fest zu, dass sie aus den Schienen fliegt und festhängt.

Ich gehe ins Badezimmer, schalte das Licht an und starre mich im Spiegel an. Rote, geschwollene Augen. Ich drehe den Hahn auf und spritze mir eiskaltes Wasser ins Gesicht. Mein Herz pocht wie wild, und mein Mund ist trocken. Ich halte die Hände hoch und zittere. Ich brauche eine Tasse Tee. Oder etwas Stärkeres.

Ich gehe in die Küche, aber es ist nichts im Schrank, nur einige leere Weinflaschen stehen neben dem Mülleimer. Doch dann erinnere ich mich an die Kisten mit den Flaschen in Bills Zimmer und gehe nach oben. Ich öffne die Tür zu seinem Zimmer, steige über ein paar Kisten und eine Zeitung auf dem Boden. Dabei handelt es sich um *The Scotsman*, wo die Seite mit unserer Kritik aufgeschlagen ist. Ich schüttele den Kopf, öffne die Kiste und nehme mir eine Flasche Wein heraus. Es ist tatsächlich der Wein von unserer Filmpremiere. *Ach, Bill.* Plötzlich habe ich eher Lust auf ein Glas kaltes Wasser.

Die Tür unten wird zugeknallt, und dann höre ich langsame, schlurfende Schritte im Flur.

Ich lasse die Flasche zurück in die Kiste gleiten, schleiche mich aus dem Zimmer und hüpfe die Treppe hinab, versuche, leichtfüßig zu sein, als hätte ich oben etwas ganz Normales gemacht. Ich erblicke Bill, der sich an der Flurwand abstützt, um nicht das Gleichgewicht zu verlieren, und auf sein Telefon schaut.

»Hi, Bill«, sage ich ganz locker, als ich am Fuß der Treppe angekommen bin.

»Heather«, sagt er und hebt den Kopf. Er ist noch einigermaßen klar im Kopf. »Hast du gefunden, wonach du suchst?«

»Ähm, nein.«

»Er ist immer noch in der Küche«, sagt Bill und lächelt zerknirscht. »Er versteckt sich, vermute ich.«

Er denkt, dass ich James gesucht habe.

»Ich habe Tim nicht gebeten zu kommen. Er ist einfach aufgetaucht«, sage ich.

Ich gehe zu meinem Zimmer und entscheide, dass heute nicht der Abend ist, an dem ich mich auf eine Unterhaltung mit Bill einlasse. Ich drücke meine Tür auf. »Gute Nacht, Bill.« Aber er geht auf mich zu, und ich müsste ihm die Tür ins Gesicht knallen, um ihm zu entkommen. »Gibt es sonst noch etwas?«

»Fährst du weg?«, fragt er und blickt über meine Schulter in mein Zimmer.

»Öhm.« Meine Wangen werden pink, und ich denke schnell nach. »Wochenendtrip nach Inverness.«

»Nimmst du das alles mit? Auch dein Weinbuch?«, fragt er, und ich drehe mich um und sehe, dass mein *Wein für Neulinge* ganz oben auf den Klamotten in meinem offenen Koffer liegt. Ist Bill sauer? Ich weiß es nicht.

»Nun«, sage ich und lächele gezwungen, »nun kennst du mein Geheimnis! Verrat es nicht der *Wine Society*.«

»Ich kenne dein Geheimnis tatsächlich«, erklärt er nur. »Ich weiß es schon seit der ersten Woche.«

Ich starre ihn schockiert an. Er kann einfach nicht …

»Du heißt Elizabeth, richtig? Du bist ihre Freundin. Die Freundin der echten Heather.«

Ich blinzele nur mit offenem Mund.

»Du solltest nicht abhauen«, sagt er.

Ich mache einen Schritt zurück und breche auf meinem Bett zusammen, habe den Kopf in die Hände gelegt. *Fuck, fuck, fuck!*

»Du musst den Abend für die *Wine Society* ausrichten.«

»Was?«, frage ich und schüttele den Kopf. »Nein, Bill, nein, nein.«

»Ich habe es niemandem verraten, keine Sorge«, sagt er. »Ich meine, das konnte ich auch gar nicht. Du weißt ja auch von meinem kleinen Geheimnis, nicht wahr?«

Ich blicke auf und erwarte Wut, aber stattdessen sehe ich etwas Bekanntes: Selbsthass und Traurigkeit. Meinen Dad.

»Es tut mir leid, Bill«, sage ich. Ich verspüre eine seltsame Mischung aus Scham und Erleichterung. *Es ist vorbei.*

»Es war nicht schwer, dir auf die Schliche zu kommen«, spricht er weiter. »Schon am zweiten Tag war mir klar, dass du praktisch nichts über Wein weißt.« Dann lacht er. »Dann habe ich mich ein wenig umgehört. Heather hat viele Freunde in der Gastronomie, wie du dir vorstellen kannst, deswegen war es recht leicht – wenn man weiß, wonach man sucht. Ich meine, wenn man die Vermutung hatte, jemand würde sich für jemand anderen ausgeben. Aber wer würde das machen?«

»Oh, Bill. Es tut mir so leid. Ich hatte nicht gedacht, dass das Hotel so … Es sollte einfach ein Spaß werden. Wenn ich gewusst hätte, wie wichtig meine Stelle ist, hätte ich das nie gemacht.« Ich schüttele den Kopf. »Das war eine dumme Idee, die außer Kontrolle geraten ist.«

»Ich bin mir allerdings nicht sicher, ob Heather es weiß. Sie ist wie ein Gespenst auf Social Media.«

»Sie weiß es nicht«, sage ich.

»Na dann«, sagt er grimmig. »Ganz schön schwierig, nicht wahr?«

»Bitte sag es nicht Irene«, flehe ich ihn an. »Erzähl den anderen einfach, dass ich dich angelogen habe, und ich verschwinde, und alles ist vorbei.«

»Das kann ich leider nicht – selbst wenn ich wollte. Irene denkt, dass Heather gründlich überprüft wurde und wir ein ausführliches Vorstellungsgespräch über Skype geführt haben. Ich kann ihr doch nicht erzählen, dass ich das Interview verschlafen habe, oder? Und es ihr dann wochenlang nicht gesagt habe? Sie hat mir so viele Chancen gegeben, und ich kann nicht …«

»O Gott«, sage ich und merke, wie mir die Luft wegbleibt. Er hatte einen Kater und hat deswegen das Gespräch mit Heather verpasst.

»Egal, wir haben jetzt nicht genug Zeit, das alles zu besprechen«, sagt er nachdrücklicher. »Es ist Zeit, dass du dich zusammenreißt und die Sache durchziehst. Den *Wine Society Highland Fling*. Du musst das einfach machen.«

Ich blicke auf und schüttele den Kopf. »Ich kann es nicht. Ich kann es einfach nicht. Heute Abend, das mit Tim, war einfach zu viel.«

»Du musst aber«, sagt Bill unnachgiebig. »Du bist bereit. Und du wirst es gut machen. Du hast wirklich hart gearbeitet, und dieses Event darf nicht in die Hose gehen. Ich kann meinen Job nicht verlieren. Ich bin fast siebzig. Wo soll ich hin? Was soll ich machen?«

»Könnte Russell dir nicht einen neuen Job besorgen?«, versuche ich es.

»Nein«, antwortet er nachdrücklich. Und mir dämmert: Russell ist wahrscheinlich ganz froh darüber, dass Bill hier nach

Loch Dorn abgeschoben wurde, weil er in einem Spitzenrestaurant in Glasgow eine ganz schöne Belastung wäre.

»Bill, du bist krank. Du musst dir Hilfe suchen. Du kannst nicht einfach so weitermachen«, sage ich, und mir wird gleichzeitig klar, wie unsinnig meine Worte sind.

»Mach einfach den Job fertig, Birdy. Bitte.«

Eine Sekunde lang blicken wir uns in die Augen.

»Bill, schau mal, ich bleibe, okay? Aber nur, wenn du dir Hilfe suchst. Mein Vater hat das nicht getan und …«

Ich halte kurz inne und frage mich, ob ich das wirklich erzählen soll. Ich schaue Bill an, der sich am Türrahmen festhält, um nicht zu schwanken, und entscheide mich dafür.

»Mum hat meinen Dad immer wieder gedeckt. Einmal hat sie mich gefunden, wie ich in der Küche fast an Mehl erstickte – meine Lippen waren schon blau angelaufen – und Dad ohnmächtig auf dem Sofa lag. Ich war vier. Vier! Und sie hat ihn sogar im Krankenhaus noch gedeckt: *Meine böse Tochter ist in den Küchenschrank geklettert und hat das Mehl rausgenommen.* Sie waren von Verschwörungstheorien besessen, dabei war ihr ganzes Leben eine Verschwörung. Sie hat sich dazu entschieden, ihn zu beschützen und damit auch sich selbst, glaube ich. Auf Kosten meiner eigenen Sicherheit. Es war nie die Schuld meines Dads. Es war immer jemand anderes. Und häufig war ich dieser jemand. Ich rede mit beiden nicht mehr, weil dieses Gaslighting so extrem war, dass es mich fertiggemacht hat. Weißt du, wie es ist, wenn deine Mum dich anschreit, weil du einen Krankenwagen für deinen Dad gerufen hast, der unter der Dusche zusammengeklappt ist? *Dich anschreit.* Dich beschimpft, weil du Hilfe geholt hast? Dir sagt, dass alles in Ordnung ist, obwohl du die Kotze und Pisse riechen kannst? Weißt du, wie es ist, alles hinterfragen zu müssen, was du siehst? Du hörst dann nämlich auf, dir selbst zu glauben.«

Ich bemerke, dass ich weine, aber ich kann nicht aufhören.

»Und weißt du, was es meinen Eltern gebracht hat? Nichts. Ganz und gar nichts. Ich hasse sie. Jemanden decken und beschützen – das ist falsch. Du brauchst Hilfe. Du kannst das Ruder immer noch rumreißen, es ist nicht zu spät. Du hast das Hotel beklaut. Ich habe den Wein in deinem Schrank gesehen. Ich habe die kleinen Shots Whisky gesehen, die du bei der Arbeit trinkst. Du kannst weiterhin so tun, als wäre alles in Ordnung, aber das stimmt nicht, und du wirst irgendwen wirklich doll verletzen. Und in aller Offenheit: Dieser Jemand bist du vielleicht selbst.«

Bill sieht ein wenig verblüfft aus und lehnt sich an den Türrahmen.

»Du hast unrecht«, sagt er.

»Ich habe recht«, entgegne ich. »Und das weißt du. Du weißt es, tief im Herzen. Ich mache den scheiß Weinabend, okay? Ich zieh das durch. Aber du? Du musst dir Hilfe suchen.«

»Okay«, sagt er nur, und ich will ihn schlagen. *Es ist eine Krankheit, Elizabeth Finch. Unterstütze ihn.* Ich atme langsam aus. Ich werde bleiben. Nur bis zum Event der *Wine Society*.

»Heather hat übrigens angerufen«, sagt er. »Deswegen habe ich dich gesucht.«

Ich erstarre und wische mir die Tränen von den Wangen.

»Sie wollte mit Irene reden«, spricht er weiter. »Aber glücklicherweise bin ich ans Telefon gegangen.«

»Sie hat hier angerufen?«

»Ja, sie wollte sich wahrscheinlich dafür entschuldigen, dass sie die Stelle nicht angetreten hat.«

Mir wird eiskalt. »Was hast du zu ihr gesagt?«

»Ich habe ihr erzählt, dass Irene unterwegs sei und sie sich keine Sorgen machen müsse und dass wir einen adäquaten Ersatz gefunden hätten. Sie wollte trotzdem unbedingt mit

Irene sprechen, aber ich glaube, ich habe sie davon abgebracht.«

»O Gott«, sage ich und beginne wieder zu zittern. »Vielen Dank.«

Dann hören wir beide, wie sich die Tür öffnet – James taucht auf. Er ist nass, und mir wird klar, dass es draußen regnet. Er fährt sich mit den Händen durchs Haar und schüttelt die Tropfen ab.

»Alles okay bei euch?« Er schaut zwischen Bill und mir hin und her.

»Heather ist das Verhalten ihres Exfreundes ein bisschen peinlich«, sagt Bill. »Ich habe ihr gesagt, sie soll sich nicht stressen.«

James mustert mich. Ich vermute, mein Gesicht sieht verquollen und rot aus. Ganz offensichtlich erschüttert.

»Du siehst schlimm aus«, sagt er und runzelt die Stirn.

»Es tut mir leid«, flüstere ich, obwohl Bill neben uns steht. »Das alles tut mir leid. Tim fährt morgen früh ab. Ich hätte ihm deutlicher sagen sollen, dass es vorbei ist. Ich dachte, ich hätte das gemacht, aber … Ich glaube, ich war da nicht nachdrücklich genug. Echt, James, du musst mir nicht glauben, aber ich hatte wirklich nicht damit gerechnet, dass es ihm wichtig sein würde oder dass ich mich überhaupt in irgendeiner Form von ihm trennen müsste. Ich bin genauso erstaunt wie alle anderen, dass er überhaupt hier aufgeschlagen ist.«

»Nun, letztendlich ist es auch egal«, sagt James nur. Als hätte er das Gespräch eingeübt. »Du wirst eh bald weg sein. Ich glaube, das wussten wir schon die ganze Zeit über.«

»Es tut mir leid«, sage ich, und mir steigen schon wieder die Tränen in die Augen.

Er blickt mich nun liebevoller an, und kurz denke ich, er würde mich an sich ziehen, meinen Arm streicheln und mir erklären, es würde alles wieder gut werden. Aber das tut er nicht. Blitzschnell ist sein Gesichtsausdruck wieder distanziert. Wie ausgewechselt.

»Es ist okay, Birdy«, sagt er und streift mich mit der Schulter, während er rasch den Flur entlang auf die Treppen zugeht. »Wir haben morgen früh ein Meeting zur Vorplanung des *Wine-Society*-Events, und es gibt noch so viel zu tun. Ihr solltet beide ein wenig schlafen.«

Und dann verschwindet er, rennt die Treppen hoch und nimmt dabei zwei Stufen auf einmal.

Tränen fließen mir über die Wangen, ich drehe mich zu Bill, der die Schultern zuckt.

»Ja, ich weiß«, sage ich. »Ich muss beenden, was ich begonnen habe.«

»Du haust also nicht ab, wenn ich mich hinlege?«

»Nein.«

»Gut«, sagt er und sieht erleichtert aus. »Mensch, schau doch nicht so bedröppelt drein. Du hast das alles in allem wirklich gut gemacht. Diese Karte so gut auswendig zu lernen, das ist wirklich eine Leistung.«

Ich blicke zu Boden.

»Du hast dich reingekniet und warst wirklich brillant. Egal. Morgen. Steh auf, zieh dich an und steig wieder aufs Pferd, ja?«

# 36

*August*

Es ist der Tag des *Highland-Wine-Society*-Events, und ein Team aus Fort William hat den ganzen Tag lang ein Festzelt aufgebaut, in dem sechzehn runde, weiß gedeckte Tische für je zehn Personen und eine Tanzfläche aus Parkett aufgebaut wurden, über der eine Lichtanlage hängt. Ich gleite durch das Zelt, ich bin im Augenblick der wichtigste Mensch hier. *Wenn sie es doch nur wüssten.* Blitze zucken am Himmel, darauf folgt grollender Donner.

»Pass auf deinen Kopf auf!«, dröhnt Brett, der einen Holzstamm auf der Schulter trägt.

»Scheiße, wird dieses Zelt dem Regen standhalten?«

»Ach, sicher«, sagt er, lässt das Holz auf den Boden fallen und rollt es zum Rand des Zeltes. »Wir beschweren es noch extra.«

Es sieht beeindruckend aus, und ich spüre ein Prickeln im Bauch, während ich meine Rede im Kopf durchgehe und im zunehmenden Wind in Richtung Küche spaziere. Ich bin tatsächlich ein wenig aufgeregt.

Noch ein Abend, erinnere ich mich, dann bin ich weg. Meine Tasche ist gepackt, und das Taxi für später ist bestellt.

James und ich sind uns die ganze Woche über aus dem Weg gegangen, haben nur die Planung des Events besprochen. Jetzt beobachte ich ihn, wie er ein Wachtelei mit einer überraschend hellen Black-Pudding-Mischung umhüllt, während ich mit Russell die letzten Weine durchspreche.

Russells Auftreten lässt die Zukunft des Restaurants in einem rätselhaften Licht erscheinen. Warum ist er nun hier, nachdem

370

er einige Wochen verschwunden war? Niemandem von uns wurde etwas gesagt, und ich hatte zu viel Angst, um Irene zu fragen. Es fühlt sich so an, als würde der Kapitän ein sinkendes Schiff nicht verlassen, nachdem er festgestellt hat, dass das Wasser zu kalt ist, um freiwillig hineinzuspringen.

»Also haben wir den Bolney Pinot Noir als Engländer und den Saumur Champigny als traditionellen Speisebegleiter«, erkläre ich und halte beide Flaschen in die Höhe, damit Irene und Russell sie inspizieren können.

»Gut«, sagt Russell und nickt, sein perfekt gestyltes Haar ist so voller Spray, dass er an Barbies Mann Ken erinnert. »Und zum Nachtisch?«

Bevor jemand etwas sagt, presche ich vor. »O mein Gott, warte mal, bis du Anis' Kreation siehst. Sie hat Eton Mess neu interpretiert.«

»Es ist wirklich toll«, stimmt James nickend zu. Zum ersten Mal, seitdem ich Anis kenne, sieht sie ein wenig peinlich berührt aus und nimmt ihre Version von Eton Mess aus dem Kühlschrank.

»Das muss natürlich frisch zubereitet werden«, sagt sie und zeigt auf einen Teller, auf dem sich eine Art Georgs-Kreuz aus Himbeeren, Erdbeermarmelade, weichen Marshmallows und Baiser befindet, dazu Quenellen aus Schlagsahne. Ich habe das Wort »Quenelle« heute von ihr gelernt, als ich ihr zu ihren hübschen »Wölkchen« gratulierte. Ich habe diesen Sommer sehr viel gelernt, aber eben nicht alles. Irene und Russell kratzen beide einen Löffel voll vom Teller, und wir warten kurz, während sie kosten.

»Vorhang auf für das einzig wahre *Englische Menü*«, sage ich. »Anis, wirst du beim hundertfünfzigjährigen Jubiläum der Royal Marines in Blackpool kochen? Hast du die Grenzen der traditionelle Küche erschöpfend ausgereizt? Ist es originell?

Hast du der Vorgabe entsprochen? Randnotiz: Frauen schaffen es nie ins Finale.«

James lächelt. Ein kleiner Sieg.

»Ich würde dir eine solide Neun geben, Anis«, sage ich schnell.

»Ja, sehr gut, Anis«, sagt Russell. »Du wirst eines Tages eine gute Patissière sein.«

»Eines Tages? Sie ist doch schon eine grandiose Patissière. Sie ist einfach toll«, sage ich.

James blickt zu mir und lächelt warm, und Russell legt den Kopf schief und runzelt die Stirn. »Sie macht ihre Ausbildung gut«, räumt er ein.

Ich seufze laut. »Verdammt, sie macht ja keine Ausbildung zum Jediritter. Sie ist eine tolle Küchenchefin. Und außerdem, Russ, bist du ja eh nie hier und siehst, was sie macht. Sie ist brillant. Wenn sie eine Uhr wäre, dann wäre sie diese *Apollo 13*, die Tom Hanks gerettet hat – so zuverlässig ist sie.«

Anis schnappt nach Luft, aber mir ist es inzwischen egal, was Russell von mir hält. Ich bin eine falsche Sommelière und versuche mein Bestes, aber er ist ein echter Küchendirektor und gibt sich gar keine Mühe. Und – was noch schlimmer ist – er hilft auch niemand anderem, sich zu verbessern.

»Sie ist erst vierundzwanzig«, sagt Russell und schüttelt den Kopf, als er seine Leinenserviette in den Mülleimer wirft.

»Fünfundzwanzig«, sagen Anis und ich gleichzeitig und schauen uns an. Dann lächelt sie verhalten. *Sie lächelt!*

»Hast du nicht mit sechsundzwanzig dein erstes Restaurant geleitet?«, frage ich grinsend.

»Danke dir, Liebes, für deinen Input«, sagt Irene und beendet damit die Unterhaltung, bevor ich noch mehr Probleme machen kann. »Dieses Gericht ist wirklich göttlich, Anis. Ich glaube, dieses witzige kleine Experiment könnte funktionieren. Bill, bist du mit dem Empfangsbereich fertig? Können wir loslegen?«

372

»Die Wimpelketten hängen«, sagt er. »Und ich habe Heathers Playlist angeschmissen. Sie ist auf jeden Fall vielseitig.«

»Na, Gott sei Dank ist es nicht deine schreckliche Musik«, sagt Roxy, die in ihrer Kellnerinnenuniform aufgetaucht ist. »Er spielt mir immer Roxy Music vor. Er findet das saukomisch.« Sie grinst mich an. Trotz des ganzen Wirrwarrs nach Tims Besuch hat sich meine Freundschaft mit Roxy nahezu erholt. Tim hat zumindest das für mich repariert.

»James, bist du fertig?«, fragt Irene.

»Yep«, antwortet er, wendet ein letztes Scotch-Ei in Pankokrümeln und legt es behutsam auf ein Tablett mit Backpapier.

»Nun, Liebes«, wendet sie sich an mich. »Das ist eigentlich *dein* Abend, und wie du weißt ist es üblich, den Gästen das Thema vorzustellen und ihnen zu erklären, was sie von den Weinen erwarten können. Aber wir sind alle hier, um dich zu unterstützen. Ich würde wirklich gern wissen, was du sagen wirst«, fügt sie hinzu.

»Ich bin bereit«, sage ich und ziehe mein wiederbelebtes Notizbuch aus meiner Tasche. »Du kannst mir vertrauen, ich habe alles unter Kontrolle.«

»Sehr gut«, sagt Irene und sieht ein wenig traurig aus.

»Nur ganz kurz, ähm, James?«, frage ich, und er blickt auf, seine Hände sind immer noch voller Krümel.

»Ja?«

»Kann ich kurz mit dir sprechen? Zwei Minuten?«

»Klar«, antwortet er langsam, dann macht er eine Kopfbewegung zum Kühlschrank. »Ich muss die Endivien holen.«

Ich folge ihm, und die eisige Atmosphäre passt irgendwie ganz gut, aber ich stecke mutig meine Hand in die Schürze und ziehe eine kleine Überraschung raus. Sie ist wirklich klein, aber total perfekt.

»Ein Steinpilz?« Er lächelt.

»Nun, ich erinnere mich daran, dass du in meiner ersten Woche hier, als wir uns im Wald auf Nahrungssuche begeben haben, meintest, das seien deine Lieblingspilze … Stimmt das?« Meine Selbstsicherheit schwindet schnell.

»Die sind aber dieses Jahr früh«, bemerkt er. »Woher wusstest du, wonach du schauen musst?«

»Ich habe in deinem Buch *Essbares Schottland* nachgeschaut. Ich hab mir echt Sorgen gemacht, dass ich den falschen Pilz sammele, aber wichtig ist dieses Netzgeflecht am Stiel, oder?«

»Das stimmt«, sagt er sanft.

»Ich weiß, du hattest diese Woche echt viel um die Ohren, deswegen bin ich noch einmal zu dem Eichenwäldchen in der Nähe deines Hauses gefahren.«

»Tatsächlich?«

»Na ja, in dem Buch steht, dass man sie schnell sammeln muss, sonst sind die Würmer und Schnecken schneller. Also, hier ist er. Sorry, ich weiß nicht, was du mit einem Pilz anfangen wirst …«

Ich merke, wie ich immer kleiner werde. Und ich bin wütend auf mich. Was dachte ich, würde passieren? Es ist nur ein dämlicher Pilz.

James eilt links in die Küche und hebt den Deckel eines Pappkartons hoch, der – wie ich bestürzt sehe – randvoll mit Steinpilzen ist.

»Du kannst ihn dazulegen«, sagt er unverblümt, und ich gehorche, lege meinen winzigen, selbst gesammelten Pilz neben die riesigen Exemplare, die heute früh zusammen mit anderem Gemüse geliefert wurden.

»Es tut mir leid«, sag ich nur – und meine damit alles. Den blöden einzelnen Pilz und das Hin und Her mit Tim. Meine ganzen Lügen.

Ich höre, wie James ausatmet und den Kopf schüttelt, und dann purzeln mir die Worte einfach aus dem Mund.

»Es tut mir so leid«, sage ich. »Du musst mir nicht glauben –
Gott weiß, warum du das tun solltest –, aber ganz ehrlich, ich
dachte, ich würde Tim nie wieder sehen. Aber dass er einfach so
aufgetaucht ist? Das ist Teil seiner blöden Masche. Ich hätte
strenger mit ihm sein müssen.«

James blickt hoch zu dem Dach des Kühlraums, und ich
spreche weiter, weil er zumindest zuhört und ich dazu nie eine
zweite Gelegenheit bekommen werde.

»Ich weiß, dass du viele mehrdeutige Aussagen von mir gehört hast. Ich habe dir gesagt, Tim und ich wären nicht zusammen, aber irgendwie *waren* wir es doch«, erkläre ich, und meine
Stimme zittert, während ich weiterspreche. »Aber es war nichts
Offizielles. Ich hatte keine *richtigen* Gefühle für Tim. Das zwischen uns basierte darauf, dass wir gemeinsam abhingen und
uns nicht damit stressten, ob es irgendwann mal etwas Ernstes
werden würde.« *Uff, das hörte sich nicht gut an.*

Er blickt auf mich hinab, und ich weiß, er wartet darauf, dass
ich zu reden aufhöre. Deswegen sage ich ihm nun noch rasch
das Wichtigste.

»Es war ganz anders als das Gefühl, das ich mit dir hatte.
Wirklich, ganz anders als mit dir. Es tut mir leid – ich bin nicht
der offenste Mensch. Ich hätte deutlicher über meine Gefühle
reden sollen. Meine beste Freundin ist davon überzeugt, es liege
daran, ich würde den anderen unterstellen, ich wäre ihnen nicht
wichtig.«

Er neigt ein wenig den Kopf. »Glaubst du das auch?«

»Ich weiß nicht. Vielleicht.«

»Egal, wie man es dreht und wendet, deine Aktion war scheiße.«

»Ich weiß«, sage ich und versuche, die in mir aufsteigende
Angst zurückzudrängen. Ich kann nicht alle Lügen richtigstel-
len, aber diese eine will ich auf keinen Fall so stehen lassen.
»Aber zu dieser einen Sache, also zu Tim, will ich sagen: Ich

will, dass du weißt, dass meine Gefühle für dich hundertprozentig echt waren. Hundertprozentig echt *sind*. Und egal, was das mit Tim war, es ist jetzt vorbei. Wirklich vorbei.«

James schaut mich an, sucht meinen Blick, und ich nehme all meine Kraft zusammen, um nicht wegzuschauen. Ich will, dass er mir glaubt. Dieser Teil ist wahr. Sein Gesicht wird langsam weicher. »Aber, wie du schon immer gesagt hast: Du gehst ja eh wieder.«

Die Tür des Kühlraums öffnet sich, und Anis steht da und starrt uns beide an.

»Ich muss los und mich umziehen. Viel Glück heute Abend«, sage ich und lächele ihn ein letztes Mal entschuldigend an, woraufhin er mich auch anlächelt. Zumindest beim Thema Tim bin ich also weitergekommen.

Ich husche auf die Personaltoilette, um nach meinem Make-up zu sehen, mir das Haar zurückzukämmen und zu einem niedrigen Dutt zusammenzubinden, damit ich so aussehe, als *hätte ich mir Mühe gegeben*. Ich nehme den Bügel mit dem langen schwarzen Seidenkleid, das mir Irene großzügigerweise geliehen hat. Ich hole es aus dem Staubschutz und ziehe es mir behutsam über den Kopf, um es nicht zu zerknittern, und lasse mir den leichten, voluminösen Stoff bis kurz über die Schuhe fallen. Es hat einen einfachen V-Ausschnitt, vielleicht ein wenig wie aus den Zwanzigerjahren, mit einem weich nach unten fließenden Rock, der eher gerade geschnitten ist – es sitzt locker auf der Hüfte und hat einige eingewebte Silberfäden am Ausschnitt. Es passt ziemlich gut und kaschiert auch prima die Speckrollen am Rücken wegen meines zu engen BHs, sitzt aber ein wenig zu eng an meinem Bauch. Aber das wird die Schürze schon verdecken, denke ich.

Ich straffe mein Augenlid, ziehe mir einen braunen Lidstrich und trage genug schwarzen Mascara auf, damit er nicht verklumpt.

Ich verwende einen Lipgloss in Nude, den ich hinten im Badezimmerschrank gefunden habe, atme tief ein und betrachte mich im Spiegel.

»Du bist wirklich weit gekommen, Elizabeth Finch. Wirklich weit. Du schaffst das.«

Ich nehme mein Telefon raus, um nach der Zeit zu schauen, und sehe eine Nachricht von Heather, in der nur steht:

**Muss mich um paar Sachen kümmern. Lass uns Anfang nächster Woche reden. Hab dir viel zu erzählen ...**

Ich will bei Heather sein. Ich verstehe nun, wie anspruchsvoll ihre Arbeit ist – sie kennt nicht nur eine Weinkarte, sondern Hunderte oder sogar Tausende Weine, ihre Herkunftsländer und die Anbaumethode. Sie kann mit einem Mal riechen eine Himbeer- von einer Stachelbeer-Note unterscheiden, und obwohl ich es vorher nicht zu schätzen wusste, ist mir nun klar, dass sie jedes Mal, wenn sie einen Chianti für unsere Pizza vom Lieferservice oder einen Sekt für eine Party aussuchte, mir nicht nur einen Drink anbot, sondern alles besser machte. Es war Liebe. Ich kann es kaum erwarten, ihr meine neue Wertschätzung auf jede erdenkliche Art zu zeigen.

Ich blicke ein letztes Mal in den Spiegel und gehe dann zum Barbereich des Restaurants. Bill hat das Zelt wundervoll hergerichtet. Er sieht gut aus. Und nüchtern. Ich zeige mit dem Daumen nach oben.

Ich bin bereit. *Ich werde das total rocken*, denke ich, während es noch einmal über mir donnert.

# 37

»Heather, nicht wahr?«

Ich fahre herum und sehe Matthew Hunt, den sexy Bond-Bösewicht-Präsidenten der *Highland Wine Society*, den ich in der allerersten Woche getroffen habe. Er reicht seine Regenjacke einer der Aushilfskräfte, die ich nicht kenne, und steckt einen großen schwarzen Schirm in den Ständer neben der Tür.

»Sie sehen umwerfend aus«, sagt er.

»Hi, Mr. Hunt«, sage ich und wische mir die Hände an der Schürze ab, bevor ich ihm die rechte entgegenstrecke. Er hebt meine Hand zu seinen Lippen, küsst behutsam meinen Handrücken, und ich erröte.

»Sie können mich Matthew nennen«, erklärt er, und als er lächelt, sehe ich, dass seine Zähne gelb und voller Füllungen sind, und das finde ich irgendwie fies – gleichzeitig bin ich dem Universum dankbar für diese Relativierung.

»Sir, wie geht es Ihnen heute Nachmittag?«

»Sehr gut, meine Liebe. Der heutige Abend wird gewiss interessant. Ich habe einige dieser Weine bei den *British Wine Awards* verkostet – waren Sie auch dort?«

»Ja, das war ich«, antworte ich.

»Nun, ich bin mir sicher, dass die Society das alles originell finden wird. Englische Weine bei einem schottischen Wein-Event. Wahrlich urkomisch!«

»Wir haben viele Weine aus der alten Welt zum Vergleich«, versichere ich ihm. »Ich hoffe, sie finden das zumindest unterhaltsam.«

»Oh, sieh mal einer an – Nicol!«, sagt er und winkt einem

großen, dünnen Gentleman in einem dreiteiligen Anzug mit einer karierten Weste zu, der auf seinen Absätzen vor und zurück wippt. »Wir sehen uns später, meine Liebe.«

Ich eile zum Restaurant, um nachzusehen, ob alles in Ordnung ist, während Roxy und eine andere junge Frau mit zwei Tabletts mit Champagnergläsern auftauchen.

»Soll ich mit dem Einschenken beginnen?«, fragt Roxy, während sie ihr Tablett auf die Bar gleiten lässt und Bill die beiden Flaschen auf den Tresen stellt.

»Ja, lass uns loslegen, sie kommen jetzt in Scharen.«

»Viel Glück«, flüstert sie mir zu und ihre lieben Worte lassen mich kurz fast in Tränen ausbrechen. Ich werde sie vermissen.

»Danke. Wer braucht schon Glück, wenn man dieses Kleid trägt, hm?«

»Du siehst toll aus. Aber du solltest die Schürze ausziehen«, sagt sie, während sie mit einem Tablett voller Gläser mit sprudelndem englischem Wein hinwegschwebt.

Roxy verteilt die Getränke, während drei weitere junge Kellner mit großen silbernen Tabletts voller eisgekühlter Austern umherlaufen und sie auf die Ständer auf den Tischen stellen.

Männer in Anzügen und Schottenröcken mit Bärten und drahtigem Haar in den unterschiedlichsten Graustufen, die sich mit ihren ausgeprägten schottischen Akzenten unterhalten. Die Frauen tragen Kleider in verschiedenen Schattierungen von Flaschengrün, Blau und Bordeauxrot mit Schärpen in Schottenmuster und sind mit Schmuck behängt. Sie trinken und mischen sich fröhlich unter die Leute; inzwischen dürfen sie an den Veranstaltungen teilnehmen – viele Jahre lang wurde ihnen kein Zutritt gewährt.

Als die Unterhaltungen im Barbereich eine gewisse Lautstärke erreichen, blicke ich zu Irene, die mir zunickt, während Bill ein Glöckchen läutet.

»Bitte begeben Sie sich ins Festzelt, Ladies und Gentlemen«, sagt sie.

Langsam folgen wir ihr einen eilig errichteten Steg entlang über den Kiespfad zum Festzelt. Der Himmel ist zwar immer noch dunkel und verheißt noch mehr Sturm, der Regen hat aber kurz aufgehört.

Als das Zelt sich gefüllt hat, schnappe ich mir ein Glas Schaumwein und wappne mich. Ich steige auf das kleine Podium neben der Tanzfläche, wo alle versammelt sind, und klopfe einmal aufs Mikrofon.

»Ist es an?«, frage ich und meine Stimme dröhnt durchs Festzelt. Der ein oder andere Lacher ertönt, während sich mehr als hundert Menschen in meine Richtung drehen. Am Eingang steht das Servicepersonal und schaut auch zu, gemeinsam mit Roxy, Bill und Irene. Glücklicherweise ist James nicht hier und sieht, wie ich mich zum Affen mache.

»Wir hören Sie«, sagt ein fröhlich aussehender rundlicher Mann, der vorne steht.

Ich werde ganz rot und versuche mich zu konzentrieren. In meinem Kopf war das alles irgendwie sehr viel leichter.

»Nun, dann. Ladies und Gentlemen«, sage ich, und meine Stimme zittert ein wenig.

Ich schaue zum Eingang und sehe, dass James dort aufgetaucht ist. Natürlich musste er genau jetzt kommen ... Ich stähle meine Nerven und spreche weiter.

»Hallo und herzlich willkommen zum *Wine Society Highland Fling*. Heute steht nicht die Invasion der Engländer auf dem Programm«, sage ich und höre einige Lacher. Scheiße, ich hatte gehofft, dass ich damit alle auf meiner Seite habe! Ich blicke Matthew Hunt an, der den Kopf schief gelegt hat, als würde er sich überlegen, ob er mich bemitleiden oder mir böse sein soll. Ich merke, wie meine Wangen puterrot werden, und stürze den Champagner runter.

»Oh, schon besser«, sage ich und höre von irgendwo hinten Gekicher. Ich weiß, dass ich das schaffe. Ich weiß, dass die Rede witzig ist. Ich habe so hart gearbeitet, um an diesen Punkt zu kommen. »Heute machen wir einen Ausflug, aber nicht zu den alten Weinen der Loire oder den fruchtbaren Böden von Bordeaux. Nein, heute nehmen wir die M20 aus Croydon und schleichen im Schneckentempo in einer Blechlawine durch das Nadelöhr bei Canterbury, bis wir einen völlig vergessenen Teil von Kent erreichen.«

Gelächter. Wirkliches Gelächter. Ich blicke zu Matthew, der zu seinem Freund Nicol schaut – beide grinsen.

»Hier beginnen wir unsere Reise mit dem kecken Schaumwein, den Sie gerade alle ertragen müssen – von einem Weingut namens Hush, dessen kalkhaltige Böden dieselben Anbaubedingungen bieten wie die Champagne.«

Einige schnappen nach Luft, andere nicken, um meine wenig bekannte Tatsache zu bestätigen.

»Aber obwohl die Anbaubedingungen gleich sind, darf der Name nicht gleich lauten. Wie Sie wissen, dürfen nur Weine, die in dieser Region Frankreichs angebaut werden, den renommierten Titel ›Champagner‹ tragen, und um nicht ausgestochen zu werden, haben sich die Engländer für den sehr englischen Namen ›Blanc de Blancs‹ entschieden.« Den Namen spreche ich – so gut ich kann – mit dem Akzent der Grafschaft Kent aus.

Dieses Mal wird tatsächlich laut gelacht, und ein älterer Kerl haut seinem Freund auf den Rücken. Die Leute haben sich aufgewärmt, und ich merke, dass ich mich entspanne.

»Aber schreiben Sie ihn nicht ab, bevor Sie ihn gekostet

haben. Dieser Blanc de Blancs ist vollmundig und komplex. Er hat Aromen von Äpfeln und Anklänge von Erdbeeren, Rhabarber und Nektarinen am Gaumen, dazu noch Brioche und Nüsse, der elegante Abgang ist fruchtig.« Vielen Dank an den Artikel *Top Ten Schaumweine aus England* – das meiste habe ich dort abgeschrieben.

»Genießen Sie Ihr Glas bitte mit unseren köstlichen schottischen Austern – denn einige Dinge sollten keinesfalls von jenseits der Grenze kommen …« Ich halte kurz inne, während wieder kehliges Glucksen ertönt. »Und dann nehmen Sie Platz für unser englisches Themenmenü: fünf köstliche Gänge, die von James und Anis in unserer Küche zubereitet werden, und dazu eine Auswahl an Weinen, die von mir und meiner bezaubernden Co-Sommelière Roxy ausgesucht wurden.« Ich lächele sie an, und sie grinst zurück. »Und ich bin mir sicher, dass Sie die Weine – falls sie Ihnen entgegen meiner Erwartung keine Trinkfreude bereiten – zumindest beherzt und genüsslich hassen können.«

Gelächter. Und dann Applaus.

Ich grinse breit und schaue mich nach sämtlichen bekannten Gesichtern im Raum um. Irene, Roxy und Bill stehen weit hinten, und ich erkenne Stolz auf ihren Gesichtern. Ich blicke zu Matthew, der klatscht und zustimmend nickt. Ich spüre, wie mich Wärme durchströmt, während ich den Applaus genieße und eine bittersüße Genugtuung verspüre. Ich genehmige mir einen Blick auf James, der klatscht, aber nachdenklich zu Boden blickt. Ich muss noch einmal mit ihm reden.

Die Musik setzt wieder ein, und die Gäste begeben sich zu ihren Tischen – und plötzlich bemerke ich das Zittern in meinem Körper, als ich von der Bühne trete. Ich schnappe mir noch ein Glas Schaumwein von einem herumstehenden Silbertablett und möchte auf kürzestem Weg zu James gehen, der wieder zurück in die Küche will. Doch dann, wie aus dem Nichts, stellt sich mir Russell in den Weg.

»Hallo, Heather«, sagt er. »Ich glaube, du hast bei deiner kleinen Rede jemanden vergessen. Schließlich ist es mein Restaurant«, sagt er wie zum Spaß, aber ich sehe, dass er sauer ist.

»Oh, natürlich – sorry, ich habe das total vergessen.« *Gelogen!*

»Ich würde gern selbst einige Worte sagen, könnten wir das vor den Dessertweinen machen?«

»Öhm, der Abend ist eigentlich komplett durchgeplant«, sagte ich und versuche, James' Aufmerksamkeit zu erregen.

»Hör gut zu, das hier ist mein Restaurant, und du tust das, was ich dir sage«, fährt Russell mich an.

»Ist das so?«, zicke ich zurück. Ich will zu James, bevor er wieder reingeht. »Ich muss gehen.«

Als ich mich an Russell vorbeidrücke, merke ich, wie an meiner Schürze gezogen wird und sie aufgeht und zu Boden fällt. Ich stolpere fast über die Bänder.

»Hey, was soll das?«, sage ich, als ich mich zu Russell umdrehe, mir die Schürze vom Boden nehme und sie mir vor den Bauch halte. »Bist du acht Jahre alt oder was?«

»Ich bin immer noch dein Boss. Du *musst* auf mich hören.«

*Vergiss es, Birdy,* sage ich leise, als ich mich umdrehe und direkt in James laufe, der das Gespräch mitbekommen hat und Russell anstarrt. Ich greife schnell nach James' Hand und ziehe ihn aus dem Festzelt in die sichere Küche.

»Arschloch.«

»Ja. Das ist er«, antworte ich dankbar, dass ich James im tiefsten Inneren immer noch wichtig bin. »Was ist los mit Russell? Warum ist er immer noch hier? Ich dachte, wir wären alle so schrecklich und er wollte sein Talent hier nicht länger vergeuden.«

»Mr. MacDonald ist hier«, flüstert James. »Deswegen wollte

Russell kommen und das Event beaufsichtigen. Obwohl ich Mr. MacDonald gesagt habe, dass Russell mit dem heutigen Abend nichts am Hut hat. Und nächste Woche wird er nichts mehr mit Loch Dorn zu tun haben. Er wird dann gefeuert sein.«

Ich bin schockiert. James ist aktiv geworden und hat für sich selbst die Stimme erhoben.

»Also übernimmst du dann? Als Küchendirektor?«, frage ich.

»Eigentlich nicht«, sagt er und schüttelt den Kopf. »Ich habe aber andere Pläne …«

Doch noch ehe er den Satz fertig sprechen kann, ziehen die Kellner mit großen Silbertabletts mit den Vorspeisen an uns vorbei in Richtung Festzelt.

»Auf geht's! Tragt die Vorspeisen raus und kommt direkt wieder zurück, um das nächste Tablett zu holen!«, bellt Anis, die noch nie so viel Verantwortung übernommen hat wie jetzt. Die Kellner marschieren wieder los, als wären sie Teil einer Militärparade.

»Du gehst besser wieder rein und stellst den ersten Weißwein vor«, sagt James, während ich nicke und mir auf die Lippe beiße. »Du warst toll«, fügt er hinzu und blickt wieder auf den Boden. »Ich bin stolz auf dich, ich hoffe, das hört sich nicht zu komisch an.«

Ich schüttele den Kopf, Tränen steigen mir in die Augen.

»James, ich werde dich so sehr vermissen«, platze ich flüsternd heraus. Und dann drehe ich mich um und renne wieder zu meinem Podium, mein Herz klopft wie verrückt. Ich ertrage es nicht, seine Reaktion zu sehen.

Ich atme tief ein und bekomme direkt Panik, als ich merke, dass nichts in den Lungen ankommt.

Ich versuche es noch einmal und führe mir vor Augen, dass es nur Panik ist.

*Einatmen, ausatmen.*

Kurz darauf merke ich, dass ich reden kann. Der Weißwein, wie ich meinem inzwischen gebannten und leicht angetüddelten Publikum erkläre, stammt aus Norfolk. »Es ist ein wunderbarer Cuvée mit einem Hauch Tropenaromen, der Ihren leicht geräucherten Fisch perfekt abrundet«, erkläre ich. »Diese kleine Schönheit hat schon mehr Auszeichnungen gewonnen als der Norwich City Football Club. Obwohl, ganz ehrlich, das ist auch keine besondere Leistung.«

Als der Abend voranschreitet, werde ich immer selbstbewusster und merke, dass ich mich amüsiere. Als die Käseplatten und die letzten Weine an jedem Tisch serviert werden und die Band sich auf den Tanz nach dem Essen vorbereitet, trete ich ein letztes Mal auf mein Podest.

Das ist mein Ass im Ärmel. Ich schaue mich im Zelt um und beobachte die Gäste, die ihr letztes Glas verkosten. Ich sehe, dass sie verwirrt wirken, dann kosten sie noch einmal. Sie rümpfen angewidert die Nase, und Enttäuschung breitet sich auf ihren Gesichtern aus, weil sie diesen Wein fürchterlich finden. Perfekt!

»Ladies und Gentlemen, ich hoffe, Sie genießen alle diesen letzten Wein«, setze ich an. Sie versuchen, höflich zu sein, und lächeln und nicken in meine Richtung. Ein Herr weiter hinten, der nicht so nachsichtig ist, spuckt den Wein zurück ins Glas.

»Ich würde gerne einem von Ihnen die Bühne überlassen, um diesen letzten Wein zu bewerten und herauszufinden, worum es sich handelt – wie Sie sehen, haben wir das Etikett auf allen Flaschen verdeckt. Gibt es einen Freiwilligen?«

Mr. Hunt hebt direkt die Hand. »Ich mach's.« *Brillant.*

Ein Höflichkeitsapplaus ertönt, dann blitzt es. Wir alle warten kurz auf den Donner, und dann steht Hunt auf und schüttelt empört den Kopf. »Heather, vielen Dank für diese faszinierende Tour durch England – ich gebe zu, dass ich heute tatsächlich einige fantastische Weine genossen habe. Doch leider muss ich sagen, dass Sie sich mit dem letzten Wein ein Bein gestellt haben, Liebes.«

Ich schiebe die Unterlippe vor und spiele mit.

»Er schmeckt wie Essig. Wie Johannisbeersaft, den man einen Monat lang im Schrank vergessen hat. Furchtbar! Genau so hatte ich mir einen englischen Wein vorgestellt.«

Um ihn herum nickende Gesichter: endlich, ein englischer Wein, der zuverlässig enttäuscht.

»Nun, das ist wirklich schade, Mr. Hunt«, spreche ich ins Mikrofon.

Er hat die Arme in die Seiten gestemmt und zuckt die Schultern.

»Warum nehmen Sie nicht die Abdeckung runter und verraten uns das Weingut?«

»Liebend gern«, sagt Mr. Hunt, greift über den Tisch und nimmt die Flasche, entfernt die Umhüllung aus schwarzem Papier und der Rest des Tisches beobachtet ihn und will unbedingt sehen, von welchem furchtbaren englischen Weingut dieser Wein stammt.

»Mr. Hunt?«, frage ich.

»Nun«, antwortet er, während sich Gelächter im Raum ausbreitet. »Da sind wir die Angeschmierten. Der Wein kommt aus Stirlingshire, hier in Schottland.«

Schallendes Gelächter bricht aus. Applaus folgt, und einige Menschen stehen sogar auf. Ich blicke zum Servicepersonal, das auch klatscht. Roxy hat rote Wangen und applaudiert enthusiastisch, und selbst Irene strahlt.

»Vielen Dank Ihnen allen für diesen wundervollen Abend. Heißen Sie jetzt bitte die *Grant Fraser Band* willkommen, ich hoffe, Sie haben Spaß und genießen die Feier bis in die frühen Morgenstunden. Einen schönen Abend Ihnen.«

Ich schließe kurz die Augen und sauge die letzten Momente des Erfolgs in mich auf. Und dann öffne ich die Augen und sehe jemand Bekannten im Zimmer. Ein Gesicht in der Menge, das vor einer Minute noch nicht hier war, neben den vom Wind umherschlagenden Türen des Festzelts. Das lockige Haar, das an der Seite festgesteckt ist, und die großen blauen Augen, die schockiert aufgerissen sind. Ich brauche einen Moment, dann dämmert es mir.

Das ist Heather. Heather ist hier.

# 38

Als die Band zu spielen beginnt, falle ich fast von der Bühne und renne zu Heather.

Irene ist die Erste, die sich mir in den Weg stellt. »Liebes, du warst bezaubernd – herzlichen Glückwunsch.«

»Vielen Dank«, sage ich und hebe den Saum meines Kleides hoch, damit ich mich freier bewegen kann. »Sorry, ich muss ...«

»Heather! Gut gemacht«, sagt eine strahlende Roxy. »Du warst grandios. Das war so witzig. Ein schottischer Wein. Wann hast du ihn bestellt?«

»Ich kann jetzt nicht, Roxy«, sage ich und dränge mich an ihr vorbei.

»Heather?«, rufe ich, als Bill versucht, zu mir zu gelangen. »Nicht jetzt, Bill.«

Als ich sie erreiche, steht sie unter der Lichterkette im Gang, das Licht ihres Handys scheint ihr ins Gesicht. Sie legt auf und steckt es sich in die Manteltasche, und mein erster Impuls ist es, zu ihr zu rennen und sie zu umarmen. Ich weiß nicht, wo ich anfangen soll. Ich weiß nicht, was ich sagen soll.

»Was machst du hier?«, platze ich heraus. Meine Gedanken rasen. Wer hat ihr gesagt, dass ich hier bin? Warum ist sie gekommen?

Sie schnauft verachtungsvoll, und ich will sie aus dem Festzelt führen, damit wir in Ruhe reden können. Es muss doch eine Möglichkeit geben, um ihr ...

»Was *ich* hier mache?«, fragt sie nur.

»Ich kann alles erklären. Es ist weniger schlimm, als es aussieht.«

»Oh, ich bin gespannt, Birdy. Ich kann die Erklärung kaum erwarten«, antwortet sie. »Schönes Kleid übrigens. Von wem hast du das geklaut?«

Hinter mir haben die Kellner Schwierigkeiten, die leeren Teller abzuräumen, und ich will uns aus der Schusslinie nehmen.

»Können wir bitte miteinander reden«, flehe ich sie an.

»Ich warte darauf, dass mein Taxi zurückkommt und mich wieder nach Inverness fährt.«

»In diesem Wetter kannst du nicht fahren«, sage ich, als uns ein starker Windstoß erwischt. Ich greife nach meinem Kleid, das sich komplett aufgebläht hat, und blicke in den Himmel, während Blitze über die dunklen Wolken huschen und das Tal kurz erhellen. »Komm schon.«

Glücklicherweise folgt sie mir unter ein Vordach neben dem Haus – immer noch draußen, aber weiter von allen anderen entfernt. Ich schlinge die Arme um mich, und dann beginnt der verbale Durchfall.

»Ich weiß, dass ich gelogen habe. Ich weiß es. Es tut mir so leid. Ich wusste einfach nicht, wohin ich gehen soll. Ich konnte nicht zu meinen Eltern, und mein Cousin hat jetzt eine Freundin und wollte nicht, dass ich bei ihm wohne, und ich wusste nicht, was ich machen soll. Ich wollte nicht, dass du dir Sorgen machst. Ich war doch bei den *Wine Awards* und habe dein Namensschild getragen; und dann kam Irene zu mir, und ich konnte ihr nicht die Wahrheit sagen, deswegen dachte sie, ich wäre du, und so führte eins zum anderen. Und geriet außer Kontrolle. Und weil du meintest, du würdest diesen Job nicht wollen und dass dieser Ort hier komplett scheiße sei, dachte ich, das wäre kein Problem.«

»Gut gemacht, Birdy. Du hast schon jetzt *mir* die Schuld in die Schuhe geschoben.«

»Das habe ich nicht so gemeint«, antworte ich und lege

meine Hand auf ihre verschränkten Arme, aber sie schiebt sie weg.

.»Ich sage nur, dass du es als blöden Aushilfsjob in einem Drecksloch bezeichnet hast, deswegen habe ich mir – nachdem du dich dagegen entschieden hast – gedacht, ich könnte es machen. Ich habe vor tausend Jahren mal gekellnert, und es schien mir einfacher, mich zu bewerben und so zu tun, als sei ich du, als mich selbst zu bewerben.«

»Ich bin verdammt noch mal eine ausgebildete Sommelière, Birdy. Fuck! Spinnst du? *Du* hättest den scheiß Job niemals bekommen, das weißt du auch. Du vergisst, dass ich jahrelang hart gearbeitet habe.«

»Okay. Ja, ich weiß. Schau mal, ich habe mich nicht auf deinen Lorbeeren ausgeruht, Heather. Ich habe wirklich hart gearbeitet. Ich habe so viel gelernt, wie ich konnte. Natürlich weiß ich nicht so viel wie du, das ist klar.«

Ich bin völlig durcheinander. Ich weiß nicht, wie ich meine dumme Aktion erklären kann, und ich will mich einfach nur entschuldigen. Ich will Heather umarmen und *Sorry* schreien, wieder und wieder und wieder, bis sie mir verzeiht.

»Ich fand es toll, etwas über Wein zu lernen, aber das, was du weißt, ist wirklich absolut großartig. Das alles ist so schwer. Oh, Heather, du warst in Italien, hast dich dort versteckt. Ich fand die ganze Aktion eher harmlos. Ich war schon einmal *du*. Du hast mich oft genug dich spielen lassen.«

»Bei Partys, zu denen ich nicht gehen konnte! Bei Konzerten. Aber Mann, dieses Mal ist es wirklich Identitätsdiebstahl!« Sie schreit mich nun an, aber der Wind und der Regen sorgen dafür, dass niemand in Hörweite es bemerkt.

»Nein. Eigentlich nicht. Irene hat mich in bar bezahlt. Also gibt es hier kein rechtliches Problem«, erkläre ich schnell, als würde das meine Tat ungeschehen machen.

390

»Ich bin so verdammt wütend, Birdy. Das ist das Schlimmste, was du jemals gemacht hast, und du hast dir in den letzten Jahren so einiges geleistet.«

»Bitte, Heather«, flehe ich sie an. »Wenn du es nur als das annehmen könntest, was es war: eine harmlose Schnapsidee. Niemand wurde verletzt, echt nicht.«

»Ach tatsächlich, niemand wurde verletzt?«, fragt sie und bekommt glasige Augen. »Warum ausgerechnet hier, Birdy? Warum musstest du es gerade hier machen?«

*Moment, habe ich etwas verpasst?*

»Was machst du hier?«, frage ich erneut.

Sie blickt mich an, und ich erkenne die wilde Wut in ihren Augen.

»Kümmere dich einfach nicht drum, Birdy!«, schreit sie. »Mach dir keinen Kopf um mich oder irgendwen sonst. Kümmere dich einfach nur um dich, okay?«

In dem Moment werden wir von den Lichtern eines vorfahrenden Taxis geblendet, und ich sehe im Scheinwerferlicht den Regen, der nun fällt.

»Taxi für Heather Jones?«, donnert eine Stimme, und Heather dreht sich um, um zu gehen.

»Bitte bleib hier«, bettele ich. »Bitte geh nicht. Wir müssen darüber reden. Was ist los? Bitte, Heather!«

Sie atmet mit Tränen in den Augen aus und wird sanfter. »Was du da gemacht hast, ist scheiße, aber du kennst nicht die ganze Geschichte.«

»Erzähl sie mir«, flehe ich. »Es tut mir so leid.«

»*Bitte* unterbrich mich nicht«, fordert sie, als der Regen stärker wird und wir uns so weit wie möglich unter das Vordach drücken.

»Okay, okay, tut mir leid«, antworte ich, und in mir steigt die Angst auf. *Was kommt da noch?*

Heather winkt dem Fahrer und sagt ihm, er solle warten, dann greift sie in ihre Handtasche und zieht ein altes Polaroid-Bild raus.

»Meine Stiefmutter hat mir vor etwa einem Jahr eine Kiste voller Sachen zugeschickt. Sie hat Dads Sachen ausgemistet und dachte, ich würde sie haben wollen. Nur blöde Bilder. Alte Weinbücher. Seine Uhr. Solche Sachen. Außerdem war ein altes Weinkellertagebuch dabei und – unter dem hinteren Einband steckte dieses Foto. Ich weiß nicht, ob er es dagelassen hat, damit ich es finde, oder ob er's vergessen hat, aber ich habe es gefunden.«

Sie fummelt an dem kleinen Bild herum.

»Und ich glaube, die Frau auf dem Bild könnte meine Tante sein«, sagt sie mit zitternder Stimme. »Ich erinnere mich dran, dass Mum mal von ihrer Schwester gesprochen hat. Du weißt, wie man manchmal Dinge aufschnappt, wenn man noch klein ist? Ich habe mir jahrelang nichts dabei gedacht. Eines Tages habe ich meinen Dad danach gefragt, aber er meinte, da wäre keine Schwester. Nur er. Deswegen dachte ich, ich hätte es mir eingebildet. Aber das habe ich nicht, Birdy. Ich weiß, dass ich es mir nicht eingebildet habe.« Es regnet jetzt stärker, und sie spricht lauter.

Ich bemerke, dass ich ihr nicht geantwortet habe, aber ich bin verwirrt. »Eine Tante?«

»Und, wenn ich mich recht entsinne, hat sie auch ein Kind, also habe ich vielleicht einen Cousin. Dad hat mir das nie erzählt, und ich habe keine Ahnung, warum nicht. Warum sollte er mir nicht erzählen, dass meine Mum eine Schwester hatte? Ich habe mir Sorgen gemacht, dass ein schrecklicher Grund dahinterstecken könnte – also dass sie mich nicht kennenlernen wollten oder so etwas –, deswegen habe ich Angst bekommen. Aber als ich in Italien war, wurde mir klar, dass ich es wissen *muss*.«

Ich halte das Foto vors Licht und betrachte es. Ich erkenne Heathers Mutter von den anderen Fotos, die ich gesehen habe, und ihren Dad in der Mitte. Aber die Frau, die auf der anderen Seite von Heathers Dad steht: Das ist *Irene*. Die junge Irene. Mit dunklem, glattem Haar – im Gegensatz zu dem weißen Haar, das sie jetzt hat –, aber sie ist es. Ich schaue zwischen Heathers Mum und Irene hin und her. Sie sahen sich ähnlich. *Wirklich ähnlich.*

»Nachdem ich sie aufgespürt hatte, dachte ich, wenn ich einen Job bei Loch Dorn annehme, könnte ich sie einmal kennenlernen und Zeit mit ihr verbringen. Weißt du? Und dann, als der Zeitpunkt näher kam, habe ich Angst bekommen. Was wäre, wenn mich mein Dad vor etwas wirklich Schlimmem beschützen wollte? Und als Cristian mich gefragt hat, ob ich mit ihm nach Italien fahren wollte, bin ich einfach abgehauen.«

»Moment mal«, sage ich und nehme mir das Bild, um es noch einmal anzuschauen.

Diesmal betrachte ich Heathers Dad genauer, und mir wird ganz flau im Magen. Mit den wilden Locken und den Koteletten erinnert er mich nicht an den Mann, den ich aus Plymouth kannte, er erinnert mich jedoch an jemand anderen.

Heathers Dad ist derselbe Mann wie der auf dem Bild in James' Cottage.

Heathers Dad ist auch James' Dad.

Wenn Heather und James denselben Vater haben, sind sie Geschwister und nicht Cousin und Cousine.

Und was bedeutet das? Heathers Vater hatte eine Affäre mit der *Schwester* ihrer Mum? Mit Irene?

»Mein Gott!«, sage ich, als ich eine Last auf der Brust spüre und das Gefühl habe, jemand würde die Luft aus mir heraussaugen.

»Es muss etwas Schlimmes gewesen sein, wenn mich mein

Dad von ihnen fernhalten wollte. Aber ich muss es wissen. Und jetzt hast du das alles kaputt gemacht.« Heather hört sich verbittert an, eine Träne läuft ihr über die Wange, und die Scheinwerfer eines zweiten Autos fahren vor und beleuchten ihre Verzweiflung richtig.

»Ähm …« Ich weiß nicht, was ich zu ihr sagen soll, und nun hat sie sich die Hände vors Gesicht gelegt und weint richtig.

Mein Gehirn arbeitet auf Hochtouren. Ich reiche Heather das Bild zurück. Warum um alles in der Welt hat sie mir nichts davon erzählt? Sie hat mich auch angelogen! Ich dachte, sie wäre meine beste Freundin. Wenn ich das gewusst hätte, hätte ich es *niemals* gemacht. Ich kann das Bild nicht mehr anschauen. Ich will mich übergeben.

Ich muss schnell nachdenken. Soll ich es ihr sagen? Soll sie es von mir erfahren?

Genau in dem Augenblick taucht Bill mit einem großen schwarzen Schirm auf, den er wegen des starken Windes fest umklammert. »Heather?«, sagt er sanft. »Es tut mir wirklich leid, dich zu stören, aber es sind zwei Taxis für dich hier. Beide sind für Inverness bestellt, du verstehst bestimmt, dass ich sie nicht einfach so wieder wegschicken möchte.«

Heather blickt zu ihm auf, und kurz ist mir nicht mehr übel, ich habe Angst. Das war's. Das ist der Anfang vom Ende.

»Ah, hallo«, sagt Bill, der plötzlich versteht, wen er vor Augen hat.

»O Gott.«

Heather, so höflich wie immer, schüttelt die Hand, die er ihr hinhält.

»Was soll ich den Fahrern sagen, meine Liebe?«

Und dann fällt es mir ein. »Ähm, eins ist für mich.«

Bill nickt mir zu. »Bist du dann auch weg?«

Ich sage nichts, nicke aber irgendwie. Ich weiß nicht, was ich machen soll. Bill denkt vielleicht, dass wir beide am besten jetzt abhauen, falls er auch noch auffliegt. Ich habe mein Bestes gegeben. Aber was ist mit Heather? Ich blicke zu ihr rüber und will sie umarmen, traue mich aber nicht. Sie sieht so aus, als wäre sie benommen.

»Bill, gibst du uns noch einen Moment? Sag dem Fahrer, ich komme gleich«, sage ich.

»Ja«, antwortet er, bevor er mir den Schirm reicht und weghuscht.

»Können wir aus dem Regen gehen?« Ich öffne den Schirm über uns. Wir sind beide pitschnass.

»Ich will weg.«

»Okay, das können wir machen«, sage ich.

»Ich will *allein* weg«, antwortet sie und schluchzt sich in die Hände.

»Okay, lass uns kurz aus dem Regen raus, dann kannst du abhauen«, antworte ich, nehme Heather an der Hand und führe sie in den Barbereich. Ich kann sie nicht Irene über den Weg laufen lassen, ohne sie zu warnen, und Irene ist immer noch im Zelt, soweit ich weiß.

»Kannst du ihr ein Glas Whisky holen?«, frage ich Bill, der sich in unserer Nähe aufhält und panisch aussieht.

»Wäre es nicht besser, wenn ihr beide einfach abhaut?«, fragt er.

»Wir hauen ja gleich ab«, fauche ich. Ich bin frustriert. Für so etwas habe ich jetzt keine Zeit.

»Ich darf meinen Job einfach nicht verlieren«, sagt er und hört sich verzweifelt an. Ich könnte ihn decken – könnte Irene erzählen, dass ich Bill auch an der Nase herumgeführt habe. Ich müsste den geklauten Wein nicht erwähnen, müsste sonst gar nichts erwähnen.

»Alles wird gut«, sage ich. »Geh zurück ins Cottage, okay? Ich komme gleich.«

Bill nickt und sieht völlig erledigt aus.

Ich betrete den Barbereich, dort befinden sich nur wenige Gäste. Brett steht hinter dem Tresen und mixt Cocktails. Dann öffnet sich die Küchentür, und ich sehe, wie sich James eine Flasche Wasser aus dem Kühlschrank nimmt. Er bemerkt mich, sieht, dass ich klitschnass bin, dann erblickt er Heather und schaut fragend. Plötzlich überwältigt mich die Situation, und ich drehe mich zu ihr und nehme sie an beiden Händen.

»Komm, wir hauen ab.«

Sie schüttelt den Kopf. »Ich will nicht mit dir zusammen abhauen.«

»Gut. Verstehe. Vor dem Haus warten zwei Taxis, dann können wir getrennt voneinander fahren, in Ordnung?«

Sie nickt und hebt den Kopf zum ersten Mal, seitdem wir reingekommen sind. Ihr lockiges Haar hängt ihr nass ins Gesicht, und ihre Augen sind gerötet und geschwollen.

Ich schaue kurz zu James, der immer noch dasteht, inzwischen besorgt aussieht, und verspüre Panik. *Wir müssen abhauen.* Ich ziehe an Heathers Mantel.

Doch dann kommt Irene rein. Sie lächelt ganz breit und streckt uns die Arme entgegen. »Heather!«

Ich höre, wie Heather schnieft. Sie blickt erst mich und dann Irene an.

Doch dann zieht Irene *mich* an sich und umarmt mich ganz fest. »Du warst absolut brillant! Ich habe überall nach dir gesucht. Aber du bist ja völlig erfroren, und du ja auch, meine Liebe«, sagt sie und dreht sich zu Heather. »Brett, holst du uns bitte ein paar Decken? Oder vielleicht einige Handtücher? Ich bin so stolz auf dich, Heather«, sagt sie und löst sich von mir, um mich anzuschauen, dabei hält sie meine beiden Hände.

»Sie ist nicht Heather. Ich bin …«

*Nein, nein so darf sie es nicht herausfinden.*

»Ähm, die Sache ist, Irene«, sage ich und atme tief ein, »ich bin nicht Heather.«

Irene hat uns zu einem ruhigen Tisch abseits der Gäste geführt. Sie ist verwirrt, aber scheinbar kümmert sie sich mehr darum, dass die Handtücher und Decken gebracht werden und dass jeder eine wärmende Tasse Tee hat, als um das Gehörte.

»Was zum Teufel soll das bedeuten – du bist nicht Heather?«, fragt sie, als Brett mit zwei frischen Bademänteln ankommt, sodass wir alle in flauschiger weißer Baumwolle eingemuckelt sind.

Ich schaue zu James, der nun vor der Bar steht – er will nicht zu nah kommen, damit er nicht stört, aber nah genug, um zu lauschen. Ich denke, ich kann meine Offenbarung ebenso gut vor allen verkünden.

»Als ich dich getroffen habe, Irene, bei den *Wine Awards*«, sage ich, »habe ich Heathers Namensschild getragen.«

»Ich kann dir nicht folgen, Liebes«, sagt Irene. »Wie heißt du denn?« Diese Frage stellt sie Heather, die nur dasitzt und alles völlig schockiert an sich vorbeiziehen lässt. Hat sie Irene erkannt?

»Ich habe versucht, dir zu erklären, dass ich Heathers Namensschild getragen habe.«

»Ich bin verwirrt, Heather«, antwortet Irene.

»ICH BIN NICHT HEATHER«, fauche ich und lege mir die Hände übers Gesicht. Und dann höre ich sie, die Stille der ungewollten Aufmerksamkeit. Alle Augen richten sich auf mich. Ich nehme die Hände vom Gesicht und sehe, dass Anis nun bei uns ist. Okay, es ist wie bei einem Pflaster, das man schnell abreißen muss. »Als ich dich bei den *Wine Awards* kennengelernt habe, war ich an Heathers Stelle dort. Ich habe ihr Namensschild getragen.«

»Also bist du nicht Heather?«, wiederholt Irene.

»Nein. Ich bin Birdy. Finch. Elizabeth Finch. Meine Freunde nennen mich Birdy.«

»Birdy? Was ist das denn für ein Name?«, fragt Brett.

»Das ist ihr Spitzname«, sagt James, und ich höre die Wut in seiner Stimme.

»Stimmt«, sage ich, und mein Herz bricht ein bisschen. Ich schaue Heather an, doch sie starrt auf ihre Fingernägel. »Das ist mein Spitzname. Meine beste Freundin hat ihn mir gegeben, als ich sechs Jahre alt war.«

»Und wer ist Heather?«, fragt Anis und versucht, alles zu verstehen, als Roxy sich neben sie stellt und ihre Schürze auszieht. Ich sehe, dass sie Anis *Was ist hier los?* zuflüstert und Anis sich zu ihr lehnt und ihr alles erzählt.

Ich ignoriere sie und spreche weiter. »Ich hatte schon einige Gläser Wein intus, als wir uns bei den Awards unterhalten haben, und ich habe meinen Entschluss nicht wirklich gut durchdacht. Du hast so nett und warmherzig gewirkt und …« Ich schaue zu Irene, und mir steigen die Tränen in die Augen. »Ich habe mich ein wenig im Internet informiert. Loch Dorn wirkte auf mich wie ein altmodischer und heruntergekommener Laden. Nimm mir das bitte nicht übel. Die Weinkarte im Internet war sehr kurz. Nirgendwo war die Rede von Renovierungen. Ich wusste nicht genau, was mich erwartet.«

»Die Website war völlig veraltet«, wirft Anis nickend ein.

Ich schaue wieder zu Heather und sehe diesen Blick. Diesen Blick, der mich damals, vor all den Jahren in der Grundschule zu ihr geführt hat. Ich will sie umarmen, aber ich will das auch über die Bühne bringen und mich dann vom Acker machen. Mit Heather.

»Ich hatte keinen Job. Ich konnte mir kein neues WG-Zimmer leisten. Und ich … ich dachte, es wäre keine sonderlich verrückte Idee«, sage ich und versuche, nicht darüber nachzudenken, wie verrückt sich das alles allerdings anhört.

»Das ist völlig verrückt«, sagt James laut, der vor der Bar auf und ab läuft.

»Ziemlich«, stimmt ihm Irene zu.

»Ich habe die Konsequenzen nicht richtig durchdacht. Irene, ich hatte nicht auf dem Schirm, dass ich Loch Dorn Probleme bereiten könnte, sonst hätte ich das nie gemacht. Ich kann mich nur dafür entschuldigen, dass ich dumm, gedankenlos und egoistisch war. Ich dachte, es wäre ein lustiger Sommerjob für mich, und es wäre allen egal, wer ich bin.«

Niemand hat sich jemals darum geschert, wer ich bin. Wirklich niemand, außer Heather.

Ich blicke zu James auf, der inzwischen nicht mehr umherwandert, und sehe einen Hauch Mitgefühl auf seinem Gesicht, der schnell wieder von Wut verdrängt wird.

»Ich weiß, dass mir das auf keinen Fall verziehen werden kann, aber ich wollte sagen, dass ich jeden einzelnen Tag hier genossen habe. Ich habe meinen Job lieben gelernt und alles gegeben. Die Koch-Sessions mit James und die Spaziergänge …« Ich halte inne und spüre Heathers Blick wieder auf mir. Ich kann sie nicht anschauen.

»Wie konntest du das Hotel einem solchen Risiko aussetzen?«, fragt James.

»Es tut mir leid. Wie gesagt, ich habe einfach nicht darüber nachgedacht. Ich habe nur an mich gedacht. Ich wollte jemand anderes sein, eine Zeit lang. Mal spüren, wie es sich anfühlt, so großartig und talentiert zu sein wie Heather.«

Die Tränen laufen mir jetzt über die Wangen, und ein Rotzballon bläht sich bei jedem Ausatmen aus meinem Nasenloch. Irene fischt eine Serviette aus ihrer Tasche und reicht sie mir.

»Bill?«, sagt Irene, als die Informationen langsam bei ihr

ankommen, und ich spüre, dass nun die Fragen kommen. »Er wusste es, oder? Wo zum Teufel ist Bill?«

»Er wusste es erst, als es schon zu spät war.« Und dann entscheide ich, dass der jetzige Zeitpunkt ebenso gut passt wie jeder andere. »Er ist in sein Cottage gegangen. Er ist völlig neben der Spur. Und zu diesem Thema: Bitte beschützt ihn nicht mehr, das hilft ihm nämlich nicht. Ihr macht es damit nur noch schlimmer. Er vermasselt ständig Bestellungen und versteckt Alkohol für sich selbst. Er ist krank. Es ist eine Krankheit. Man kann nicht einfach darüber hinwegsehen. Er braucht Hilfe. Wenn man es ignoriert, hilft man ihm nicht. Und man nimmt damit in Kauf, dass andere Schaden nehmen. Andere Menschen. Und euer Hotel.«

Irene blickt mich an, und kurz glaube ich, dass sie die Fassung verliert, aber das tut sie nicht. Sie blickt auf ihre Hände und nickt.

Und dann herrscht Stille. Alle sitzen schweigend da, weil niemand weiß, wer sich um das ganze Chaos kümmern wird.

»Nun«, sagt Irene und schüttelt völlig ungläubig den Kopf. »Nun, das ist viel zu verdauen.«

»Ähm …«, sagt Heather, und ihre Stimme ist kaum lauter als ein Flüstern. »Könnte ich dich kurz sprechen, Irene?«

»Wer bist du denn, Liebes?«

»Ich bin die echte Heather.«

Mir wird bange ums Herz. Ich blicke Heather an, und mir wird klar, dass ich nichts mehr tun kann, um das Unvermeidliche herauszuschieben.

»Soll ich bleiben?«, flüstere ich Heather zu, während Irene den Rest des Personals wegscheucht.

»Nein«, sagt Heather, ohne mich anzuschauen.

# 39

Es ist fast zwei Uhr früh, als ich das Bahnhofshotel in Inverness erreiche – allein – und nach dem Nachtportier klingele. Auf dem bunten Schild steht *Unter neuer Leitung*, was nur als Versprechen gelesen werden kann, dass sich die Umstände seit meinem letzten Besuch verbessert haben.

Der Nachtportier öffnet die Tür. Er ist klein – knapp eins sechzig – und trägt ein Ziegenbärtchen. Ich kann ihn riechen, sobald die Tür einen Spalt geöffnet ist.

»Ms. Finch?«, fragt er. Ich nicke erschöpft.

»Kommen Sie, kommen Sie. Sie sind ein wenig später dran als gedacht. Alles gut. Ich zeige Ihnen Ihr Zimmer.«

Er zieht die Tür auf und winkt mich durch.

»Die Treppe da vorne hoch – darf ich Ihre Taschen nehmen?«

»Ich habe nur eine. Ich schaff das schon.«

Er öffnet die Tür zu einem Einzelzimmer am Ende des Gangs im zweiten Stock und wünscht mir eine gute Nacht. Erschöpft hocke ich mich auf die Bettkante. Die Blümchengardinen sind weit genug geöffnet, dass ich den trüben Schimmer des Ness sehen kann.

Ich schau zum hundertsten Mal auf mein Handy. Keine Nachricht. Nichts von Heather. Meine letzte Nachricht *Wirst du mir irgendwann vergeben können?* ist ungelesen.

Ich habe Heather mit Irene zurückgelassen. Sie meinte, ich solle mein Taxi nehmen und sie dort bleiben lassen – ich habe schließlich den Versuch aufgegeben, das Unvermeidliche zu verhindern. Und überhaupt, wie kann ich mir anmaßen, mich weiter in Heathers Leben einzumischen? Als ich versucht habe, mit James zu reden, ist er schnurstracks in die Küche gerannt, deswegen bin ich abgehauen.

Ich frage mich, was passiert ist. Hatte Irene tatsächlich eine Affäre mit dem Mann ihrer Schwester? Ich kann es mir nicht vorstellen, mir kommt aber auch keine andere Erklärung in den Sinn. Arme, arme Heather. Ich hoffe, dass die Wahrheit sie und Irene zusammenschweißen und keinen Keil zwischen sie treiben wird – Irene wird eine plötzliche Nichte ganz sicher nur lieben können. Ich stelle mir den Schmerz vor, den sie spüren wird, wenn sie an all die Jahre denkt, die sie mit Heather verpasst hat.

Auch auf meiner Zugfahrt nach London am nächsten Tag höre ich nichts von Heather, aber die Distanz lindert meinen Schmerz ein wenig. Ich checke in einem abgeranzten Hotel am King's Cross ein und lege mich ins Bett, lausche den Sirenen und betrunkenen Streitereien vor meinem Fenster.

Ich schreibe Heather noch einmal.

**Bist du noch dort?**

Immer noch keine Antwort.

Als ich am nächsten Morgen durch die Straßen spaziere, in denen in der spätsommerlichen Hitzewelle der faulige Großstadtgestank wabert, wird mir klar, dass ich wahrscheinlich zurück nach Plymouth muss. Der Umschlag mit Bargeld, den Irene mir gegeben hat, wird bald leer sein und reicht ohnehin nicht für eine Kaution hier in London. Ich werde meine Mum anrufen müssen. Eine gerechte Strafe.

Ich fühle mich so schrecklich leer, es ist überwältigend. Ich will zurück nach Loch Dorn. Ich hatte dort das Gefühl, etwas würde beginnen – als würde ein kleiner Samen meiner Persönlichkeit schließlich keimen. Wer bin ich jetzt, wo ich nicht mehr dort bin?

Ich habe meine Leidenschaft für Wein entdeckt, obwohl ich niemals eine echte Sommelière sein werde. Ich habe es geliebt, etwas über Lebensmittel zu lernen. Ich finde es großartig, was James im Restaurant macht, und ich liebe die Sorgfalt, mit der Irene zu Hause kocht. Aber ich könnte nie beruflich kochen. Und wieder einmal bin ich Birdy: In nichts gut, nicht einmal im Scheiße-Labern, wie sich gezeigt hat.

An diesem Abend findet in der Lobby des Hostels ein wilder Kampf zwischen zwei Backpackerinnen aus Australien statt, an dessen Ende mir eine Haarverlängerung ins Gesicht fliegt.

# 40

Am nächsten Morgen streife ich wieder durch Nordlondon, ich habe nichts zu tun und kein Ziel. Ich weiß, dass ich das Unvermeidliche nur aufschiebe, aber ich schaffe es einfach nicht, den Anruf zu tätigen.

Ich verbringe dreißig Minuten in einem schrecklichen Café und trinke einen faden Latte. Dann muss ich ganz dringend pinkeln, aber die Klos dort sind schmutziger als die Ställe in Loch Dorn, deswegen gehe ich stattdessen im Caffè Nero nebenan. Die Dame hinter dem Tresen starrt mich finster an, als ich an der Schlange vorbeihusche. Bis zwölf Uhr war ich im Oasis, bei Waterstones und in einem Retro-Süßigkeitenladen, wo ich mir eine Tüte Lakritz gegönnt und dann gleich aufgegessen habe. Ich tue mir wahnsinnig leid, setze mich kurz auf eine Bank an einer Bushaltestelle und starre unentwegt auf mein Handy.

Ich entdecke ein kleines Geschäft, das zwischen einem Handyladen und einem Wettbüro liegt und in dessen einladendem Schaufenster ein Picknick aufgebaut ist, mit einer Auswahl an Roséweinen und Gläsern auf einer karierten Decke. Der Name ist auch niedlich – *Die Weinbibliothek* –, und ich muss an Heather denken. Ich glaube, sie hat hier oft eingekauft.

Ich entscheide mich dafür, dem Laden einen Besuch abzustatten und vielleicht gratis einige Weine zu probieren. Ich drücke die Tür auf und höre ein leises *Kling!* Das Geräusch katapultiert mich kurz zurück nach Portree, und ich schließe die Augen und schwelge in dem Anblick der Boote, die in der Bucht auf dem Wasser schaukeln. James lächelt mich unbeschwert an, sein Haar wird von der Meeresluft zerzaust. Der Zauber der Anfänge.

»Morgen«, sagt eine Stimme und eine Frau (ich glaube eine Französin) kommt aus dem Keller nach oben. »Oh, oder eher guten Tag. Kann isch Ihnen 'elfen?«

In allen Regalen stehen dicht an dicht Weinflaschen, und ein großer Kühlschrank nimmt die ganze hintere Wand ein. »Ich bin mir nicht sicher. Der Morgen ist sehr warm«, sage ich und erblicke ein großes Schild, auf dem steht: *Britisch, bio & tatsächlich ziemlich gut*. Ich muss einfach lächeln. »Dieser hier ist *wirklich* ziemlich gut«, sage ich, nehme die Flasche zur Hand und betrachte das Etikett, obwohl ich es auswendig kenne.

»Ja, er wurde fast unter denselben Bedingungen hergestellt wie Champagner«, sagt sie.

»Ja, ich weiß«, antworte ich und lächele sie herzlich an.

»Ah, Sie kennen sich mit englischen Weinen aus!« Sie klatscht begeistert in die Hände. Sie muss um die fünfzig sein, glaube ich, und trägt einen Rock im Bohemian-Stil, der über den Boden schleift, wenn sie sich bewegt.

»Ein wenig«, antworte ich. »Ich habe kurz als Sommelière gearbeitet.«

»Tatsächlich?«, antwortet sie und ist sofort ganz Ohr. »Ich bin zwischen Weinbergen aufgewachsen. Meine Tante und mein Onkel hatten sogar eine *petite maison* an der Loire.«

»Das muss toll gewesen sein«, sage ich und nehme eine andere Flasche zur Hand, auf deren Etikett eine Bleistiftzeichnung von Rebenreihen über einem tiefen Tal zu sehen ist.

»Klar, ich hatte großes Glück, was ich mit siebzehn aber nicht so zu schätzen wusste. Ich konnte es kaum erwarten wegzugehen.«

Ich nicke, während ich mit dem Daumen an den Weinen entlangfahre. »Niemand will mit siebzehn noch zu Hause wohnen. Auch nicht, wenn man aus Plymouth kommt.«

Sie kichert und fragt mich: »Möchten Sie eine Degustation?«

»*Wollte* ich gerne«, antworte ich. »Aber nun denke ich, dass ich besser einen klaren Kopf behalte.«

»Darf ich Ihnen wenigstens einen Schluck von diesem Rosé anbieten?«, fragt sie, geht zum Kühlschrank und holt eine Flasche raus. Sie schenkt großzügig ein, und als ich die Stirn runzele, müssen wir beide grinsen.

»Danke«, antworte ich, denke an das Weingut ihrer Familie und frage mich, wie es wäre, solch ein Zuhause zu haben, zu dem man liebend gerne zurückkehrt. »Darf ich Sie etwas fragen?«, sage ich und schaue sie an.

»Aber natürlich«

»Woher wussten Sie, dass Sie diesen Weinladen eröffnen wollen?«

»Nun, Wein liegt mir im Blut, wie Sie wissen, und ich denke, auch wenn Zeit vergeht, liebt man doch immer seine Heimat. Die prägt einen doch.«

»Hmm«, sage ich und stürze den Wein runter. »Und was ist, wenn man solche Wurzeln eben nicht hat? Wenn man viel umgezogen ist? Oder wenn man miese Eltern hatte. Wissen Sie, es will nicht jeder da bleiben, wo er war. Viele Menschen wollen etwas Besseres, oder nicht?«

»Verraten Sie mir, was Sie lieben«, sagt sie.

»Ich liebe …«, sage ich und fahre mit dem Finger über das fast leere Roséglas. »Ich liebe es dazuzugehören. Ich meine, was zur Hölle soll das überhaupt bedeuten?«

»Zu einem Mann?«

»Nein. Nein«, sage ich und schüttele den Kopf.

»Zu einer Familie?«

»Ja, ich denke schon, aber nicht zu meiner eigenen.«

»Vielleicht müssen Sie einen Ort finden, wo Sie Ihre Wurzeln in die Erde stecken können? Ein bisschen Wasser, ein bisschen Sonnenlicht, ein wenig Zeit und Raum. Wie beim Wein? Man bekommt keine perfekte Traubenlese, wenn man sich nicht Zeit für einen sorgfältigen Anbau nimmt und mit dem Herzen bei der Sache ist.«

»Das glaube ich nicht«, sage ich, merke, wie mir schwindelig wird, und will plötzlich abhauen. Ich stürze den Rest meines Glases runter.

»Wirklich nicht?«, fragt sie und nimmt ein Schlückchen von ihrem Rosé.

Ich denke zurück an den Loch, die dunklen Wolken, die tief am Himmel hängen, den Wind über dem grauen Wasser. Ich gehe noch einmal durch den Wald, am Fluss entlang. Ich passiere die kleinen Ställe, wo Brett sich um die Pferde kümmert, und laufe an den Cottages vorbei. Bill und James machen in der Küche Kaffee. Ich nehme den Kiesweg zum Haupthaus und sehe Irene in der Tür, die etwas wundervoll Farbenprächtiges trägt. Im Inneren flitzt Roxy durchs Restaurant, und in der Küche steht Anis am Haupttresen und kommandiert die beiden Nachwuchsköche herum. Und dann denke ich an Heather und sehe sie dort. Sie steht in der Tür und lächelt, hält eine Weinflasche in der einen und zwei Gläser in der anderen Hand.

»'allo? Sind Sie noch da?«

»Oh, sorry. Ich war in meiner eigenen kleinen Welt«, sage ich und wiederhole die Worte in meinem Kopf. *Meine eigene kleine Welt.* Ich will mit Heather sprechen. »Jemand hat mich mal gefragt: Wenn du alles machen könntest, was du willst, was wäre es?«, spreche ich weiter. »Und meine Antwort lautete immer: *Gar nix und dafür viel Geld bekommen.*«

»Und jetzt?«

»Nun …« Ich sage die Worte in Gedanken – Worte, für die ich Heather gekreuzigt hätte, weil es gegen meine feministischen Ideale verstoßen hätte, ich hätte es schwach gefunden. »Ich will zu jemandem gehören. Ich will geliebt werden.«

407

Sie lächelt mich wissend an, hat die Augenbrauen hochgezogen und nickt leicht mit dem Kopf. Vor einigen Monaten hätte ich das noch herablassend gefunden. Aber nun fühlt es sich warmherzig und zustimmend an. Als hätte ich endlich die richtige Antwort gefunden.

»Danke für Ihr offenes Ohr«, sage ich, und mir wird klar, dass die arme Frau nur eine Flasche Wein verkaufen und nicht der gestörtesten Frau Londons als Therapeutin dienen wollte.

»Sind Sie sicher, dass Sie gehen wollen?«, fragt sie und hält die Weinflasche in die Höhe.

»Ich muss mal telefonieren«, antworte ich.

Impulsiv umarme ich die Frau, deren Namen ich nicht weiß, und gehe ein wenig angeschickert raus. Ich suche mir eine Bank vor der U-Bahn-Station und versuche es noch einmal bei Heather. Wieder einmal nimmt sie nicht ab.

Ich gehe in die Angel Tube Station und weiß nicht so genau, wo ich als Nächstes hinwill, aber als ich gerade die Rolltreppe nehmen will, klingelt mein Handy und Heather ist dran. Ich drehe mich um, versuche, die Rolltreppe wieder hochzurennen, und fummele am Annahme-Button rum.

»Heather!«, sage ich, während ich die mir entgegenkommenden Pendler mit meiner riesigen Tasche umniete. »Sorry! Entschuldigung«, keuche ich und konzentriere mich darauf, die Treppen hochzulaufen.

»Was machst du?«, fragt Heather.

»Ich versuche, die Rolltreppe hochzurennen! Verdammt. Die ist echt scheiße lang«, rufe ich, als ich endlich oben bin und es geschafft habe. Ich rase zur Fensterbank bei den Ticketschaltern und schmeiße meine Tasche auf den Boden. »Ich habe es geschafft. Ich bin hier. Ich kann dich hören«, sage ich atemlos.

»Hi, Birdy«, sagt sie sanft oder sogar freundlich. »Ich bin froh, dass du mich angerufen hast. Es ist Zeit, dass wir reden. Wohin fährst du?«

»Ich wollte gerade los – keinen blassen Schimmer, wohin. Vielleicht nach Hause.«

»Plymouth?«

»Ja, vielleicht.«

»Um es kurz zu machen: Ich komme heute Nachmittag zurück nach London und dachte, wir könnten uns treffen und miteinander reden.«

»Du bleibst nicht in Loch Dorn?«

»Ich erkläre dir alles, wenn ich wieder da bin. Ich möchte gerade nicht drüber sprechen.«

»Ist alles in Ordnung? Oh, Heather, wirst du mir jemals vergeben können?«

»Es ist erst drei Tage her.«

»Okay«, antworte ich kläglich, habe aber ein winziges bisschen Hoffnung. »Wir sehen uns bei dir zu Hause. Um wie viel Uhr?«

»Kannst du morgen gegen Mittag da sein?«

»Ja. Natürlich.«

»Bring mir meine Paddle-Brush mit«, faucht sie. »Und bitte keine Lügen mehr.«

»Keine Lügen mehr«, antworte ich leise. Ich will nach Irene, James, Roxy und Bill fragen, aber ich habe zu viel Angst. Mein ganzer Fokus muss gerade auf Heather liegen und darauf, den Schaden wiedergutzumachen, den ich angerichtet habe.

Sie legt auf, und ich fühle mich zum ersten Mal seit einer Woche ein wenig unbeschwerter. Ich blicke runter auf meine Tasche, schultere sie wieder und kehre für eine letzte Nacht zurück zu meinem Hostel.

# 41

*November*

Ich schaue auf eine Facebook-Freundschaftsanfrage von Roxy. Sie trägt einen pinken Bikini und hat ein Handtuch umgewickelt, die Arme ausgestreckt, liegt am Ufer von Loch Dorn und lächelt breit. Die Anfrage ist schon seit einigen Tagen da, und ich war zu nervös, um sie anzunehmen.

Es ist November, und der Wind in London ist kalt geworden, aber ich habe es mir in Heathers kleiner Wohnung gemütlich gemacht – die in den nächsten Wochen ganz mir gehört, bis ich abhaue. Ich habe Pizza und einen Sixpack Lager bei *Uber Eats* bestellt und plane eine kleine Ein-Frau-Party mit einem albernen Film. Ich weiß, ich weiß – aber es ist Sauerteigpizza und lokales Craft-Lager.

Die Wohnung fühlt sich ohne Heathers Sachen anders an, aber die Erinnerungen bleiben, und die Wärme und Liebe, die ich für sie verspüre, sind stärker als jemals zuvor.

»Es tut mir so leid«, habe ich an dem Tag in Heathers Wohnung zu ihr gesagt. »Ich kann nicht behaupten, dass mir nicht klar war, was ich anrichte. Das stimmt nicht. Mir war klar, dass ich deinen Ruf aufs Spiel setze, auch, als ich noch nichts von der Renovierung wusste. Damit wurde alles nur noch komplizierter. Ich hatte den Eindruck, dass ich nur so unbeschadet wie möglich aus der Situation herauskomme, wenn ich eine möglichst gute Version von dir bin, damit niemand Schaden nimmt. Aber das ist keine Entschuldigung. Letztendlich habe ich die Entscheidung getroffen, dich auszunutzen. Deine harte Arbeit. Deinen Einsatz. Um es mir einfacher zu machen. Das war schrecklich von mir.«

»Ich verstehe jetzt, wie es dazu kommen konnte«, meinte Heather. »Also, wie du dir einreden konntest, dass es okay sei. Und ich erkenne, dass mein zögerliches Verhalten wegen dem Job zu der Verwirrung beigetragen hat.«

»Du musst dafür keine Verantwortung übernehmen. Dann fühle ich mich noch viel schlechter«, meinte ich. »Es war einfach nur dumm.«

»Das war es«, antwortete sie und schüttelte den Kopf über mich. Aber der Ton war sanfter geworden. Sie war nicht mehr sauer auf mich. Vielleicht noch enttäuscht. »Na ja, wenigstens habe ich dadurch endlich meine Familie kennengelernt.«

»Kennst du denn die ganze Geschichte?«

»O ja«, antwortete sie. »Und die hat es in sich. Ich weiß immer noch nicht, ob ich Irene alles glauben kann. Denn das würde bedeuten, dass mein Dad, nun, ein Arschloch war …«

»Zu dir war er das aber nicht«, sagte ich schnell.

»Irene meinte, sie hatte eine Affäre mit Dad. Eine oder zwei Nächte, ganz am Anfang von Mums und Dads Beziehung. Vor mir natürlich.«

»Gott, ich kann mir einfach nicht vorstellen, wie Irene …«

»Sie meinte, das wäre ein Fehler gewesen, den sie nicht bereuen könnte, weil er ihr James geschenkt hat.«

»Aber wie konnte deine Mum nicht …«

»Hör zu, Birdy, Mann! Ich erkläre es dir schon.«

Ich presse mir die Hände vor den Mund.

»Dad und Irene haben in Edinburgh zusammen in einem Restaurant gearbeitet. So hat er Mum kennengelernt. Mum war Krankenschwester, deswegen haben beide in Schichten gearbeitet, und Dad und Irene hatten einige gemeinsame Nächte, wo … nun, du weißt doch, wie das ist in der Gastronomie: Es wird spät, man trinkt und so weiter. Jeder kennt jeden. Irene hat es bereut und wollte es meiner Mum beichten.«

»O Gott, stell dir das mal vor«, sagte ich. »Das muss deine Mum so verletzt haben.«

»Klar, aber letztendlich meinte Irene, dass sie es Mum nie sagen konnte. Mein Dad hat darauf bestanden, dass er selbst reinen Tisch machen wollte. Aber Irene weiß nicht genau, was er erzählt hat – nur, dass Mum nie wieder mit ihr gesprochen hat. Nie einen Anruf entgegengenommen hat. Nichts. Und dann sind sie ganz überstürzt nach London gezogen. Mein Dad hat klargemacht, dass sie nichts von ihr hören wollten. Also ist Irene an die Westküste gezogen.«

»Also sind deine Eltern nach London gegangen, und Irene war … schwanger?«

»Genau. Und sie nahm einen Job in Loch Dorn an, und die Eigentümer halfen ihr. Sie hat ein eigenes Cottage bekommen. Sie haben sie unterstützt. Ich meine, sie war damals erst fünfundzwanzig oder so.«

»Aber warum hat sie deinem Dad nicht von James erzählt?«

»Anfangs hat sie sich geschämt. Das hätte ihre Schwester völlig aus der Bahn geworfen. Wäre ihr Sargnagel gewesen, denke ich. Doch dann, als Irene schließlich den Mut hatte, mit Mum zu sprechen, war sie tot.«

»O Gott, das ist ja schrecklich«, meinte ich, und Irene tat mir furchtbar leid.

»Irene ist mit dieser Information sehr behutsam umgegangen, um James' Gefühle nicht zu verletzen, vermute ich, aber sie meinte, Dad hätte ganz deutlich gemacht, dass er keinen Kontakt mit James haben wollte, das war es dann also.«

»Scheiße! Arme Irene. Armer James.«

»Mein Vater ist also noch schlimmer als deiner«, sagte Heather und versuchte, es witzig klingen zu lassen.

»Vielleicht wollte er nicht, dass du weniger von ihm hältst. Du warst sein Augenstern«, versuchte ich es.

»Ja, vermutlich. Er war – davon abgesehen – ein toller Vater für mich.«

»Aber warum hast du es vor *mir* verheimlicht?«

»Weil es immer nur dich und mich gab«, sagte Heather und schaute mich direkt an, »und ich hatte Angst davor, wie du dich fühlen würdest.«

»Ich hätte dir geholfen. Ich würde gerne glauben, dass ich mich für dich gefreut hätte …« Aber als ich das ausspreche, verlässt mich meine Stimme, und mir wird klar, dass ich mich – wenn Heather ohne mich nach Loch Dorn gegangen wäre und alles so gelaufen wäre wie geplant – definitiv ausgeschlossen gefühlt hätte.

»Ich wollte es erst selbst herausfinden. Irene war recht leicht zu finden. Ich habe kurz gegoogelt und sie auf vielen Gastronomie-Seiten entdeckt, und dann bin ich auf die schreckliche Website von Loch Dorn gestoßen.« Heather sagte das mit dem Hauch eines Lächelns, doch dann sprach sie weiter. »Ich hatte solche Angst, dass mein Dad versucht hat, ein schreckliches Geheimnis vor mir zu verbergen. Aber diese Erinnerungen an Mum, die von ihrer Schwester sprach, nagten an mir. Sie sind sich so ähnlich auf dem Bild, nicht wahr? Ich finde es so traurig, dass Mum Irene vielleicht verzeihen wollte, aber nie die Chance dazu bekommen hat. Weil nicht genug Zeit war oder – noch schlimmer – weil Dad sie nicht gelassen hat?«

»Vielleicht wäre es am besten, sich vorzustellen, dass alle Seiten mit viel Schmerz zu kämpfen hatten?«, sagte ich. Ich wollte einfach nicht, dass Heather ihren Vater hassen musste.

»Ja, mag sein. Und wo wir gerade beim Thema sind: Du musst dich wirklich um deine Probleme kümmern«, sagte sie, ohne einen Therapeuten zu erwähnen, obwohl sie darauf hinauswollte. Sie wollte mich nicht so leicht mit meiner Schandtat davonkommen lassen. Ich würde mir ihr Vertrauen hart erarbeiten müssen.

»Was ist mit James?«, traute ich mich schließlich zu fragen, und beim Gedanken an ihn schnürte sich mir die Kehle zusammen.

»James hat eigene Pläne geschmiedet. Er will für einige Zeit im Ausland arbeiten.«

»Er will Loch Dorn verlassen?« Ich war gleichzeitig stolz und traurig.

»Ja. Ich glaube schon«, sagte sie, und ich traute mich nicht, weiter zu bohren.

»Magst du ihn?«, fragte ich, und Tränen stiegen mir in die Augen.

»Ja, ich mag ihn sehr gerne. Was soll man an ihm nicht mögen? Er ist warmherzig. Liebenswürdig. Klug. Talentiert. Was will man mehr von einem neuen Halbbruder?«

Eine Träne rann mir über die Wange, und ich vergaß mich kurz. »Wird er mir jemals vergeben?«

»Ich denke, sie verstehen jetzt den größeren Zusammenhang«, sagte sie vorsichtig, und ich wusste – weil Heather mich nicht anschaute –, dass sie es gründlich diskutiert hatten. Ich zuckte zusammen. »Birdy. James wird dir vergeben. Ich bin mir ziemlich sicher, dass er in dich verliebt war. Und es wahrscheinlich immer noch ist.«

Ich atmete scharf ein. *In dich verliebt.*

»Lass mich einfach dort allein etwas Zeit verbringen«, sagte Heather. »Dann werden wir sehen.«

Einige Tage später war sie weg. In Loch Dorn, um gemeinsam mit Irene den Laden wieder auf Vordermann zu bringen. Russell war weg, und Mr. MacDonald war damit beschäftigt, das Haus in eine Stiftung zu überführen und Irene die Leitung von Hotel und Restaurant zu überlassen.

Und nun bereite auch ich mich darauf vor, dorthin zurückzukehren. Ich habe zehn Wochen auf Heathers Okay gewartet, nun ist es gekommen. In der Zwischenzeit hatte ich einiges erledigt. Heather hatte mir sehr großzügig ihre Wohnung überlassen, weil die Airbnb-Hochsaison schon vorbei war. Ich hatte bei der *Weinbibliothek* um einen Job gebeten, und Brigitte stimmte zu. Ich kassierte einen miesen Stundenlohn, aber es war schön, etwas zu tun zu haben. Ich habe mit einem Therapeuten gesprochen, und das war wirklich hilfreich. Er hieß Alexander Dumpf – natürlich habe ich ihn wegen dieses Namens ausgewählt –, und er sah ein bisschen aus wie mein Dad in gesund. Er hat mich alles gekostet, was ich bei meiner Arbeit in der *Weinbibliothek* verdient habe, aber wir haben in den letzten beiden Monaten einige Fortschritte gemacht, und wie sich herausgestellt hat, bin ich eine negative, sarkastische Kuh, weil ich nie gelernt habe, Freude auszudrücken, ohne dass man sich über mich lustig machte. Wie sich außerdem herausgestellt hat, haben mir mein Alkoholikervater und meine Mutter, die sich nicht für mich interessierte, Bindungsschwierigkeiten beschert, was bedeutet, dass ich ehrliche, offene Beziehungen vermeide. Und – nur für's Protokoll – auch Lügen kann ein Merkmal von Menschen mit emotional distanzierten Eltern sein. Anscheinend lüge ich, um Bestätigung zu bekommen.

Keine Ahnung, ob ich mich besser oder schlechter fühle, weil ich nun um meine ernsthaften Probleme weiß. Aber ich werde erst einmal in Therapie bleiben.

Ich schaue wieder auf die Freundschaftsanfrage, atme tief ein und klicke auf akzeptieren. Kurz fühlt es sich so an, als würde ich mich damit symbolisch mehr selbst akzeptieren. Ich schaue wieder auf mein Handy und sehe, dass ich schon eine Nachricht bekommen habe.

Hallo, Elizabeth? Oder darf ich dich Birdy nennen? OMG DU BIST FURCHTBAR!

Ich weiß nicht so genau, ob Roxy wütend ist oder über mich lacht, aber ich schulde ihr eine aufrichtige Entschuldigung.

Es tut mir so leid, Roxy. Das war unglaublich blöd von mir.

Ich konnte es nicht glauben! Niemand konnte es glauben!

Es tut mir echt leid. Wirklich, ich wünsche mir, ich hätte es nicht gemacht.

Du bist berühmt-berüchtigt jetzt, weißt du? Matthew Hunt will, dass du die nächste Weinnacht ausrichtest.

WHAT?!

Ja, Betrug und Fälschung hat er als Thema vorgeschlagen. Über gefälschte Weine! Du bist jetzt eine Art Legende. LOL ☺

O mein Gott. Roxy, es tut mir so leid.

Es ist okay. Ich verzeihe dir. Zumindest weiß ich jetzt, dass ich damals nicht verrückt war #gaslighter ☺

Sorry.

Sollte dir auch leidtun ☺

Was machst du als Nächstes?

Ich bleibe hier – jetzt kann ich ja etwas von einer richtigen Sommelière lernen. ☺ ☺ ☺ Kein Wunder, dass du mich die ganzen Bestellungen hast machen lassen.

Okay, das habe ich verdient.

Bill ist in der Entgiftung.

ECHT?

Irene hat ihn hingebracht; er war nicht begeistert, aber alle meinten, das wäre das Beste und dass sie hoffen, er würde zurückkommen.

Ich bin echt froh.

Anis und Brett sind immer noch sauer auf dich.

Das verdiene ich auch. Und die anderen?

Du meinst James?

Vielleicht.

☺

Ist er noch da? Ich komm bald vorbei.

Die Türklingel unterbricht uns, und ich bemerke, dass ich fast verhungere, deswegen drücke ich auf den Öffner und warte neben der Tür auf den Typen von *Uber Eats*. Er reicht mir einen brüllend heißen Karton, und als er wieder zum Lift geht, schließe ich die Tür und spüre ein wenig Erleichterung, während ich es mir für meine Ein-Frau-Party gemütlich mache.

Es klopft laut an der Tür, und ich vermute, dass der Uber-Typ etwas vergessen hat – entweder das oder die Nachbarn beschweren sich mal wieder über die Lautstärke des Fernsehers –, aber als ich sie öffne, steht er da.

James ist da.

Er lächelt, und ich erröte.

»Der Fahrer hat mich reingelassen. Ich hätte unten klingeln sollen, sorry.«

Er sieht anders aus. Sein Haar ist länger und sein Gesicht blasser als bei meinem Abschied.

»James, hi, mein Gott«, sage ich, und mein Herzschlag beschleunigt sich.

»Es tut mir leid, dass ich nicht angerufen, geschrieben oder dich irgendwie vorgewarnt habe. Einfach zu kommen, erschien mir leichter«, sagt er. »Und ich musste eh über London fahren, und Heather hat mir gesagt, wie ich herkomme, deswegen …«

»Ich glaube einfach nicht, dass du vor mir stehst.«

»Darf ich reinkommen?«

Ich blicke zu Boden und trete zur Seite, um ihm Platz zu machen. »Natürlich.«

Er sieht so aus, als wäre er gerade von einem Spaziergang um den *Loch* zurück, vom Wind zerzaust und entspannt. In der Bahn haben sich die Leute bestimmt nach seiner grünen Wachsjacke mit Schaffellfutter und seinen klobigen Wanderstiefeln umgedreht.

»Komm rein, setz dich.« Ich zeige aufs Sofa.

»Es ist schön hier«, sagt er und blickt sich in der Wohnung um. »Der Gedanke ist seltsam, dass mein Dad Heather hierfür Geld hinterlassen hat, mich aber nicht kennenlernen wollte.«

Mir wird klar, dass ich nicht daran gedacht hatte, welchen

418

Einfluss die Neuigkeiten auf James haben würden. Aus irgendeinem Grund hatte ich mich auf Heathers Gefühle fokussiert.

»Geht es dir gut? Wie fühlst du dich wegen der ganzen Sache?«

»Im Großen und Ganzen sehr gut. Ich mag Heather. Sie erinnert mich sehr an Mum, und ich habe das Gefühl, ich würde sie schon ewig kennen. Aber es ist schwer, nicht an meinen Dad zu denken, wenn ich sie anschaue. Also nicht, dass ich ihn jemals kennengelernt hätte. Wenn ich an meinen Dad denke, dann denke ich im Grunde an das eine Bild und an einige Fantasien, die mit ihm zusammenhängen.«

»Das Foto ...«

»Hast du ihn nicht erkannt?«, fragt er und blickt mich mit leicht gerunzelter Stirn an.

»Nein. Er kam mir irgendwie bekannt vor, aber ohne Kontext konnte ich ihn nicht einordnen. Ich dachte, er würde mich an dich erinnern. Und als er gestorben ist, waren Heather und ich noch Kinder. Ich meine, ich kannte ihn eh nicht gut. Nur, dass er anders war als meine Eltern. Älter. Viel älter und irgendwie fein und weltlich – wegen des Weingeschäfts, glaube ich.«

»Verstehe«, sagt er und nickt, als hätte er damit einen Punkt von seiner Liste abgehakt.

»Möchtest du Pizza?« Wenn James so dasteht, werde ich nervös. Ich will wissen, wie lange er hier ist. Wohin ist er gerade unterwegs? Was kann ich tun, damit er bleibt? Aber als ich wieder Druck auf der Brust spüre, erinnere ich mich dran zu warten und *lasse los*.

Glücklicherweise setzt er sich und öffnet den Pizzakarton.

»Bierchen dazu?«, frage ich.

»Das wäre toll«, antwortet er.

Ich gehe zum Kühlschrank, nehme zwei raus und öffne sie an der Ecke von Heathers Arbeitsplatte, bevor ich mich dran erinnere, dass ich besser auf ihre Sachen aufpassen muss. Ich reiche James ein Bier, zucke zusammen wegen meiner abgekauten Nägel, die in einem albernen Erbsengrün lackiert sind, und verstecke schnell die Hände unter dem Tisch.

»Was führt dich hierher?«, frage ich.

»Ich habe für morgen ein Flugticket. Ich fliege nach San Sebastian.«

»Oh«, antworte ich und bin direkt verzweifelt. »In den Urlaub?« Ich hoffe es. Hoffe, dass es nur ein Urlaub ist.

Er schüttelt den Kopf. »Nein.«

»Ich habe gehofft, dass du bei meiner Rückkehr im Hotel bist. Ich fahre nächste Woche hin.«

»Ich weiß.«

»Verdammt!«, flüstere ich und trinke einen Schluck Bier.

»Nur für ein paar Monate«, sagt er. »Ich werde dort eine Zeit lang in einem neuen Restaurant arbeiten. Dort gibt es gegrillte Meeresfrüchte, es liegt gleich über den Klippen. Für mich ist es mal was anderes, und sie bieten wirklich großartige regionale Küche an, und ich dachte, ich sollte mal etwas Neues ausprobieren. Aber nur für einen begrenzten Zeitraum …«

»Und dann?«

»Nun, dann werde ich versuchen, etwas an der Bucht zu machen.«

»Du meinst … in deinem Haus?«

»Genau, das ist mein Plan. Erinnerst du dich an das zweite Gebäude neben dem Haupthaus?«

»Natürlich erinnere ich mich daran«, platze ich heraus und will seine Hand nehmen. *Ich werde es nie vergessen.*

»Nun«, sagt er, blickt kurz zu mir und dann wieder zu der unverfänglichen Pizza. »Ja, ich habe mit der Bank gesprochen, und sie werden mir Geld für die Renovierung leihen. Ich plane nichts Extravagantes …«

»Es wird perfekt werden.«

420

»Nun, es wird mir ganz allein gehören.«

»Wirst du Loch Dorn nicht vermissen?«

»Vermissen? Nein. Es ist ja ganz in der Nähe. Außerdem werden wir zusammenarbeiten. Loch Dorn wird hoffentlich mit Brett Ausritte zu meinem Restaurant anbieten, wo dann ein ausgefallener Brunch oder so etwas stattfindet«, sagt er.

»Brett & Breakfast«, sage ich.

Er lacht. Ein warmes, spontanes Lachen, er legt sich dabei die Hand auf den Mund. Ich lache auch. Wir schauen uns an, und ich kann mich nur mühevoll davon abhalten, über den Tisch auf seinen Schoß zu springen.

»Oh, das ist toll«, sage ich stattdessen. »Ich freue mich für dich. Es wirkt richtig.«

»Es ist richtig«, sagt James und nickt, als würde er es gerade erst selbst für sich akzeptieren, und dann herrscht wieder Stille. Ich weiß, dass er nicht den langen Weg nach London – Flug hin oder her – auf sich genommen hat, nur um mir das zu sagen. Er steht auf und fängt an, auf der kurzen Strecke zwischen der Tür und der Küchenspüle hin und her zu laufen. »Schau mal, ich muss wissen, wie viel ich von *deiner* Persönlichkeit kennengelernt habe.«

»Uff.« Ich lege den Kopf in meine Hände. »Ich weiß nicht, was ich darauf antworten soll.«

»Heather hat viel mit mir über dich gesprochen.« Er bleibt kurz neben dem Kühlschrank stehen.

»Geht es um Tim?«

»Der ist mir egal«, sagt James und winkt ab. »Aber Heather – die Art und Weise, wie sie über dich geredet hat, das hörte sich nach dem Menschen an, den ich kenne.«

»Das war ich.«

»Ganz und gar?«

»Nun, abgesehen von der Weinexpertise. Ich musste hart

dafür arbeiten, das durchzuziehen«, sage ich. »Ich meine, ich
habe *wirklich hart* dafür gearbeitet, und wirklich hart arbeiten ist
ganz sicher nichts, das ich vor Loch Dorn auch nur annähernd
als meine Lieblingsaufgabe bezeichnet hätte. Aber der Rest – ich
meine – das war so viel ich wie nur möglich.«

»Und als wir angeln waren und du meintest, Wein wäre nicht
deine Leidenschaft? Hast du deswegen so ausweichend geantwortet?«

»Ja.«

»Es war echt krass, was du gemacht hast. Ich war oft wirklich
sauer auf dich. Dass du das Hotel dermaßen in Gefahr bringen
konntest. Selbst, wenn ich jetzt drüber nachdenke, werde ich
sauer. Ich glaube, diese Wut wird nicht so schnell verfliegen.«

Ich sage nichts. Ich entschuldige mich nicht noch einmal. Ich
habe das Wort so oft gesagt, dass es sich wie ein Lippenbekennt-
nis anfühlt.

»Aber auf einer anderen Ebene verstehe ich es …«, spricht
James weiter und schaut zu mir, ich kann ihm aber nicht in die
Augen blicken. »Also, ich verstehe, dass du irgendwann die Kon-
trolle verloren hast. Heather hat sich sehr für dich eingesetzt.«

Und wieder einmal wird mir beim Gedanken an meine beste
Freundin ganz warm ums Herz.

»James, ich habe es geliebt, Zeit mit dir zu verbringen. Ich
will dir nichts vormachen. Deswegen habe ich immer wieder
gesagt, dass das mit uns nichts werden kann … und dann wurde
es *doch* etwas, und ich habe Angst bekommen. Je mehr ich dich
gemocht habe, desto schlimmer hat es sich angefühlt.«

Er nickt. Er sieht nicht wütend oder verletzt aus. Nur so, als
würde er die Informationen verarbeiten, die er schon kannte.

»Aber, James, falls dir das noch nicht ganz klar sein sollte: Ich
mag dich wirklich gerne.«

Er schaut zu mir auf und betrachtet mich.

»Glaubst du, dass du mir vergeben kannst? Ich glaube, du hattest das Gefühl …«

»Ich arbeite dran«, sagt er, dann blickt er mir wieder in die Augen, dieses Mal sieht er ein wenig so aus wie der James von früher. »Ich will es definitiv.«

»Du willst es?«, frage ich, und mir bleibt fast das Herz stehen.

»Ja.« Er muss meine Anspannung spüren, weil er seine Hand auf meine legt. Hoffnung keimt in mir auf. Ich kämpfe gegen meine Tränen, als er sanft sagt: »Das tue ich. Ich brauche nur Zeit.« Er lehnt sich zurück, trinkt einen großen Schluck Bier, blickt nachdenklich auf die Pizza und dann zu mir. »Was hast du vor?«

»Nun, ich kehre nach Loch Dorn zurück und stelle mich meinen Schandtaten.«

»Und dann?«

»Wie, und dann?«

»Was machst du dann?«

»Ich hatte gehofft …« Ich spreche nicht weiter. *Ich hatte gehofft, dass sie fragen, ob ich bleiben möchte.*

»Sie brauchen Hilfe hinter der Bar, falls dich das interessiert. Vor allem, wo Bill gerade nicht verfügbar ist. Er wird nie wieder am Tresen stehen, davon gehe ich aus. Könntest du das übernehmen?«

»Meinst du das ernst?«

»Ja, meine ich. Aber wäre das überhaupt etwas für dich?«, fragt er.

»Was?«

»In Loch Dorn zu arbeiten?«

Mein Herz macht bei dem Gedanken einen Satz. »Natürlich, James. Wie meinst du das?«

»Du hättest gerne etwas, wofür du brennst. Könnte es das sein, oder wärst du in einem Jahr wieder weg?«

Ich denke an das Cottage, den Loch, Portree, den Fluss, die zerklüftete Berglandschaft von Skye. Ich denke an James' kleines Haus mit den großen Fenstern und die Möwen, die ins Meer tauchen. Ich denke an Anis, Brett und Irene. Ich denke an Roxy. Und ich stelle mir auch Heather dort vor.

»Ja, würde es.«

»Nun, Elizabeth Finch«, sagt er und schaut erst mich und dann die Pizza Salami mit extra Käse in dem brauen Karton an, »dort wird es keine Pizza geben.«

»Damit kann ich leben.«

# 42

*Mai*

Der Frühling ist nach Loch Dorn zurückgekehrt. Es ist kalt und nass. Aber milde Wärme liegt schon verheißungsvoll in der Luft.

Ich ziehe die Vorhänge zurück und blicke auf das Anwesen. Die Aussicht aus Bills altem Zimmer ist die gleiche wie aus James' Zimmer.

*Eier*, steht in der Nachricht auf meinem Telefon.

Ich gähne, recke mich und gehe nach unten in die Küche.

Das Cottage gehört mir ganz allein, zumindest fürs Erste. Heather wohnt bei Irene und James ist ganz in sein Haus am Meer gezogen.

Ich ziehe mir meine neue Wachsjacke und die Wanderschuhe an, die ich mir aus meinem alten Schrank geholt habe. Ich habe zuvor noch nie ein Paar Schuhe besessen, das mir wie angegossen passt. Ich ziehe mir eine Mütze über den Kopf und gehe zu dem kleinen Jeep, der am Hintereingang steht, und lasse beim Gehen die Schlüssel hin- und herpendeln.

Als ich die Fahrertür öffnen will, sehe ich Anis, die eine Eisbox voller Lachs aus einem weißen Van hebt.

»Brauchst du Hilfe?«

»Verpiss dich«, antwortet sie. Aber sie lächelt.

»Zu Befehl, Chef«, antworte ich, als sie umständlich die Tür öffnet und wieder in der Küche verschwindet. *Ihrer Küche.*

Dann erinnere ich mich. *Eier.*

Ich folge ihr in die Küche und gehe zum Kühlraum, schnappe mir einen Karton mit Eiern, dann gehe ich wieder raus. Ich blicke ins Restaurant und sehe Roxy, die in einem vollen Frühstückssaal hin und her läuft, und die neuen Saisonkräfte, die

auf Herz und Nieren geprüft werden. Weil der Kücheneingang inzwischen von einem weiteren Lieferfahrzeug blockiert
wird, gehe ich durch den Empfangsbereich zurück. Die Bibliothek sieht jetzt viel stylisher aus, mit massiven Eichenre-
galen, in denen die Bücher aufrecht stehen und gelesen werden können. Mir gefällt es, dass sie einige der unpassenden
Möbel durch antike Ledermöbel ersetzt haben. Das Regal mit
den Spielen zum Ausleihen hat sich bei den Gästen auch als
sehr beliebt erwiesen.

Als ich das Gebäude verlassen habe, fahre ich den Weg zu
der inzwischen ordentlich asphaltierten Straße zu James' Haus
entlang. Ich stelle mich neben einen der SUVs vom Hotel und
gehe zur Tür seines Cottages. Als ich durch die Tür komme,
sind Irene und Heather bereits da.

»Birdy«, sagt Heather und legt ihre Hände zusammen, »schau
dir das mal an!«

Sie hält mir ein iPad unter die Nase, auf dem der Gastro-
nomieteil von *The Guardian* geöffnet ist.

»Das ist ein Artikel vom Reisejournalisten des *Guardian*, der
letzte Woche hier war«, erklärt sie. Heather kannte ihn noch gut
aus ihrer Zeit in London und hatte ihn überredet, vorbeizu-
kommen und eine Rezension zu schreiben.

»Das ist eine grandiose Kritik«, sagt Irene.

»Großartig«, sage ich und grinse, als ich zu James gehe und
ihm die Eier gebe. Er legt sie auf die Arbeitsplatte und küsst
mich auf die Stirn, dreht sich schnell wieder zum Bacon, der
auf dem Herd brutzelt.

»Happy Birthday«, sage ich.

»Es ist in der Tat ein glücklicher Tag«, antwortet er, verschränkt seine Finger mit meinen und lehnt sich zu mir, um
mich erst auf die Wange, dann auf die Lippen und dann den
Hals hinab zu küssen, aber da stoße ich ihn weg.

»Nicht jetzt. Sie kommen gleich«, flüstere ich.

»Ich bin so froh, dass du hier bist, Birdy«, flüstert er zurück.

»Danke«, sage ich und fühle wieder das bekannte schamvolle Kribbeln in den Wangen. »Sorry.«

»Wir hatten uns darauf geeinigt, dass es keine Sorrys mehr gibt, weißt du noch?«

»Sorry«, sage ich und lache dieses Mal.

»Was machst du da mit meinem Bruder?«, ruft Heather, und wir beide kichern und haben rote Wangen.

Und dann sitzen wir alle auf Sitzbänken an James' Walnuss-tisch und frühstücken in dem inzwischen fertiggestellten Cot-tage – modern, einfach, umwerfend. Eiche und Stein bilden die Grundlagen, dazu schottisches Tweed und karierte Wohntexti-lien, die sparsam eingesetzt die Einrichtung abrunden. Das ist unverkennbar schottisch. Es ist gemütlich, authentisch und be-scheiden. Und es passt zu hundert Prozent zu James.

Durch das riesige Fenster blickt man auf die Bucht, und die Morgensonne funkelt auf dem Wasser wie eine Million winzige Diamanten. Eine Möwe schwebt in der Luft und lässt sich vom Wind tragen, bevor sie im Wasser nach Fischen taucht.

Heather und Irene reden wie die Wasserfälle. Der Anbau muss renoviert werden, und das Event der *Wine Society* steht mal wieder bevor.

»Nun, das sollte Birdy machen«, sagt Heather und schaut mich an.

»O nein – ich meine, das ist doch deine Aufgabe«, entgegne ich. »Als Sommelière.«

»Unsinn. Ich helfe, aber du solltest an dem Abend Gastgebe-rin sein. Das ist dein Ding.«

»Sicher, kann ich machen«, erkläre ich und werde rot, »aber es ist nicht komplett mein Ding.«

»Wie meinst du das?«

»Ich meine, das ist nichts, weswegen ich vor lauter Freude nachts nicht schlafen kann. Nicht wie bei dir, James – und dir, Heather. Ich habe sie immer noch nicht gefunden. Die *Berufung*.«

»Du kannst sie noch finden«, sagt James.

»Vielleicht. Aber vielleicht bin ich jetzt auch einfach nur glücklich. Und schau mal, was als Nächstes kommt.«

»Das klingt gut«, sagt Heather.

»Vielleicht brauche ich auch gar keine Berufung«, sage ich. »Vielleicht muss ich einfach nur eine Weile ich selbst sein.«

»Nun, das wäre ja mal ganz was Neues«, sagt Heather, und dann lachen alle und ich erröte. Heather greift über den Tisch und berührt meine Hand, drückt sie leicht. Sie neckt mich ganz liebevoll. Wahrscheinlich muss Heather mich eine Zeit lang ganz liebevoll aufziehen. Und ich erdulde es, so lange ich muss.

Und dann sind sie schon beim nächsten Thema: der Rückkehr von Sherry. Artisan Gin. Hat Irene schon einmal bei Arthur's in Glasgow gegessen? Was ist mit einem Trip in die Provence im Herbst?

James zieht mich an sich und küsst mich auf die Schulter. Ich tue mich immer noch schwer damit, seine Zuneigung zu genießen – besonders vor Heather.

Ich bemerke, dass Heather jedes Mal begeistert aussieht, wenn Irene etwas sagt: Als wäre sie verliebt. Heather hat die Liebe gefunden, die sie ihr ganzes Erwachsenenleben lang gesucht hat. Dieser große, einsame Krater, den sie seit dem Tod ihres Vaters in ihrem Herzen verspürte. Der Schmerz, den ich nicht verstand und mit dem sie mir nicht zur Last fallen wollte. Wir wollten so sehr, dass wir nur uns brauchen, aber das hat uns doch überfordert, jede von uns.

Und ich denke über mich selbst nach. Die Wanderin ohne Ziel. Die richtungslose Frau, die erst wusste, was ihr fehlt, nachdem sie es gefunden hatte. Familie. Gemeinschaft. Liebe. Brauchte ich noch mehr? Oder war es okay, einfach ich zu sein?

Einfach *ich* zu sein?

Ich denke, in der nächsten Zeit brauche ich genau das. Im Moment ist Birdy-Sein meine Aufgabe.

Und danach sehen wir weiter.

# Danksagung

Dieses Buch ist vor allem ein Liebesbrief an die Zeit, in der ich in Schottland in der Gastronomie gearbeitet habe. Vielen Dank an Familie Manson, die mich bei sich aufgenommen hat und mir nicht nur gezeigt hat, wie man eine Languste isst, sondern mir auch die häufig stressige, aber wundervolle und bereichernde Welt des Hotelbusiness nahegebracht hat. Ganz viel Liebe für euch, ich bin euch auf ewig dankbar.

Die Figuren in dem Buch sind von den vielen Menschen inspiriert, mit denen ich in Inverness, Edinburgh und Aberdeen, aber auch in Queenstown in Neuseeland und in einigen Londoner Restaurants und Bars zusammengearbeitet habe. Es sind die Leute, die die Gastronomie zu etwas Besonderem machen; die Leute, die dort ihre Berufung gefunden haben, und die Leute, die auf der Durchreise sind.

Deswegen ein dickes Dankeschön an die Kellner, das Küchenpersonal, die Restaurantmanager und alle Zulieferer in der Gastronomie, die ihren Job gut machen wollen, um uns eine gute Zeit zu bereiten. Danke, dass ihr das Bier kühl und die Pies heiß haltet, während ihr eure eigene Sicherheit aufs Spiel setzt, damit wir uns während der Pandemie zuprosten können. (Bitte Trinkgeld geben, wenn man es sich leisten kann!)

Meine unendliche Dankbarkeit gebührt meinen Testlesern und meinem Plot-Line-Support-Team: Kristie Frazier, Nicki Sunderland, Carolyn Burke, Kaite Welsh, Caroline Leech, Sarah Chambers-Tooner und Laura Gilbert.

Vielen Dank an Ben in Edinburgh, der köstliche Lebensmittel in der Natur findet. An Fiona Melling, die sichergestellt hat,

dass alles schottisch ist. An meine alte Barmanagerin in Neuseeland, die teilweise als Inspiration für Irene, meine Maître d'hôtel,
gedient hat.

An Michael Smith bei Lochbay für die Tipps zum Thema
Lebensmittelbelieferung und die Zusammenstellung eines lokalen Menüs. Sorry für alles, was ich falsch verstanden habe – ich
wollte unbedingt an die Westküste kommen und dort das Buch
überarbeiten, damit es so korrekt und aktuell wie möglich ist,
aber 2020 war kein Jahr zum Reisen.

Danke an Grant Manson, dass er meine panischen Anrufe
entgegengenommen hat, als ich die größte Angst hatte, und an
seine ganz sanfte Erinnerung, dass er mich kennt und mich versteht.

An Rachael Johns für die Inspiration zum Schreiben, an die
Maybies, die mich wieder aufgerichtet haben, als ich am Boden
war, und an alle lieben Freunde und Familienmitglieder, die sich
mein Gejammer, Gekreische und Gejubel angehört haben, als
ich in der Gefühlsachterbahn des Schreibens saß.

Für meine Mum, die mir nicht nur erlaubt hat, ihren Namen
zu klauen, sondern auch unerschütterlich an mich glaubt und
mich immer bedingungslos unterstützt. Dank geht auch an
meinen wundervollen Dad, der auch Autor ist und den Stress
und die Leidenschaft versteht, die die letzten Änderungen er-
fordern. Liebe. Dankbarkeit. Ich vermisse euch.

An alle bei Penguin Random House, die an diesem Buch mitgearbeitet haben, aber besonders an: Katy Loftus und Tara
Singh Carlson. Ich fand die Arbeit mit euch wirklich FANTAS-
TISCH. Vielen Dank für eure Tipps, euren Enthusiasmus und
die brillanten Ideen, wie ich das Beste aus meiner Birdy heraus-
hole.

Katy, vielen Dank, dass du mir den Vertrauensvorschuss
gegeben hast. Ich hoffe, ich mache dich stolz.

Besonderen Dank auch an Victoria Moynes, Natalie Wall, meine Lektorin Mandy Greenfield und alle anderen, die an diesem Buch mitgearbeitet haben.

Und zu guter Letzt an Hattie Grunewald für all die Gründe, die sie schon kennt, und einige neue, die ich ihr bei einem Wein erzählen muss, wenn wir uns wieder persönlich treffen können.